1492
Vida y tiempos de
Juan Cabezón de Castilla

1492
Vida y tiempos de Juan Cabezón de Castilla

Primera edición: noviembre de 2015

D. R. © 1985, Homero Aridjis

D. R. © 2015, de la presente edición en castellano para todo el mundo:
Penguin Random House Grupo Editorial, S. A. de C. V.
Blvd. Miguel de Cervantes Saavedra núm. 301, 1er piso,
colonia Granada, delegación Miguel Hidalgo, C.P. 11520,
México, D.F.

www.megustaleer.com.mx

D. R. © cubierta: Santiago Solís

ISBN: 978-607-313-684-6

Impreso en México – *copyright*

El papel utilizado para la impresión de este libro ha sido fabricado a partir de madera procedente
de bosques y plantaciones gestionadas con los más altos estándares ambientales, garantizando
una explotación de los recursos sostenible con el medio ambiente y beneficiosa para las personas.

Penguin
Random House
Grupo Editorial

Homero Aridjis

1492
Vida y tiempos de
Juan Cabezón de Castilla

A Betty, Cloe y Eva Sofía

Los captivos de Ierusalem que estarán en Sepharad poseerán las ciudades del Mediodía.

Abdías, 20

Desde el día que partimos de nuestro país para el exilio, la persecución no ha cesado, porque desde nuestra juventud ella nos ha educado como un padre, y desde el vientre de nuestra madre ella nos ha guiado.

Moisés, Maimónides, *Epístola sobre la persecución o Tratado sobre la santificación del Nombre* (según Job, 31, 18)

Vernán los tardos años del mundo ciertos tiempos en los cuales el mar Occéano afloxerá los atamentos de las cosas y se abrirá una grande tierra; y un nuebo marinero, como aquel que fue guía de Jasón, que obe nombre Tiphi, descobrirá nuebo mundo y estonces non será la isla Tille la postrera de las tierras.

Cristóbal Colón, *Libro de las profecías* (según Séneca, *Medea*)

Manos besa home, que querría ver cortadas.

Refrán del siglo XV

Quiero reconocer antes de todo mi enorme deuda a los autores que con sus semblanzas, crónicas, memorias, historias, anales, relaciones, diccionarios y publicación de documentos han hecho posible este libro. Primero enumeraré a los antiguos: Fernán Pérez de Guzmán, Fernando del Pulgar, Andrés Bernáldez, Alonso Fernández de Palencia, Diego de Valera, Gerónimo de Zurita, Alonso Fernández de Madrid, Selomó ibn Verga, Antonio de Nebrija, Sebastián de Covarrubias, los biógrafos de San Vicente Ferrer, los viajeros León de Rosmithal, Tetzel, Jerónimo Münzer, y luego a los modernos José Amador de los Ríos, Fidel Fita, Henry Charles Lea, Yitzhak Baer, Manuel Serrano y Sanz, Agustín Millares Carlo, Juan de Mata Carriazo, Francisco Cantera Burgos, Pilar León Tello, Luis Suárez Fernández y Heim Beinart, entre tantos otros que no menciono aquí, pero que en el *Boletín* de la Real Academia de la Historia, el *Boletín* de la Real Academia de la Lengua, las *Memorias* de la Real Academia de la Historia, la *Revue Hispanique* y *Sefarad,* con sus estudios sobre diversos aspectos de la España de las tres religiones, me han permitido una considerable riqueza de detalle. En fin, a todos aquellos que de una manera u otra me han guiado con sus palabras precisas por el complejo mundo de la historia, mi perenne gratitud.

Mi abuelo nació en Sevilla a seis días de junio del año del Señor de 1391, el mismo día en que el arcediano de Écija Ferrán Martínez, al frente de la plebe cristiana, quemó las puertas de la aljama judía, dejando tras de su paso fuego y sangre, saqueo y muerte. Mientras mi bisabuela Sancha gritaba sobrecogida por las ansias del parto, Ferrán Martínez y sus seguidores degollaban mujeres y niños, reducían a escombros las sinagogas y dejaban yertos a cuatro mil inocentes. Por una ventana sin vidrio, el padre de mi abuelo observaba a mi bisabuela sobre la cama y a los fieles rapaces pillando libros y tejas, cueros y paños, lámparas y perfumes, muebles y joyas, ladrillos y platos. Más de una vez, al irrumpir en una casa Ferrán Martínez, en la que contra una pared una mujer defendía con su cuerpo a su hija pequeña, el "varón de pocas letras y de loable vida" se miró en un espejo desportillado, vio su imagen ebria de muerte en los pedazos sangrientos, y levantó "el puñal de la fe" para clavarlo en una niña, bajo los gritos de la madre que pedía las aguas del bautismo para salvarla. En torno del arcediano la chusma hurgaba, violaba, hería como una bestia de mil manos en los muebles desvencijados, en las ropas desgarradas, en las paredes y en los pisos picoteados. Las amenazas y los gemidos, las palabras perdidas y los susurros escandalizaban el aire y los oídos sensibles de la parturienta, que se quebraba al menor ruido, creyendo que la furia que deshacía la aljama se le había metido dentro. La casa de la bisabuela pegaba su espalda a una casa judía, y no podía haber desastre que sacudiera a una que *no* repercutiera en la otra, teniendo una puerta estrecha que juntaba en secreto sus cuartos postreros, la cual fue cegada luego con piedras y tierra.

Con grandes pesares la bisabuela parió, dando luz al abuelo con tantos gritos como si en ese instante el arcediano atroz le hubiera perforado el vientre con la espada, alcanzando también al niño; o como si en ese momento uno de los tantos muertos tirados en las calles de la aljama hubiese penetrado en el cuerpo del recién nacido, condenándose a vivir de nuevo en el mundo. El caso es que con tristeza enorme el bisabuelo cogió entre sus manos a su hijo, lo contempló bajo la luz sangrienta y lo mostró a su suegra y a su cuñada, diciéndoles con gravedad que a ese niño le iba a dar el nombre de Justo Afán porque había nacido con deseos de justicia. Y luego de ver por la ventana los cuerpos de los agonizantes arrastrándose entre los fuegos mal apagados de la aljama, las sombras huidizas de los culpables cargadas de los pesados objetos de su crimen, se volvió a las mujeres y les dijo: "No tendré en mi vida otro hijo que éste, porque en esta tierra donde se pasea libremente Caín con una quijada de burro, ¿quién quiere echar más Abeles en su camino? He comprendido tarde, pero he entendido, que así como las semillas se propagan por los campos para dar buenos frutos, el mal recorre las aldeas, las ciudades y los reinos para destruir los setos de las criaturas justas." Dicho esto, puso a Justo Afán en los brazos de su madre, con los ojos fijos en los de ella, como si de allí en adelante su amor conyugal fuese a llevarse sólo en la mirada, en el mundo sobrenatural y en el sueño; y sin volver la cara para verla otra vez, sin más provisión para el camino que la ropa que traía puesta, sin más vitualla que la que llevaba en las entrañas, cerró la puerta de su casa para no tornar jamás.

Veinte años después nació mi padre, sin que mi abuelo hubiese llegado a conocerlo, ya que víctima de la peste le había aparecido un tumor en la ingle derecha del tamaño de un piñón y entre ascos y vómitos de cóleras amarillas sucumbió a los cuatro días de habérsele descubierto el mal. Se dijo que había muerto descastado, por haber tenido trato excesivo con mujeres y habérsele encontrado al destazarlo el doctor Mosén Sánchez de la aljama de Sevilla la vejiga de la hiel grande como una pera, llena de cólera verde. Mi abuela, al enterarse de la infidelidad que había ocasionado la muerte de su esposo no se afligió, explicando a sus amigas y parientes que si no había sido suyo antes de nacer ni será después de difunto no tenía por qué querer que le hubiese pertenecido en vida. Corrió el rumor de que había sido infectado por una muerte vestida de monja que le había aventado una llama azul en forma de bola por la ventana abierta de su cuarto; pero también se dijo que una monja vestida de ramera lo había contagiado al amarlo en las cercanías malolientes del muradal de la villa. El caso es que no hubo tiempo para llorarlo, quemado de noche y de prisa para que no se enteraran los vecinos, aunque ya todos lo sabían. Mi abuela tendría toda la vida para llorar su ausencia, qué más daba una noche. Aunque en apariencia, nunca más lo lloró, con rigor inescrutable lo borró de sus días y su lenguaje, llegando al extremo de que cuando mencionaban su nombre delante de ella hacía esfuerzos para recordar de quién se trataba. Quizás lo pretendía, pero nadie sabrá la verdad más que ella. Ella, Blanca de Santángel, madre de mi padre Ricardo Cabezón.

Por esos días, fray Vicente Ferrer, el Ángel del Apocalipsis, como se hacía llamar a sí mismo, cogido por un intenso fervor proselitista recorría las aljamas de las ciudades de Aragón, de Castilla y Cataluña para convertir a los judíos al cristianismo. Crucifijo en mano predicaba en las iglesias y en las plazas y entraba abruptamente en las sinagogas para consagrarlas al culto católico. Nacido hacia el año de 1350, natural de Valencia, hijo de un escribano que vivía en la calle de la Mar, se cuenta que antes de que viniera al mundo su madre decía que la criatura no le causaba ninguna pesadumbre, por ser muy ligera su preñez, y habiendo oído a veces ladridos de perro en su vientre, el obispo de la villa lo había interpretado como indicio de que habría de parir un hijo "que sería como señalado mastín para guardar el rebaño del pueblo cristiano, despertándole con sus ladridos del sueño de los pecados y ahuyentando los lobos infernales". Así, desde que tenía seis años, no fue amigo de jugar con otros niños, sino como un viejo cano los llamó a su lado y desde un lugar alto les predicó, adquiriendo desde muy tem-

16

prana edad la costumbre de ayunar dos veces por semana, los viernes a pan y agua, y a escuchar a los predicadores que salían a su camino, por zafios y crudos que fuesen. A los dieciocho años entró en el monasterio de Santo Domingo y tomó el hábito de la orden de los predicadores. La vida de Santo Domingo fue su ejemplo, leyó los libros sagrados que él había leído, movió las manos y caminó según creyó el santo lo había hecho. Tres años después fue enviado a Barcelona al convento de Santa Catalina Mártir y luego partió a Lérida, donde se entregó al estudio de la teología y practicó las reglas de su *Tratado de la vida espiritual*, apartando, a menudo, los ojos del libro que leía para meterse en las llagas de Jesucristo, a quien consagraba todo lo que leía y aprendía. Tornado a Valencia, el diablo se le apareció más de una vez bajo la forma de San Antonio o de un negro feísimo, mientras oraba ante el altar de la Virgen o ante un crucifijo, conminándolo con amenazas a dejar la vida monástica. Una noche, cuando leía en su celda el libro de San Jerónimo sobre la perpetua virginidad de la *Virgen*, al rogar a María que intercediese por él con Cristo para que muriese casto, oyó una voz que le dijo: "Dios no da a todos la gracia de la virginidad, ni tampoco la alcanzarás tú, antes la perderás muy presto." Pero la madre de Jesús se le apareció enseguida con grande resplandor y lo consoló diciéndole que eran puras asechanzas del demonio y que Ella nunca lo desampararía. Sin embargo, el demonio se apoderó de una mujer llamada Inés Hernández, quien se fingió enferma para pedir que llamasen a fray Vicente para reconciliarse con Dios y hacer penitencia de sus pecados, y al tenerlo en su pieza se desnudó ante él con la intención de fornicarlo, por lo que fray Vicente escapó despavorido y queriendo ella gritar se quedó muda, endemoniada. Los padres trajeron luego a unos exorcistas para arrojar al diablo de su cuerpo, pero éste no quiso salirse, diciendo que sólo lo haría con la condición de que viniera aquel que estando en el fuego no se había quemado. Vino fray Vicente de nuevo y con sólo cruzar la puerta la mujer se libró del demonio. En otra ocasión, al volver a su celda halló a una ramera que trató de seducirlo, contándole que no tuviese miedo de que ella fuese un demonio porque era realmente una mujer; mas él, lleno de cólera, la increpó con dureza y le recordó las penas eternas del infierno para los que se abandonan al deleite hediondo de la carne; de manera que la mujer se arrepintió, dejando para siempre la vida de placeres. Entretanto, en Avignon había sido elegido pontífice "el hijo del diablo", el aragonés Pedro de Luna, bajo el nombre de Benedicto XIII, quien lo llamó a su Corte para que fuese su confesor y capellán; permaneciendo fray Vicente a su lado hasta el día en que al borde de la muerte tuvo una visión en la que se le apareció Jesucristo, acompañado de Santo Domingo y San Francisco, y le dijo que pronto sería libre de su enfermedad, que en algunos años se comenzaría a poner en orden el negocio del cisma de la Iglesia y que fuese como apóstol por el mundo a predicar contra los vicios que entonces más se usaban. "'Avísales', dijo, 'del peligro en que viven, y que se enmienden, porque el juicio final está muy cercano'. Le tocó con su mano en el carrillo, y añadió: 'Levántate, mi Vicente'. Y fue este toque de tan gran eficacia, que después predicando del juicio se le parecía en la cara la señal de los dedos de la mano de Jesucristo, que era como un sello, o firma, en que autenticaba Dios su predicación." Con esta visión y esta orden, acercándose ya a los sesenta años y atacado por las cuartanas, el tonsurado fray Vicente dejó la corte de Avignon para recorrer en sangrientas procesiones penitenciales más que los caminos polvorientos del mundo los mundos pecaminosos del hombre.

Bajo el sol, el viento, la lluvia, el frío, anduvo báculo en mano, primero a pie, enfermo de una pierna, luego caballero en un asno, que había hecho castrar para que no ofendiera con su miembro la vista de nadie. Traía una saya, un escapulario, una capa que le servía de manto y una Biblia, de la que sacaba sus sermones. Casi no hablaba con las gentes que iban en su compañía, si no era en relación con su doctrina. Antes de entrar en un pueblo se arrodillaba, y con los ojos dirigidos al cielo pedía que éste lo librara de la soberbia y de la vanagloria. Después entraban de dos en dos las gentes que venían con él, siguiendo a un hombre llamado Milán, con ropa larga y crucifijo en mano, cantando una letanía que los demás repetían.

Enseguida, entraba fray Vicente, como enviado de Jesús, su asno protegido entre maderos para que los fieles no se acercaran demasiado a él, camino de la iglesia. La chusma milagrera lo seguía, multitudinaria, en procesión solemne, cantando himnos religiosos y penitenciales, con pendones y banderas, con santos de bulto, cruces y reliquias atesoradas celosamente a través de los siglos. Doctos e indoctos, villanos y nobles, clérigos y mercaderes, hombres y mujeres debidamente separados por largas cuerdas de castidad, le regalaban pan, vino, frutas, comida, le apretaban las manos, trataban de arrancarle pedazos de ropa o de quitarle pelos al asno como reliquias. Él respondía con bendiciones, saludaba con la cabeza baja, los sentidos mortificados, los ojos puestos en tierra. Para confesar a la multitud fervorosa había una legión de clérigos de varias naciones con poderes otorgados por el antipapa Pedro de Luna para absolver a los que quisiesen. Venían escribanos que formalizaban las reconciliaciones entre aquellos que se odiaban a muerte, los arrepentimientos públicos de notorios pecadores y los perdones de los ofendidos a injurias que les habían sido hechas largo tiempo atrás, como asesinatos de padres y hermanos y despojos de bienes terrenales. Fray Vicente traía órganos pequeños para que en las iglesias desprovistas de ellos las gentes pudieran sentir la majestad de la misa. Traía a un clérigo joven, que tenía la función específica de enseñar a los mozos de la localidad canciones e himnos religiosos para que los cantasen de noche por las calles, en vez de las canciones populares que andaban de boca en boca por esa época. Una vez instalado en el convento o en la iglesia, distribuidos los integrantes de su compañía entre las gentes del pueblo para ser atendidos, dedicaba algunas horas a recibir a aquellos que venían a pedirle favores y consejos, a exponerle sus problemas o sus enfermedades; el resto del tiempo lo pasaba en una celda encomendándose a Dios, contemplando las cosas de la vida celeste y meditando en las revelaciones de la Sagrada Escritura. No comía carne sino pescado, que recibía con "grande contento cuando se le daba guisado con la pobreza". "No comía sino de un mismo plato y no bebía sino dos veces, y si la sed lo aquejaba, tres; mas el vino era bien aguado." Era virgen, y había pasado treinta años de su vida sin ver otra parte de su cuerpo que las manos; jamás nadie lo había visto desnudo, ni siquiera él a sí mismo, ya que cuando se cambiaba de ropa lo hacía en un cuarto oscuro para que sus ojos no fueran a escandalizarse con su propia desnudez. Dormía vestido y calzado, con las ropas puestas del día; se tendía, o se tumbaba, sólo cinco horas sobre un manojo de sarmientos, un colchón de paja, unas tablas o sobre la tierra, con una piedra o la Biblia de cabecera, a imitación de Santo Domingo, que dormía al pie de un altar o en las andas de los muertos. Cada noche se disciplinaba, pero si no tenía fuerzas para hacerlo él mismo, pedía a sus compañeros sacerdotes que lo azotaran con una disciplina de cuerdas, en el nombre de Jesucristo, pidiéndoles que no le tuviesen lástima y le diesen lo más fuerte que pudieren. Los que lo flagelaban eran cinco: Pedro de Muya, Juan del Prado Hermoso, Rafael Cardona, Jofre Blanes y Pedro Cerdán. El día de la predicación se levantaba temprano, se confesaba y decía misa cantada, subido en el púlpito en el que después iba a predicar; pero si la gente era tanta que no cabía en la iglesia oficiaba en la plaza o en el campo, donde se montaba un cadalso con un altar para que pudiese ser visto por todos, a causa de su baja estatura. Acabada la misa se quitaba las ropas sacerdotales y se ponía la capa de la orden de Santo Domingo. Predicaba sólo en valenciano, aunque se dice que sabía latín y hebreo, siendo entendido por los fieles que no hablaban esa lengua "por la gracia que Dios le había comunicado". Algunos veían ángeles de forma humana sobre su cabeza; muchas de sus predicaciones se hacían al anochecer, cuando las gentes habían terminado sus labores y los labriegos habían tornado de sus faenas. Grandes luminarias se encendían en la plaza y los judíos eran obligados a oír sus predicaciones por haberlo mandado así el rey. Durante el sermón se volvía hacia ellos y con citas del Antiguo Testamento trataba de probarles que ya había llegado el Mesías y que sólo vendría otra vez para el juicio final. "Los judíos e judías de doce a catorce años arriba, y sentávanse cabe el púlpito para que nadie les molestase. Quando el varón de Dios citaba algún texto de la Escritura luego se volvía hazia ellos y lo citaba en hebreo." "Antes de comenzar a predicar se veía débil y achacoso, pero a medida que iba entrando en materia su cuerpo se fortalecía y su rostro se animaba. Sus palabras, como sus movimientos, ardían como unas hachas encendidas, oíanle así los que estaban cerca del púlpito como los que estaban lejos." Con facilidad lloraba, y hablando se deshacía en lágrimas; al describir los horrores del juicio final alzaba tanto la voz que aterraba a sus oyentes, que caían al suelo asustados, viéndose ya fuera de sus sepulturas para comparecer ante el Juez Supremo. "Montes, caed sobre nosotros y cubridnos de la ira grande del Cordero", gritaba con furor y los pecadores se postraban ante él arrepentidos, prometiéndole los tahúres dejar el juego, los ladrones el robo, los clérigos la gula y la codicia, las rameras la lujuria y los asesinos el crimen. En medio de la multitud se alzaban voces que perdonaban o pedían perdón, hombres a los que se les había metido el demonio aullaban, saltaban, reían, lloraban o cantaban, por lo que él tenía que interrumpir su predicación para dirigirse a Satanás: "Diablo, en nombre de Jesucristo te ordeno que te quedes quieto." Tenía el don de ver lo oculto y lo que estaba lejos, como cuando en Lérida dijo que el cuerpo de su maestro fray Tomás Carnicer después de cuarenta años de enterrado estaba intacto, o cuando en Zaragoza se le reveló que acababa de morir su madre en Valencia, o cuando en Tortosa dijo: "Hermanos, de este cabo del río se ha encendido un fuego en los pajares, id a matarlo, por vida vuestra". Por lo que de inmediato partieron varios voluntarios para tratar de apagarlo, pero al llegar al sitio señalado no hallaron humo ni fuego sino a un hombre lujuriando con una mujer, de manera que los fieles pararon mientes que ése había sido el fuego del que fray Vicente había hablado. Al terminar su sermón acostumbraba arrojar el demonio del cuerpo de los poseídos que le traían los familiares para exorcizar y sanaba a los enfermos de todo tipo de males santiguándolos con estas palabras: *Signa auteeum eos qui credirint haec sequentur, super segros manus imponent, et bene habebunt. Iesus Mariae Filius, mundi salus, et Dominus, qui te traxit ad fidem Catholicam, te in ea conservet, et beatum facial, et ab hac infirmitate liberare dignetur.* Terminado el sermón, después de vísperas, se hacía la procesión penitencial de hombres, mujeres y niños. Cerca de trescientos disciplinantes venían por las calles como un largo cocodrilo ensangrentado, afligiendo su carne en remembranza de los azotes que Cristo padeció, con la creencia de que si la mortificación se hacía con las debidas circunstancias juntaría Dios la sangre del penitente con la suya, dándole valor y mérito; con la advertencia también de que aquellos que lo hiciesen sin fe o se azotasen por vanidad eran necios abominables sacerdotes de Baal.

Confesados y comulgados, envueltos por la oscuridad de la noche para no ser conocidos, con la cabeza cubierta por un capirote blanco, descalzos, con la espalda y los hombros descubiertos, venían en procesión del convento de la orden o de la iglesia, con un Cristo y un pendón con los recuerdos de la pasión pintados, ricos y pobres, seglares y clérigos, nobles y villanos, separados únicamente los hombres de las mujeres. Niños de cuatro años, y otros que apenas podían andar, venían delante de los hombres con crucifijos en las manos; niñas de la misma edad precedían a las mujeres, con imágenes de María con su hijo muerto en los brazos. Todos andaban las estaciones de la cruz, se flagelaban con disciplinas de cáñamo torcido separado en ramales, con azotes de hierro, vástagos y abrojos; golpeándose algunos con tanto furor que por la gran cantidad de sangre que salía de sus heridas de un dedo de ancho era menester quitarles los azotes porque podían matarse a sí mismos a golpes. Otros dejaban pedazos de carne pegados a sus ropas o se llevaban trozos colgados de los hierros. Otros más, como remedos de Cristo, se infligían tales castigos que caían y levantaban abrumados por el peso de una cruz imaginaria, hasta que desfallecían de dolor. Los sedientos, por su parte, bebían de rodillas el agua que les era ofrecida por los misericordiosos como prueba de humildad. En todos lados los penitentes recordaban los signos visibles de la Pasión, cantaban oraciones que les había compuesto fray Vicente en especial para esa ocasión, clamaban en valenciano: "¡Senyor Déu, Iesu Christ!", o en castellano: "¡Sea esto por la Pasión de Nuestro Señor Jesucristo y la remisión de nuestros pecados!" El pueblo los seguía y los rodeaba cantando himnos religiosos, con cruces, cristos, vírgenes y santos de bulto, estandartes y velas encendidas. Las campanas tañían, acompañaban a la sierpe humana en su miseria y agonía. "Era tanto el uso de esta penitencia que, por donde pasaba el maestro Vicente, los plateros y otros oficiales tenían puestas tiendas de disciplinas, como si fuese entonces feria de azotes", escribió San Antonino.

De esta manera recorrió el tonsurado fray Vicente las aldeas y las ciudades de los reinos de España, para arengar, con el crucifijo en la mano izquierda, a cristianos, judíos y moros. El 19 de enero de 1411 entró en Murcia, prohibiendo el juego de dados en la ciudad y su término y aplicando ordenanzas severas contra los judíos y los moros que no se habían convertido al cristianismo. Tras un mes de estancia, un miércoles de ceniza predicó en Librilla, en Alhama y en Lorca y volvió a Murcia; partió rumbo a Castilla el 14 de abril, se halló en Ciudad Real el 14 de mayo y entró el 30 en Toledo; villa en la que predicó diariamente en especial a los judíos, a los que trató de instruir en la fe cristiana. Pero al ver que éstos permanecían inconmovibles a sus sermones, un día lleno de ira bajó del púlpito, salió de la iglesia seguido de gran muchedumbre, se dirigió a la aljama con el crucifijo en alto y entró en la antigua sinagoga para arrojar a los que allí seguían la palabra y la ley de Dios, y bajo la advocación de Santa María la Blanca la consagró al culto católico. De Toledo partió a Yepes, Ocaña, Borox, Illescas, Simancas y Tordesillas, donde lo afligieron las cuartanas. En Valladolid no sólo se concretó a predicar sino que pidió a los jurados de la ciudad que forzasen a los judíos a vivir encerrados. En el mes de septiembre se dirigió a Ayllón para hablar con el infante don Fernando y la reina doña Catalina, tutores del rey niño don Juan II. A doña Catalina de Lancáster, que sufría de perlesía y no estaba bien suelta de la lengua ni del cuerpo, indujo a publicar la cruel *Pragmática* sobre el encerramiento de los judíos, que sería pregonada en su presencia en Valladolid, a fines de 1411. De allá se fue a Salamanca, donde cruz en mano irrumpió en la sinagoga mayor para predicar a los judíos que estaban en ella reunidos, apareciendo sobre las ropas y tocas de éstos cruces blancas, lo que motivó que muchos de ellos se convirtiesen cambiando su nombre hebreo por el de Vicente y la sinagoga se llamase Vera Cruz.

El rey don Fernando de Aragón siguió de muy cerca las conversiones de 35 000 judíos y 8 000 moros que había efectuado fray Vicente, y sus sermones, en los que insistía que Jesús y María habían sido judíos y que nada desagradaba más a Dios que los bautizos forzados, ya que "¡Los apóstoles que conquistaron al mundo no llevaban lanza ni cuchillo! ¡Los cristianos no deben matar a los judíos con el cuchillo sino con razonamientos!" Sin embargo, a su paso dejaba una oleada de terror en las aljamas, pues exaltados por sus predicaciones muchos cometían fechorías y se confabulaban contra los judíos, llegando a no querer venderles vituallas para su sustento, como en Alcañiz. Además, fray Vicente suplicaba a los reyes "que en todas las cibdades e villas de sus regnos mandasen apartar a los judíos, porque de su conversación con los cristianos se seguían grandes daños, especialmente en aquellos que nuevamente eran convertidos a nuestra Santa Fe". Junto con las leyendas de las conversiones que lograba hacer entre los judíos corrían las historias de los milagros que realizaba entre los cristianos. En todos los reinos de España se decía que fray Vicente había resucitado muertos, dado voz a los mudos, oídos a los sordos y luz a los ciegos, que había vuelto fértiles a mujeres estériles, devuelto el seso a locos y desatinados, curado heridas de cuchilladas y restañado cabezas de descalabrados, sanado a enfermos de gota coral, de hinchazón de la garganta y de dodor del corazón, enderezado la boca a torcidos y aliviado de dolencia de muslos, de vientre, de espalda y de pechos; sanado del mal de la piedra y hecho orinar a una mujer que estuvo quince años sin hacer aguas, librado a gentes de la peste y de la lepra, hecho resollar a los que se ahogaban en su propio pecho y andar a los quebrados, salvado a marineros de vientos y tempestades, disipado hambres y apagado fuegos, conjurado nubes y abolido tormentas a la sola mención de su nombre.

Más alegre que los santos y más generosa que los reyes, mi abuela solía cantar:

Árvoles lloran por luvias,
y muntañas por aires;
ansí lloran los mis ojos,
por ti querida amante.
Torno y digo qué va a ser de mí,
en tierras agenas yo me vo murir,

cuando la cogió la muerte un domingo en la tarde, último día de octubre del año del Señor de 1434, víspera de Todos Santos. Finó de fiebre, en Sevilla, donde había pasado su vida sola y señalada, como una mujer viuda judía que por ese tiempo le había tocado en suerte pasear sus huesos y su sombra por la ciudad asentada sobre un llano, la antigua Hispalis. Por los primeros días de enero le habían empezado las cuartanas, de las que también sufría el rey don Juan II, "debilitado por malos humores, esclavo de la sensualidad y diariamente entregado a las caricias de una joven y bella esposa" o de un condestable, igualmente seductor. Aunque mi abuela doña Blanca no tenía en el mundo otros excesos que los de su propia hambre y su propia soledad. Fue el domingo en la mañana cuando comenzó a dar muestras de que quería dejar la tierra, mientras enseñaba a mi padre el Salmo Primero, que por esos años había traducido al castellano del hebreo el rabí Mosé Arragel, de Guadalajara:

Bien aventurado el varón
que non andovo en consejo de malos
nin en vía de peccadores non se paró
nin en cátedra de escarnescedores non se assentó.

Interrumpiendo, de pronto, el correr de los versículos para hacer a mi padre recomendaciones misteriosas como la de que si llegaba un día a Tarazona buscara en la judería a un hermano suyo de nombre Acach para pedirle un costal de paños, en cuantía de unos cien florines de oro del cuño de Aragón, que le había dejado su padre en custodia durante la persecución de los judíos en 1391 en una tienda de esa ciudad; o la de que si sus pasos lo llevaban a Barcelona buscara a don Abraham Isaac Ardit, que le enseñaría el oficio de tejer velos por seis años, ofreciéndole comida, bebida, camisas y calzado y un florín de oro de Aragón al mes. Luego, pasándole la mano sobre la frente, con mirada inescrutable le había dicho:

—Te absuelvo desde el principio del mundo hasta el día de hoy.

Luego murió, acurrucada en la cocina. A hora de prima, sin presencia de jueces para medir su espanto, sin actas ni crónicas de nadie, a solas con la inmensidad de la muerte que tiene el mismo tamaño para todos. Las lluvias comenzaron a caer sobre Sevilla casi inmediatamente, hora tras hora. El río Guadalquivir entró en la calle de la Cestería y alcanzó los pilares de la calzada como un ancho visitante, que estrecho y recogido a veces, creció sobre sí mismo, se alzó sobre sus brazos líquidos, repletó su vientre y se lanzó sobre todo aquello que lo rodeaba con sus incontables lenguas fluidas.

Mi padre, a solas con la muerte de la abuela, hizo con sus manos una caja a la medida de su cuerpo para partir con ella al campo, no al fonsario. Bajo la lluvia y los lodazales que le llegaban hasta la rodilla se abrió paso, llegó a un pinar, por él conocido. Allá, empapado, cavó una fosa, sin descanso aventó la tierra lejos de sí, porque las grandes avenidas de agua que venían a él sin cesar se la devolvían, dando la impresión de que el cadáver se iba a ahogar en la caja y la caja se iba a ir navegando.

Terminado el entierro, se hincó en el charco sin señal que era su tumba, la llenó de hierbas y de ramas y buscó en sus recuerdos el rostro de ella que más amaba, para llevárselo consigo.

Mas no sintió el agua que le escurría por todas partes, como un fantasma que había enterrado a un muerto, como si su cabeza se deshiciera en lluvia, sus pies fluyeran por los arroyos y desembocaran en el río de todos, que es el de ninguno.

Arrojados los últimos terrones sobre la caja, paró mientes que un labrador lo miraba desde la puerta de su casa. Viejo mal vestido, lleno de colgachos e hilachas, de blanca cara ósea y grandes ojos negros. A su lado un perro ladraba, aterrorizado, sin acercársele. Mi padre supo por qué: el labrador tenía las manos descarnadas, no tenía piel en las mejillas, no tenía mirada alguna, era la muerte.

Fingió no verla, no volteó más hacia ella. La había visto bien y para siempre. Con eso le bastaba. Se alejó rápido como si tratara de escapar del camino sobre el cual caminaba, como si intentara dejar atrás los pies sobre los cuales iba, yendo delante del cuerpo en el que se movía, con una extraña sensación de haber dejado algo irrecuperable enterrado entre los pinos. Años después recordaría que esa tarde pareció haberse soñado, haberse creído andar bajo la lluvia, haberse visto enterrar a su madre y haber visto a la muerte y a un perro ladrándole.

En Sevilla, el viernes primer día de enero de 1435 llovió. El sábado llovió; durante la noche ráfagas de viento azotaron las calles y en la madrugada el suelo fue conmovido por un temblor. El lunes siguió lloviendo, el río alcanzó el adarve de la barbacana, desde la puerta de Golles hasta el pie de la cuesta de Castilleja y los tejados de Triana. Las campanas repicaron en la noche, el agua entró en la ciudad por los caños y las compuertas del río tuvieron que calafatearse. Día tras día cayó el agua en forma torrencial, el río se hinchó como una serpiente parda y subió los mármoles de las puertas hasta la primera tabla, entró en las atarazanas de las galeras del rey y se llevó ochocientos pinos que allí estaban, se llevó madera de unos mercaderes gallegos y penetró por la puerta grande de fierro que sale a la Torre del Oro. Llegaron a juntarse el Buerva y el Guadalquivir, Triana se cercó de agua, los caminos desaparecieron bajo lagos repentinos y el Tagarete se introdujo por la puerta del fonsario, arrastrando cadáveres y huesos, lápidas y flores. Pronto, el pan y la carne escasearon en la ciudad, no hubo leña, los frailes de un monasterio cortaron los álamos para hacerse de comer, las paredes de infinitas casas se reblandecieron, el agua tocó el primer arco del castillo de Triana, media braza debajo de la imagen de la Virgen María, y las noches fueron blanqueadas por los relámpagos, las gentes comenzaron a decir que las tormentas eran mandadas por Dios que quería destruir Sevilla y se refugiaron en las iglesias y en los puntos más altos de la ciudad, bajo el tañer de las campanas de Santa María, haciéndose oración en todas las iglesias para que Nuestro Señor salvara a la villa del peligro en que se hallaba.

A las ocho de la mañana de un miércoles se oscureció la tierra, hombres y mujeres corrieron a las iglesias para confesarse y comulgar, las campanas repicaron y se dijeron misas; el agua llegó a la calle que iba a San Clemente, los barcos anduvieron por las calles, los perros, los gatos y las gallinas se subieron a los tejados de las casas inundadas, los moradores de la calle de la Cestería y del arrabal de Cantillana con sus ropas y haciendas se concentraron en el muladar de la puerta de Golles, entre la basura y el estiércol, y allí hicieron tendejones de velas y mantas. No hubo pan, las gentes buscaron quien les vendiera harina y les moliese trigo al precio que fuese, fueron de casa en casa para preguntar quién podía compartir un pedazo de pan con ellos. Una noche, que se vio la luna y las estrellas resplandecieron, mi padre salió a comprar una mula, que no pudo adquirir porque le costaba cincuenta y ocho sueldos jaqueses. De Alcalá de Guadaira y de otros lugares llegó pan a la plaza, y entre la multitud ansiosa que buscaba saciarse él compró varias piezas. En la ciudad se hicieron procesiones con candelas y cruces, se sacó a la calle el arca con los cuerpos de San Servante, San Germán y San Florencio, y se paseó la cabeza de San Laureán. Al otro día él se fue de Sevilla, cerró para siempre la casa, sin más pariente en el mundo que la sangre de su propio cuerpo y sin más hermandad sobre la tierra que la progenie ubicua de Caín. Partió a pie, con sólo las ropas que llevaba puestas y las vituallas que había comido.

El viernes 7 de enero, aunque llovió un poco y hubo vientos recios, anduvo muchas leguas, como si tuviera prisa de irse, no sólo de Sevilla sino de sí mismo, de sus pasos y los de los otros. Anduvo sin parar, pisando sobre avenidas de agua bajo un cielo de agua, con la sensación de desfallecer de fatiga, de pisar sobre sus propias plantas, pesados de agua sus zapatos rotos. Creía que nadie lo veía atravesar los campos inundados, las arboledas plateadas, los arcoíris en los montes, el sol bajo la lluvia, la tierra parda, las piedras lavadas, hasta que se dio cuenta que todo el tiempo la muerte lo seguía, lo acechaba por los campos y los montes, entre las vides y los árboles frutales, a la orilla de los arroyos, del otro lado de los puentes y fuera del camino. La misma muerte labradora que había visto entre los pinos cuando enterraba a su madre; la que, seguramente, esperaba que cayera en el lodo, no pudiese levantarse más, para llevárselo. Pero él no cayó, él no se detuvo; no podía detenerse. Dudar, descansar un momento era sucumbir, no tanto ante ella pero ante sí mismo. Los caminos líquidos le salían al encuentro como ríos, los senderos se ahogaban bajo lagunas súbitas y los árboles eran saeteados por miles de semillas blancas, huidizas y frías.

El segundo día de camino encontró una acémila despeñada con su leña en un barranco. Agonizante, el mulero la había abandonado con las patas quebradas sin osar degollarla. Se había ido, dejándola en un charco lodoso que espejeaba un cielo nublado.

El tercer día tocó a la puerta de una casa, en la que un hombre y su cónyuge no le dieron pan de comer, pero castañas, pasas, trigo cocido y agua y le contaron prodigios que habían visto durante la tormenta: Un torbellino espantoso había arrebatado un par de bueyes unidos por el yugo y la campana de la iglesia que pesaba veinte arrobas, alzándolos por los aires; había destapado los caños de una aldea, despedazado los muros de una casa y arrancado de raíz muchos naranjos. Dos viejos, que vivían a un tiro de piedra de ellos, les habían dicho que a la hora del crepúsculo habían visto por el poniente gentes armadas peleando unas contra otras con terrible estruendo; las cuales, heridas, se precipitaron por el cielo dejando largos hilos de luz sangrienta.

Otro día, temprano, a la vera del camino, halló un asno caído por traer la grandísima carga de una cama de madera, que buenamente pesaba unas quince arrobas, dos arcas cerradas cuyo peso sería de unas ocho arrobas cada una, una maleta de ropa, cuatro sogas y dos mantas. Hacia el mediodía encontró varios carreteros, peones, acemileros y guías que llevaban las andas y los carros de un señor de riquísima hacienda a campo traviesa, pues parecían haber errado la ruta de su viaje. En doce mulas y siete carretas transportaban una cámara y una recámara, fanegas de habas secas, de trigo, de cebada, castañas, cera y sal. En dos carretas que venían atrás cargaban una jaula con pajarillos, tres lebreles, cuatro lavanderas y un panadero.

El quinto día, al aproximarse a unos barriles de tierra, de gran vientre, que estaban junto a una cerca con agua para beber, topose con un labrador que dijo llamarse Pedro del Campo, por ser hombre de la tierra, llano, casi anónimo; estaba con cuatro villanas hijas suyas, de cara alegre y buen continente, que cuidaban cinco carneros castrados y cojudos, más de una docena de ovejas y varias cabras con sus cabritos. Su mujer, cadañera, después de darle de comer le ofreció toda la paja de su establo para dormir; agradeciéndole mucho mi padre su hospitalidad, ya que las otras noches las había pasado bajo el techo nublado de la intemperie, en cuevas húmedas o bajo puentes de madera o de piedra, y, una vez, en un mesón misérrimo, con un piso más terroso que el camino. Sus almohadas habían sido leños, pedruscos, matas o sus propios brazos.

El sexto día, puesto el sol, salió a su paso una litera llevada por acémilas veloces y enlodadas, en la que iba una mujer moza con una toca de camino de holanda azul, vieja y rota. Ella, al cruzarse con él, lo había mirado pálida y distante, con dos intensos ojos azules que parecían seguir brillando después de haber pasado. Pero con tal presura se había ido, que mi padre tuvo la impresión de que formaba un solo cuerpo con la litera y las acémilas, corriendo con ellas en perpetua compañía. Al vuelo, él había podido ver las andas de raso carmesí, roto y viejo, las hebillas desclavadas, las cinchas desforradas de cuero de vaca y la soledad casi exterior de la mujer. La cual no llevaba tenedor de andas ni escuderos de pie ni hombres a caballo para custodiarla. Iba sola, con los animales híbridos, estériles, sin descendencia posible, que la arrastraban al interior de la noche, por un camino oscuro, que parecía conocer de antiguo. Las sombras incipientes, los árboles, la bruma se veían a través de la litera y de las acémilas, como si éstas, a medida que se alejaban, se volviesen transparentes. Muy rezagados, vinieron dos peones ligerísimos, que bajo la llovizna casi volaban sobre el camino, con la vista fija en el poniente anaranjado, como si tuviesen por misión alcanzar al Sol que siempre se ponía delante de ellos.

Ahito de hambres y fatigas, de cielos nublados y de lluvias, sintiéndose ya un andarín diestrísimo, que recorría velozmente en un día distancias de tres jornadas, al cabo de varias semanas llegó a Madrid, con un báculo en la mano, sus ropas desgarradas y seco su rostro de polvo y sol. Había dejado atrás El Pedroso, Cazalla, Guadalcanal, Fuente del Arco, Llerena, Valencia de la Torre, Campillo, Zalamea, Quintana de la Serena, Campanario, Acedera, Caserío del Rincón, Guadalupe, Venta de los Palacios, el puerto de Arrebatacapas, Puente del Arzobispo, Calera, Talavera, Cebolla, Burajón, Toledo, etc., perdido ya el dolor por la muerte de su madre, asimilada a sus pasos y a su sombra, o llevada como un vacío en sus ojos.

Yo, Juan Cabezón, nací en Madrid, la de los terrones de fuego, en la Calle del Viento, un jueves cuando mi madre, preñada de ocho meses, camino del mercado, tropezó y dio a luz un varón.

Durante mis primeros años me llamaron el niño del tropiezo, el hijo de la calleja o el soplado por el aire, y por el vuelo de los gorriones auguraron algunas gentes que iba a ser empedrador de calles, encalador de paredes, enlodador de suelos ajenos o enlodador de mi propio linaje, pero hasta el momento en que mejoró mi fortuna no fui más que azotador de caminos y empedrador de las escudillas de mis caldos.

De aquella infancia sólo guardo el recuerdo de mis hambres; que el día de carne y el día de pescado para mí fueron día de aire y día de secado; que en mis noches, mi panza vacía pobló mis sueños de figuras endebles y personajes flacos devorando criaturas desabridas y animalias amargas.

Mis mañanas también fueron famélicas, imaginando a mi madre venir del rastro del arrabal con las mejores carnes de Joan de Madrid, después de haber ido a la plaza de San Salvador a comprar sardinas y pescados en las artesas horadadas que se ponían allí, según costumbre antigua.

Pero mientras los padres de otros hijos más cebados que yo se iban a traer el bastimento de víveres y vituallas, a mí el mío me traía proverbios: "Vaca y carnero, olla de caballero", "A mucha hambre, no hay pan malo", "El muerto a la huesa y el vivo a la mesa , y otras palabras que hablaban del comer y del no comer; a lo que yo respondía entre mí: "Mi padre se llama hogaza y yo muero de hambre".

A él, que era barbero y tenía un bacín hondo y delgado de metal sonoro en el que resonaban todos los golpes del mundo, una tarde que me enseñaba a leer y a escribir llegose un boticario de andar lento y cuerpo grueso para que le hiciera las barbas y las guedejas; labor a la que el autor de mis necesidades se aplicó presto, cortándole con las tonseras los pelos de la nuca y las barbas del cuello, hasta que la sangre comenzó a manar del papo del boticario; que, viéndose más herido que raído, cayó al suelo lleno de pelambre, exclamando: "Válganme mis vasos de barro vidriado, mis ungüentos y mis olores, mis botes de conserva con ciruelas, peras y melocotones, ¿a quién se los voy a dejar ahora, que yo muero?"

A consecuencia de esta muerte accidental, o intencional, vino el alguacil a prender a mi padre, quien de manera lastimosa se despidió de mí con este ruego: "Hijo mío, busca a otro barbero que te prohijé, pero aléjate de las navajas y los papos mientras vivas."

Tristeza infinita me dio ver a mi padre ser prendido por el alguacil, como uno de tantos ladrones, homicidas, sacrílegos y forzadores de vírgenes, monjas, casadas y abuelas que por esos años robaban y mataban cruelmente por los caminos, los campos y las casas de las aldeas y ciudades del reino de Castilla. Y por días y días no hice otra cosa que espiar por la desgarradura de la cortina, que separaba mi cama de la de mi madre, por los horados de la pared y por un agujero de la puerta que daban a la cocina y a la calle, esperando ver a mi padre de regreso a la casa o entrando en la barbería, llenos los bolsillos de proverbios y del chis chis de sus chistes, en lugar de vituallas. Pero sólo vi a Fernando el agujetero, Alonso, candelero, Perancho, carpintero, Gonzalo Núñez, cintero, Maestre Zulema, cirujano, Simón García, odrero, Pedro de Chinchón, zapatero, y tantos otros cuyo nombre y oficio es inútil recordar ahora, enamorados de mi madre.

Ella, moza y hermosa, lejos estaba de entregarse a otros hombres, como mis peores temores lo presentían; aunque sus pretendientes venían a la casa a todas horas, mostrándose: "Soy

Alonso, tintorero", "Soy Joan el sayalero", "Me llamo Joan Malpensado", "Me llamo Joan Rebeco", sin que mi madre aceptara a ninguno. Sólo a mí, que me acostaba a su lado, durmiendo uno en brazos del otro para no sentir nadie el frío del cuerpo y el alma.

De lo poco que había en casa ella hacía mucho, me regalaba con roscas y hojaldres, con golosinas y conservas que aderezaba con azúcar y miel. Sin cesar confortaba mi estómago, aunque me dejaba ir por la calle con el vestido andrajoso y los zapatos llenos de picaños, y era mirado por los vecinos como el huérfano, el pobre Juan y el hijo del barbero que fue hecho cuartos.

Al cabo de unos meses, que a mí me parecieron años, mi madre, para aliviarse de la pena de haber perdido a mi padre, o para curarse de una dolencia del cuerpo que nunca conocí y que los vecinos de mala lengua llamaban cachondez, se arrimó a un molinero grueso, de pasos lerdos, carnes flojas y cara hinchada. A casa del cual, luego de unas semanas de habérmelo señalado como a mi futuro padre, nos fuimos a vivir ella y yo "para tener cobijo y sustento".

Por meses y meses dormí apaciblemente en el mismo cuarto de ellos, a veces entre ellos; hasta el día en que el molinero se las ingenió para despertarme en el más profundo sueño con soplos en las orejas y cosquillas en las ijadas y en las plantas de los pies, para decirme: "Juan, Juan, he oído ruidos en el tejado, vete allá afuera y, si ves a alguien, pégale con este puñal." Dormido aún, cosquilloso y espantado, aventaba golpes en vago, empujaba las sombras de la noche y miraba a mi madre para ver qué decía. Pero después de unos momentos de silencio y de duda, en los que escrutaba el rostro del molinero y el mío, sólo decía: "No oigo nada, que estoy romadizada."

Envuelto en las ropas grandes y cálidas del molinero, de mala gana salía a la oscuridad para inspeccionar los tejados y husmear el viento en busca de algún trasgo oculto entre las tejas, pero las horas pasaban sin hallar bulto vivo ni fantasma impalpable, sentado a la intemperie esperando sorprender al hombre o al muerto para coserlo a puñaladas o desaparecerlo a golpes de cruz.

Lo que sí escuchaba con claridad, gracias al silencio de la madrugada, eran los arrumacos de ellos, que atravesando las paredes y el tejado confirmaban mis peores sospechas; ya que, aprovechándose de mi ausencia, no escatimaban ternezas para holgarse a sus anchas.

Al amanecer me abrían la puerta, cuando él se levantaba para ir a echar el trigo en la tolva del molino. "No te preocupes, Juan, que la templanza del aire te hará bien", me decía entonces mi madre, al verme bañado de rocío. "Amor de padre, que todo lo otro es aire", le contestaba yo, para decirle un refrán favorito del autor de mis días. "Arrópate, que sudas", me decía ella, llevándome a su cama y apretándome entre sus brazos. Pero yo la rechazaba, porque olía el tufo del molinero mezclado a su sudor.

Él, hombre grande y de cuerpo espeso, ojos pequeños y calvo, presuntuoso al mandar, más inclinado a la malicia que a la dulzura, era astuto e impaciente y turbábase con saña si algo le desagradaba, llegando a los golpes y a las patadas en el momento mismo de su cólera. Sentado en las tardes de sobremesa, bien bebido, la lengua gorda, solía contarnos a mi madre y a mí que las pulgas se criaban del polvo y la humedad, que en Francia había unas manzanas que duraban todo el año y las llamaban *capendu*, porque una vez marchitas parecían cabezas de ahorcado; con los párpados entrecerrados nos revelaba que los ciervos mordidos por una araña ponzoñosa se curaban comiendo cangrejos, que las tortugas se aliviaban de las culebras con la cicuta, que la cigüeña se sanaba con orégano y el jabalí con hiedra, que el elefante se salvaba del veneno del camaleón con hojas de olivo, los osos de la mandrágora con hormigas y las palomas torcaces purgaban sus superfluidades con hojas de laurel. Mientras me hablaba, mi madre no me quitaba los ojos alcoholados de encima, hasta el momento en que él, descubriendo que no lo oíamos, se levantaba para cerrar la puerta con el pestillo. Y nos íbamos a dormir, el molinero su borrachera, mi madre sus sueños y yo mis tristezas.

Puesto el sol, a menudo, llegábanse a la casa sus amigos don Pero Pérez, experto en augurios y calamidades, el converso cordobés Acach de Montoro y el viejo fraile toledano don Francisco Manrique, que había pasado gran parte de su vida en Roma. Sentados a la mesa con el molinero, a la luz de las candelas y bebiendo vino, se arrebataban uno a otro la palabra hasta bien entrada la noche. Desde un banco fincado en la pared, invisibles y callados, mi madre y yo los oíamos, como si no estuviésemos en la misma pieza que ellos.

—Durante el reinado de don Enrique IV ha habido muchos prodigios —decía don Pero Pérez con ojos desorbitados, igual que si sus miradas se fuesen a desbordar—. En Sevilla un golpe de viento mezclado con lluvia destruyó la parte del alcázar donde el rey moraba, descuajó los árboles del jardín y los hendió cual una espada; un naranjo, muy alto y hermoso, fue desarraigado y llevado por los aires sobre los muros de la ciudad, cayendo en un naranjal donde la plebe arrancó los frutos y lo despedazó; una estatua de mármol, con diadema dorada, se esfumó, las murallas de las torres de la ciudad se derrumbaron, los templos perdieron sus tejados, el acueducto de ladrillos cayó sin estrépito sobre unas piedras, los sepulcros se abrieron y más de quinientas casas se desplomaron, quedando en pie sólo una vieja y arruinada. En Segovia, en el palacio del rey, en altas horas de la noche se oyeron alaridos y lamentos, aparecieron fantasmas terroríficos que pararon los pelos de punta a todos, incluso al mismo don Enrique, que no se turbaba ni espantaba de nada, contestando con bromas y explicando en público con risas lo que se le había confiado en secreto con temor. Al salir el sol, los segovianos creyeron que todo había sido alucinación y error del corazón, pero descubrieron una grieta que partía en dos el edificio hasta perderse en los abismos. En Sevilla nació una niña con un miembro viril en la punta de la lengua, los dientes crecidos y los labios vellosos a manera de barba.

—Dícese, y el niño no lo oiga, ni la honesta dama tampoco, que cuando a los dieciséis años casaron al rey don Enrique IV con la infanta doña Blanca de Navarra, entre torneos, espectáculos y juegos, en los que hubo algunos muertos y coplas y cantares de los cortesanos, que se burlaron de su impotencia conocida, corrió la voz que su miembro era delgado en la raíz, ancho en la extremidad y no podía haber erección, orinando en cuclillas como una señora —dijo don Francisco Manrique, tornando la cara hacia mí para ver si dormía o estaba distraído.

—Dícese que la noche de bodas, por no tener allegamiento de varón, la dejó como nació, enojando a todos, y en especial a los testigos que estaban a la puerta para mostrar la sábana a los demás, por prescribir una ley antigua de Castilla que al consumarse el ayuntamiento real haya testigos y notario en la sala —dijo don Acach de Montoro.

—He oído —dijo don Pero Pérez— que al comienzo del matrimonio el rey trató de atraer a otro hombre al lecho conyugal para realizar el acto venéreo en su lugar y procurarle un vástago para la sucesión al trono, como doña Blanca no aceptó el engaño empezó a aborrecerla y buscó el divorcio, manteniéndola en mezquina estrechez hasta que consiguió la licencia papal y la devolvió intacta a Navarra.

—Dícese, y espero que el niño continúe dormido y la honesta dama sorda —dijo don Francisco Manrique—, que para festejar su soltería, el rey se dedicó luego a perseguir animales en lo más espeso de los bosques y a entregarse al amor de los mancebos, entre los que estaba su favorito Juan Pacheco, que le había sido escogido por don Álvaro de Luna, valido de su padre, como su doncel.

—A este Juan Pacheco solía irle a cantar y a tañerle el laúd al amanecer cuando se hallaba enfermo en su casa —añadió don Pero Pérez.

—Sin duda, el fin del mundo está cerca —dijo el molinero, las primeras palabras que había pronunciado durante la noche.

—Si no el fin del mundo de todos, al menos el fin del nuestro —aclaró al punto don Francisco Manrique.

—Sólo los ciegos no ven y los sordos no oyen —exclamó el molinero, con la gravedad de alguien que dice una frase llena de presagios.

—El Mesías va a venir y el Juicio Final con Él —reveló el converso.

—Ahora vayámonos a dormir, que debo levantarme a maitines para decir la primera misa —dijo don Francisco Manrique, marchándose.

De esta manera pasaron cuatro años, sin saber a quién culpar más por mis penas, si al molinero burdo por sus inquinas, a mi madre por sus fatigas o a mí mismo por mi miseria. El caso es que el día que mataron a mi padrastro no sentí aflicción alguna, experimentando en cambio un enorme alivio, como si se me hubiese quitado un bulto sobre mis días, un paredón entre mi madre y yo. Aunque con él se fue el sustento, con su ausencia llegó el hambre y el desabrigo, que en este mundo no hay gozo ni alegría cumplida.

Había viajado el molinero a Segovia para hacer un negocio, pero asaltado por malhechores, no sólo había sido despojado de todo lo que llevaba cosido y suelto en sus ropas, sino que le habían abierto el vientre para ver si no lo llevaba repleto de oro.

Un labrador lo encontró agonizando entre unos matorrales, y alcanzando a oír que venía de Madrid lo había echado sobre su burra y lo había traído a la casa, después de indagar dónde moraba en la villa.

Al anochecer lo trajo de bruces sobre el cuadrúpedo, con los ojos todavía abiertos, como el que viene mirando el polvo del camino. La cara lívida, los pelos crispados, la panza acuchillada alrededor, hasta los lomos, las manos raspadas por las piedras, las mangas tapándole los puños, descalzo.

—A éste nada le valdrá decir: "Aunque me cortaron las faldas, largas me quedaron las mangas" —dijo el labrador, pidiendo agua de beber, antes de cobrar sus servicios y volver sobre sus pasos.

La víspera de ese día fue noche de Carnestolendas, y mi madre y yo fuimos a una plaza; ya que en diferentes lados de la ciudad se encendieron fuegos de leña, hubo procesiones, danzas, campaneo y juegos de cañas, y se tiraron huevos llenos de aguas olorosas para regocijo de la infinita gente que estaba en las calles y en las ventanas para celebrar la fiesta que precedía el Miércoles de Ceniza.

Mujeres de la mancebía salieron bailando con panderos, con una borrica vestida de dama, a la que dos mozas dieron de comer; tres de ellas metidas juntas en una saya, con las manos y los pies asomados por seis agujeros. Un enano con tres jibas, dos caras, cuatro brazos y cuatro pies, al cual alzaba y bajaba una giganta pintarrajeada que se decía su marida, vino adelante.

Detrás de ellos apareció una cuadrilla de locos, con bocacís negros, verdes y encarnados, largos y contrahechos, engomados y tiesos, pidiendo con un bacín en la mano a toda criatura que se cruzaba en su camino. En una carreta traían a un loco ataviado como papa, con cardenales y frailes locos portando hachas y cetros; seguido de otro loco vestido de rey, con sedas y oro y una corona ladeada, custodiado por caballeros con ropas blancas o carmesíes y ministriles de librea tocando instrumentos de boca.

Siguió una boda de labradores, caballeros en asnos, acompañados los novios zafios por un cura, un alguacil, el alcalde, los padrinos y un tamborilero, en la piel de un cabrón anunciando su paso. A unos cuantos metros, seguíanlos villanos con zaragüelles blancos y en camisa, medias calzas y zapatos rotos, mujeres a pie, preñadas, paridas o con niños. Una moza trajo manzanas en unos palos, una vieja una olla con un garabato con el que sacaba tripas y miembros de hombre, y un escribano el virgo de una muchacha en una sábana sangrienta.

Pisándoles los talones vino una procesión de frailes inquisidores a caballo, con ministriles, trompetas y atabales. El pendón del Santo Oficio fue llevado por un fraile cetrino, con un sayo de terciopelo blanco y un jubón carmesí, y su capirote, sus calzas y zapatos guarnecidos de oro, plata y piedras preciosas. Custodiábanlo oficiales, caballeros y otros hombres ricamente ataviados, con hachas en la mano.

Salieron frailes camino del patíbulo, con un condenado a la horca, que llevaba la ropa y la caperuza coloradas de los que van a colgar. Venía tras ellos un caballero degollado, con la cabeza en las manos, sin saber adónde tornarla ni qué dirección tomar.

Al final, vinieron siete ciegos representando los pecados capitales. El primero con un pendón negro sembrado de ojos blancos; los demás con andrajos y palos, tropezando uno con otro.

En una calle ancha, el repostero de estrados había colgado un paño cuadrado, con las armas de su señor, y había dispuesto un estrado de cuatro gradas con alfombras de colores. Al pie de una torre, alumbrados por hachas, muchos hombres tañeron la chirimía. Un ballestero de maza, vestido de negro, vino a caballo lanza en ristre para ensartar la sortija colgada de una cinta. Pero falló dos veces y quebró su lanza contra una pared.

Otro ballestero, vestido de grana, se la llevó tres veces. El juez fue un hombre de paja; el testigo, otro hombre de paja colocado en una ventana. Los precios de la sortija fueron espejos, joyas, guantes, borceguíes colorados y capones vivos y cocidos.

Varones principales, acompañados de sus damas, bajaron de una torre. Las chirimías, las trompetas y los ministriles tocaron delante de ellos y los hachones de cera alumbraron su paso hacia el estrado. Infinitos momos comenzaron a danzar, vestidos con hábitos de corderunas. Con mala figura y corcovas fingidas se espantaron de aquellos con quienes se toparon, diciendo sus gracias y sus lástimas con gran libertad.

Entre completas y maitines marcháronse los señores con sus damas, aburridos de bailar en el estrado. De una calle oscura salió un momarrache disfrazado de gallo, con barbas y cresta coloradas, orejas como membranas blancas y plumas largas en el cuello; las que sacudió y erizó al andar y al pelear contra su sombra, proyectada en el suelo y en la pared por la luz de los hachones. Cerca de nosotros, levantó la cabeza hacia el cielo para ver si iba a llover, las plumas de la cola se le abrieron, los espolones en sus patas más semejantes a acicates que a uñas, y falaz y lujurioso se arrojó sobre las mujeres profiriendo reclamos y cantándoles como si rompiera el alba.

—Oyó el gallo cantar, y no supo en qué muladar —le gritó una vieja desdentada, jalándole las plumas.

—Come toda tu longaniza, viene el miércoles de ceniza —le sopló otra.

—Hoy es carnestolendas, noche de convites y de fiestas, de abstinencia y decencia de las carnes copulentas, de castrar a los gallos lascivos como tú y de guardar a la mujer y a la gallina, que por andar se pierden aína —le dijo un hombre, de gran quijada.

Luego, se enterró un gallo hasta el pescuezo y un momo con ojos vendados vino de alguna distancia a pegarle con la espada en la mano, y le cortó la cabeza.

Por ese tiempo murió en el alcázar de Madrid don Enrique IV, a los cincuenta años de edad, con las entrañas destrozadas, según unos; de un recio dolor de costado, según otros; envenenado en Segovia en las fiestas y vistas que tuvo con su hermana, según los suyos. Debilitado por intensos flujos sanguíneos se había ido en dos días, deforme, los muslos al aire, con una túnica andrajosa y unos botines moriscos puestos. Mientras volvía los ojos mortecinos hacia sus íntimos en lánguidas miradas de adiós, el prior de Santa María lo instaba a morir como cristiano ante un altar que le había colocado en frente; pero sin proferir palabra alguna de contrición por su reinado licencioso, los miembros se le agitaron, la boca se le torció y expiró a la segunda hora de la noche del domingo 11 de diciembre de 1474.

Más miserable que su muerte fue su sepelio: envuelto su cuerpo en una sábana rota, sin lavar y sin embalsamar, fue llevado descalzo sobre unas tablas viejas, en hombros de gentes alquiladas, sin ceremonia ninguna, al monasterio de Santa María del Paso. Parados en la calle, mi madre y yo lo vimos pasar entre el poco pueblo que se había reunido por curiosidad. Don Acach de Montoro, don Pero Pérez y don Francisco Manrique estaban entre los mirones.

—Lo extrañamos mucho —dijo don Acach de Montoro, refiriéndose al molinero.

—No amó las insignias ni las ceremonias reales —dijo don Pero Pérez, refiriéndose al rey difunto—. Solía llevar en la cabeza un fez rojo, y en el cuerpo sayos, capuces y capas sombríos, de lana de color oscuro; cubrió sus piernas largas con polainas toscas y calzó borceguíes que se le caían a pedazos por el uso.

—Dicen que sus ojos garzos llevaban en el color la violencia, la sospecha y la codicia y que "Allí donde ponía la vista mucho duraba el mirar" —dijo don Francisco Manrique, quien supuestamente se había topado con él—. Hombre mal tallado, de cuerpo espeso y larga estatura, miembros fuertes, manos grandes, evitaba por todos los medios que se las besasen, no por humildad ni por descortesía sino por "causa menos pura".

—Tenía la frente y los pómulos anchos, las cejas altas, las sienes hundidas, las quijadas largas, los dientes traspellados, la nariz roma y aplastada, llegando a decir sus amigos de su cabeza grande y redonda que era como de león, y sus enemigos como de mono —añadió don Pero Pérez.

—Maloliente él mismo, oí decir que le placían los suaves aromas de la corrupción y de la pestilencia, excitándolo en particular el hedor de los cascos cortados de los caballos y el del cuero quemado —dijo don Acach de Montoro.

—Pública voz y fama fue que, cuando los criados de Pedro Arias trataron de apoderarse de él, escapó en camisa, dejando sólo en el lecho a un tal Alonso Herrera que fue tomado por el rey; que dio el priorazgo de la orden de San Juan al joven disoluto Juan Valenzuela, al que le gustaba salir pintado con blanco afeite como puta, y en las mascaradas y espectáculos de truhanes vestirse de cortesana e ir montado en una mula, con dos amigos, uno representando a un rufián y el otro a un beodo, recibiendo burlas por las calles, que él contestaba con obscenidades y chistes de torpísimo gusto —dijo don Francisco Manrique.

—Le encantaba escuchar las fechorías que en otro tiempo había cometido Alonso Pérez alias *el Horrible*, quien le confiaba con orgullo por donde paseaban: "En ese sitio asaltamos a un caminante, le robamos, y temiendo que nos delatase, si le dejábamos libre, dímosle muerte. Luego, para que no fuese reconocido y se averiguase nuestro crimen por algún indicio, le arrancamos con las espadas todo el cutis del rostro" —dijo don Pero Pérez.

—Cuando se casó con doña Juana, hermana del rey de Portugal, ante el pueblo ávido de fiesta y ceremonia, lo hizo sin alegría en el rostro y sin regocijo en el corazón, con la frente cubierta por un bonete y sin quitarse el capuz —dijo don Francisco Manrique.

—De inmediato la sedujo para que hiciese el amor con otro hombre y le diese sucesión al trono. Don Beltrán de la

Cueva fue el hombre; la hija, Juana *la Beltraneja* —dijo don Acach de Montoro.

—En lo más espeso y umbroso de los bosques solitarios se recreó y ocultó, solazándose en la contemplación de animales salvajes que había reunido durante sus correrías a lo largo de los años. En uno de estos bosques murados construyó una casa para entregarse con sus amigos a costumbres tan nefandas que la presencia del niño me impide referir —dijo don Pero Pérez.

—Su intimidad fue guardada por un enano etíope feroz y por hombres crudos y violentos que recorrían armados los caminos para ahuyentar a las personas de esclarecido linaje y de notable ingenio que podían venir a perturbarlo en su retiro —dijo don Acach de Montoro.

—Cansados de estos abusos y de su vida crapulosa, los Grandes del reino decidieron derrocarlo —dijo don Francisco Manrique—. Unos sugirieron que debía acusársele de herejía, ya que había inducido al marqués de Villena y al maestre de Calatrava a convertirse al islamismo; otros propusieron que se le declarase tirano, apático, licencioso. Pero si en los cargos disintieron, en el acto de destronamiento todos estuvieron de acuerdo, y en un llano fuera de los muros de Ávila levantaron un cadalso de madera descubierto, para que pudiese ser visto por la muchedumbre, y trajeron un pelele semejante al rey, con trono, cetro y corona. Los Grandes subieron al cadalso, un pregonero leyó en altas voces las súplicas que los oprimidos habían elevado en vano y los gravámenes que había impuesto al pueblo, sus maldades, sus abominaciones, su corrupción desenfrenada. Entonces, se le decretó la sentencia de destronamiento, el arzobispo de Toledo le quitó la corona, un marqués le arrancó el cetro de la mano derecha, el conde de Plasencia la espada, el maestre de Alcántara y los condes de Benavente y de Paredes las insignias reales, y, empujándolo a sus pies, lo echaron del tablado al suelo, bajo el asombro del pueblo, que pareció lamentar la muerte simbólica del destronado. Enseguida fue subido al solio el príncipe don Alfonso, su hermano de once años de edad, y ante el entusiasmo de la gente y el sonar de los clarines se le alzó por rey de Castilla. El pueblo le prestó acatamiento, gritando: "Castilla,

Castilla por el rey don Alfonso." El cual murió a los quince años en Cardesoña; de pestilencia, según unos; envenenado con unas yerbas en una trucha, según otros.

Pasados los nueve días de la descomposición del cuerpo del rey don Enrique IV y transcurrido el tiempo de luto por su muerte, se levantó en la plaza de Segovia un cadalso de madera, descubierto de todos lados, para que pudiese ser visto por todas partes por la multitud, y subió en él, vestida con riquísimas ropas, adornada de joyas de oro y piedras preciosas, bajo el sonar de los atabales, los clarines y las trompetas, una joven de mediana estatura, blanca y rubia, de ojos entre verdes y azules, de mirar gracioso y honesto, cara alegre y hermosa y movimientos mesurados. A su paso se alzaron los pendones reales y los heraldos proclamaron en grandes voces ante los caballeros, los regidores y la clerecía de la ciudad a la nueva reina de Castilla y de León, a la princesa doña Isabel. A la que todos besaron las manos, la reconocieron por reina y le juraron fidelidad, con la mano puesta sobre los Evangelios. El mayordomo de su hermano Enrique le entregó las llaves de los alcázares de la villa, las varas de la justicia y los tesoros del rey; los cuales ella devolvió, pidiéndole que los guardase y administrase. Luego la comitiva partió hacia la iglesia de San Miguel, cabalgando ella en caballo ornamentado con ricas guarniciones, precedida por la nobleza y seguida por inmenso pueblo.

En nuestro pequeño mundo, sepultado el molinero, mi madre quedó muy entristecida, el porvenir pareció cerrársenos y la provisión de vituallas disminuyó. Sin embargo, unigénito y púber, no vi con desagrado ser de nuevo el centro de los cuidados de la criatura que me había dado a luz. Alegría que duró poco tiempo, porque ella, aún hermosa, al cabo de unos meses se allegó a un panadero cojo, de nariz larga y viso turbado, rostro largo y cetrino, cabellos rizos y ojos penetrantes, delgado de cuerpo y cincuentón, que, para mi sorpresa y enojo, comenzó a decirme hijo.

Este hombre, que entendía más de lo que decía y sabía latín y había leído a algunos poetas, fue limpio en su vestir y en sus maneras, en sus conversaciones y en sus razones. Al principio vino a la casa sólo a la hora de prima, con el pretexto de traer el pan recién sacado del horno, pero por haberse levantado a maitines, soñoliento, se quedaba a dormir en el lecho de mi madre hasta mediodía. Al paso de los días mudó su costumbre y apareció sin nada entre las manos, entre vísperas y completas, y se levantó al primer gallo para hacer el pan. A medianoche, al verlo desaparecer en la oscuridad y el frío, veía también en él la promesa del pan que iba a comer más tarde o más temprano, y si éste iba a ser de trigo, de cebada, de centeno o de mijo, palpando en mi fantasía su peso, su tamaño y su olor.

De esta ensoñación me despertó un día mi madre, al confiarme que presto iba a tener el pan pintado, dándome a entender que iba a haber bodas. Este aviso me llenó de celos, sospechando que ella había mudado su afición por él, a quien deseaba dársela para siempre. Pero aunque el matrimonio no se hizo nunca, dejé de ponerle mala cara al panadero y no irrumpí más en su pieza de improviso, con la intención de sorprenderlos en ayuntamiento impúdico.

Sentado bajo el cobertizo, el panadero no sólo me enseñó a escribir bien, sino que me llevó por cada uno de sus libros, me mostró las propiedades de algunos animales y de algunas plantas y piedras. Deseoso de hacerme hornero como él, me despertaba en la madrugada para llevarme a calentar el horno; el cual yo templaba y hacía, después de echar en él la hornija para encenderlo.

—Cuidado, que los panes como los amores se cuecen de una sola horneada —me decía, al verme meter el hornazo en la boca del horno, que tenía forma de bóveda con gran respiradero.

En ocasiones, nos íbamos juntos a ver al carnicero, que tenía a la vista sobre una mesa los cueros y las cabezas de las reses, lo oíamos decir que él no hinchaba la carne, ni la vendía pasada ni de animales enfermos, acatando los precios dados por el concejo. O íbamos a la casa del herrero, que hablaba de las muchas bestias que había enclavado ese día, empleando buenas herraduras y buenos clavos; o del zapatero, que había usado cueros de calidad para hacer sus zapatos, evitando los de asno y caballo; o del tejedor, que había tejido varios sayales a un maravedí la vara.

Pero hombre serio, en general, oía más que hablaba, y sabía leer con los ojos lo que a uno le daba ansias y aquejaba. Llegué a tomarle cariño y le ayudé en cosas que él no me pedía o no esperaba que hiciese, como ahuyentar de sus pasteles las moscas del verano, que los llenaban de inmundicias, como si se hubiesen puesto de acuerdo para venir del muladar de la ciudad y zumbar y zumbar bajo el sol.

—Pareces un domiciano —me decía—, entretenido en matar moscas.

Pues, además de volver difuntas a más de ellas con una mata, a aquellas que agarraba vivas les arrancaba sus seis patas y las dividía en cuatro trozos; o les desprendía las alas membranosas, observando en ellas contra la luz las venillas en forma de hojas y los pelillos pardos que cubrían su cuerpo.

—Casi todos tragamos el elefante y soplamos el mosquito —añadía, riéndose, y entraba a la casa.

Por ese tiempo, mi madre conoció a un mercader flamenco que había traído por vía terrestre baúles repletos de paños bastos de Brujas, paños finos de Malinas, telas escarlatas de Gante, lanas con urdimbres de estambre de Ostende y sábanas de Holanda. Temprano un día miércoles ella me llevó a verlo al mesón de Alfonso, donde se hospedaba en la villa. Allá, en una pieza oscura, pues sólo abría la ventana para contar los dineros, le vi regalar a mi madre una saya de Malinas y unos chapines valencianos con oropel de cabrito, suelas de cuero de buey y corchos nuevos; presentes que ella recibió sonrojada, preguntándose a sí misma y preguntándome a mí qué iba a decir sobre ellos al panadero al volver a casa.

En el suelo de la pieza tenía el mercader flamenco cinco baúles, y encima de cada uno el precio del paño por vara escrito en maravedís. El hombre, alto y delgado, de rostro largo y honesto, nariz luenga y cabellos llanos, no dejaba de mencionar su ciudad natal cada vez que hablaba, comenzando sus frases de esta manera:

—Hay en Amberes telas de lienzo en los prados, que, colocadas en estacas, se rocían de hora en hora hasta que quedan blancas... Hay en Amberes panes de cera blancos como ruedas de molino... Hay en Amberes vendedores de pulgas, que las traen en unas cajitas con cadenillas de oro y plata atadas al cuello... En Amberes, las chimeneas son de ladrillo angosto... En Amberes dicen que los niños son golondrinas que nunca pasan, que los jóvenes son pavones, los treintenos leones y los viejos médicos que entienden en conservar la vida... En Flandes hay cierta yerba de flores amarillas, que cuando las vacas no se empreñan las llevan a pacer en ella y se empreñan, y las mujeres flamencas sacan agua destilada de ella para empreñarse...

Después de esa visita, allá por el mes noveno, cuando reina Sagitario, el vientre de mi madre comenzó a inflarse. El panadero, temiendo lo peor, creyó que era hidropesía, pues supo que había habido en la familia de ella tres avaros y nunca se apagaba su sed. Empezó a darle remedios contra esa enfermedad, hasta que una noche fría, entre grandes ansias y mucha sangre, le dio a él un hijo y a mí un hermano. Pero como el niño fue pálido y rubio —el panadero tenía los cabellos como un azabache y vestido de blanco parecía mosca en leche—, mi madre explicó que había usado lija y sahumerio para teñirle la piel y el pelo cuando nació.

—¿Te acuerdas de aquel mercader flamenco que nos contó que las mujeres de su tierra sacan agua destilada de una yerba de flores amarillas para empreñarse? —me preguntó una vez ella, llamándome a la cama donde descansaba con su bebé—. De esa agua bebí yo, en un jarrillo que me dio mi amigo de Amberes para mi sed, y una vez que bebí, rompí el jarrillo, ocultando en el corral los pedazos para que no fuera a encontrarlos el panadero; pues dicen las gentes de allá que a muchos hombres el saber que una mujer bebe con un extranjero de esa agua cordial les provoca tantos celos como si estuviera la luna sobre el horno, llenándose de ira hasta ponerse locos.

Chismes corrieron por Madrid que decían que mi madre había tenido amores secretos con un mercader flamenco, pero ni estas murmuraciones ni la falta de parecido físico del niño con el panadero afectaron la enorme devoción que éste le tuvo a su hijo; llegando a no separarse del carbunclo ni de día ni de noche, pues apenas se ausentaba unos momentos para ir a amasar su pan, el vástago de mi madre lo llamaba a gritos, tornando él enseguida, como si oyera los reclamos en su corazón.

Esta vida engañada se acabó la primavera siguiente, cuando volvió a la villa el mercader de Amberes y llamó a mi madre al mesón de Alfonso, para mostrarle los paños flamencos y brabanzones que traía, pues sus telas «nunca en estas tierras fueron tan finas», proclamó. En un cofre aforrado por de fuera en piel de animal, repartidos tenía chapines de cordobán negro, de brocado verde y blanco, con escarpines de terciopelo azul o grana bordados con matas de arrayán o atravesados por cordones de plata «altos como las mujeres mismas, de veinticuatro corchos; o más discretos, de cuatro corchos, para levantar con gracia el cuerpo de las doncellas y las dueñas chicas».

El panadero fue avisado por vecinos solícitos de esta y otras visitas que mi madre había hecho al mercader, y una tarde, lleno de celos, creyendo que ella había mudado su amor por aquél, la esperó detrás de la puerta, disimulado en las sombras incipientes de la noche. Y como del celo a la celada sólo hay una estocada, a puñaladas la bañó en sangre, mientras enloquecido le decía:

—El mercader te puso chapines, el mercader te dio mellinas bermejas, te regaló con los paños flamencos más caros…, pero yo te pondré en tierra.

Salpicado de sangre, la boca torcida, los dedos de las manos separados como si buscara en el vacío al flamenco para estrangularlo, iba de una pieza a otra repitiendo:

—Celosos, unos cierran las puertas, ciegan las ventanas de sus casas, otros quiebran la pierna, clausuran la vida de la mujer que aman…, yo, tranquilo y confiado, me fui a hacer el pan de cada día.

Con estas razones llevó al niño a una iglesia y lo dejó a la entrada como expósito. Tocadas completas volvió y me encerró en un cuarto, figurándose que iba a escapar de la casa para denunciarlo por haber matado a mi madre.

Pared en medio lo oí llorar, maldecir y estrellar la loza en el suelo, golpeando su cabeza contra una superficie dura. Con voz inaudible habló a mi madre y al mercader flamenco, como si estuviesen delante de él, y dio puñetazos en vago, clavó cuchillos en el piso, en la puerta, en la cama, en los muros, igual que si ellos lo burlasen repetidamente cambiando de sitio en la pieza. Y creo que hubiera acabado por picotearse a sí mismo si no hubiese venido pronto un alguacil armado para prenderlo.

Otro día, la escena fue en el cementerio, adonde fui con el flamenco y unos cuantos vecinos curiosos a enterrar a mi madre. La resurrección de la carne, el perdón de los pecados y la vida perdurable fueron palabras que dijo un fraile a su cuerpo inerte, pues dimos a la fiel sepultura eclesiástica.

El mercader, hombre de cejas, pelo y bigote canos —que le había visto rubios hacía sólo unos meses—, me pareció entonces excesivamente flaco, como si la pena de haber visto a mi madre asesinada y a mí huérfano lo hubiese vuelto semejante a uno de esos hombres que, habiendo sido enterrados vivos en la arena, se han secado tanto sus carnes que no guardan ya humedad en ellas.

Al contrario de lo que esperé, una vez que hubimos dejado a mi madre en su reposo eterno, el mercader no me dio vitualla ni maravedí algunos, ni se ofreció hacerse cargo de mí de ninguna manera; se limitó a acariciarme la cabeza, a desearme buena suerte en la vida y a decirme estas palabras confortantes:

—Morir es dormir, tu madre está soñando en el paraíso. Algún día la verás, cuando también tú te vayas a descansar de las fatigas de este mundo, allá donde no importan las riquezas ni las pobrezas de la vida.

Recuerdo la fijeza de sus ojos al decírmelo, la voz que se le hacía nudo en la garganta, la palidez extrema de su rostro, el temblor de su barbilla. Creí que las corvas se le doblaban, que se iba a arrojar en la sepultura y abrazar el cadáver de la muerta, pero sólo me dijo, con timbre sentencioso:

Ciego tras ciego e loco tras loco,
así andamos buscando fortuna:

quanto más avemos tenemos más poco,
asy como suenno e sonbra de luna.

Partió lo más presto que pudo, hallando acémilas disponibles para el viaje; no sin antes llenar sus baúles con lanas de Castilla, comino, almendras, uvas y pasas. Volví a la casa con la impresión de haber pasado ese día, y el día anterior y todos los días de mi vida, soñando.

La pieza donde solía dormir me resultó estrecha y vacía, semejante a una tumba, y como si el techo, el piso y los muros estuviesen salpicados de una sangre que ya jamás podría lavar.

Por horas y horas la boca me supo a ceniza; ausente de mí mismo, toqué las cosas, miré alrededor, igual que si palpara nubes, traspasara paredes y levantara aire. Rodeado por la silente oscuridad, descansé mi cuerpo en el abismo, lo tendí en la melancolía sin límites.

A solas con mi fortuna me encontré distinto, frente a una persona que era yo, con cabellos secos, mejillas marchitas y manos que no se sentían una a otra. Mis ojos envejecidos se pasearon por la noche del cuarto, que parecía continuar más allá del techo, más allá del espacio, en la nada sin fin del mundo… y por el corral hediondo donde balaba una oveja única.

Al despertarme, en la medianoche, vi a mi madre de bulto. La vi de mediana estatura y bien compuesta en la proporción de sus miembros, de cara alegre y hermosa y ojos verdes. Me acordé de los días de su viudez, apacible, honesta, embargada por una pena en la que no había queja, desesperación ni ira. Traía debajo de las cejas enarcadas los ojos alcoholados de negro, las mejillas coloradas; me llamaba, parada allí en la ausencia, para darme los garbanzos y el puchero, las albóndigas y la cazuela de pescados que me gustaban tanto y ella sabía hacer tan bien.

Por días y días, quizás semanas, miré el sol en la pared, sin más ocupación que la de ir a escuchar al pregonero en la plaza de la iglesia de San Salvador, que pregonaba a altas voces, delante de mucha gente, las nuevas importantes para los moradores de la villa. En la cocina de la casa hallé mi sustento en el humero, donde aún colgaban unas morcillas y unas longanizas que el panadero había puesto allí para enjugarse y secarse al humo. Bebí agua del pozo y comí cosas que me deparó el sueño, hasta que la fatiga comenzó a confundir mis ojos y sombras amenazantes se despegaron del suelo y del techo para hablarme. Ante mi asombro, ropas tiradas en el piso reptaron como serpientes arrugadas, moscas del tamaño de mi mano persiguieron en el muro a arañas peludas, una mesa cambió de lugar sin ayuda de nadie y una mujer ensangrentada apareció llorando detrás de cada puerta. Toda grieta la descubrí con grima, toda pared en ruinas me pareció una criatura desplomada, toda carcoma en la madera fue semejante a una cara roída, todo agujero a un carcavón, todo semoviente dio la impresión de estar desjarretado, desentrañado, desamparado. La enemiga universal, que engañó a nuestra madre Eva, quiso entrarse en mi cuerpo por la boca, voló en torno de mí con grandes alas, arañó mis hombros con las garras de sus pies e intentó anidar en mi pecho. Despavorido, abandoné el rincón de mis pesadillas, fui a sentarme en el umbral de la puerta para pasar allí el resto del año. Hasta que, tomado por una inspiración extraña, fui a la cocina y a las piezas, hurgué en las arcas, en los vestidos y en los jarrones, queriendo la fortuna que hallara debajo de la cama de mi madre una olla llena de castellanos de oro.

Rayo tras rayo el amanecer se hizo, la luz levantó en vilo al firmamento, deshizo la humedad, abrió caminos pardos, doró las piedras, los tejados, los cuerpos de las gentes tempraneras que iban a sus labores y faenas en la villa o en el campo. El reloj de la puerta de Guadalajara dio la hora tres leguas a la redonda. Sentado de nuevo en el umbral de la casa, contemplé las cimas encrespadas del Guadarrama, las murallas de pedernal heridas por los eslabones del sol, que devolvían al cielo chispas doradas, como si un mago invisible hubiese suspendido en el espacio la música de lo efímero, el diálogo de la piedra y la luz.

Vino por el camino un ciego feo y colorado, de rostro largo y nariz quebrada, cabellos rojos, barba crecida y orejas puntiagudas; enjuto, picaba el aire y la tierra con su palo, abra-

zaba las paredes, besaba las puertas y se acostaba en los pelda-
ños para descansar. A un tiro de piedra de mí, preguntó al
vacío:

—Decidme quién vive aquí, por el amor de Dios y la
Santísima Virgen María que nos parió y casi nos hizo iguales...
Pido limosna en la iglesia de San Francisco, en cuyo convento
se ha retirado la desventurada doña Juana, en un cuarto que cae
sobre la portería vieja, con dos enrejados a la iglesia y una ventana a la capilla de San Onofre, para mayores señas... Dejóme
ciego el califa de Córdoba, Muhammad ben Ab dar-Rahman,
padre de cuarenta hijos varones, sin considerar las mujeres, que
venció al renegado Omar ben Hafson y a Ixen, a quien crucifi-
có entre un perro y un puerco... Pero, ¿a quién hablo?, ¿hay
alguien aquí?

Como si me hubiera visto por el rabillo del ojo, llegóse
a mi lado, me dio con el palo en la rodilla, me interrogó:

—¿Qué forma tienes tú? ¿Eres hombre o hembra?
¿Moro, judío, cristiano, portugués, segoviano? ¿Estás en guerra
con Madrid o conmigo? ¿Qué haces allí parado? Si no eres
bestia, habla.

—Estoy aquí sentado, en el lugar del crimen —contesté.

—¿Acaso mataron a tus padres los malhechores que de
noche se esconden en la Puerta de la Culebra para robar y ase-
sinar? —me preguntó, acercando su cara áspera a la mía.

—Mi padre fue barbero y degolló a un boticario y se lo
llevó el alguacil para darle muerte... A mi madre la mató un
panadero porque ella le dio un hijo de otro hombre.

—No entiendo tanta muerte... ¿Dices que un boticario
degolló a un barbero porque le dio un hijo de un panadero?

—Habéis confundido todo —comenté.

—No he comprendido nada —dijo, sentándose a mi
lado en una piedra—. Cuéntamelo más despacio.

—Acordarme de tanto crimen me da pena en el ánima
y dolor de estómago —le dije.

—Comienzo a comprender —dijo—: un panadero degolló a un boticario porque un barbero de dio un hijo.

—Callad, mejor —supliqué.

—Ya me lo contarás en otra ocasión, cuando no esté tan nublado el cielo —dijo—. ¿Sabes razones? ¿Tus padres te enseñaron alguna cosa de utilidad y discernimiento o sólo a hacer años y a fenecer?

—Mi padre me enseñó proverbios y mis padrastros me llevaron de la mano por algunos libros —respondí.

—Me alegra que no seas un borrico, pero dime rápido, ¿qué ves en este momento?

—Una luz, que si pudieras verla os curaría de la ceguera.

—Por ver esa luz llevaría una procesión de gansos por las calles de Madrid y guiaría a un ejército de bufones por el infierno —dijo.

—Ahora veo una criatura erecta sobre dos piernas, con dos brazos, dos ojos y una boca roja —dije.

—¿Tiene puñal o funda? ¿Es caballero o dama?

—Creo, señor, que lleva puñal toledano, y es lo más semejante a un hombre que he visto últimamente.

—¿Es un mulo que pasa? —preguntó luego, aguzando el oído para distinguir las pisadas.

—Es un escribano con pata de palo —dije.

—Vámonos ahora, que tenemos que llegar presto a la plaza de la iglesia donde trabajo, que allí hallaremos gran compañía… Después te llevaré a darte unos baños porque hueles como hedentina.

—¿Qué es eso?

—Muchos olores juntos.

—Desde que murió mi madre no me baño.

—Ya me lo imaginaba, porque te percibí a distancia por el olor; que percibo a los hombres por las narices: hay unos que huelen a perros muertos, otros a grajos mojados, a caños, a sudor y a camino… Recoge ahora tus harrapiezos, tenemos prisa.

—No visto harapos —dije, molesto.

—Perdón, pero por el olor te percibí como cosa pisada y hollada, como a persona a la que se le ven por diez lados las carnes, que al andar pisa sobre las plantas de sus pies y al sentarse se sienta sobre sus nalgas, ¿no es así?

—De ninguna manera.

—¿En qué puedes servirme?

—Tengo unos ojos asaz nuevos con los que puedo ver el Sol en el día y las estrellas en la noche; puedo mirar los ánades, los puercos, los perros, los paredones, los charcos, las cuestas, las puertas y las criaturas en esta villa —dije.

—El Sol para mí es oscuro, la Luna para mí es tiniebla —dijo.

Se quedó a mi lado, con la cara vuelta a la distancia, como si pudiese verla.

—¿Has comido? —preguntó, después de un largo silencio.

—No.

—¿Has dormido?

—Como muerto.

—¿Has hecho delitos?

—No todavía.

—Mientras los haces, no te acerques mucho a la talega, que en ese costal de lana llevo cien monedas que labró don Juan II con el *Agnus Dei* figurado en ellas.

—Nunca he robado a nadie —protesté.

—Ya una vez me quedé sin sustento por haberme dejado palpar por una moza que decía lo mismo.

—Conmigo podéis tener fe.

—Así decía la otra.

—Si no me creéis, adiós.

—¿No estás solo en el mundo como yo?

—Sí.

—Pues desde ahora tienes padre, hermano, amigo; ya verás cómo nos divertiremos por esas calles ciegas.

—¿Ciegas?

—Por no verlas yo.

—Si un ciego guía a otro ciego, ambos caeremos en el hoyo —dije.

—No te fíes de esos refranes, que nunca suceden a la gente cautelosa como yo.

—Mi padre sabía muchos.

—Por eso mató a un barbero.

—Mi padre era el de ese oficio, él mató al boticario.

—Lo mismo da, trae tus cosas que nos vamos presto.

—No tengo más cosas en el mundo que las que llevo puestas —dije.

—¿Tienes comida en casa? ¿Las gentes que fueron ajusticiadas no solían comer bien, no dejaron morcillas para los peregrinos?

—Las comí todas.

—¿Solo?

—Con mi alma.

—¿Hay agua? Tengo sed.

—Ni gota, se secó el pozo —dije, para burlarlo.

—¿Habiendo tanta agua en Madrid, en las fuentes, a flor de tierra, en las paredes, que nada más tienes que meter la mano sin cuerda en cualquier agujero para hallarla, no tienes tú?

—Ya os dije que se secó el pozo.

—Vámonos, llenaremos el jarro en la primera fuente, que tenemos que llegar antes de vísperas a un negocio que me quema las manos —dijo, cogiéndome del brazo.

—¿Cómo sabéis la hora? —pregunté.

—A ciego modo, por ciertos cálculos que yo me sé; palpo en el aire la calor y el frío, el trino de los pájaros me avisa, el resoplido de las mulas me trae el anochecer… Ahora, ve.

—¿Cuesta abajo, cuesta arriba? ¿Por la calle de los Tintes o por la del Espejo?

—Por la que desees, pero camina, que tengo mucha prisa por llegar a cualquier lado.

Eso dijo; mas, como si dudara de mi compañía, a unos pasos se detuvo.

—¿Cómo te llamas?

—Juan.

—¿Qué?

—Cabezón.

—¿Nombre del padre?

—Ricardo Cabezón.

—¿De la madre?

—Juana Morales.

—¿Casado?

—Mozo soltero.

—¿Impúber?

—Púber.

—¿Cristiano, judío o converso?

—Descendiente de judíos conversos.

—¿Algún culpable de herética pravedad en la familia?

—Ninguno.

—¿Cómo murió tu padre?

—Los vecinos avisaron a mi madre que había sido ajusticiado por degollar al boticario en su barbería, pero después de su arresto nunca lo busqué.

—Hiciste bien —dijo, volviendo la cabeza hacia el cielo, como si se dirigiera a alguien en lo alto.

—¿Vuestro nombre? —le pregunté.

—Pero Meñique, nacido en Jaén el año del Señor de mil cuatrocientos treinta y ocho... Aprendí a andar por mí mismo, jugué en las plazas de la Magdalena y de San Ildefonso, corrí las calles de las Parras, del Pariente y del Despeñadero; bebí en la fuente del Pilarejo y me arrodillé ante la cruz de jaspe, de cristal de roca, de Santa María. Lleno de fe, quise seguir los pasos de fray Vicente Ferrer y predicar la doctrina evangélica y el temor del Juicio Final, pero para perdición de mi ánima conocí a una manceba de clérigo, que traía por señal un prendedero de lienzo bermejo de tres dedos de ancho sobre la toca... Mas, decepcionado porque la barragana presto me dio un hijo de ganancia del amoroso clérigo, me enamoré de una beata de Nuestra Señora de la Concepción que, con saya blanca y manto de buriel, conocí no lejos de la iglesia de San Pedro el Viejo, antes de la misa del sábado.

—¿Qué sucedió después?

—Sucedió que don Juan II, padre de don Enrique IV *el Humilde,* mandó degollar a su valido don Álvaro de Luna, que gracias a los amores nefandos que tenía con él fue tenido en Castilla por más que el mismo rey, repartiendo villas y lugares entre sus parientes y amigos.

—¿Era él vuestro amigo, vuestro protector, vuestro padre?

—Nada de eso, pero su fin desastrado cambió la vida de mi madre, que tocada por la gracia de Dios se retiró del siglo, aborreció las cosas temporales y huyó de los vicios, pasando sus días en ayunos, vigilias y oraciones, hasta llegar a vestir paños viles en una vida de extrema pobreza, como aquella de la orden que antiguamente llamaban de los humillados. De un día a otro, vinieron a la casa para comer doce pobres y otras personas vergonzantes, a los que dio porciones a la puerta y se quitó el pan de la boca para dárselos. Acaeció en poco tiempo que, yendo por la calle a la iglesia, se llegó un misérrimo para pedirle limosna y como no tenía nada que ofrecerle, le regaló los guantes y el libro que llevaba en la mano; pero como vino otro pobre muy maltratado por el mundo para solicitar su ayuda, se despojó del manto y se lo dio. Mas, como en la plaza una mujer de vida errada le pidió ropa vieja para cubrir sus carnes semidesnudas, pidió permiso para entrar en una casa y quitarse una prenda íntima para tapar la natura descubierta de aquella mujer. De allí le dio por visitar hospitales, allegándose a la cama de los enfermos más graves para tomarles el pulso, verles la lengua e igualarles la ropa del lecho, poniendo especial cuidado en que nada les faltase que estuviese a su alcance. Y tan dada llegó a estar mi madre al vicio, o virtud, de la caridad, que no había cosa en el mundo que poseyese que no quisiera dar a los pobres, llegando al extremo un día que mi padre andaba de viaje por Sevilla, que habiendo gastado todas las provisiones y dineros que tenía, por su deseo de cumplir con los pobres hizo almoneda pública de todos nuestro bienes, dejando sólo las camas y la mesa, y esto por lástima del pregonero, que se negó a pregonar en voz alta nuestras últimas pertenencias, pues había vendido aun la mula que nos servía para ir lejos de la villa y para cargar las cosas pesadas. Pero la misma manera en que amaba a los pobres aborrecía a los vagamundos forzudos y membrudos que, pudiendo trabajar, andaban de puerta en puerta quitando el pan y el vestido a los verdaderos necesitados. «Este forzudo para que trabaje deber ser forzado», decía cuando en su camino se topaba con uno, joven y sano. Sin embargo, los que más pena le daban eran los ciegos que no podían ganarse la vida con un trabajo honesto, ya que estando enteros de cuerpo estaban imposibilitados para moverse solos; hasta que un día ideó la forma de ocuparlos, ayudando a los herreros con los fuelles, porque para ello no era menester tener ojos sino manos. Y diciendo esto, a todo ciego que encontró en las calles pidió que fuese llevado con un herrero amigo suyo para ponerlo a trabajar. Después de ellos, le dio por salvar mujeres erradas de la perdición de su cuerpo y de su ánima, y fue de noche a las casas públicas a recogerlas, mediante halagos, ruegos y dineros, para traerlas a la casa, donde tenía una cámara con camas y un altar con una imagen de Nuestra Señora de la Aurora, para que pudieran meditar y orar cuando quisiesen. Cada mañana venía un capellán, que se sentaba frente a ellas, para hablarles del horror del vicio y de la hermosura del alma, de la fugacidad de la vida y de la pena eterna que les aguardaba de vivir entregadas al pecado capital de la lujuria.

—¿Vive aún vuestra madre? —le pregunté.

—Ella, no contenta con buscar fuera de las poblaciones y los caminos reales a los leprosos, oyendo las campanillas y las tabletas de aquellos que no pueden dar voces para no contaminar el aire con su enfermedad, sintió piedad por los gafos, los encorvados que sufren de una lepra tan mala que, además de pudrirles el cuerpo, roerles el pellejo y las carnes, les encoge los nervios de las manos y los pies, de manera que parecen sus dedos garras y están excluidos por completo de cualquier trato humano. Un domingo, habiéndola rociado un sacerdote con agua bendita a la puerta de la iglesia, después de rezarle una misa *pro infirmis*, fue conducida en procesión a una cabaña cercada fuera de la ciudad, en la que se le arrojaron sobre sus pies cenizas de cementerio y se le prohibió contestar preguntas para no infectar el aire con su hálito enfermo, permitiéndosele sólo tocar las cosas con un bastón. «Has muerto para el mundo —se le dijo—, pero vivirás para siempre en el reino de Dios.» Entre los gafos murió, sus ropas fueron quemadas el día de su sepelio, las gentes tomaron sus cabellos, sus uñas, sus vestidos, la cera que quedó en los cirios y la tierra de la huesa como reliquias. Dícese que hizo muchos milagros, excepto a mi padre y a mí.

A grandes pasos llegamos a la iglesia de San Salvador, con su torre alta llamada atalaya de la villa, donde se celebraba el concejo de Madrid, en la pequeña sala capitular encima del pórtico de la iglesia. Camino a ella vinieron también los vecinos Rodrigo de Cidillo, con un caballo castaño claro, Juan de Alcalá, con un caballo castaño oscuro, Rodrigo del Campo, con un caballo rucio, Pero de Pinto, en un caballo castaño que no era suyo, Luys de Buendía, con un caballo rocillo, y Pero González Cebollón, sin caballo, por tenerlo en la ribera. Todos iban a ver al procurador Ximón González, que los había convocado. Atrás vino un hombre con una carreta en la que llevaba materiales procedentes del derribo de una puerta de la ciudad. Andando detrás de él entramos en la plaza recién alargada y ensanchada, con sus tiendas aportaladas, en cumplimiento de la provisión de Enrique IV, que había dado orden de allanar y derrumbar las casas, para que en adelante se celebrara en ella cada jueves el mercado que se acostumbraba hacer en el arrabal, disponiendo un lugar especial para los pescadores, los panaderos, los hortelanos, los fruteros y los zapateros. La voz del pregonero Diego, rodeado de hombres y mujeres, resonó:

—En Madrid, lunes veinticuatro días del mes de noviembre, año de setenta y siete. Este día, estando ayuntados a concejo a canpana rrepicada, con el honrrado Juan de Bovadilla, corregidor de la dicha Villa, e con el doctor de las Risas, regidor, en la eglesia de Sant Salvador, de la dicha Villa, dieron a censo censual, perpetuamente para syenpre jamás a Alonso Ximón, vecino desta dicha villa, un solar para hedificar casas, que es a las fuentes de las Hontanillas, en linde del corral e casa que es de doña Antonia, que va por alledaños, de la una parte, el dicho corral e casa, e de la otra parte el arroyo, e de la otra parte la calle que pasa por la torre de Alzapierna...

—¿Quiénes oyen al pregonero? —me preguntó Pero Meñique.

—Diego de Yllescas, sedero, Pero González, platero, Diego Sánchez, guantero, el doctor de las Risas con su criado Gonzalo Mexía, Juan de Sevilla y Juan del Campo y otros muchos hombres y mujeres cuyo nombre no quiero decir —dije.

—¿Me ha visto el doctor de las Risas? —preguntó—.
Es grande amigo mío.

—Sí, en este momento os hace una gran zalema —le
dije, mientras el vasto doctor se inclinaba hacia nosotros con
una amplia risa en su cara de rana, enseñando todos los dientes.

—Vámonos presto, que tengo prisa para llegar a un
negocio en otra parte de la villa antes de que oscurezca —dijo,
dando pasos tan desmesurados que parecía irse de bruces sobre
su sombra.

—¿Eres ciego virtuoso o pecaminoso? —lo interrogó
luego un fraile, con el que se topó al dar vuelta en una esquina,
cogiéndolo de las barbas.

Sólo hay dos clases de ciegos, los pícaros y los patéticos
respondió Pero Meñique—. Soy una mezcla de ambos.

—Sólo conozco dos hijos de hombre, los lechosos y los
carnosos, ¿tú qué eres? —me preguntó el fraile, agarrándome el
pecho.

—Soy endeble, callejero, garañón y necesitado —contesté rápido.

—Tú, ¿estás ciego realmente o pretendes estarlo?

—Dicen las gentes que estoy ciego y a la verdad empiezo a creerlo —dijo Pero Meñique—. Tú, ¿qué eres?

—Sería una serpiente si no fuera un puerco —murmuró el otro.

—Lo creo —dijo Pero Meñique, riéndose.

—Sois muy feo, pero no os riáis de ello —dijo el fraile,
alejándose.

—Había un tiempo en que se podía ir por el mundo
con los ojos en blanco y nadie se burlaba de uno; un tiempo en
que las paredes se podían atravesar y nadie se fijaba en ello —dijo
Pero Meñique, después de rumiar el insulto del eclesiástico.

—No os aflijáis por lo que os dijo el fraile, que hay
cosas peores que estar ciego, por ejemplo, estar muerto —le
dije.

—Lo peor de estar ciego es que te caes en el mismo
agujero y tropiezas con el mismo hombre dos veces —dijo—.
A veces, quisiera ser algo más que un invidente andando por las

calles de Madrid... Ser un Cid Campeador, un Marqués de Santillana o una doña Urraca.

—Conocéis bien esta villa, sus muchos secretos y sus muchos charcos, sus muchos olores y sus muchas iglesias, sus muchas piedras y sus muchos bacines —dije.

—Ando por un Madrid particular, hecho de pura noche —dijo—. Soy una criatura perdida en una calle, y hay días en que todos los cuerpos vienen contra mí, todos los bultos son muy duros... Para estar ciego estos días, querido Cabezón, hay que tener manos prontas y frente de piedra.

—No me has dicho aún cómo te quedaste ciego, si fue por enfermedad, por desgracia o por castigo.

Mis palabras parecieron atravesarlo de lado a lado, detener su paso, quitarle el resuello. Pareció mirarme por una rendija pequeñísima de sus ojos, acercando su cara a la mía, y me dijo:

—Hará unos diez años, expulsado del monasterio de la orden de los predicadores, vagué sin freno de villa en villa de este reino y vine a dar en amores carnales con la hija de un moro sumamente vengativo, que azotó en mi cara la injuria que había recibido por legiones de mancebos cristianos que habían lujuriado con ella desde que era asaz moza. Una noche, en el quicio de una puerta, me sorprendió a media desnudez con ella, y enloquecido me persiguió por las calles de la morería, como si viese en un solo hombre a todos los burladores de su honra. El coraje lo hizo volar, después de breve carrera me dio alcance frente a la casa de doña Fátima y con gran saña me cegó con su alfanje; librándome, por milagro, de que me rasgara la boca y me castrara el paso oportuno de un alguacil que al oír ayes vino a mí... Mas no riáis de mí, que como decía Catulo no hay nada más tonto que una risa tonta.

—No me río, que no hago otra cosa que descubrir los estorbos del camino para que no topéis con ellos —dije.

—Si no anduviéramos lejos del muladar, creería que me llevas fuera de los muros de la villa adonde se echa el estiércol y la basura, que casi me echas a un barranco de donde suben hedores de bacinadas —dijo, picoteándome con el bastón, mientras dejábamos atrás la iglesia de Santa María, que en su tiempo fue mezquita de moros antes de ser purificada y consagrada por el rey don Alfonso VII.

Pasamos delante de la Puerta de la Vega, de entrada angosta, en cuya estancia exterior, en su punto más alto, se ocultaba una gran pesa de hierro para llegada la necesidad dejarla caer sobre los enemigos que se encontraran debajo. Seguimos por las calles de la Ventanilla y de Ramón, por la de Segovia, por las casas de Moneda y el descampado de las Vistillas. Parroquias, paredones viejos, caserones, ribazos escarpados del río, la muralla con sus cubos y sus torres surgieron y desaparecieron. Cogimos la cuesta de los Caños Viejos, la Cuesta de los Ciegos y fuimos a lo largo del arroyuelo, que parecía seguirnos con sus lodos y su rumor aguado.

—Esta calle se va levantando, Juan, ¿vamos por la Cuesta de Ramón? —preguntó Pero Meñique, sin aliento y como desfallecido.

—Vamos por la Cuesta de los Ciegos —respondí.

—Ya sabía, ya sabía, que por eso se me había alzado el camino —dijo, parándose a descansar.

Por la cuesta bajaron varios vecinos de Madrid de nombre Juan: Juan Calvete, guantero, Joan Catalán, pañero, Joan de Yllescas *el del barranco*, Joan Toro, Joan Laredo, Joan Béjar, Joan Romo, Joan Malpensado, Joan González, Joan Madrid, Joan Rebeco y Joan *el sayalero*.

—Oigo resuellos a mi lado —dijo Pero.

—Son los Juanes que bajan la Cuesta de los Ciegos —dije.

—Me sé a muchos de memoria, si al pasar junto a mí me saludan con la cabeza o con la mano, decidme al punto para contestar su cortesía.

—Ya pasaron —le dije, aunque el último de ellos le hacía gran reverencia.

—Percibo un olor de manceba en cabello, piel limpia, labios bermejos, alto cuello de garza, ¿es cierto? —me preguntó él, de súbito animado—. Píntamela con sus carnes, que me place oír hablar de mozas garridas.

—No es moza garrida, es el doctor de las Risas que baja la cuesta a grandes pasos, sin dejar de reír y sin dejar de hacer zalemas.

—¿Adónde está? Tórname hacia él presto para saludarlo —pidió Pero Meñique, con la cara vuelta a un paredón.

—Ido es —dije.

—Ido sea... Ahora oigo pasos de mujer que viene meneándose... Decidme si trae toca blanca, es ancha de caderas, es graciosa de rostro o tiene boca chueca y malos dientes.

—Es vieja desdentada con bigotes y barbas, semblante afeado con heridas nuevas, tiene ojos amarillos de harpía, piernas correosas y sobacos con bubones —dije, para engañarlo.

—La otra que viene detrás, ¿no es más alegre de rostro y bien compuesta en su figura?

—Tiene cuello ancho y velloso de villana, lozanía de catorce años y pechos floridos de dieciocho. Por su manera de andar creo que es de la mancebía, aunque viste de negro como si fuese viuda. Tal vez es monja virgen —dije, aunque no venía moza alguna por la calle.

—Cuando pase junto a nosotros, decidle cosas graciosas que sean de su devoción —dijo.

—Me da vergüenza hablarle.

—Es un hombre hediondo, lo huelo de lejos, no es ninguna moza —dijo, enojado.

—Aquélla dobló la calle del Factor y no pude alcanzarla —dije.

—Esa calle la dejamos atrás, llevo la ciudad en la cabeza y ando por ella en mis recuerdos mejor que tú viéndola —dijo—. Te burlas de mí porque soy ciego, pero pon atención al mirar al cielo que el estiércol de la golondrina si cae dentro de los ojos los ciega.

—Has dicho golondrina y pasa golondrina —dije.

—Debe ser mayo —dijo, incrédulo.

—¿Estáis aquí? —le pregunté, después de un rato que fue callado.

—¿Viene un mulo hacia nosotros, ha gruñido un puerco, ha cloqueado una gallina, pasó un chivo delante nuestro, que así me perturbáis? —me preguntó a su vez, muy molesto.

—Una piedra cegó el camino —dije.

—Como yo ciego, ciega tú, aquéllos cieguen —dijo, colérico—, ¿desde cuándo me hablas con palabras cegajosas?

—Presto he aprendido la jerigonza cegal —repliqué—, y mi maestro no anda lejos.

—Antes ciegues que tal veas —dijo, desdeñando mi ayuda, como si el tanteo de su bastón y la cadena de olores lo llevaran al sitio que quería ir. De manera que por el pasadizo de la iglesia de San Andrés pronto nos encontramos en la Plazuela de la Paja.

—Aquí viene el anublado —dijo un hombre alto, fuerte, con cara hoyosa y vestido con los atuendos de un rey en harapos; sin camisa, pero con calzas bermejas, jubón de brocado y capa con forro de cendal.

—Pues que os oigo, supongo que estáis aquí —replicó Pero Meñique.

—¿Adónde habéis hallado a ese novato? —preguntó un tuerto, con un guiño malévolo en su ojo sano.

—Me lo encontré en su nido —respondió Pero Meñique.

—Bermejo vienes, ca eres almorzado —le dijo una mujer sentada en el suelo con cara de glotona, sin dejar de extender la mano en el aire, como si alguien invisible fuera a pasar sin darle una limosna.

—¿De dónde venís? —le preguntó el hombre con atuendos de rey, moviéndose de un lado a otro con pasos medidos y ademanes violentos.

—Vengo del Humilladero, de postrarme ante la cruz con la imagen de Nuestro Redentor, abrumado por la carga de mis pecados y el peso de mis imaginaciones, que el hombre con sólo pensar se aflige y se cansa —respondió Pero Meñique.

—Yo creo que viene de ver a las mujeres en los lavaderos del río, meneando su cuerpo al restregar sus ropas —dijo el Tuerto.

—Parecéis pelícano, ave más conocida por fama que por vista —le dijo una mujer de cara alegre, cuerpo bien proporcionado, panza henchida, ojos agrandados y pelos teñidos con alcohol.

—¿Tú también eres cegajoso? —me preguntó la vieja glotona, acercándome su cara fétida.

—Es un cegajo —dijo la de cara alegre—, ¿no le veis lo tierno?

—A mí no te me hagas el ciego, porque no soporto a los invidentes —me dijo de manera agresiva el hombre con atuendos de rey en harapos.

—Recuerdo que los lisonjeros de Dionisos cuando estaba él cegajoso hacían que se caían unos sobre otros, fingiendo estar ellos también ciegos —dijo Pero Meñique.

Pasó un hombre frente a la vieja glotona sin poner nada en su mano.

—En estos tiempos mezquinos el perrero es la criatura más generosa del mundo —dijo, mientras lo miraba irse.

—No desesperes —dijo el Tuerto—, que más da el duro que el desnudo.

—¿Quiénes son ellos? —pregunté a Pero Meñique.

—Aquel sañudo y violento es el Rey Bamba, un ladrón muy valiente, que se dice descendiente de monarcas, viste como destronado y va descalzo por el mundo; el Tuerto, con calzas negras y cinturón de cuero, se cree dueño de las murallas de Madrid, pero es propietario de los fosos y los muladares extramuros. La vieja glotona sentada en el suelo, con el pelo teñido y los dientes postizos, con la toca deshecha y los zapatos rotos, es la Babilonia, natural de Sevilla; de la cual se dice que cuando era muchacha era tan hermosa que el oso de Madrid que andaba en cuatro patas se erguía para verla pasar. La mujer con toca azafranada, los cabellos cortos, los ojos profundos, el pescuezo ancho y velloso, las narices largas y gordas, la tez morena pintada, los brazos desnudos y escote tan abierto que al agacharse muestra los pezones, es la Trotera; diestra en el baile de la chacona y las burlas de las chanzonetas, anda las callejas, conoce las iglesias, sabe las plazas como nadie en la villa. Dice un refrán que donde hay saltos está el demonio, pero aquí decimos que donde hay trote baila la Trotera. El otro, que aún no ha hablado, pero infiero que está entre ellos, con el pelo cortado en redondo y las barbas largas, cinta amarilla alrededor del brazo derecho y tabardo gris remendado, cubriéndole mal las carnes lascivas, es el Moro, que dice que sus ancestros fueron los alarifes musulmanes que construyeron la torre de la iglesia de San Pedro, el Alcázar y la Puerta de Guadalajara.

—Mi alcázar no es de ladrillos ni de piedras, sus puertas son de agua, sus pisos de tierra, sus muros de aire y su techo de luz; lo edificó el alarife tiempo y sus mañanas se reparten equitativamente el esplendor —dijo, habiendo oído a Pero Meñique, mientras acercaba su cara llena de moretones, con un ojo saltón descolorido mirando hacia otra parte y una frente surcada de arrugas, sudor, sangre y mugre.

—¿Qué más? —le preguntó Pero.

—Nací en el campo de Zafayana, a cuatro leguas de Granada, e hice mis desposajas con femencia en Almería, la Espejada, con una zagala zarca de Belmar, hija de un geliz muy rico, a la que repudié por las cuatro razones de divorcio entre nosotros: estulticia, adulterio, embriaguez y mal aliento. Fui herido en la cara por una lanza cristiana cuando era almuédano en la Alhambra, proclamando desde lo alto del alminar todas las mañanas dos horas antes de salir el sol, al mediodía y a la tarde: "Alá es grande, no hay más Dios que Alá." Grito que daba tan fuerte que nadie podía comparárseme en el pregón. Ahora, lleno de omildanza y sofriencia pido raciones de perro para vivir en la aljama.

—Apuesto que eres puro cantor —dijo el Tuerto—. ¿Dónde está el vino?

—No hay vino hoy —dijo el Rey Bamba—, que vamos a trabajar más noche y necesitamos estar en nuestros sentidos. He oído que hay unas bodas muy solemnes en la villa y pasará el cortejo por aquí. A ver si cae en nuestras manos un dormido.

—¿Cuántas monedas traes? —le preguntó la Trotera al Tuerto.

—Treinta y cuatro —contestó éste.

—¿Son fruto del brasero?

—No, de la pura limosna —dijo él, burlón.

—¿Qué es ese chirlo en la cara?

—Cuchillada.

—¿Cuándo la recibiste?

—Me la dieron anoche por andar de escalona, que casi me quitan el fanal que me queda.

—¿No tenías atalaya?

—Sí, un escalador muy bueno y ermitaño de caminos; creí que era muy entruchado el barbudo pero sucumbió en las brasas.

—¿No se defendió un poquito?

—No, que le dieron con la estaca cuando escalaba paredes.

—Creo que te llevarán a la horca con pregonero —concluyó la Trotera.

—Jamás moriré en la horca —afirmó el Tuerto, molesto.

—Ella es agruadora, veo la señaleza —dijo el Moro.

—Dices sobejanas palabras —se enfureció el Tuerto.

—Cata, que tengo axaqueca, y empiezo a ensandecer e a enrizar, como si en mi cabeza tronaran los añafiles —dijo el Moro.

—Atrévete, que te dejaré la cara como pulpa sangrienta y te mediré las costillas de renegado —dijo el Tuerto.

—¡Nones! —gritó el Moro, tratando de sacar un puñal de su tabardo—. De hoy en adelante vas a andar desjarretado.

El Tuerto lo cogió del cuello y de una voltereta lo arrojó al suelo, como si fuese saco de garbanzos. Le puso el zapato lleno de picaños en la cara, con el barro de la suela en la boca, y le dijo:

—Arrodíllate, hijo de Alá, que de este charco inmundo no puede salvarte tu Mahometo. Bésame las manos.

—Manos besa home, que querría ver cortadas —dijo en otra parte Pero Meñique.

—Tuércele las manos como a mecha de candil —pidió la Babilonia.

—Evad, ca soy cabdillo hondrado —dijo el Moro entre dientes, tendido en la tierra como un pelmazo, igual que si le hubieran aplastado el cuerpo—. Por la cohita de casas vienen los barruntos de los amesnadores para prenderte... Merced, yo sabor un meye, que me siento astragado, e poco a poco me quedo sen fala e sen seso como un pardal que muere.

—Silencio —dijo el Rey Bamba—, oigo pisantes de fieras.

El Tuerto aun dio una patada al Moro en el suelo, lo cogió de la cabeza y se la apretó con fuerza, le dijo:

—Tienes muchos humos y te los voy a bajar.

—¿Por qué le hacéis eso? —preguntó la Babilonia.

—Para que me vea más recio y se apacigüe —dijo el Tuerto.

—Ya te huelo de lejos —dijo el Moro—, no necesitas ahogarme con tu tufo.

—Tijeras malas hicieron a mi padre boquituerto, a ti malos hechos y malas palabras te dejaron tuerto; un día de éstos te romperé la crisma —dijo el Rey Bamba, jaloneándolo.

—Suéltame, me quedo quieto —suplicó el otro.

—Suéltalo —dijo la Babilonia—, que si nadie lo quiere aquí por tener sólo un fanal, yo sí lo amo; por él me quitaría la prima hasta quedarme en pelota.

—Eres de las que se quitan las ropas en el camino antes de llegar a una pieza —dijo el Rey Bamba.

—Cuando moza fui pencuria y cisne de buen amar, me volvían loca el pío y la pisa —dijo ella.

—Déjame tisbar tus rayos, déjame mirarte el mundo, me siento lleno de noche y te regalo la nube —dijo el Tuerto, acercándose para abrazarla.

—En su momento me bajaré las leonas, te mostraré la gamba, te enseñaré las napas..., cuando pase mi sanguina —dijo ella.

—Para llegar a ti, entraré por las luminarias y te quitaré la luna —dijo el Tuerto.

—No me toques en el bulto, que sobre el vientre traigo la bolsa y soy experta en landreros —dijo ella, rechazando su mano.

—La coz de la yegua no hace daño al yeguado —dijo el Tuerto.

—Te quedaste erguido, como gallo en cortijo —comentó Pero Meñique, que seguía los ruidos y las voces.

—Más vale tuerto que ciego —le dijo el Tuerto.

—No hay peor burla que la verdat —dijo Pero Meñique.

—No te preocupes mucho, tras este mundo, otro verná —lo consoló la Trotera.

—Non puede ser más negro el cuervo que las alas —replicó Pero Meñique.

—¿Por qué tiemblas toda? —le preguntó a aquélla la Babilonia.

—El temblor lo traigo de herencia, que a mi madre la mató la tísica —respondió la Trotera.

—A mí mi madre me dejó estos zapatos comidos de picaños y estas ropas remendadas con puro aire, con lo que soy dueño de todos los caminos —dijo el Tuerto.

—Por ti yo morría —dijo el Moro a la Trotera—, te daría un corpezito de color y una saya de forraje azul, para que andes en todo tiempo desembarazada, casi en camisa.

—No lo oigas, que ése es bruto en comida: come en tierra, sin mesa, lentejas y habas —dijo el Tuerto.

—Pan de mijo y otros panes de diversas suertes, con pasas, higos y miel —añadió el Moro.

—No lo oigas, que duerme como animal en el suelo, en los escaños de la cocina —dijo el Tuerto.

Entretanto, vino a nosotros con pasos cortos pero rápidos un hombre pequeño, con las piernas y los brazos torcidos en arco, el espinazo de nudo, la corcova en punta y la gorra de la modestia tapándole no sólo las partes inferiores sino el vientre entero.

—Llegó a Madrid el serafín humano, el glorioso padre don Rodrigo Rodríguez —lo saludó Pero Meñique.

—Exagera mi amigo —dijo el hombre pequeño, visiblemente sonrojado, con una gran sonrisa que curvó su bigote.

—¿Traéis roscas amasadas, hojaldres, puchero o cazuela de pescados? —le preguntó la Babilonia.

—No.

—Entonces, ¿a qué venís?

—A desfogar la pesadilla de su cuerpo, que la natura quiso hacer con él juguete de burlas, una reversada abreviatura, con sólo la cabeza en proporción justa —dijo la Trotera.

—Dícese que esta abreviatura la llamó Plinio desdicha, en tiempo cuando los romanos hacían juegos gladiatorios con enanos —dijo Pero Meñique.

—¿Quién es este niño viejo? —preguntó el Rey Bamba, ofendido por su presencia.

—Yo, señor, soy don Rodrigo Rodríguez, natural de Toledo; estudié gramática, artes y teología en Alcalá de Henares.

—¿Mendigo o ladrón?

—Mendigo, gracias a Dios; pero si su voluntad así lo dispone mañana seré ladrón.

—¿Cómo habéis llegado aquí?

—Vine en busca de mi amigo Pero Meñique.

—¿Por qué razón?

—Una hembra llamada doña Flor Domínguez, natural de Segovia, de la que estuve muy prendado, vínose a Madrid con un clérigo dominico.

—¿Sabéis abrir cerrojos con ganzúas? —preguntó a su vez el Tuerto.

—No —respondió el enano con una sonrisa tímida.

—¿Sabéis perderos en la muchedumbre? —le preguntó el Tuerto.

—Como niño.

—Serás mi atalaya, entonces, medio hombre —dijo el Tuerto.

—Por favor, llamadme don Rodrigo, que mi padre fue caballero esforzado, hombre de corazón, buen cabalgador, diestro en armas y amigo dilecto de don Álvaro de Luna.

—¿Amigo de don Álvaro de Luna, al que el rey don Juan II le cortó la cabeza por traidor? —preguntó la Babilonia.

—Sí, el condestable de Castilla, dijeron su muerte por pregonero.

—Mi padre fue pésimo jubetero —dijo la Trotera—, que lo único que aprendió bien en su vida fue la adivinanza del jubón, que dice así:

Sin cabezas, pies, ni manos
Cuerpos y brazos tenemos,
Y bocas, mas no comemos;
Y ojos que, aunque estén muy sanos,
Maldita la cosa vemos.

—Mi padre, en cambio, tuvo más de mil hombres en casa obrando los paños y tundiéndolos, fue hombre rico y respetado y no mezquino como el de esta mujer —dijo la Babilonia.

—El mío fue ladrón famoso —dijo el Tuerto—, el marqués de Villahonda ofreció una recompensa de mil maravedís para prenderlo y, cuando lo vendió un traidor, confesó haber muerto quince hombres. El día que lo ajusticiaron fue sacado en un carretón en un palo con argolla, arrastrando medio cuerpo, de manera que al pasar por una calle unos herreros salieron con unas tenazas rojas y le arrancaron las orejas para ponerlas en la punta del palo. En la plaza, le cortaron la cabeza y lo hicieron cuartos.

—Muerte ejemplar, sin duda —dijo el Rey Bambas—. Mi padre fue hombre tan fuerte y ligero que cuando por juego ponían un caballo atravesado en la plaza y un hombre extendía los brazos sobre la silla, y otro hombre sobre los hombros de éste, él saltaba sobre todos ellos y caía parado sobre la silla del caballo. Cuando partió a la guerra, fue tan fiero y valiente que a enemigo que salía a su paso le daba tal estocada en el pecho que no vivía para contar hasta siete. Un amanecer, en batalla contra los moros, por salvar a un amigo acosado por muchas lanzas, lo saetearon por la espalda y murió. Mi abuelo, que era tan pobre que vivía de echar estiércol en los campos y de comprar acémilas de poco precio que curaba y vendía luego, me recogió y me llevó consigo, cuando le dio por hacerse echacuervos y predicar por los caminos, en compañía de una amiga vestida de monja. Por años y años, a pie o en mula, anduvimos de aldea en aldea y de villa en villa, atando el animal cerca de la iglesia donde mi abuelo decía su sermón, mientras la falsa monja, con insignias colgadas del cuello, vendía las bulas en forma de corazón, con nombres de santos dentro, para que las gentes las llevasen sobre el pecho como remedio contra la envidia, las cuartanas y la gota, o simplemente para acordarse que eran hombres e iban a morir un día. Con estas nóminas en las bolsas y las manos batimos los campos, echamos los cerros y azotamos las calles bajo calores y lluvias, hartos o hambrientos; aunque, para decir la verdad, anduvimos más a diente como haca de buldero que con el estómago lleno; conjurando muchas veces mi abuelo, en medio de la plaza de una aldea mezquina, al pariente que llevaba en el anillo para que nos diese algo de yantar y un lugar donde dormir. Esta vida errante, quizás hubiese durado toda la vida si un clérigo malvado que codiciaba a la amiga de mi abuelo no lo hubiese hecho prender por embustero y entregado a los reverendos dominicos para procesarlo como hereje. De manera que me quedé en la calle, en una población desconocida, en ropas de monacillo y hambriento, sin saber si comer piedras o raíces, si vestir pieles animales o sombras, hasta que me convertí en el Rey Bamba y soy éste que soy.

—Hablando de clérigos maliciosos —dijo el enano—, dicen que un fraile franciscano, en el confesionario una iglesia de mi villa, le preguntó un anochecer a una doncella hermosa si se había cortado las uñas; a lo que ella contestó que cortárselas no era menester para confesarse con ningún sacerdote. Él le dijo que sí era, y que allí tenía bajo la sotana unas tijeras para ella. Al extender la mano, la doncella la retiró muy presto, diciendo: "Ay, padre." "¿Tan presto te cortaste las uñas?", le preguntó éste. Y como ella rió, él dijo riéndose: "Loado sea San Francisco".

—He oído que en la calle de la Puebla, en Palencia, nació de una manceba de clérigo una hembra monstruosa, de cara lisa y calva, que en vez de nariz tiene un ojo de pescado sin párpados, y en lugar de boca un hociquillo de conejo, como agujero redondo con dientes; las orejas le llegan hasta medio cuello y el resto de su cuerpo es como el de las demás mujeres, con tetillas, coño y culo —dijo el Tuerto.

—En Toledo una monja parió una criatura monstruosa, con cabeza, pelo, rostro y orejas como de león, alas de murciélago en lugar de brazos, cuerno en la frente y labios dentados bajo la tetilla izquierda. Sobre el ombligo le crece una guedeja a guisa de bigote, sus genitales son de macho y hembra; de macho como de perro y de hembra como concha de mar. Su pierna derecha es de hombre, su izquierda la tiene cubierta de escamas, diz que para correr por los campos o para vivir en las aguas, según su deseo —dijo don Rodrigo Rodríguez.

—Sin ofender a mi amigo don Rodrigo Rodriguéz —dijo Pero Meñique—, quiero contar que hace unos años trajeron los portugueses por esta tierra un enano con barbas, de edad de treinta años, tan pequeño de cuerpo que no medía más de tres palmos, incluyendo pies y cabeza. Por las calles de las aldeas dos hombres lo llevaban descansadamente en una jaula sobre los hombros, ganando con él muchos dineros por el mundo entero que venía a verle. El jeme era de tan buena razón y seso que cuando se burlaban de él lloraba como un niño y cuando lo acariciaban jugaba con las gentes a través de sus barrotes. Pero por la desdicha misma de su cuerpo, o porque la natura no lo dotó para vivir muchos años, un domingo de feria murió delante de mucho pueblo, que entretenía con gracias, para gran tristeza de los portugueses rapaces.

—No tengo piedad por tu cuerpo ni me asombra tu tamaño mezquino —dijo el Moro a don Rodrigo Rodríguez—, pero necesitas ir con un alfageme para que te monde la barba... ¿cuántos morbís traes?

—Soy puro agosto —dijo el enano.

—¿No os ha dejado fortuna vuestro esforzado padre? —le preguntó la Babilonia.

—Me dejó las calles de las villas y el paisaje de los campos —dijo él.

—Trae buen apretado —observó el Tuerto.

—El jubón me lo heredó mi abuelo, de los que usó cuando niño.

—Para ganarse el sustento, con ese cuerpo servirá para alcancía —comentó la Babilonia.

—O para atalaya, que se puede meter con facilidad en las quiebras de los ladrillos o en las ventanas como un viento roto —dijo el Rey Bamba.

—A mí me gusta para que traiga volantes como mujer y se vista de niña para tisbar, oculto en un hoyo o sentado en cualquier piedra —dijo la Babilonia.

—Tiene buenas lanternas y finas labradoras, a mí se me hace que será guardacoimas o gorra —dijo la Trotera.

—Faré lo que me mandardes, e lo que non me mandardes, como dijo el refrán —dijo muy sonrojado don Rodrigo Rodríguez—. Os agradezco de todo corazón que hayáis expresado tantas buenas razones acerca de mi humilde persona, pero me sé tan torpe en el juego, tan cornudo en amores y tan perdedizo en peleas y batallas, además, que siempre en las plazas las multitudes me pisan, que tengo grandes temores de no cumplir las magníficas empresas a las que queréis destinarme... Que en vez de subir a las torres y pararme en los tejados, de meterme por las ventanas y cortar las ropas de las gentes, me gusta pasar el día en la blanda mirando figuras de mi fantasía en la pared, o contar mis dedos una y otra vez, para ver si durante la noche alguno no se me ha perdido.

—Ya sabía que éste es sólo boca y al primer tormento es de los que gargantean —dijo el Tuerto.

Atravesó la plaza un quintañón, vestido de verde como una oruga, apoyado con la mano en la cabeza de una niña. Ante nosotros se detuvo, abrió la boca para tragar aire o para exhalar el último suspiro, y miró el suelo con las ansias de la vejez y de la muerte. Creí que iba a rabiar, pero como si se empujase a sí mismo con el ánimo, un momento después estaba de nuevo en movimiento, buscando un quicial donde apoyarse.

Tras él pasaron dos moras, bien peinadas y limpias, con calzas de lino anchas y pliegues atados abajo del ombligo, camisas largas, también de lino, y una túnica de lana encima. Adornadas con ajorcas y collares de cuentas negras, tenían los pechos bajo la saya de forraje verde muy parados. Entraron por una calle de la morería, con la cabeza tapada por una tela blanca, de manera que sólo les vi los ojos. Detrás vino una mujer casada, con toca de beata y uñas de gata, seguida por un moro descalzo, el cabello partido en dos y la barba mondada. Un clérigo siguió, con capucha picuda y túnica abotonada, báculo de oro y manto de piel de conejo.

—Un día a la reina Isabel le sirvieron un ajo envuelto en perejil, que ella escupió diciendo: "Venía el villano vestido de verde" —dijo Pero Meñique, que ignoraba el trafagar de las gentes por la plaza.

—Dicen que el rey de Macedonia tenía unos criados que cada día le recordaban que era hombre, y de nuestra reina Isabel se cuenta que cuando está en las fiestas y solemnidades reales tiene junto a ella una dama que le tira del trenzado para decirle: "Acordaos que habéis de morir" —dijo al punto don Rodrigo Rodríguez.

—A mí me gusta yantar con simpleza al uso de la sierra, contenta estoy con pan de centeno, vino aguado y queso asadero —dijo la Trotera.

—Es mejor una comida simple que el banquete fúnebre en el fementido hospedaje de un cadalso —dijo el Tuerto.

—San Jerónimo recomendaba a los pobres que no comiesen manjares que no podían digerir ni deseasen aquellos que no podían alcanzar, que en guisar yerbas y legumbres hay gran sabiduría y el manjar delgado guarda al hombre de enfermedad —dijo don Rodrigo Rodríguez.

—Hay alimentos que dañan el estómago y el ánimo, como las berenjenas que producen melancolía, las habas que hacen olvidar y los hongos que contienen veneno letal... Mucho perjudica al hombre llevarse un bocado a la boca sin antes haber comido el anterior y el inclinarse demasiado en la escudilla cuando el hambre es feroz —dijo Pero Meñique.

—Sabes mucho de las cosas que pertenecen al henchimiento y vaciamiento del cuerpo —dijo la Trotera—, creo que entre tus ancestros hubo algún físico Acach o Yucé.

—Al rey para yantar carneros, perdices, pescados pan de trigo candeal le ponen una mesa en una cámara del palacio con brocado de oro, sus salvas prueban sus manjares antes que él los coma para saber que están libres de veneno, tiene a su lado un bacín para arrojar los huesos y las sobras, y a su alcance están los aguamaniles con aguas perfumadas con menta y verbena, así como diversas clases de cuchillos, tridentes venecianos y cucharas ornamentadas; yo como de prisa y con las manos tocino lardo y pan mal amasado, sentado sobre una piedra o recargado en el aire, bajo el techo azuloso de la noche —dijo el Rey Bamba.

—El hambre es una puta —dijo el Tuerto.

—Abre bien los ojos, que pareces cegarrita —me dijo con brusquedad el Moro, apretándome las quijadas con mano áspera—. Cuando oyes cierras los ojos como si te ofendiera la luz o te fueran a dar un golpe.

—Debéis saber que la ceguera es también enfermedad de gallinas y de pollos —dijo la Babilonia.

—Como la enanez es también monstruosidad de naranjos y manzanos —dijo don Rodrigo Rodríguez.

—Por robador de ricoshombres y de caballeros, colgarte han de un palero, encima de un otero —dijo la Trotera al Moro.

—¿Por qué han de colgarlo? —interpeló con dureza el Rey Bamba a la mujer—. Si los ricoshombres y los caballeros viven de robos y de tomas que hacen en la tierra, si se dice que, una vez entrado en estos reinos, no se permite a nadie sacar un pie de ellos sin que en cualquiera de sus fronteras no se vea obligado a morderse los labios a causa de los avaros, rudos y truculentos cobradores de impuestos y peaje, que desnudan a los viajeros hasta de la camisa interior para ver si llevan dineros, no teniendo en cuenta, si es que les sobra alguno, que lo llevan para el viaje de retorno.

—Vivimos entre heces y orines, por eso San Isidoro el sevillano determinó que los monjes hiciesen sus oraciones en voz alta cuando estaban en los retretes —dijo don Rodrigo Rodríguez, debajo de las ropas de la Trotera.

—Al agacharse te vio toda la carnaza —dijo a ésta la Babilonia.

—No importa, según las leyes los jibosos no pueden ser caballeros ni casados, así que puede ver debajo de la ropa todo lo que quiera —dijo aquélla.

—Viene una morilla con almalafa —dijo el Moro.

—Niña en cabello, con zapatos apretados, calzas tiradas y jubones estrechos —dijo don Rodrigo Rodríguez.

—Se acerca doña Toda, la mujer de Íñigo Arista, de Gutierre Díaz, de Diego López y de quién sabe quién más en el negro porvenir —dijo el Rey Bamba.

—¿Para qué decir tantos nombres si el primer marido va a ser su dueño en el infierno? —dijo la Babilonia.

Apareció en la plaza una mujer con toca, cabello largo, alta de cuerpo, gruesa de caderas; sus ojos, color avellana madura, los clavó al pasar en los ojos del Rey Bamba; el que, como hechizado, siguió largo tiempo la fuga de su cuerpo en el vacío de la calle.

—¿Habéis visto el fulgor honestísimo en sus ojos avellanados? —preguntó a Pero Meñique, que se encontraba junto a él.

—Vi una sombra cruzar de un lado a otro de mi cabeza, pero no divisé fulgor alguno en ella —respondió el ciego.

—Viene una dama principal muy rica, con ropas de brocado finísimo —anunció el Tuerto.

El Moro comenzó a clamar:

—Por Santa Casilda, que tan piadosa fue con los cristianos cautivos que morían de hambre y de sed en las mazmorras de su padre Aldemón, rey de Toledo, una limosna por el amor de Dios.

La Babilonia vociferó:

—Por San Isidro Labrador, que nació en esta villa de padres pobres aunque limpios, y obró muchos milagros, devolviendo la vista a un niño ciego al que llamó Domingo, una limosna para esta vieja hambrienta.

Dijo la Trotera:

—Por este santo a quien el polvo nunca conoció, que cuarenta años después de sepultado fueron halladas sanas y salvas sus mortajas, y llevado su cuerpo incorrupto en solemne procesión, fue colocado en incienso en otro sepulcro, junto a los apóstoles San Pedro y San Pablo, un pedazo de pan por Dios.

El Moro volvió a la cargada:

—Cata que si no das limosna y vas por la Puerta Balnadú, cata que significa puerta del demonio..., e si vas más lueñe y llegas a Xerez, evad que es tierra de desdichas... E si luego vuelves a Madrid, veo señaleza, que caminas por terrones de fuego.

—Cállate, moro ahumado, que con tus alaridos ahuyentas a los que vienen a la plaza —dijo el Rey Bamba, cogiéndolo del tabardo.

Entretanto, la mujer, sin tornarse, y en apariencia sin oírlos, pasó frente a ellos. La siguió mucho ruido: trompetas bastardas, chirimías, atabales y tamborinos, momos con caretas, cojos, corcovados y mancos, ballesteros de maza, vestidos con jubones de terciopelo azul, ropas verdes y calzas amarillas. Detrás de ellos el novio, con capelo negro bordado de ricas gemas, jubón cubierto de chapería de oro, ropa carmesí y guarnición dorada sobre los hombros, montaba un caballo color de huevo, con crines peinadas y cola mocha. Ocho hombres gentiles y cuatro pajes con capirotes, acompañándolo, vestían jubones de brocado, jaquetas cortas de paño verde y faldas tan largas que las cargaban sobre los hombros.

La novia vino enseguida, muy muchacha, muy graciosa y con los ojos puestos en el suelo. Vestía un riquísimo brial de fino brocado verde, cubierto de chapería de oro y encima ropa de damasco negro. Traía sombrero negro de muy nueva invención, collar de joyas preciosas y una facanea en la mano. Montaba yegua blanca, guarnecida en la grupera y delantera con aderezos de terciopelo negro.

Detrás de ella entraron en la plaza mujeres a pie, todas mozas salvo una vieja, de diversos estados y maneras. Entró un hombre, con un caballo de la brida y un estoque sobre el hombro, vestido de fino brocado. Y un paje con capirote.

Anocheció. La plaza perdió sus colores y sus ángulos. Mendigos, ladrones y gentes de la villa fueron envueltos por la misma oscuridad. Todo se volvió quieto, vago, pesaroso, como si las figuras imprecisas fuesen a vivir de un momento a otro en el sueño.

De pronto, vino una pareja rezagada buscando el camino de los otros. Ricamente vestido, el hombre traía un sayo de cabalgar de paño amarillo sobre un jubón carmesí, una capa azul, con capirote del mismo color; y en el cuello, descubierta, una cadena de oro de muchas vueltas. La mujer traía un brial de brocado azul, ropa dorada encima y un tocado de manera muy suave.

Juntos cruzaron la plaza, como si atravesasen un dominio ancestral, heredado a perpetuidad, no sólo en la tierra sino más allá de la muerte.

Al ver que eran señores principales, el Rey Bamba hizo unas señas al Moro y al Tuerto.

—¿Vamos a martillar? —preguntó el Moro.

—¿Qué dejará el martillado? —preguntó el Tuerto.

—Castellanos, ropajes y joyas —contestó el Rey Bamba.

—¿Cómo iremos? —preguntó el Moro.

—A talón bien presto —respondió el Rey Bamba—. Cuidado con la muerte —les advirtió la Trotera.

—No tengo miedo a la cierta —dijo el Rey Bamba, alejándose de prisa, pegado a las paredes, disimulado en las sombras.

A un tiro de piedra, lo siguieron el Moro y el Tuerto.

Pero Meñique con lentitud atravesó la plaza. A diestra y siniestra, arriba y abajo, tocó el vacío, el suelo, las paredes, igual que si con la punta del bastón sintiera lo duro y lo blando, lo lejano y lo cerca.

Dejamos atrás las torres fantasmales de la Puerta de Moros, las casas cerradas y mezquinas de la aljama, las calles de Yeseros, de los Mancebos, del Toro y otras más, tortuosas, desiguales, empinadas.

Bajo las antorchas humeantes y las lámparas de aceite, puertas y ventanas abiertas descubrieron las insignias y mostraron los instrumentos de herreros y chapineros, sastres y pañeros, cereros y carpinteros y otros menestriles.

Aquí y allá, Pero Meñique tanteó la forma de la piedra, la largura del muro, la humedad de la tierra, el súbito agujero; alerta siempre a las bacinadas de excrementos y orines que arrojaban desde las ventanas de las casas. Más rápido de lo que yo creía podía ir un ciego, iba con ese paso afanoso que a veces llevan los que tienen hambre y saben adónde les aguarda la comida; a punto de caer a veces, más por su propia impaciencia que por los accidentes del camino.

—Es noche profunda —dijo—, por estar en la plaza hablando con nuestros amigos cosas poco confortantes para el ánimo, no oímos las campanas del reloj de la Puerta de Guadalajara tocar vísperas y se nos ha hecho tarde para ir a espa-

ciarnos en una hostería que yo me sé, en la que hay mancebas
que se dan a la lujuria. La señal de que nos acercamos a ella es
que vas a ver por la calle algunos clérigos y monjas entrar y
salir furtivamente de casas oscuras; frente a la puerta se para
un hombre llamado *el Badajo*, que informa a los de la casa de
mancebía quién viene y quién va afuera, mientras se columpia
sobre sus muletas. Cuando lo vislumbres, me dices: "Este báculo es tan milagroso como el de San Millán de la Cogolla."

Sin embargo, todavía por un largo rato fuimos por cuestas y callejuelas donde sólo nuestras figuras se movieron y sólo
nuestros pasos resonaron, a menudo tornando al mismo lugar
por haber errado el camino.

—Veo al hombre apodado el Badajo —dije, cuando lo
descubrí columpiándose frente a la casa.

Pero Meñique tocó en la puerta con su bastón y se asomó por la ventana disimulada en la pared oscura una mujer de
cabeza pequeña y toca azafranada.

—¿Quién sois y qué buscáis a estas horas de la noche?
—preguntó, como alguien que busca algo que se le ha caído en
el suelo y trata de distinguirlo en las tinieblas.

—Soy Pero Meñique —susurró él, como si la calle estuviera llena de cuerpos invisibles interesados en su presencia
ante la casa de mancebía.

—¿Quién? —volvió a preguntar ella.

—Pero Meñique, el ciego —respondió él, con voz más alta.

—Odio a los ciegos —replicó ella.

—Bajad la voz, que las orejas de la justicia pueden oírnos
y mandar azotarnos o ponernos en la picota desnudos —rogó él.

—Entonces, idos luego.

—Busco a Francisca Hernández.

—¿La que no tiene narices?

—Ésta sí las tiene, y grandes.

—Con seguridad le desaparecen de día y le crecen de
noche como natura de hombre —dijo la mujer.

—Abridme ya —suplicó él.

—Decidme, ¿quién os acompaña?

—Un hijo que me hallé en el camino.

—¿Es de fiar?

—Por él meto las manos en el fuego.

—Te las chamuscarás muy presto.

—Así sea.

La puerta se abrió y se cerró tan rápidamente que apenas tuvimos tiempo para entrar. Nos hallamos en un pasadizo cavernoso, húmedo y frío, de techo bajo, paredes estrechas y piso en cuesta.

—Esta puerta parece ser de tal artificio como aquella que hizo un español en Flandes, que aunque entraban por ella jamás la veían abierta —dijo Pero, metiendo un pie en un bacín para lavar pies que alguien había dejado en el suelo.

—Andar un ciego por un corredor oscuro es ir dos veces ciego —comenté yo, con buen ánimo.

Pasos adelante, una voz de mujer preguntó al fondo, en la oscuridad:

—¿Qué trae Pero el ciego?

—A un hijo que hallé en el camino —respondió.

—¿Expósito?

—No, mancebo.

—¿Qué trae en la talega?

—¿Quién? ¿Juan Cabezón o Pero Meñique?

—Pero Meñique, ¿qué trae en la talega?

—Vituallas.

—¿No trae castellanos de oro de los nuevos?

—En la fantasía.

—¿Excelentes?

—No.

—¿Enriques?

—Me los he figurado en la pared.

—¿Al menos trae blancas de las acuñadas en casas reales de monedas? —preguntó la voz de mujer.

—Traigo de las fabricadas fuera de ellas.

—Mostrádmelas.

—No, porque las podéis prender.

—No pasaréis entonces.

—Las señalaré en la talega —dijo Pero Meñique.

—No, sacadlas para que las vea.

—Hay peligro de que una se os quede pegada en la mano.

—No las tocaré.

—¿Dónde estáis?

—Aquí.

Una mujer, más vieja que su voz, apareció sentada en un escaño de madera, alumbrada por la luz de una candela. En lugar de nariz tenía un agujero negro, en vez de cejas arcos tiznados; desdentada, metía y sacaba la lengua entre los labios redondeados. Traía puesta una camisa azafranada, rota, por la que se le veían las carnes secas, golpeadas, marcadas. Al ver que Pero Meñique estaba delante de ella y no le mostraba las monedas, comenzó a insultarlo con una voz que sonaba pero que no se entendía, igual que si chupara en su boca las palabras. Al hacerlo, el párpado derecho se le caía, cerrándole el ojo, mientras el otro se le quedaba abierto, fijo en nosotros.

—¿Es una nueva manera de hablar con uno mismo? —le preguntó Pero.

—Lo que vais a oír es peor —dijo la vieja.

—Mete presto la mano en la talega y saca un ochavo de real, que es cuadrado, con una F y una corona encima de un lado y de otro lado una I también con una corona —me dijo él.

En la talega hurgué entre las monedas buscando con los dedos la que él me decía, pero al sacar una distinta, él me preguntó con azoro:

—¿Cómo es?

—Lleva en su cara las armas reales y en el reverso el yugo y el haz de flechas, empresas de los reyes; en la orla de ambas caras dice: *Fernandus et Elizabeth Rex et Regina Castellae et Legionis et Aragonum et Siciliae...* —dije.

—Es un real de plata, guárdalo en seguida.

Saqué una moneda de oro cruzada oblicuamente por una banda, cuyas extremidades entraban en una boca de dragón.

—Es una dobla —dijo—, ¿la ha visto ella?

—No.

—Yo mismo buscaré la moneda —dijo, hallando la que quería.

—¿Qué se traen allí? —preguntó la vieja con rudeza, creyendo que la burlábamos.

—La moneda que pongo en tu mano es un cuarto de excelente —me dijo Pero—; fíjate bien si en el anverso lleva los rostros de los reyes mirándose uno a otro con el mote *Quos Deus conjunxit homo non separet* y en el reverso las armas reales... Si es la que digo, muéstrasela sin dársela y devuélvela a la talega con rapidez.

—Entrad —dijo la vieja con voz ronca, después de que se la enseñé como en un parpadeo, de manera que la dejé dudando de lo que había visto.

—No os quedéis allí parado como perro que ladra a los rayos —dijo a Pero Meñique una mujer hombruna, que nos abrió una segunda puerta.

—No me disgusta el cuerpo de ese ciego, me perturban sus ojos: miran con tal fijeza blanca —dijo otra mujer, escondida detrás de ésta.

—¿Quién ha traído a este hambriento necesitado, ciego lujurioso, sediento hombre sin fortuna? —preguntó otra, desde una pieza.

—Me traje a mí mismo —contestó Pero, tornando la cabeza hacia la dirección de la voz.

—Cuidado con este hombre, es un perro con los que no ama —dijo una mujer de gran tamaño y peso, con la cabeza llena de cintas de colores, que en apariencia había estado acechando detrás de una puerta.

—¿Francisca Hernández? —preguntó Pero Meñique.

—La mujer gorda que ninguno ama —dijo ella.

—¡Francisca Hernández! —afirmó él.

—Esta mujer es muy grande para ti, te va a asfixiar en sus abrazos —le dije.

—No la temo —respondió él—, que yo aprecio a las hembras por su corpulencia, las juzgo por su bulto y las sujeto con fuerza para que no se me escapen de las manos.

—No os aflijáis por éste, que anda por el mundo lujuriando —me dijo ella—, estoy segura que si le fuera dado ver en el cielo dos lunas las tomaría por tetas y extendería en la noche los dedos para alcanzarlas.

—Si el medio cuerpo de la luna es alumbrado por el sol, ¿por qué no he de acercarme yo a su calor? —replicó Pero.

—Debe estar la luna sobre el horno, que andas loco —dijo ella.

—Enséñame presto tu lunada.

—Primero quítate ese vestido negro, que pareces cuervo imitando la voz humana.

—Así es mi noche, lloro a un difunto —se lamentó Pero.

—¿De cuándo acá tienes muerto?

—Digo que lloro al difunto en mí que no ha podido ver la luz del día, que quien está privado en vida la maravilla del sol anda como muerto —dijo él.

—No te pongas lúgubre.

—Entonces, dejadme tentar el vado.

—Aguarda a que lleguemos a la pieza.

—Como dice el refrán, tres cosas son que pierden al hombre: putas, dados y cominos —dijo Pero.

—¿Quién eres tú? —preguntó de nuevo una de las voces, desde la oscuridad.

—El primer hombre que se rió al nacer.

—Mentira —dijo la voz.

—Tú, ¿quién eres? —preguntó a su vez Pero Meñique.

—Una mujer honesta inclinada a ser ramera, una ramera que desea ser madre y abuela —contestó la voz.

—Es mejor casarse que arder —le dijo Pero, comenzando a andar.

—Regálame un jabón napolitano para tornar mis manos blancas, regálame tuétanos de vaca, de carnero y de ciervo, que los especieros de la villa han traído de Zaragoza —le pidió Francisca Hernández.

—¿No es éste el ciego que canta en el atrio de San Andrés sobre las losas? —preguntó una mujer alta de cuerpo, con vestido pardo de villana, ojos castaño oscuro de madera seca y el pelo corto cubierto por una toquilla azafranada.

—No es el mismo, aquel ciego cantor está cojo y la boca le huele a entrañas, de la tierra y del cuerpo..., más del cuerpo —dijo al punto él.

—Don Pero Meñique sabe de medecinas y de avisos de hembras del trato —aclaró Francisca Hernández, como si hablase de un hijo suyo.

—¿Ciego de natura? —preguntó la otra.

—Ciego por puñal de mala mano —dijo Pero.

—¿Sois hombre o cíclope monstruo? —preguntó de nuevo la otra.

—El mejor monstruo del mundo el hombre —dijo Pero.

—¿Qué me miras con tu cara de burdo? —me dijo la otra a mí, al ver que no le quitaba la vista de encima—. ¿Eres hijo de caballo y de asna?

—Es cordero pascual —dijo Francisca Hernández.

—A otro perro con ese hueso —dijo la otra.

—Andáis con el cuerpo burdel —le dijo Francisca.

—Me llega un olorcillo mujeruno —dijo Pero Meñique, acercándose a la mujer de la toquilla azafranada.

—Apenas la husmeas y ya quieres ir con ella —le reprochó Francisca.

—Soy como el rey don Fernando, que ama a su esposa pero se da a otras mujeres —dijo Pero.

—¿Amas de verdad a este amigo tuyo, lleno de canas, de rugas, corcovado y cegajoso? —le preguntó la mujer de la toquilla azafranada.

—El amor es ciego como el odio y la fortuna, debería de saberlo una manceba que anda con un clérigo barbas de macho cabrío, quemador de mujeres judías y de madres de niños pequeños —contestó Francisca.

—No cabe duda que cuando friegas en el lecho de lodo lo mismo son para ti Pablo que Pedro —replicó la otra.

—Lo debe de saber aquella que ha fregado sus lomos en todos los burdeles de la Andalucía —dijo Francisca.

—Fui hija de cabreros, última de cuatro hermanos, la más festejada por mis primos los vaqueros; educada en el seno de nuestra santa madre iglesia, la noche de mis bodas, estando en camisa en el tálamo para celebrar la comunión de la carne con mi marido el pastor del otero, un arzobispo me mandó prender y me tuvo en sus brazos la primera noche —dijo la mujer de la toquilla azafranada.

—*Ius prima noctis* —comentó Pero—. ¿Qué otra cosa sucedió? ¿Sacó el arzobispo las sábanas sangrientas para que los testigos las mostrasen al pregonero?

—Mi marido el pastor me repudió y la siguiente noche la pasé en un monasterio con dos clérigos viejos que durmieron en cueros conmigo para calentarles la cama.

—¿De allí la hija de cabreros se hizo puta carcavera? —le preguntó Pero Meñique.

—No, unos jinetes moros que andaban en la guardia de don Enrique IV burlando mancebos y doncellas por los campos y las villas de este reino, me arrebataron de su lado y luego de corromperme varios días me dieron a un enano etíope, guarda del rey; del que escapé para irme con un escudero que hallé a la vera del camino. Este hombre vil me abandonó en la primera posada en la que pasamos la noche y como pude vine a Madrid —dijo la mujer de la toquilla azafranada.

—El jarabe violado es bueno para ablandar el pecho —dijo Pero Meñique.

—¿Quién os ha pedido aviso, viejo tenebroso? —dijo la mujer.

—El ciego tienta con la mano el mundo porque está a oscuras, pero no es tonto —dijo Pero—, que si viera vuestra cara de pulpa no me acercaría un palmo a vuestro cuerpo.

—Deberíais estar en la iglesia rezando a Santa Lucía para que os dé ojos para andar por los senderos espinosos de este reino en lugar de ir por el mundo lujuriando —dijo la mujer.

—No voy allá, porque en vez de recibir luz me sepultarían en el lucillo de piedra —dijo Pero.

—Ventura te dé Dios entonces, hijo, ya sabes el camino a la letrina, lejos de las piezas; en ella hay un boquete que da al arroyo, sin luz ni aire —dijo la mujer.

—No tragues más ceguta y ven a la jodienda —dijo Francisca a Pero.

—Querrás decir cicuta —dijo él, con la cara ladeada, como si hubiese estado recibiendo las palabras del techo.

—Eso mismo —dijo ella—. Vamos a mi pieza.

—Fregamos los dos con Francisca —me dijo Pero en la nuca, creyendo que era mi oreja—. Su cuerpo, porque es muy grande, de la cinta abajo es tuyo, de la cinta arriba mío.

—Os caeréis al suelo, que esa mujer cuando jode parece vaca con alas —dijo la villana detrás nuestro.

—Perded cuidado, que amando me olvido que estoy ciego y volaré asido a su cuerpo —dijo Pero.

—Síganme por aquí, que alguien ha soplado la luz de las candelas y el corredor está muy oscuro —dijo Francisca.

—Os guiaré yo, que sé cómo moverme en las tinieblas —dijo Pero.

—El suelo es de tierra, con algunos recuadros de mosaico, en los que se puede tropezar y caer —dijo Francisca, llevando a Pero de la mano y a mí con los dedos clavados en el cuello.

—La barba mojada, tómala enjuta en la cama —dijo una vieja sin dientes desde una pieza sin puerta.

—Buena noche, doña Urraca —la saludó Francisca—. ¿Cómo os halláis?

—Estoy más pobre que puta en cuaresma —contestó la vieja.

—¿Se puede saber por qué?

—Aunque antes de mil años todos seremos calvos, ahora a perro viejo tus tus.

—La verdad adelgaza, pero no quiebra —dijo Pero.

—No son todos hombres los que mean en la paret —dijo la vieja, enojada.

—Ésta viene de la huesa y pregunta por la muerte —replicó Pero.

—Ya me morí e vi quién me lloró —dijo la vieja.

—Putas y tuertos, todos somos vueltos —dijo una mujer asomada a una ventana con una linterna en la mano, moviéndola debajo de su mentón como si le saliese humo del pecho.

—Al ruin cuando lo mientan, luego viene —dijo la vieja.

—Dijo el asno al mulo: Tira allá orejudo —dijo la ventanera.

—Cuídate de mí, que soy allegadora de la ceniza y derramadora de la harina —amenazó la vieja.

—El diablo no es puerco e gruñe —dijo la ventanera.

Una mujer barbuda me cogió del brazo, en medio de una puerta rota, me dijo:

—Ven acá, rapagón.

—Deja en paz a mi hijo, mujer barbuda, que a ti como a las cabras por los nudos se te conoce la edad —dijo Pero Meñique.

—El enfermo que es de vida, el agua le es medecina —dijo la mujer.

—Si queréis amor para vuestro hijo yo le doy mi azucena, blanca y de buen olor —dijo la ventanera, atrás de nosotros.

—Acepilla, acepilla —sopló la vieja sin dientes.

—Los afeites os han comido el lustre de la cara, os han destruido los dientes, os han arrugado el pellejo y dado mal aliento —dijo a ésta la barbuda.

—Acicala, acicala —gruñó la vieja.

—Los afeites que os habéis puesto en las mejillas y en las tetas para que se tornaran rojas os hicieron negra y cenicienta —continuó la barbuda.

—No sé por qué habláis así a doña Urraca, si también sois de color fingido —le dijo la ventanera—, además de cargar esa barba que casi os llega a los testículos.

—Así nací, con testigos y pelos —dijo aquélla—. Cuando niña los compañones me pesaron tanto que apenas podía andar, y de muchacha jugué juegos de manos de cubiletes, de bolos y de argolla. Por mi voz ronca y por mis puños no hubo mozo que se atreviera a besarme. Para vencer a los hombres y a las hambres cuando grande vine aquí, y me he vencido a mí misma. ¿Queréis venir conmigo?

—No voy con mujer machorra —respondió la ventanera.

—No tengo castellanos para pagarte, si no vendríais conmigo —dijo la barbuda.

—Aunque os echéis en la calle llena de oro, no habrá quién os alce —dijo la otra.

En otra pieza apareció una mora, muy peinada y lavada, con grandes arracadas y una camisa colorada de lino.

—La Zaina friega con zalemas —dijo la mujer barbuda, al ver que nos parábamos en frente de ella.

—Esta mora dice que es zahorí y ve lo que está debajo de la tierra, detrás de las paredes y guardado en las arcas —nos susurró Francisca—; asegura que distingue las cosas que se hallan lejos en la noche y puede mirar a través de la ropa; cuando va por la calle dice saber dónde hay agua y lo que piensa la gente que se cruza con ella. Su nombre verdadero es Zaida y es como el ave que se llama así; su padre la casó a los once años y su marido la repudió por no tener hijos. Repudiada, anduvo sola por Andalucía hasta que conoció a un cristiano con el que tuvo amores carnales y la trajo a esta casa.

—Hermana, acuérdate que he hecho muchas cosas buenas por ti, ¿cómo puedes zaherirme de esa manera, divulgando mi secreto? —dijo la Zaina, desapareciendo en la pieza.

—No debí haber revelado su secreto, porque ella oye todo y sabe todo, aun diciéndolo en voz baja o en otra parte de la villa —dijo Francisca—. Luego le pediré perdón.

—Camina —dijo Pero Meñique—, que ya casi es medianoche.

Entramos en una pieza. Junto a una cama de madera había una alcatifa de un lado y un vaso de noche del otro; pegados a la pared estaban un escaño de madera con el espaldar apolillado y un arcón roto. En una mesa pequeña, con un escabelo para sentarse, había ampolletas, potecillos, aguas para afeites, pinturas de uñas, blanqueadores de dientes, tijeras, una alcoholera con carbón, un peine, un espejo y un jabón. La ventana estaba descubierta y la puerta que conducía a la letrina estaba fuera de quicio. Alumbraba el cuarto un candelabro de cobre con tres velas clavadas en sus puntas.

En seguida, Francisca trajo a la mesa un jarrillo de vino y me puso en la mano una candela para alumbrarla mientras se quitaba la camisa. La voz trémula del ciego pareció atravesar su cuerpo grueso, cantando: *Media vida es la candela, pan y vino la otra media.*

Ella, como si estuviese sola en la habitación, sin vergüenza alguna, soltó delante de mí grandes tetas, grandes muslos, grandes nalgas. Y como si aún no estuviese satisfecha con su desnudez, se quitó las arracadas, las ajorcas, los zarcillos, la peineta para marcar la raya y unos como dientes de madera. Pareciendo, sin embargo, aún vestida, por el mucho arrebol en sus mejillas, la algalia en las cejas, la goma en el cabello y los aceites y perfumes untados en el cuerpo.

—Eres el único hombre que conozco con el que no es necesario apagar la candela para sentirme cómoda en la pieza —dijo a Pero.

—Lamento en mi ánima que mis ojos se priven de estas maravillosas carneces —dijo él.

—Mi espalda está un poco pelada, no pases tus manos ásperas por ella —le pidió Francisca.

—Tuve un hermano muy enamorado que tenía la boca pelada y a las mozas de Jaén no les gustaba besarlo en los labios —dijo él.

—Pareces ciervo desmochado, tu natura semeja hueso desencajado, ¿fuiste disciplinante, te flagelaron los lomos o fueron azotes de la diosa Venus? —le preguntó ella, al descubrirlo todo.

—De sólo acordarme de la vida monástica me despeluzo entero, los pelos se me enrizan de temor. Enflaquecía y enflaquecía, sin que nunca fuera bastante el ayuno: para sentirme verdaderamente virtuoso tenía que desaparecer mi cuerpo del mundo —dijo Pero Meñique—. Había un monje superior que obtenía gran placer en azotarme con abrojos y sangre abundante se me iba en ello por las heridas. Cuando me veía más medroso y doliente más azotes me daba, salpicando las paredes de la celda como si en ella estuviese matando a un carnero. Aún lo veo detrás de mí, con labios espumosos y la cuculla como un capirote de halcón tapándole los ojos, rabioso y continuo, hostigando mis carnes con santa disciplina, sin interponer entre su furia y mi dolor descansos ni vestidos. Con dientes apretados yo quería orar o llorar, mas el hijo de puta no cesaba en sus azotes y al verme descolorido y desfalleciente más duro me daba.

—Te dejó asaz descuajado en esas penitencias, que estuvo a punto de volverte mártir de la España sagrada —dijo Francisca.

—Doy gracias al cielo que en su fervor no me hizo cuartos, que supe luego que antes de ser monje había sido cuadrillero de la santa hermandad, de aquellos desquijaran el rostro para saber secretos y destronca la mano para marcar el robo. El hombre a mí sólo me despolvoreó y jamás supo, para mi buena fortuna, que el discípulo que mortificaba de día en las noches había tentación y tentaba mancebas en la pared. Al fin escapé, me fingí enfermo y desmarrido por tanta pérdida de sangre y bajo sus narices entré en agonía. El monje de presa con dificultad me soltó, me dejó partir al hospital.

—Me encandilas con esa vela, barbiponiente —me dijo Francisca, quitándomela de la mano para ponerla en una mesa coja—. Con sólo oír del monje te agarra gran temblor.

—Parece Garci Sánchez Trémulo, el hijo de don Sancho y doña Urraca, que antes de entrar en batalla temblaba mucho, pero ya en la contienda peleaba como un león —dijo Pero.

—Déjame ver tus testigos —dijo ella, abriéndome las ropas—, a ver si tiemblan como tus manos.

—Es muy vergonzoso, habrá que enseñarlo a chapuzar —dijo él.

—El hilo de la mazorca aquí está —dijo ella, pescando más que escudriñando.

—Tus tetas tienen forma de letras griegas —dijo él—, muéstraselas al muchacho para que aprenda la lengua de Heráclito el tenebroso.

—Ya está destetado —dijo ella—, y no se ha amigado con nadie.

—Ya tocan maitines —se quejó él.

—Tus manos son tenazas —protestó ella.

—Piénsate tendida en la losa del atrio, entregada a la oración —dijo él, empujándola hacia la cama.

—Vengo por amoricones, no para blasfemar —dijo ella.

—Hi, hi, hi, el muchacho ya afincó sus garras en mis ancas —dijo ella, refiriéndose a mí—. Al olor de la carne caliente ha acudido con el asombro de aquel que se maravilla porque el coño está hendido y mete la mano por do el camino se parte.

—Píntamela entera —me rogó él—, ¿tiene la rosa negra entre las piernas?, ¿tiene el vientre acogedor y fláccido?, ¿tiene las lunas del pecho redondas y lechosas?

—Todo lo que dices lo tiene en abundancia, pero la lengua de Castilla no me bastaría para describir sus redondeces —dije.

—¿Me amarás lo mismo cuando mis pechos estén caídos, cuando no tenga más dientes ni cabellos, cuando haya nubes en mis ojos y en el hueco de mis órbitas puedan caber dos nueces? —le preguntó Francisca.

—Te amaré un poco menos que ahora, pero más que ayer —dijo él, con gran tiento.

—Ven, entonces —dijo la mujer.

—Vamos juntos —me dijo Pero—, mas tened cuidado, que meterse en ella es como entrar en una pieza húmeda, se sale de ella con catarro.

—Enseñadme —dije.

—Tomad a la mujer en cueros, a raíz de las carnes, como si fuera un árbol que se acuesta y se pone debajo del cuerpo; o abarcadla toda, calzaos con ella, abalanzaos sobre sus carnes a grandes dentelladas, mas gozadla despacio —me aconsejó él.

—Rápido aprendes —dijo ella—, sólo marca tus límites entre las peñas, aleja de mi rostro la llama de la candela.

—Nuestra carne es blanda, nuestra unión perfecta —dijo Pero.

—Así es —dijo ella—, mas parecéis el físico de Orgaz que cataba el pulso en el hombro, lo que buscáis está adelante.

—¿Tenéis asaz? —me preguntó él.

—Tengo lo que es mucho para otro, pero es poco para mí —respondí.

—Antes de que la mordáis, ¿tenéis los dientes limpios?

—Y las manos lavadas —contesté.

—Luego la cosa es simple: dos igual a uno, quedará sólo Pero —dijo él.

—Os dejaré toda la vaca —dije.

—Las vacas me apasionan —dijo, volviéndose a ella.

—Tened cuidado de no caer en el suelo durante las ansias amorosas —le dijo ella.

—Siempre caímos en la hoya que abrimos —sentenció él.

—Hoy es día bueno y mejor será cras —dijo ella.

—Por esta barba que nadie antes mesó, que los cardadores de Castilla no deshebran, deseo amaros desnudadamente, imaginando que al igual que en la boda de Isabel y Fernando habrá un testigo que mostrará la sábana pregonera, tinta en sangre, entre atabales y trompetas, a la luz del día —dijo Pero.

—¿Cómo habéis llegado a esta casa? —le pregunté a Francisca.

—Hija de paraje, mi padre fue gentilhombre amancebado con villana, crecí sierva y me volví trotera —dijo ella—. El hombre que me trajo a esta posada fue tahúr de los que perdieron el pulgar por haber sido sorprendidos jugando en las tabernas. Lo único que guardo de él son unas cartas del nuevo juego de naipes que me regaló cuando la justicia echó bando en su contra como a bandolero. No lo volví a ver, que la víspera había jugado su fortuna hasta quedarse desnudo, dispuesto a apostar a su madre si la hubiese tenido a su lado.

Con la cara asomada entre sus piernas, como si fuese la cabeza de un ajusticiado en la jaula de hierro de una linterna, Pero Meñique comenzó a cantar:

Tres morillas me enamoran
en Jaén:
Axa, Fátima y Marién.

—Cada gallo canta en su muladar —dijo ella, zafándose de él.

En el mismo momento, Pero Meñique trató de cogerla, tanteando el aire, mas sólo halló en su lugar la mesa, la pared, el vacío.

—No he escuchado rumor de puerta ni pasos que se alejen —dijo él, pisando las ropas tiradas en el suelo—, pero ¿dónde está ella?

—Andan unas manos volando desfambridas y no encuentran su bocado —dijo Francisca, en otra parte del cuarto.

—Amiga, ¿dónde estáis? ¿Es que habéis estudiado aquellas artes mágicas por las cuales don Enrique de Yillena se hacía invisible para los ojos corporales?

—Palpa allá donde estoy, que no me encontrarás —respondió ella.

—Me cansa mucho andar a ciegas con este bulto que es mi cuerpo, quiero acertarte en algún lugar, vuélvete cierta.

—Tienta el aire más despacio, allá puedes acertar —dijo ella.

—Quédate allí donde oigo la voz —dijo él.

—Anda junto a la pared, que estoy acullá.

—Abájate, que me estás burlando y el vacío me sabe a hiel.

—El amor con el odio peora y desempeora —dijo ella.

—Jugar así con ciegos es crueldad... ¿Acaso lo hacéis para refocilaros con el hijo que hallé en el camino hoy?

—Puj. puj, viejo clueco, tan potroso como celoso, no estoy con el cordero pascual, sino que me hallo en brazos de un hombre melenudo, patudo, jetudo y brusco que acaba de entrar en la pieza.

—Ya cantó el segundo gallo y presto debemos partir —se quejó él.

—Responded este enigma y me daré presto a vos —dijo Francisca, sacando hacia Pero los pechos como si fuesen su premio en caso de adivinar el acertijo:

Señora, quiéroos contar
palabras con que os conorte:
que tenéis un axuar
que, su meter y sacar,
es cosa de gran deporte;
con su vista y con su encuentro
siempre veo que os holgáis
y para meterle dentro
en la mano lo tomáis.

—No es hora de juegos ni de enigmas, siempre lo contrario es lo verdadero, me doy por vencido —dijo él, extendiendo con rapidez la mano hacia el sitio de donde venía la voz, mas encontró pared.

—La respuesta es el anillo —dijo Francisca, empujándolo para sentarlo, pero como no había silla, él quedó doblado en el aire, como suspendido en el tiempo. Le preguntó—: ¿Estáis satisfecho ahora?

—Muy mucho —contestó él.

Tocaron a la puerta.

—¿Quién? —preguntó ella.

—Yo —dijo una voz familiar del otro lado—, don Rodrigo Rodríguez.

—No conozco a nadie de ese nombre —replicó Francisca.

—Es mi amigo el señor enano don Rodrigo Rodríguez —dijo Pero Meñique.

—Aquí estoy como ánima que parece de noche —dijo, cuando le abrí la puerta.

—¿De dónde venís a estas horas de la madrugada? —le preguntó Pero Meñique.

—No me di cuenta que se fueron de la plaza y tuve que andar media noche buscándolos por la villa —dijo el enano—. Lo único que me entristece es que hay más gentes en la pieza que camas miro. Mas no os preocupéis por mí, que puedo dormir en la pared o acostado sobre la mesa.

—A estas horas de la noche sólo puede haber para vos un lecho de ladrillos, de trapos o de piedras —dijo Francisca—. Escoged el que os convenga y partid presto.

—Soy un hombre humilde, a quien no le importa tener la tierra llana por lecho, la piedra ruda por cabecera y la bóveda celeste por tejado —dijo don Rodrigo Rodríguez.

Sin escucharlo más, Francisca estiró los pies desnudos, las plantas rasposas, las uñas mal cortadas hacia mí. En la cama, observé sus muslos sin pelillos, arrancados con tenazuelas, olí la saliva ayuna que había usado para acicalarse, toqué la pulpa blancuzca de su panza. Pero Meñique se interpuso entre ella y yo, reclinó la cabeza en su vientre como alguien que desea dormir o ser acariciado.

—Si la mora que dormita en la habitación vecina quisiera espulgarme a mí también, no me opondría a ello —dijo el enano, de espaldas a la pared, semejante a un mozo de estado en su sitial.

—La Zaina está con su camisa y no se ha de mudar hasta que acabe su purgación —dijo Francisca.

—Si ella quisiera mudarse la camisa quedaría limpia para yacer y cantar conmigo —insistió don Rodrigo Rodríguez.

—La Zaina no sólo está con su camisa sino con cañamazo, y cuando se halla en esa condición es gran aborrecedora de hombres —replicó Francisca.

—Yo la tomaría aun sangrienta —dijo don Rodrigo Rodríguez—, que en mi corta vida no he hallado aún a quien amar y hay noches en las que me siento tan solo que creo vivir allá donde nadie está y no estar allí donde me encuentro.

—No os entiendo bien, pero creo que tenéis razón por la sinceridad grande que habéis puesto en vuestras palabras —dijo Francisca.

—No os burléis de mí, que si hubiese sido yo el autor de mí mismo me hubiese creado de otra manera: unos centímetros más alto de piernas y unos centímetros más delgado de espaldas, los brazos menos largos y el pecho menos abultado; los ojos más discretos y la boca más pequeña y risueña... Mas, como fui hecho por otro, a menudo se me olvida quién soy, qué bulto llevo y confundo lo que debo decir, creyéndome un Cid Campeador, un Bernardo del Carpió y hasta una doña Sancha.

—Por el tamaño de vuestro cuerpo infiero que vuestra madre fue una gallina..., una gallina virtuosa —dijo Francisca.

—Nunca lo había pensado —dijo Pero Meñique—, acercaos para que os palpe para ver si tenéis algo de pollo.

—Abajaos y os amaré con gran placer, que soy albarrán y tengo muchas ganas de nacer en cuerpo y ánima en esta figura breve que deambula por la tierra —le dijo don Rodrigo Rodríguez a Francisca.

—Si creéis que esta noche compartiréis lecho con doña Francisca Hernández estáis perfectamente equivocado —dijo Pero Meñique.

—Asaz conversación he oído esta noche y aún no vamos a la cama —dijo ella—; dejad a este medio hombre velando la puerta y dadme a vuestro hijo como si fuese mío.

—Así sea —dijo Pero Meñique, abalanzándose sobre ella como si se tratase de un exquisito manjar que fuese a llevarse a la boca con ambas manos.

—Rascadme antes —dijo Francisca, llenos los ojos alcoholados de fuego centellante—, que en el vientre y sentaderas jamás falta comezón.

—Ciégale santantón —se dijo a sí mismo Pero Meñique, mientras apretaba la cara contra sus napas desnudas y la asía de los pechos.

—Tate, tate, que en vez de acariciar rasguñas, das palos de ciego y golpes desaforados —dijo Francisca.

—¿Dónde está la araña roja de tu cuerpo, dónde está tu boca profundísima? —gimió él, tratando de penetrarla en un pedazo de carne sin agujero.

—Me place sentir con las manos las napas del hombre cuando está ayuntado con la hembra —le dijo don Rodrigo Rodríguez, tocando sus asentaderas y jadeando detrás de su cabeza—. Soy capón, que mi madre cuando niño me estrujó los testículos con los dedos hasta dejarlos como blanda cera, pero no me capó por vicio como hacía aquel rey de Lidia con sus mujeres para tener mayor uso de ellas, sino por virtud, que los castrados podemos andar entre mujeres en pelotas sin peligro.

—Quedaos junto a la pared, que las ansias de vuestro corazón, que bate con la fuerza de un hombre comprometido en batalla de amor, me perturba grandemente —le dijo Pero Meñique, con extraña sonrisa.

—Por la condición de mi natura, confieso que no me fue dado el amor ni con macho ni con hembra, y sólo puedo satisfacerme con los ojos y las figuras fantasía —reveló el enano.

—-Os entiendo muy bien, pero os recuesto que ahora os hagáis para allá, muy para allá, que inhibís la corriente de mis deseos y el flujo de mi pasión —dijo Pero Meñique.

—Amadla, como si no estuviese presente, como si no estuviese a vuestro lado —dijo don Rodrigo Rodríguez.

—Os pido de nuevo que os paréis más lueñe, junto a la pared o la puerta, que aquí podemos daros una patada o un manotazo, que los amores entre más se calientan más violentos se vuelven —lo conminó Pero Meñique.

—Os recomiendo que en vez de venir a esta casa a buscar hembras del trato, que son duras de corazón para curar testículos estrujados, vayáis al convento fundado por los hijos de Santo Domingo, fuera de la Puerta Balnadú, contramuros de esta villa, donde hay un pozo de buena agua, que hizo abrir el santo, que bebida con devoción es remedio contra calenturas y otros males del cuerpo —dijo Francisca.

—Ahora paraos frente a la pared y observad la postura de las ranas, que en mirarlas en la fantasía se obtiene gran enseñanza —dijo Pero Meñique.

—Apagad las candelas y la lámpara de aceite, y soplad vuestra presencia de la pieza —pidió ella, metiendo la cabeza del ciego entre sus pechos, como si fuera a sepultarlo entre ellos.

—Cuando las campanas toquen laúdes despertadme, no importa cuán dormido esté, que debemos partir antes de la luz del día, pues soy muy conocido en esta villa —me dijo Pero.

Enseguida, del otro lado de la cama, observé a mi antojo a la mujer desnuda, acaricié sus brazos y sus muslos, y hasta besé su cuello. El enano perverso, aprovechado de la oscuridad del ciego, sin apagar las luces siguió de cerca el meneo del abrazo, evadiendo con su pequeño cuerpo una y otra vez los manotazos. Comenzó a llover, cruzó la madrugada un viento recio, que golpeó los tejados y silbó por las calles. En mi sueño la tierra se hizo parda, rociada desde el cielo, y un millón de semillas blancas me arrullaron.

Cuando desperté, una luz azulosa atravesaba las rendijas de la puerta e inundaba la pieza, Pero Meñique estaba sentado sobre la cama con una ristra de cebollas alrededor del cuello, desprendiendo y comiendo las capas del bulbo con aplicación y hambre, como si alguien invisible fuera a arrebatárselas de la boca y de las manos. Francisca dormía, descobijada y abierta, mojada por dentro y húmeda por fuera. Su carne blancuzca tenía algo de herido y de marchito, su rostro pintarrajeado estaba pálido, tiznado. La embriaguez de la víspera parecía una cosa vivida hace mucho tiempo.

—Esas cebollas os harán mucho mal —dije a Pero.

—Ella me ha puesto a comerlas porque dice que aumentan la virilidad y acrecientan la esperma —dijo él.

—Las campanas ya tocaron prima y no la oímos por estar todos dormidos —dijo don Rodrigo Rodríguez, casi inadvertido en un rincón.

—Debemos partir presto, que soy muy conocido en Madrid —dijo Pero, levantándose de un salto.

De manera que salimos de la casa todavía dormida; sin que nadie, en apariencia, nos oyera marcharnos. Las luces de la mañana blanca nos vieron despedirnos en la calle de don Rodrigo Rodríguez y seguir por una cuesta llena de charcos reflejando un largo paredón y pedazos de cielo.

—¿Han desigualado la villa? —me preguntó Pero Meñique, aún ebrio de amor y de sueño.

—Vuestra imaginación la desiguala —respondí.

—Esto es lo que humilla tanto a los ciegos, que cuando creen ir por lo seco van por los charcos, cuando por camino parejo se precipitan en un barranco —dijo, con los zapatos llenos de agua, pisando sobre mojado.

De allende nos despedimos, con la promesa de volver a encontrarnos.

La campana del reloj de la Puerta de Guadalajara acababa de tocar hora de nona cuando vino Pero Meñique a recogerme. Sin decir palabra, semejante a un pavorreal ciego, con los pelos marchitos desplegados al sol como una rueda de colores, echó a andar. El báculo extendido a la manera de una espada, que para él ir por la calle era adentrarse en una escaramuza, en la que había enemigos agazapados en las paredes, trampas en el suelo y pilares aviesos al doblar una esquina.

—Husmear es vivir —dijo, en plena ebriedad del olfato, haciendo señas, gestos y figuras a las gentes invisibles que él creía pasaban saludándolo, cuando tropezó con el bulto de una mujer sin cara: tan cubierta por sus vestidos grises, que sólo se veían de ella la punta de la nariz y los nudillos de los dedos empuñando un largo rosario de madera en medio de su cuerpo.

—Ciego torpe —dijo la mujer.

—Percibo olor de moza virgen —dijo Pero.

—Quizás decís verdad en lo de virgen —dije yo—, en lo de moza no estoy seguro si es muchacha o vieja, niña o fantasma, que va clausurada de la vida y retirada del mundo, encerrado su cuerpo en una celda de tela. El calor del día hace sudar a todos, por lo que no concibo una criatura como ella metida en esos hábitos pesados sobre los que el sol cae a plomo. Creo que desde que nació nadie en esta tierra la ha visto desnuda, ni ella misma... Salvo su madre, en las primeras horas de alumbrada.

—Muchas de estas mozas enclaustradas en la calle pasan las noches desvestidas en los conventos, amancebadas con clérigos lascivos —dijo Pero, parándose al oír el tintineo de la campanilla que un muchacho ladrón con una argolla en el cuello traía sobre la cabeza para anunciar su presencia.

El ladronzuelo malicioso lo escrutó con ojos desorbitados de avidez, como si en cualquier momento fuese a saltarle encima; mas al ver que lo guardaba, se fue cojeando por la calle, con la expresión de alguien que es ahuyentado como un perro.

—Intramuros, cerca de las Caballerizas Reales se halla el Hospital del Campo del Rey, dedicado a la Concepción de Nuestra Señora con doce camas para curar mujeres con dotación; el rey don Juan y la reina doña Juana fundaron allí una hermandad para enterrar a los muertos que yacen en las calles y en los campos sin sepultura, a los ajusticiados que nadie reclama y a los que fallecen víctimas de un mal repugnante —dijo Pero Meñique, cuando la campanilla dejó de oírse, en su oscuridad viviendo en otra parte.

—Me ha entristecido asaz la presencia de ese mozo ladrón, pues he sentido al verlo cómo miraría yo a otro muchacho semejante a mí, que va por la vida contento, mientras yo tengo que ir por el mundo hambriento y desdichado —le dije.

—Tanto uno como otro pueden ser fantasmas andando por la calle —replicó Pero Meñique— tan ajenos al suelo que pisan como un mareante que desembarca en un puerto extranjero.

De allí fuimos por los álamos del río y bajamos, extramuros, por la Puente Segoviana hasta el Hospital de San Lázaro, subiendo con las murallas por las cuestas de las Vistillas y la torre Narigües del Pozacho, hasta llegar a la iglesia de Santa María, los Caños del Peral y la torre que lleva el nombre de Gaona. En un barranco una mujer con la camisa alzada mostraba su natura entre las ramas, creyéndose no vista de nadie, pero todo el que pasaba la veía.

—Esta pequeña iglesia arrimada al alcázar es la de San Miguel, una de las más viejas de esta villa, con la de Santa María, a la que se llamó de Sagra cuando se construyó la otra, la de San Miguel de los Ocotes —dijo Pero, como si hubiésemos pasado delante de ella.

—¿No sentís que vamos por la Cuesta de los Caños Viejos? ¿No percibís lo escabroso del camino, la dificultad del andar, el resuello afanoso? —le pregunté, al ver en su cara que creía que íbamos por otro lado.

—Todo lo que está dentro y fuera de los muros de esta villa es una extensión de mi persona —dijo—; sus barrios son mis miembros, y si vamos por una calle y hablo de otra no me equivoco, que llevo presente en mi pecho aquélla por la que voy ausente. En mi fantasía me da vueltas su historia, abro sus puertas y me asomo por sus ventanas pasadas y futuras, pensando ver la calle por la que sueño que ando.

—En el porvenir o en el pasado, en la realidad o en el sueño, ignoro el lugar adonde vamos —dije.

—Olor a santidad sube a mis narices, por lo que creo que vamos por el arroyo de San Ginés —dijo—. El olor de estas aguas que vienen de antiguo, lo percibo con toda nitidez, atiendo a su rumor de otrora. Antes, con la Puerta de Guadalajara, sólo estaban aquí el arrabal de San Ginés, donde vivían los cristianos mozárabes, y el barrio de San Martín.

Apareció en eso un hombre enjuto, viejo, con el tabardo y la señal bermeja de los judíos; su barba y su pelo blancos, por la prohibición de cortarlos que pesaba sobre ellos, eran largos, disparejos, hirsutos. Con resignación milenaria venía por la calle, no como alguien que va de una parte a otra de la villa, sino como quien recorre el espacio y el tiempo. Metido en ese casacón de paño tosco, ancho y largo, de mangas bobas semejante al de los labradores, era como si su cuerpo fuese aprisionado, afrentado, apesadumbrado. Hablaba solo, moviendo inaudiblemente los labios, con el gesto de aquel que lleva un diálogo inmemorial, ininterrumpido consigo mismo y con Dios. Era un médico, que por su ciencia tenía permiso para dejar la aljama y entrar en las casas cristianas para curar niños enfermos. Su tipo castellano era tan característico como el de otros moradores del reino de Castilla, y no se hubiese distinguido de aquéllos si no fuese por las señales. Al pasar cerca de mí, creí oír su voz en mi propio cuerpo decir con el timbre suave, arcaico del poeta de Tudela: "Todos mis huesos proclaman: Adonay. ¿Quién se iguala a Ti?"

Entre tanto, Pero Meñique, ajeno a su presencia, tocó con ambas manos el tronco grueso de un roble, apreciando con los dedos la corteza y las hojas, igual que si al hacerlo aumentara su conocimiento de él; que algo en su dureza fascinaba al ciego, tal un árbol humano él mismo, con los pies enraizados y los cabellos al modo de las ramas hacia el cielo.

—Joyas de la fábrica de la sabiduría divina son estas hojas que no puedo admirar del todo. Según tengo entendido, no hay en el mundo un árbol semejante a otro en tamaño, figura y color, pues en los detalles más pequeños se diferencian las hermanas en un mismo ramo, cuanto más de árbol en árbol y de robledal en robledal —dijo, recorriendo con la yema del índice derecho la nervadura de una hoja.

Con maravillado discurrir anduvo, sin poner mucha atención dónde pisaba; que varias veces, el bastón bajo el brazo y el paso descuidado, estuvo a punto de caer en un hoyo o de toparse con una pared con medio rostro, si no hubiese sido por la rapidez con que lo cogí en el aire o puse mi mano entre su nariz y los ladrillos. Todo sin que se diese cuenta del peligro ni agradeciese mis cuidados. Hasta que, al fin, dio en una esquina con un hombre muerto, semidesnudo, que, quizás, creyó dormido.

—Perdone vuesa merced —dijo al bulto tieso, que tenía el rostro verde, el pelo ralo y mortecino, el vientre hundido y el pecho desplomado como si le hubiese caído una gran piedra.

Detrás de un muro ruinoso, una pareja hacía el amor a la manera de los perros; ella, con los ojos alcoholados y los muslos afeitados de blanco parecía ser una de esas mujeres que el vulgo llamaba putas carcaveras, por frecuentar las zanjas y las hoyas de los ríos para ejercer su oficio; él, simplemente un villano barbudo, acostumbrado a tener la intemperie por casa, el arroyo por lecho, el árbol por puerta y el suelo por mesa.

—A estos rufianes por ahorrarse el hostal la justicia los va a mostrar desnudos en la picota, y, si son reincidentes, les va a dar un año de castillo encadenados —dijo Pero, al descubrir sus jadeos.

Más adelante, de una casa salieron dos ánsares muy bravos dando graznidos detrás de un vagabundo tan lleno de remiendos que sus andrajos parecían unidos a su cuerpo.

—¡Hi de pucha, no hay peor añagaza que las nalgas! —exclamó Pero Meñique, al parar mientes que alguien corría perseguido por los ánsares.

Más que los gansos salvajes, me llamaron la atención las cumbres del Guadarrama, que en ese momento sombreaba una nube llena de arreboles, y las encinas oscuras, a ambos lados de un camino que no sabía adónde llevaba ni de dónde venía.

Pegado a las paredes de los altos caserones, con los tejados inclinados como sombreros viejos, mi amigo ciego daba la impresión de llevar la ciudad en la cabeza, ir de recuerdo por las calles y atravesar los corrales y las plazas de oídas; que casi nunca se equivocaba en los detalles de las casas y las tiendas, ni en los ruidos y olores que salían por las puertas y ventanas de los menestriles que daban término a sus labores del día. Aunque a veces, ciertamente, no correspondían las calles con los nombres que les daba, llegando al extremo de toparse con un mulo y pedirle disculpas, como si fuese hombre.

—Perdono de buena gana a vuesa merced, aunque me ha dejado malherida una pata y maltrecha una oreja —le decía el acemilero, dando voz a la bestia.

—No pidáis más perdón, que la persona que tenéis delante es un cuadrúpedo, un engendro de caballo y de burra, o de yegua y de asno —le decía, porque lleno de cuidados insistía en disculparse—; lo monta al revés un acemilero gordo con la cola por rienda, que se está riendo de vos.

Por verse así burlado luego iba meditabundo, haciéndome preguntas en las que se lastimaba a sí mismo, como si eran feos de ver los ciegos, si su figura al andar era grotesca, si la gente que hallábamos en la calle a menudo se reía de él, si sufría muchas burlas de las que no se daba cuenta, si sus barbas y pelos eran horrendos, si al abrir la boca salía de él olor hediondo, si con frecuencia decía frases equívocas ante situaciones y personas que no eran las que él creía que eran, y otras cosas por el estilo; que me di buena maña de no contestarle con verdades, sino con ejemplos de fábulas, enigmas, balbuceos y malentendidos.

Mis respuestas no le satisficieron, tomándolas también por burlas, y comenzó a reñirme, a dar palos de ciego y a berrear como un puerco o un niño; hasta que oyó los pasos de tres mendigos que venían hacia nosotros con la mano extendida. Vestidos de remiendos y heridas parchadas, traían zapatos tan finos que al andar las plantas de sus pies pisaban sobre el suelo, levantaban las piedrecillas y recogían el polvo. Por los muchos ojos, orejas y bocas de sus jubones desgarrados dejaban ver la carne desnuda y mugrienta de sus cuerpos secos y rasposos. No traían bragas ni camisa debajo, y apenas cubrían con pedazos sucios de tela que fue blanca unas vergüenzas más semejantes a llagas y astillas, a higos chupados y hollejos de uva que a naturas de hombre. Las calzas de distintos colores que llevaban eran sin duda del mejor calcetero del reino de Castilla, recogidos los trozos azules, amarillos, verdes y negros en los lavaderos del río, en los corrales de las casas y los muladares de las villas por donde habían pasado.

Sus cabezas negreaban, cortados los pelos al ras como tocones con tizne de bosques devastados por la pobreza, la enfermedad y el desaseo, que, detrás de las orejas, parecían llevar cañutos de piojos. El que venía primero era un tullido de mirada iracunda y rostro malsano, con los miembros encogidos avanzando a tumbos, como si en cualquier momento fuese a caer al suelo. Seguíalo un desorejado, que soplaba al andar, conservando a duras penas el equilibrio. Sordo como una tapia, tenía el gesto de un mareante que acaba de venir a tierra después de haber estado mucho tiempo en el mar; una cuchillada o una pedrada le habían cortado el labio superior en dos y hendido el ala derecha de la nariz.

El de atrás era un hombre grande y flaco, con ropas muy estrechas y cortas para sus piernas y brazos largos; afirmaba una muleta temblorosa, por tener el travesaño roto, debajo de un brazo rígido como un leño. Sin edad precisa, parecía llevar el pecho lleno de borra, o de cosa vana e inconsistente. En torno a sí miraba con ojos blancos, igual que si en vez de pupilas tuviese una clara de huevo derramada. Este hombre sin cielo, que sólo así podía decirse su desgracia, no tenía rasgo alguno en su cara donde detenerse y contemplarlo con agrado, que todas sus facciones evadían los cánones de la belleza humana. Por lo demás, a semejanza de su compañero el tullido, andaba por el mundo enojado con todos y con todo, buscando por los caminos víctimas para saciar su ira y descargar su pena. E ignorante de otra afrenta, a ratos se detenía para hablar al desorejado, creyendo que tenía delante de sí al tullido; y como no obtenía respuesta, maldecía entre dientes, daba traspiés y manotazos, como si el mundo se deslizara bajo sus pies y escapara de sus dedos sin poderlo golpear.

Más lamentable que verlos de lejos fue su cercanía. Me dieron la sensación de pasar días enteros sin llevarse pan a la boca, no alcanzando siquiera ración de perro para su sustento. Y como si hubiesen dormido en el polvo, entre las zarzas y sobre

las piedras, además de haber recibido varazos de villanos y pe-
dradas de mozos, que por los caminos y los campos los ahuyen-
taban por burla o por miedo a contagios y robos, por todas
partes de su cuerpo parecían tundidos, maltratados, azotados.

—Mala cabalgadura es esta muleta floja —dijo el cojo.

—Esta criatura que se ha anunciado a distancia por sus
tufaradas no se nos acerque demasiado, que a las heces del vientre llaman tullidura —dijo Pero Meñique, defendiéndose de la
proximidad del tullido con la mano, como si le lastimase físi-
camente el hedor de su boca, que llevaba abierta, igual que si
la tuviese trabada y no pudiese juntar labio con labio.

—No os burléis de mí por ser tullido, que ando por el
mundo como atado del cuerpo, con ataduras invisibles que me
estorban el movimiento desde los pies a los hombros —dijo
éste, en apariencia sin fijarse en la ceguera de Pero.

Sabed que hay unas aguas bastante milagrosas que en-
derezan los nervios de los tullidos, sólo hay que hallarlas y dar-
se un baño en ellas —dijo Pero Meñique, a espaldas del tullido
que se alejaba.

—¿Sabe vuesa merced dónde se hallan? se volvió éste a
su voz.

—Lo supe cuando niño y lo olvidé después por no necesitar de ellas.

—Si os acordáis un día buscadme en los caminos de
Castilla, que yo os diré de un lugar donde hay unos polvos que
al estregarse los ojos con ellos devuelven al momento la vista
—masculló el tullido, antes de perderse para siempre.

—Este infeliz se cree sin duda más afortunado que sus
compañeros de viaje, pero en realidad es el más desdichado, ya
que registra por todos lados su miseria al observar el esplendor
del mundo —dijo Pero Meñique, asaz ofendido, ladeando un
poco el rostro para recibir el sol poniente y recobrar su paso.

Indiferente a la disputa, habiéndose quedado atrás, el
ciego cojo ladró en medio de la calle, como si la voz le saliera
de las entrañas:

De hoy más no curedes de pasar en Flandes,
estad aquí quedo e iredes ver
la tienda que traigo de bubas y landres.

Impresionado por la agresividad del ciego callejero, que parecía una burla viva, un simulacro ruin de sí mismo, Pero Meñique trató enseguida de hacer una distinción entre los invidentes que había por el mundo y él, diciendo que eran compañeros de infortunio pero no de mañas. Y para establecer la diferencia entre la procacidad del desconocido y su persona, se acordó con gran placer de los brillos de las hojas bañadas de luz durante las mañanas claras de primavera, cuando los árboles de los montes serenos participan con su propio fulgor de la hermosura del cielo.

—Este día a la hora del crepúsculo decidme si el pedernal de la muralla herido por el sol da chispas doradas, si tenéis la sensación de que un rayo apagado cerca la ciudad al venir la noche. Recuerdo como un sueño el fuego que a la caída de la tarde arde en silencio sobre los muros de la villa, la batalla muda que se libra entre las sombras huidizas y los chispazos graves en las torres albarranas. Dicen que así como se aleja el río Guadarrama entre las huertas calladas y los ribazos grises de la noche, la muralla de Madrid se mete cabrilleando en lo oscuro como una sierpe ardiente —dijo Pero Meñique.

Su rostro comenzó a dorarse, sus barbas y pelos se llenaron de brillos, sus pies pisaron luz, sus manos apretaron transparencia; mientras con sus palabras, con el lenguaje entero, intentaba asir el cuerpo inasible de la tarde imaginada, buscaba comprender la condición etérea del rojo marciano a la hora de los dos crepúsculos, deseaba ir y quedarse al mismo tiempo como el río con sus aguas, sus álamos y sus sauces espectrales. Así llegamos a la plaza de San Salvador, a tiempo para oír al pregonero pregonar:

—En Madrid, lunes veintidós de enero de mil cuatrocientos ochenta y uno. Este día, estando ayuntado el Concejo de dicha Villa a canpana rrepicada dentro de la iglesia de San Salvador, segund que lo an de uso e de costunbre, el comendador Joan Zapata e el doctor de las Risas ordenaron e mandaron los dichos señores que todos los judíos de Madrid e su tierra, salvo Rabí Jaco, físico desta villa, ninguno non sea osado de andar syn señales por esta dicha villa e por su tierra, salvo por su término, so pena que por la primera vez que le tomaren syn ella paguecient maravedís, e por la segunda, que pague dozientos maravedís, e por la tercera que pierda la rropa que truxere, e que esto se entienda después de fecho el pregón por esta villa e sus arravales. Por el término, aunque anden sin señales, no les ha de ser llevada pena alguna, e la rropa que de suso dize que pierda por la tercera vez, entiéndase la rropa de ensomo, que es la loba o tavardo o capuz, pero no las otras rropas que trahen vestidas; e sy algún judío viniera de fuera parte, no le ha de ser llevada pena alguna, salvo si estuviere tres días en la dicha villa, en los quales pueda bien saber la ordenanza. Esto no se ha de estender a los niños, los quales no han de traher señales. Otrosy, se ha ordenado señalamiento del sitio en que han de vivir los judíos y moros en la villa de Madrid: para los judíos el sitio donde tienen la xinoga e para los moros donde tienen su almagil. Pregonó el pregonero Pero Buentalante.

—¿Quiénes han escuchado este pregón? —preguntó Pero Meñique.

—Entre la muchedumbre reunida en la plaza puedo ver al alguacil Rodrigo de Sant Estevan, al molinero Pablo, a los labriegos Joan e Pedro Palomino, al maestro Juan Sánchez, alarife, que es muy viejo y sordo, a Maestre Pedro, el herrador que dieron licencia para hacer un potro de madera, y a Juancho el pintor, que pinta todas las cosas que son menester para el Corpus Christi y a infinitas gentes que no conozco.

—Malas nuevas para los judíos he oído hoy y peores oiré mañana —dijo Pero Meñique, comenzando a andar.

Sentada en el suelo, la Babilonia comenzó a revisar su dinero, sacándolo de entre sus ropas como de bolsas secretas, igual que si lo hubiese enterrado mucho tiempo.

Cuando acabó de contarlo, lo empuñó en su mano izquierda, a la manera de alguien que aprieta el pescuezo a un pollo y lo ocultó contra su pecho, deslizando las bolsas con disimulo.

Con párpados caídos, ponía las monedas que contaba en la alcancía de sus ojos y en el interior de su cuerpo, con la expresión de esa gente que cree que los otros con sólo mirar su oro se lo roban con la mirada.

—¿Habéis estado enferma? —le preguntó la Trotera.

—No —respondió aquélla—, he estado envidiosa.

Junto a la Babilonia, un hombre gordo, con cara de rana, el pelo más corto que las cejas y el bigote más ralo que estas últimas, vestía un hábito de monje, cuyas enormes manchas de grasa en las mangas y en el pecho recordaban patas y cabezas de puerco. En ese momento estaba entregado a hacer un fuego en el piso, blandiendo en su mano derecha una morcilla más semejante a un miembro viril que a una tripa de cerdo rellena de sangre. Era su hermano Agustín Delfín, que había partido de Sevilla en angas cargadas por peones andarines, pero, desfallecidos en Cazalla a causa de su gran peso, debió proseguir su viaje en mula moza, que doblegó en Fuente del Arco; de donde tuvo que continuar en angarillas viejas cubiertas de paño verde, que habían pertenecido a una infanta. De manera que en silla de tijera, con patas cortas y correones para apoyar la espalda y el brazo, más almohada para recargar la cabeza, llegó al puerto de Arrebatacapas, sentado como una mujer, con el hábito levantado hasta arriba de las rodillas y descubiertos sus muslos y ombligo. Mas, rotas las angarillas en Cebolla, entró en Madrid caballero en un asno, en medio de la noche cerrada, muriéndose de hambre él y su cabalgadura.

Ahora, inclinado hacia el fuego que había encendido después de varios intentos fallidos, Agustín Delfín mostraba sus nalgas blancas como cascarón de huevo, arrastrando por el suelo la ristra de pajarillos muertos traía colgada de su hábito a modo de rosario.

—Solía decir don Enrique de Villena que la carne del ome es buena para las quebraduras, la del perro para calzar los dientes, la del tasugo viejo para quitar el espanto e temor del corazón, la del milano para la sarna, la de la abubilla para agusar el entendimiento, la del cavallo para faser ome esforzado, la del león para ser temido, la de las ranas para refrescar el hígado, la de las culebras para la morvea, la de las cigarras para la sed y la de los grillos contra la estrangurria —dijo, como si hablase consigo mismo, o rezara, o platicase de espaldas con su hermana.

En el piso, su fuego tenía algo de larva que arde y de muerte que crepita y chispea, mientras iba metiendo uno a uno los pájaros de su ristra; desplumándolos y despedazándolos una vez que cambiaban de color ante sus ojos vigilantes.

—Quitar las plumas sin quitar la cola, cuando es asado; tajar el pecho sin quitar las patas, para que por la pequeñez de su cuerpo quede alguna cosa; cortarlos en cuatro partes y comerlos luego para que no se enfríen es el arte de comer pájaros —añadió, aún hablándose a sí mismo.

—¿Qué es ese ruido y de dónde viene ese olor tan cercano a mis narices? —preguntó Pero Meñique, intrigado por los olores, sonidos y humos que le subían a la cara.

—Es un fraile que come pájaros asados —dije—, aún sin nada en la boca no deja de masticar.

—Ese fraile es mi hermano Agustín Delfín, venido a Madrid para quedarse conmigo unas semanas y luego tornar a Sevilla cuando se haya satisfecho de haberme visto, que en aquella ciudad dice que tiene negocios urgentes acerca de una inquisición que la Santa Iglesia quiere establecer contra judaizantes —dijo la Babilonia.

—No vaya aquí a campar de golondro, que se ve que vuestro hermano nada más vive para comer y golosmear —dijo Pero Meñique.

—Dadme acá ese mocoso, que con las manos beberé sus ojos y con los labios chuparé su tuétano —dijo Agustín Delfín para asustarme, con un pájaro descabezado entre los dedos y otro a punto de ponerlo en el fuego con las tenazas, dejando ver al moverse una rodilla herida, bermeja, semejante a un chancro cubierto por una gasa sucia.

—Tened cuidado con el fuego a medio encender, que el tufo del brasero ha sofocado a muchos hasta morir —dijo Pero Meñique.

—Todo se vuelve humo —dijo la Babilonia, con una pata de puerco en la mano, que había sacado de una bolsa con dinero.

—Así sea, y Dios nos dé pavones, faisanes, grullas, ánades, perdices, palomas, golondrinas, gallos, gorriones y tórtolas para comer —dijo Agustín Delfín, persignándose, con los ojos y la boca por completo entregados a un pájaro que engullía y cuyos huesos crujían entre sus dientes, como si lo hubiese comido entero: carne, ojos, plumas, alas, patas.

—Dios nos dé cuadropedias para devorar: bueyes, gamos, liebres, cabras montesas, lechones, cabritos, carneros, ovejas y cabrones —parodió Pero Meñique.

—Congrios y rodaballos, cangrejos y camarones, pámpanos y atunes, salmones y truchas —añadió Agustín Delfín—, pero ahora voy a beber con prestadumbre, que se me ha atorado el zorzal en la garganta en su carrera hacia el vientre y puede hacerme mucho ahogo.

Bebió con avidez, le escurrió vino por ambos de la boca, pisó con el pie izquierdo una calavera que traía en una bolsa abierta que usaba para mostrar las multitudes que lo oían predicar la igualdad de la muerte, que se lleva lo mismo al rey que al villano, al papa que al bufón, a la virgen que a la puta carcavera.

—Me habéis despertado asaz el apetito, en este momento quisiera comer muchas yerbas juntas: lechugas nabos, cebollas, ajos, bledos, zanahorias, coperejiles, apios e finojos; conseguídmelas o os cortaré las barbas —dijo Agustín Delfín a Pero Meñique, cogiéndolo de ellas.

—Vuestros vestidos están muy sucios y usados, como si no los hubieseis mudado en muchos años y durmierais con ellos cada noche, a la manera de los monjes —le dijo el Rey Bamba, haciendo que soltara a Pero.

—Yo como vuestro rey don Fernando, que tiene fama de ser el hombre más codicioso de estos reinos, no mudo mi atuendo gastado hasta que se me cae a pedazos; y a su manera, también cambio tres pares de mangas a un jubón y coso de adelante y de atrás mi camisa... Mas, ¿quién sois que me tratáis así?

—Soy un descendiente de Bamba, rey godo, que fue elegido por la muerte del rey Recesvinto y fue coronado en

Toledo por mano de San Ildefonso; pero habiendo reinado ocho años le fueron dados bebedizos con los que perdió la memoria y el buen juicio; así que dejó el reino y entró en un monasterio, adonde vivió siete años y murió.

—Bamba se le dice a un hombre necio, torpe y tartamudo —le dijo Agustín Delfín.

—Juntaos conmigo —dijo la Trotera al Rey Bamba.

—*Tú Bamba, yo Bambo,*
no hay quien nos tenga; tú tonta y yo tonto,
no hay quien nos entienda —replicó éste.

—El río de la lujuria no tiene orillas —dijo Pero Meñique a la Trotera.

—Girri, gurri, girri, gurri —dijo la Babilonia a un gorrión, aventándole unos granos de trigo con gorgojo.

—Dicen que este pajarillo es lujuriosísimo, que no vive más de un año por garañón y el macho tiene debajo del pecho una barba que llaman mentó —dijo la Trotera, como si fuese a aplastar contra sus pechos semidesnudos al gorrión.

—Son buenos para informar de la peste, que cuando sienten aire corrupto luego se van, y donde se quedan allí es lugar salvo —dijo Pero Meñique.

—Estos pardales son deliciosos para comer, podéis hallarlos en los agujeros de las paredes, en los mesones, en los corrales, en los paraderos donde comen las bestias y en los barrancos —dijo Agustín Delfín.

—El macho del gorrino es falaz —dijo la Babilonia, arrojándole más granos.

—Es gurrión, no gorrino y no come el trigo que le aventáis porque tiene gorgojo —dijo el Tuerto.

—El rey cogía la rosa, pero el labrador el trigo —dijo Pero Meñique, citando a Raimundo Lulio.

—El rey no quería comer bellotas, porque las comían los puercos —añadió don Rodrigo Rodríguez, de quien hasta ese momento no se había oído la voz. Calzado con apretados borceguíes trataba de disimular la joroba, sus piernas cortas y sus brazos largos. Tenía algo de muñeco en su figura, con sus calzas verdes, su jubón amarillo y su capa colorada.

—Es fama que nuestro rey don Fernando es gran comedor de testículos —dijo Agustín Delfín, sin dejar de comer.

—Vuestro hermano no cuida del mantenimiento de su estómago sino de llenarlo día y noche con todas las hierbas, carnes y conservas de este reino de Castilla —dijo el Rey Bamba a la Babilonia—; no come, hiere con los dientes, golosea como si causara graves sufrimientos y grandes estragos a las aves que devora; no importa que estén yertas, debe de haber más discreción en la manera de comer los animales que el hombre mata para su sustento, y no comerlos con furia ni desdén, ni haciendo gestos, hipos ni pedos.

—Quizás mañana ya no podamos comer ni levantarnos, no podamos digerir ni soñar, sino entremos en el perpetuo descanso de la tumba —dijo Agustín Delfín, entre tragos de vino.

—Todos los pájaros que cantan aquí no harán juntos el año que viene un solo trino en el cementerio —dijo la Babilonia—, ¿por qué no comerlos todos de una vez?

—¿Dónde está tu gloria, Babilonia? ¿Dónde están el terrible Nabucodonosor, el fuerte Darío y el famoso Ciro? ¿Dónde están Régulo, Rómulo y Remo? La rosa prístina no es más que un nombre; nada más nombres nos quedan, cuando las ciudades y los hombres han desaparecido —dijo Pero Meñique.

—¿Dónde están Salomón, Sansón y Absalón, que vivieron bajo tanto esplendor en este mundo? ¿Dónde están las bellezas de antaño que alegraron con sus risas y figuras sus cenicientas vidas? ¿Acaso no se han desvanecido como el día en el sol poniente y como el fuego en el humo, no han fecundado los campos como el estiércol de las bestias? Sólo palabras nos quedan de los siglos, palabras en idiomas muertos —dijo don Rodrigo Rodríguez, levantando su cuerpo de puntillas para hacerlo más grande y más solemne.

—Todo imperio es un poder en el polvo —dijo el Rey Bamba.

—El polvo es la suprema igualdad y la luz la cosa mejor distribuida del mundo (excepto para mí) —dijo Pero Meñique.

—Seremos esqueletos con las canillas peladas, cadáveres putrefactos con la boca y las entrañas llenas de gusanos —dijo casi triunfal don Rodrigo Rodríguez.

—Los bellos muslos y las redondas tetas, las caderas gruesas y los vientres henchidos, los sobacos negros y las trenzas sucias caerán de nuestras manos como flores carnales —dijo el Rey Bamba, con una voz entre gozosa y herida—. ¡Qué disgusto! De la mujer amada, ya desnuda de carne, quedarán sólo gusanos voluptuosos saliendo a raudales de su panza fría; y yo, en la noche del lecho, alzaré con ansias su camisa rota y hallaré su nada; acariciando su pelo me llevaré entre los dedos puñados de ceniza, y al acostarme con ella, en posición de muerte, amaré los dos cuerpos al amarme a mí. Porque entre las luces vagas y las sombras huidizas de mi abrazo espectral, oiré el esqueleto doble decirme al desplomarse: "Eres tú lo que abrazas, el cuerpo descarnado de la mujer amada es tu cuerpo carnoso: mírate en este espejo."

—Poca cosa es el hombre —dijo Pero Meñique—, pasados los nueve días de descomposición sólo quedan los huesos y el recuerdo.

—No hablemos más de la descomposición, porque pensar en ella me quita el hambre —dijo Agustín Delfín—; que a mí, como a aquel poeta que se solazaba en lo macabro, el solo pensamiento de la muerte me hace temblar, palidecer, curvar la nariz, torcer las venas, inflar el cuello, aflojar la carne, crecer y estirar las junturas y los nervios.

—Tenemos que disciplinarnos, azotar nuestras carnes hasta vencer el temor de la muerte —dijo Rodrigo Rodríguez.

—No soy disciplinante de ninguna orden de perros para beber de rodillas y comer agachado, para levantarme a medianoche y mortificar mi espalda, que en mi oscuridad veo la luna en forma de pecho y en mi amanecer sufro los rigores del hambre; me basta como castigo el día y como deseo la noche —dijo el Rey Bamba.

—A mí me basta llevar por el mundo los pies perdidos del ciego, que buscan el calor y se estiran en la humedad y la sombra —dijo Pero Meñique—. Que la vida del ciego es como el silencio de la nieve.

—Yo seré disciplinante de luz, me sacarán a vergüenza —dijo la Trotera.

—Yo de penca, seré azotado por la justicia, que no faltará el mejor calcetero de Castilla para echarme los grillos en prisión —dijo el Tuerto.

—Andáis escalentada siempre, traéis el cuerpo maloliente y la ropa sucia, vuestro olor viene de antiguo —dijo Pero Meñique a la Babilonia.

—A la manera de nuestra reina Isabel, no me mudo de ropa ni como a manteles, sólo me lavo la cabeza en los lavaderos del río los sábados antes de yantar con mi hermano —dijo ésta.

—La ropa no se lava, se tira cuando está gastada —dijo el Tuerto, abriendo apenas sus labios plomizos.

—Os daré una tierra a censo por diez maravedís cada año desde el día de San Miguel de septiembre primero que viene, en la cual ha de caber una fanega de terreno de sembradura poco más o menos, que ha por aledaños de la una parte el camino toledano y por la otra el arroyo de Umanejos —dijo Agustín Delfín al Rey Bamba, con la boca entreabierta, la mirada ausente, como si escrutara su destino en las nubes vespertinas.

—No quiero más tierra que la que piso ni más día que el que vive mi cuerpo —contestó él, sin voltear a verlo.

—Oí pregonar a Pero Buentalante en la plaza de esta villa, que Pero de Madrid dijo que daba y dio de censo perpetuamente para siempre jamás, desde el día de San Miguel del mes de septiembre primero que viene, en adelante, quinientos maravedís por un solar dentro en la bóveda de la puerta de Guadalajara —dijo don Rodrigo Rodríguez.

—Yo oí decir que más caga un buey que cien golondrinas —dijo Pero Meñique.

Entre tanto, la Trotera se sentó con las piernas abiertas, dejando ver por la tela de sus ropas las caderas desnudas, el coño oscuro y encrespado; con movimientos lentos de brazos y muslos se abandonaba a un amante invisible, asentado su trasero en una piedra, como un cántaro blanco, espeso y voluptuoso.

—Parecéis torcaza, porque a los visos del sol vuestros pechos son ricos en colores preciosos —dijo el Rey Bamba.

—Está cambiando el mundo —dijo ella—, porque nunca me habían dicho nada tan halagador.

—Acordaos de mis razones aquella noche cuando nos hicimos un animal de dos cabezas y de ocho brazos —dijo él.

—La lujuria no guarda memoria de los cuerpos que devora, sólo vive en el presente del placer, siempre hambrienta sólo tiene nostalgia de lo que tuvo y de lo que no puede tener —dijo ella.

—Quizás —dijo Pero Meñique.

—El deseo se roe a sí mismo —dijo Agustín Delfín.

—Dejadme hurgar en vos —dijo el Rey Bamba a la Trotera, a la par que sus manos rápidas escalaban su vientre y como animales pequeños y rapaces la cogían de los pechos; al mismo tiempo que ella le clavaba las uñas en el cuello y en la espalda, le metía la lengua en la boca, los ojos ocultos bajo los párpados, en la intimidad del beso.

—El hombre es el fuego, la mujer la estopa, viene el diablo y sopla —dijo la Babilonia.

—Don Alfonso Martínez de Toledo, a quién conoció bien mi padre en los tiempos del rey don Juan II de Castilla, enseñó que luxuria es causa eficiente e final de dibilitar el humano cuerpo, que priva al onbre del sueño, fáselo antes de tienpo envejeser e encanescer los nienbros tenblar, los cinco sentydos alterar —dijo don Rodrigo Rodríguez.

—Este mismo arcipreste, que fue amigo de mi padre también, tenía mucho placer en contar sobre una muger que cortó sus vergüenzas a un onbre enamorado suyo, al qual llamavan Juan Orenga, guarnecedor d'espadas, natural de Tortosa, porque sopo que era con otra echado. Tomole un día retozando su vergüenza en la mano e cortógelo con una navaja e dixo: "¡Traydor, nin a ty, nin a mí, nin a otra jamás nunca servirá!" Tyró e cortó e dio a fueyr luego ella, e quedó él cuytado desangrándose —dijo Agustín Delfín.

—Vyo más —dijo don Rodrigo Rodríguez—, una muger casada que con los dientes cortó la lengua a su marido, que ge la hizo burlando meter en la boca apretó los dientes, e asy se la cortó, e quedó mudo e lysiado. Fuyó luego la muger a un monesterio de menoretas. Fuele demandado por la justicia por qué lo avia fecho. Dixo que lo vido fablar con una de quien ella se sospechava, en secreto muchas vezes. Díxole: "Con ésta jamás a ella nin a otra fablando engañarás."

—Parezco el camello de Taborlán, que sin pena podía pacer do quisiese —dijo el Rey Bamba al oído de la Trotera, mientras le metía las manos entre los pechos.

—No sé por qué os gusta ésa, si es flaca como la muerte, tiene las tetas chupadas, el pescuezo como de toro y es sucia como las puercas —dijo la Babilonia.

—Callad, vieja parlera, que quisieras estar en mi lugar —contestó ella.

—Dios me libre de quebrantar el séptimo mandamiento de Dios, luxuriando en público —replicó la Babilonia.

—Con la propia mujer, si debidamente usares, no puedes cometer fornicación —dijo Agustín Delfín—; los apetitos incentivos de lujuria en este caso no son notados a mortal pecado, sino venial.

—Tan grande es el pecado de la carnalidad, que aun los que por matrimonio son ayuntados pecan mortalmente —dijo don Rodrigo Rodríguez.

—Calma —dijo la Trotera al Rey Bamba—, aún no ensillades, y ya cabalgades.

—Mejor me voy —dijo él—, que como me siento ahora podría haceros treinta hijos, todos de buen linaje español, con apellido, solar, renombre y alcuña.

—Hablando de linajes, me contó mi padre que los sefardíes, descendientes de las tribus de Judá y Benjamín, llegaron a estos reinos en tiempos del rey Salomón y fundaron ciudades cuyos nombres evocaban los de las ciudades bíblicas —dije yo.

—Los judíos han violado monjas profesas por dádivas, han profanado los sacramentos de la santa madre iglesia, han hecho hechicerías con la hostia, han azotado imágenes de Jesucristo y se han puesto crucifijos en el culo por burla —dijo Agustín Delfín.

—Tienen presunción de soberbia, que en el mundo no hay mejor gente, ni más discreta ni más aguda, ni más honrada que ellos, por ser del linaje de las tribus de Israel —dijo el Tuerto.

—En cuanto pueden adquirir honra, oficios reales, favores de reyes y señores son muy diligentes —dijo la Babilonia—; algunos han mezclado a sus hijos e hijas con caballeros cristianos viejos y han quedado por buenos cristianos y con mucha honra por ello.

—Nunca han querido oficios de arar ni de cavar, ni andar por los campos criando ganado, ni los enseñaron a sus hijos, salvo oficios de poblado, y de estar sentados ganando de comer con poco trabajo —dijo don Rodrigo Rodríguez.

—Son tragones y comilitones de olletas de adefinas, de cebollas y ajos refritos con aceite, no comen tocino ni manteca de puerco ni las carnes manchadas; no comen cerdo sino en lugar forzoso y yantan carne en secreto las cuaresmas, las vigilias y las cuatro témporas —dijo Agustín Delfín.

—Los judíos hieden por judaizar y por no estar bautizados —dijo la Babilonia—; son gentes sin Dios y sin ley.

—Bautizados siguen siendo judíos, huyen de la doctrina eclesiástica, de las costumbres de los cristianos, mandan aceite a las sinagogas para sus lámparas, traen judíos para que les prediquen en secreto en sus casas, en especial a las mujeres, y tienen rabinos para que les degüellen las reses y aves para su comida —dijo don Rodrigo Rodríguez.

—Los reyes de Castilla y Aragón acogieron con los brazos abiertos a los cristianos nuevos, creyendo en la sinceridad de su conversión, y llegaron a altas dignidades de la iglesia y del estado los Santa María, los Santa Fe, los La Caballería y otros sospechosos en la fe, siendo el mismísimo Hernando del Pulgar descendiente de judíos —dijo Agustín Delfín, ya furibundo.

—En 1473, la mar jugó una burla cruel a los conversos cordobeses, que al enterarse que en las costas de Portugal los marineros habían matado una ballena de 200 pasos de largo por 100 de ancho, creyeron aquel cetáceo era leviatán anunciado por los profetas como signo de que presto vendría un Mesías a la tierra, y enviaron a sus criados para traerles pedazos del monstruo como señal, pero el monstruo no era más que una ballena —dijo don Rodrigo Rodríguez.

—Hace cuatro años, los clérigos y cristianos de Sevilla, encabezados por Alonso de Hojeda, fraile dedicado a la destrucción del judaísmo, informaron a Isabel y Fernando que muchos conversos hacían ritos judíos en secreto, no creían la fe cristiana ni bautizaban a sus hijos, ocupaban las posiciones importantes de la curia eclesiástica y el palacio real, y les rogaron que los castigasen. Los reyes mostraron gran pesar al enterarse que en su reino había tantos herejes y apóstatas y mandaron al arzobispo de Sevilla, Pero González de Mendoza, les hiciera un catecismo en el que hablara de las creencias y deberes de los cristianos. Luego, estando ya en Córdoba, fueron alcanzados por fray Alonso de Hojeda que quería darles la nueva de una terrible maldad: En Sevilla un tal Guzmán había oído a seis judaizantes blasfemar de la fe católica en jueves santo durante unos galanteos que tenía con una judía conversa. De inmediato, los reyes solicitaron una bula de Sixto IV para establecer el tribunal de la Inquisición en Castilla; la que les ha sido otorgada para proceder con justicia contra la herejía judaica por *vía de fuego* —dijo Agustín Delfín.

—Aquí en Madrid se ha cumplido con el ordenamiento de las cortes de Toledo de hace un año, que los Reyes Católicos dieron por ley del reino de Castilla, mandando que todos los judíos no bautizados llevasen en sus vestidos una señal para ser conocidos, que viviesen apartados en barrios cercados y se retirasen del resto de la población antes del anochecer a sus juderías; prohibiéndoseles ejercer los oficios de médicos, cirujanos, barberos, boticarios y taberneros con cristianos; y aquellos que fuesen hallados fuera de la aljama les fuesen confiscados todos sus bienes y a los que cantasen en los entierros con vestiduras de lienzo sobre la ropa, fuesen despojados de ellas —dijo la Babilonia.

—Yo, como trotera, no puedo condenar a nadie en este mundo, la muerte por vía de fuego me parece horrenda y tengo misericordia por cualquier criatura que la sufre —dijo ésta—.

Un día, cuando niña, andando por las calles muy hambrienta, un viejo judío me dio pan para comer y no me fijé si su mano era hebrea o de cristiano viejo, que la bondad y la maldad no tienen linaje sino obras.

—Tú, fraile glotón, que robáis de los nidos avecillas inocentes para triturarlas en tus fauces siempre en movimiento; tú, Babilonia apestosa, que arrastráis el cuerpo por el suelo como ropa sucia; tú, engendro de la natura, que lleváis en la espalda un cascarón que no podéis quitaros ni de día ni de noche, como oruga señalada; decidme: ¿cuando estáis frente a una moza garrida o un niño hermoso o un médico que os cura de vuestros males, os sentís con más derecho a la vida que ellos por ser hebreos? ¿Os sentís más inocentes, más hermosos? —dijo el Rey Bamba.

—Yo creo simplemente lo que el pío hermano franciscano, fray Alonso de Espina, pugnó en su *Fortaleza de la fe*, que si se hiciera en nuestro tiempo una verdadera inquisición serían innumerables los entregados al fuego de cuantos se hallara que judaízan, que es mejor castigarlos en la tierra a que sean quemados en el fuego eterno —dijo Agustín Delfín, tendiéndose en el suelo para meter medio cuerpo en un barril.

—Yo voy por las calles de este mundo ciego, y no quiero abrir los ojos para mirar los fuegos de la muerte, que se encenderán en muchos lugares de estos reinos para quemar gente inocente; al odio que se ve en todas partes, prefiero la ignorancia sosegada de mi noche —dijo Pero Meñique.

Pasó por la plaza un hombre enjuto, de rostro blanco, cejas, barbas y pelos canos, con ropas toscas de navegante, como si llevara una coraza gris más que un vestido; venía descalzo, con el cuero de los pies tan grueso y áspero que daba la impresión de haber hecho zapatos de sus propias plantas. Su gesto era colérico, desesperado, el hambre le salía por los ojos, y venía hablando solo, como si trajera alrededor suyo un interlocutor invisible.

—Ésta es la coenta de la criación del mondo segondo los judíos. Vivió Adán 120 años y estonces engendró Aset. Vivió Aset 105 años y estonces ingendró Enos. Vivió Enos 90 años y estonces ingendró Cainán. Vivió Cainán 70 años y estonces ingendró Malalchel. Vivió Malalchel 65 años y estonces ingendró Jared. Vivió Jared 162 años y estonces ingendró Enoch. Vivió Enoch 65 años y estonces ingendró Mathusalén. Vivió Mathusalén 187 años y estonces ingendró Lamech. Vivió Lamech 182 años y estonces ingendró Noé. Vivió Noé 500 años y estonces ingendró Sen. Y Sen havía ciento cuando foé el diluvio. Así que la criación del mondo hasta el dilubio son 1656 años... —dijo, moviendo con rapidez los labios cenicientos, haciendo las cuentas del mundo, semejante a don Cristóbal Colón.

Presto, como una fantasmagoría, se perdió de vista en la plaza. E iba a preguntar a los otros si ellos también lo habían visto o sólo yo me había dado cuenta de su presencia, cuando vino por la calle un perro loco persiguiendo su sombra, a la que trataba de morder sin alcanzar. Pues la sombra, larga y nítida, corría siempre delante de sus patas, evadiendo sus mordiscos.

Como un relámpago, el perro se desvaneció en la calle por la que se había ido el hombre de los pelos blancos, quedando sólo de su paso el eco de sus ladridos.

—El ladrido es el grito del perro y el grito es el ladrido del hombre —dijo Pero Meñique, con mucha seriedad.

Entre tanto, bajo el silencio del crepúsculo, las sombras finales del día se extendieron por el suelo o recargaron en las paredes como huellas inasibles de un esplendor efímero que por doquiera tendía a recogerse. Agustín Delfín, con la cabeza sobre su brazo derecho, se quedó dormido con la boca abierta. Y dormido comenzó a mover las quijadas, igual que si mordiera en sueños, abriendo y cerrando las manos como si apretara tetas de mujer o exprimiera frutos de la natura. Lleno de ruidos su cuerpo, se hacía oír en forma de resuellos, hipos, pedos y todo tipo de movimientos ventrales.

—Éste aun dormido golosnea, guarda el cebo en la boca y a cada rato lo regusta —dijo el Rey Bamba.

—Mi hermano Agustín Delfín es tan perezoso que cagar le da flojera —dijo la Babilonia, con los dientes pelados vueltos risa.

—Los que comen muchos tordos de lengua harpada echan la orina color sangre y a los que se echan después de comer se les llena la panza de agua —dijo Pero Meñique.

—Mi hermano, como vive en oración, está curado de males —replicó la Babilonia.

—Pero no de muerte —dijo el Tuerto.

En eso, vinieron por una calle hacia la plaza cuadrillas de momos, danzando y cantando, como en Carnestolendas. Los precedía un príncipe de rostro enharinado, con un gorro roto y una escoba en la mano a manera de cetro, sentado en una silla; su carro, de diversas ruedas, era jalado por un monje y empujado por un labriego. Detrás llegaron herreros, zapateros, barberos, médicos y sastres ciegos con anteojos, fingiendo ejercer su oficio uno con otro, riñendo en la competencia y golpeándose con sus instrumentos. Irrumpieron en confusión, entre puros equívocos: el sastre tomó las medidas a un mulo, el herrero herró al médico y el médico observó el jarro de vino del barbero en vez de la orina del enfermo. Algunos traían el rostro pintado, embadurnado el cuerpo, la cabeza cubierta con capirotes y gorros en forma de animales, legumbres y frutos. Otros traían máscaras y zahorrones. Los más no encubrían sus personas, descubiertas sus caras y sus deformidades. Enseguida, entraron los gigantes, vestidos con ropas cortas que no alcanzaban a cubrirles el ombligo, las rodillas ni los codos. A éstos rodeaban cojos, ciegos, tullidos, mendigos y moros malabaristas. Hicieron su aparición en sendos carretones un caballero loco, abrazado a un tronco, pregonado por un momo, que decía: "A los que Dios quiere perder les quita primero el seso"; un ballestero, que disparaba a la gente, pregonado por otro momo, que decía: "Ballestero malo a los suyos tira"; una monja que sacudía sus hábitos con cara y manos coloradas, pregonada por una monja enana con un largo rosario de madera que arrastraba por el suelo a modo de ristra, diciendo: "Amor de monjas, fuego de estopas", y una vieja flaca, semejante a un pajarraco, con un burro sentado sobre sus piernas, pregonada por un momo con hocico de lagarto, que decía: "Demás estaba la grulla, dando la teta al asno". Luego, anunciada por un peón andrajoso y cadavérico, con un timbal, vino la muerte en un carretón arrastrado por un caballo esquelético. Ella, con una antorcha apagada en una mano y una rienda invisible en la otra, era la auriga. En el carretón, cuatro muertes menores y diligentes trataban de meter y acostar en cuatro ataúdes abiertos, muy estrechos para su tamaño, a un caballero, a una dama, a un clérigo y a un villano; a los que les sobraban ya los brazos, ya los pies, ya la cabeza. De súbito, el caballo se arrodilló y cayó en el suelo, el carretón se volcó y los humanos escaparon, perseguidos por las muertes pequeñas. La muerte auriga trató de enderezar el carretón, un ebrio se acercó para ayudarla, ignorante de quién era ella; de lados opuestos de la plaza vinieron un ángel rojo y un diablo blanco, ambos alados, para enderezarlo. Las muertes menores capturaron a los hombres, los metieron y los acostaron en los ataúdes con la cabeza, las rodillas y los brazos doblados. Enseguida, entraron dos vagabundos descalzos, vestidos de remiendos, arrebatándose con las manos un pedazo de puente.

—Digo que este puente es mío, yo divisé primero su curva, toqué antes que nadie su ausencia, antes que nadie caminé sobre él —dijo uno.

—El puente era de mi abuelo, que fue el vagamundo más viejo de la villa, él se acostó primero cuando recién lo tendieron sobre el río —dijo uno.

—Mi bisabuelo dormía sobre las aguas, acostado en el aire, con los pies en una orilla y las manos en otra, sobre él pasaban las gentes, las lluvias, los vientos, los soles y las lunas —dijo el otro.

—Digo que el puente es mío, yo vislumbré primero su repecho, vi su madera cuando todavía era árbol, toqué su camino desde que era polvo —dijo el otro.

—El puente es de la villa, no tiene más dueño que los años —dijo un alguacil que los estaba oyendo, y se los quitó.

Pero Buentalante llegó a la plaza, se paró frente muchas gentes y a altas voces comenzó a pregonar:

—¡En Madrid, 22 de octubre de 1481. falleció el doctor de las Risas, fallecerá el doctor de las Risas, fallece el doctor de las Risas!

Las cuadrillas de momos subieron a un cadalso, que habían colocado en una parte de la plaza, y entre luminarias, timbales y flautas, comenzaron a danzar.

Así cerró la noche.

Conseguida la bula papal para el establecimiento del Santo Oficio en todos los remos y señoríos de don Fernando y doña Isabel, partieron hacia Sevilla los frailes dominicos Juan de San Martín, Miguel Morillo y el doctor Juan Ruiz de Medina, clérigo de San Pedro, con una orden real que mandaba que los oficiales les dieran posadas y alojamientos durante su viaje. Cuando llegaron a la ciudad fueron recibidos en el cabildo y el domingo siguiente, en solemne procesión, vestidos de negro y blanco, atravesaron las calles silenciosas y se dirigieron al convento de San Pablo, de la orden de Santo Domingo, desde donde en muy pocos días mandaron prender por manos de su asistente Diego de Merlo a los más honrados y ricos conversos de la villa. El día 2 de enero de 1481 dieron lectura en la catedral del edicto en el que se hacía su nombramiento y declararon que el Duque de Medina Sidonia, el Marqués de Cádiz, y otros nobles de Andalucía, debían arrestar a las familias de cristianos nuevos que habían escapado hacia sus territorios por miedo a la Inquisición, secuestrar sus bienes y entregarlos como prisioneros en un plazo de quince días, so pena de excomunión y persecución bajo el cargo de recibidores y defensores de herejes. En respuesta a su exhorto, la nobleza local les envió de inmediato tantos judíos atados y encadenados para ser condenados por los dominicos que el convento de San Pablo fue insuficiente para albergar a tantos cautivos y tuvieron que pedir a la reina Isabel la fortaleza de Sevilla, el castillo de Triana, para mudarse con sus presos, su alguacil, su fiscal y sus escribanos; inscribiéndose en sus paredes *Exurge Domine; judica causam tuam: Capite nobis vulpis.* Pues de allí en adelante, en sus cuartos sombríos, hicieron sus audiencias, torturas y sentencias de muerte.

El 6 de febrero se celebró el primer auto de fe. Seis hombres y mujeres fueron llevados en larga procesión desde el convento de San Pablo hasta la catedral, donde les predicó tediosamente fray Alonso de Hojeda, antes de ser conducidos al Campo de Tablada, el *Quemadero*, con cuatro estatuas huecas de yeso en sus esquinas, los *cuatro profetas*, en las que metían vivos a los condenados para matarlos a fuego lento. Días después, sentenciaron a morir por *vía de fuego* a los tres conversos más ricos de Sevilla: Manuel Sauli, Bartholomé de Torralba y Diego de Susán, cuya fortuna era estimada en diez millones de maravedís y de quien se dijo era padre de una *fermosa fembra* que tenía amores con un castellano, que delató a los inquisidores una reunión secreta de los conversos en la parroquia de San Salvador; por lo que fueron prendidos por el asistente Diego de Merlo, llevados al convento de San Pablo y transferidos al castillo de Triana.

Aterrorizados por los arrestos de Benadeba, Abolafia *el Perfumado* (o Abolasía, Abosasia, Abolajia, Abolafria) y otros conversos muy principales y ricos, a los que no les valieron favores ni riquezas, cuyos bienes confiscados pasaron a engrosar las arcas de Isabel y Fernando, muchos cristianos nuevos trataron de escapar de Sevilla y su arzobispado hacia Portugal, Francia, tierra de nobles y de moros. Los inquisidores pusieron guardas en las puertas de la ciudad y decretaron la pena de muerte a aquellos que fuesen capturados, habiendo prendido tantos en su intento de fuga que no tuvieron ya dónde encarcelarlos. Mas, en el momento en que los padres dominicos, con gran diligencia y celo situaban espías en todas partes (llegando a subirse un joven prior al tejado del convento de San Pablo todos los sábados por la mañana para espiar si salía humo de las chimeneas de las casas de los conversos, y si viendo que no salía humo de una de ellas, sus moradores eran detenidos bajo la acusación de observar el sábado judío), multiplicaban los arrestos y examinaban las pruebas de sus próximas víctimas, el Señor azotó Sevilla con grande pestilencia, tan terrible, que en todos los lugares de la Andalucía los moribundos se arrastraban por las calles y los campos y los muertos yacían sin sepultura, llegando a fenecer miles de gentes. Los conversos, al ver que los cristianos viejos huían de la ciudad, pidieron licencia para poder partir a Diego de Merlo, quien se las concedió con la condición de que llevasen cédulas para los guardas de las puertas y dejasen sus haciendas. Más de ocho mil salieron hacia Mairena, Marchena y Palacios, el marqués de Cádiz, el duque de Medina Sidonia y otros señores los recibieron bien. Los inquisidores, temerosos de la peste, también abandonaron la ciudad, con sus familiares, sus sirvientes, espías y carceleros; deteniéndose en Aracena, donde para no estar ociosos quemaron en un auto de fe a veintitrés personas, hombres y mujeres, "ereges malandantes", e hicieron quemar muchos huesos de difuntos que creyeron habían muerto en la herética pravedad. Terminada la epidemia, volvieron a Sevilla, donde continuaron su inquisición condenando a setenta y nueve personas a prisión perpetua, a otros tantos con grandes cruces coloradas sobre sus ropas por todos los días de su vida, inhabilitándolos a ellos y a sus hijos para todo oficio público de confianza y a no "vestir ni traer seda, ni oro, ni chamelote, so pena de muerte". A cientos más, reconciliados con la iglesia, sacaron los viernes en solemne procesión, disciplinándose por las calles en pública penitencia, con la cara descubierta. El resto del año quemaron cerca de trescientas gentes, entre las que hubo varios clérigos y un fraile de la Trinidad, al que acusaron de comer carne el viernes santo después de predicar la pasión. Quemaron infinitos huesos de muertos de los corrales de la Trinidad, San Agustín y San Bernardo, por haber sido enterrados a la manera judaica; y pregonaron y quemaron en estatua a muchos judíos que habían huido. Inhabilitaron a sus hijos para que no tuviesen oficios ni beneficios, y sus bienes y herencias fueron aplicados al fisco del Rey y de la Reina. "El fuego está encendido", escribió el cura de los Palacios, "quemará hasta que halle cabo a lo seco de la leña, que será necesario arder hasta que sean desgastados e muertos todos los que judaizaron, que non quede ninguno, e aun sus fijos, los que eran de veinte años arriba; e si fueron tocados de la misma lepra, aunque tuviesen menos".

A mediados de año, los inquisidores publicaron un segundo edicto, que llamaron *de gracia*, en el que exhortaron a los que habían incurrido en faltas de apostasía a que se delataran a sí mismos, ya que si lo hacían con verdadera contrición serían absueltos y no se les confiscarían sus bienes; de otra manera, si fuesen denunciados por otros, serían prendidos y procesados como herejes y apóstatas y se les condenaría a la justicia seglar.

Sin embargo, aunque muchos de ellos respondieron al llamado, se les negó la absolución hasta que no dieran el nombre, oficio, residencia y señas de todas aquellas personas, familiares, amigos y conocidos, que hubiesen visto, oído o entendido que habían apostatado. Así, los inquisidores supieron en Sevilla de los judíos en Córdoba, Valencia, Toledo, Segovia, Burgos y otras partes, violando a su conveniencia el secreto eclesiástico. Así, de los cerca de 20 000 conversos que respondieron al edicto para confesar sus culpas y reconciliarse con la iglesia, más de 3 000 recibieron sentencia de sambenito y 4 000 fueron quemados, sin contar los huesos de los difuntos ni de los huidos que fueron quemados en estatua.

Pasado el término *de gracia* publicaron un nuevo edicto, en el que ordenaron a todos los fieles de la iglesia, bajo pena de pecado mortal, denunciar a los que supiesen que habían incurrido en la herética pravedad, advirtiéndoles que si dejaban pasar seis días sin hacerlo se hacían merecedores de excomunión. También, para ilustrar a los ignaros en judaísmo, publicaron una lista de 37 artículos de delación, por los cuales se podía probar que un hombre judaizaba: si esperaba al Mesías, si guardaba la fiesta del sábado, se ponía camisa o vestido limpio ese día, si no hacía lumbre en su casa y se abstenía de todo trabajo desde el viernes por la tarde, si quitaba de la carne el sebo y la grasa, cubría con tierra la sangre, si comía carne en días de cuaresma, si ayunaba en los días que lo mandaban las fiestas judías, si celebraba la pascua de los *ácimos*, de las *cabañas*, y la fiesta de las *candelas;* si bendecía la mesa, y bebía vino *caser;* si había hecho la *baraha;* si comía carne degollada por manos judías; si rezaba los salmos de David sin decir al final *Gloria Patri et Filio et Spiritu Sancto;* si una mujer después de haber dado a luz no iba al templo durante cuarenta días; si había hecho circuncidar a su hijo y le había puesto nombre hebreo; si después de bautizar a su hijo le había hecho rasurar o lavar la cabeza en la parte donde se le había puesto el óleo o el crisma; si había hecho lavar a su hijo el séptimo día de su nacimiento en una bacía de oro, plata, aljófar, trigo, cebada y otras cosas; si había hecho *hadas* a sus hijos; si se había casado con ceremonia judía; si había hecho el *ruaya*, cena de separación, a un amigo o pariente el día anterior a un viaje largo; si traía consigo *nóminas judías*; si al amasar el pan había sacado la *hada* y la había quemado en sacrificio; si estando en artículo de muerte había vuelto la cabeza hacía la pared; si había dispuesto que el cadáver de un muerto fuera lavado con agua caliente, le rasuraran los pelos de la barba y otras partes del cuerpo, lo amortajaran con lienzo nuevo, le pusieran calzones y capa doblada por encima, una almohada con tierra virgen, una moneda en la boca; si había *endechado* al difunto, derramado agua de los cántaros o las tinajas en la casa del muerto; si por duelo había comido pescado y aceitunas en el piso o detrás de una puerta; si por luto no había salido durante un año de su casa, y si había enterrado al muerto en tierra virgen o en el cementerio judío.

En Madrid, un anochecer, cuando volvíamos de la Plazuela de la Paja, Pero Meñique me preguntó si podía dar albergue en mi casa a dos hermanos amigos suyos, de Ciudad Real, hijos de un doctor muy cercano a su padre desde su infancia. "Que en largo camino y chico mesón, conoce el hombre a su compañón", dijo.

Ellos, me contó, estaban escondidos en casa de Francisca Hernández; la que, por ser pública y licenciosa no era lugar apropiado para una dama de la calidad de doña Isabel de la Vega, ni de su hermano don Gonzalo. Para decir verdad, huían de la Inquisición que se había establecido a mediados de año para servir a Ciudad Real, a su tierra, el Campo de Calatrava y el arzobispado de Toledo. Según la manera de proceder de los inquisidores Francisco Sánchez de la Fuente y Pero Díaz de la Costana, al llegar a la villa habían leído en la iglesia de Santa María un *edicto* de *gracia*, para que todas las personas que en dicha ciudad y su tierra que hubiesen caído e incurrido en la herejía mosaica dentro de treinta días fuesen a ellos a confesar sus errores, renunciando a la herejía y entregándose a la iglesia; con la promesa, semejante a la de Sevilla, de usar con ellos de toda la piedad y misericordia que pudiesen. Asimismo, advertían contra aquellos que no fuesen a confesar sus pecados y contra los que habían huido por temor al tribunal del Santo Oficio, de los cuales tenían información, cerca de ellos eran testiguados y requeridos por su promotor fiscal, habiendo mandado dar carta de llamamiento y edicto contra los sospechosos e infamados que se habían ausentado. Los mismos Sánchez de la Fuente y Díaz de la Costana habían instruido a los fieles sobre la manera de descubrir a aquellos que judaizaban e incurrían en faltas contra la Iglesia, induciéndolos a la delación en el barrio de San Pedro, donde se habían instalado, mientras reunían información sobre la comunidad de Ciudad Real, que el cristiano nuevo Ferrán Falcón y otros espías y delatores locales les estaban proporcionando. Mas, públicas y notorias las "absoluciones" de Sevilla, los procesos y autos de fe que siguieron, el nombramiento del 17 de octubre de 1483, por parte de los Reyes Católicos y el papa Sixto IV, designando a fray Tomás de Torquemada, prior dominico del convento de Santa Cruz de Segovia, como Inquisidor General de los reinos de Aragón, Valencia y Cataluña, con poder para nombrar subordinados, se había hecho sumamente peligroso para ellos permanecer en Ciudad Real, y ellos, como otros conversos y judíos que pudieron, escaparon.

Iba a llover de un momento a otro, las nubes habían cubierto el cielo, la humedad se sentía en el aire, anunciaba la inminencia del agua. Las calles parecían más estrechas, oscuras, solitarias, como si hubiesen adquirido una calidad terrosa, un silencio apesadumbrado, doliente, sepulcral. Pero Meñique anduvo con la cabeza ladeada, el bastón en ristre, igual que si temiese ataques invisibles, sombras inquisitoriales lanzándose en contra de él; sus oídos oyendo delaciones, su fantasía alumbrada por infinitos fuegos que abrasaban hombres y mujeres aterrados.

Desde el umbral de una puerta, un hombre de palidez malsana, enferma, nos vio venir con extraña fijeza, y como si nunca en su vida hubiese visto un ciego, al descubrir a Pero Meñique, su rostro se hizo una garra de burla, un puño facial.

—Aun en sueños el hombre no puede cambiar la historia, no puede modificar la vida, no puede alterar el pasado que conforma el porvenir —dijo Pero Meñique.

Hubo relámpagos, truenos. A lo lejos, alumbraron las cumbres grises del Guadarrama; aquí cerca, los álamos del río, las murallas de pedernal herido. Por doquiera, perros hasta entonces inadvertidos ladraron a los rayos. Alguien corrió en la calle ensombrecida, se oyó un golpe en un tejado, una voz sin cuerpo atravesó un paredón viejo. Las campanas tocaron completas, amortiguadamente, como si las diesen en el fondo de un pozo o repercutieran en las aguas de un lago.

—No tornéis la cabeza a las ventanas o las gentes que nos miran desde ellas os tomarán por estrellero —dije.

—No os fijéis si hago cosas extrañas, porque a veces esta oscuridad me vuelve loco —dijo, como si recién despertara de un sueño.

—¿Qué queréis decir? —pregunté.

—Nada —respondió.

—Habéis dicho algo —dije.

—Os probé para ver si veníais conmigo, si no habíais muerto —dijo—. Que yo andaba lejos, realmente lejos y vuestra voz me trajo aquí de nuevo.

Por la puerta cerrada de una casa oscura salió el olor de la carne guisada con aceite, de las cebollas y los ajos refritos, delatando al converso en la cocina. A mí, el olor me dio hambre y pena, porque abrió mi apetito y me hizo pensar en mi madre, convertida en ceniza.

Pasos adelante, un hombre barbudo y crudo, mal afirmado su cuerpo en el quicio de una puerta, nos miró de arriba abajo con hostilidad, con un pasado enojo, como si nos hubiésemos enemistado en otra vida y viéndonos ahora recordara afrentas olvidadas.

De pronto, sentí la lluvia en la cara, los goterones rápidos y fríos, como si las yemas de los dedos de un animal inasible y remoto me tocase por todas partes del cuerpo al mismo tiempo.

—Siento el agua en mis mejillas, huelo y respiro la lluvia —dijo Pero Meñique.

—Nos llueve a cuestas —dije.

—Cuidad que no os entre el agua en los pulmones, que son las partes esponjosas del cuerpo, y se apaguen los fuelles, que reciben el aire para refrigerar el corazón —dijo él.

—Cuidad que no os entre el agua por la boca y apretad el paso —dije yo, empapado.

—Sssssshhhh —dijo él.

Goterones del tamaño de un castellano cayeron sobre nosotros, y Pero Meñique comenzó a correr, graznando con voz áspera y altisonante.

—¡Se escapa el ganso, se escapa el ganso! —grité, para seguir la burla; pero en seguida se detuvo, para decirme:

—No lo digáis en alta voz, que las gentes que oyen los gritos van a querer prenderme y correr el ganso conmigo en Carnestolendas, que acostumbran ese día sacarlos por regocijo con una soga atada en medio de la calle y corriendo delante de ellos la gente trata de arrancarles el pescuezo —dijo, sin graznar más.

—Mejor hubiese gritado: "Corre, corre, Pero Meñique, que detrás de ti viene la moza, la monja, la carnicera y la inexpresable ella" —dije, para calmarlo.

—Mejor hubieses gritado nada —dijo él.

De nuevo, la lluvia batió con fuerza contra las paredes y los tejados, dejando huellas plateadas en la calle, y por un momento nos quedamos inmóviles, sin saber qué dirección tomar.

Los relámpagos iluminaron aquí y allá la muralla de la villa, un caballo blanco sin jinete pasó junto a nosotros, dio vuelta en la esquina y reapareció en una plaza, con el mismo trote perdido. Un hombre que parecía pescado con ropas trató de detenerlo, asiéndolo de las riendas, pero con un relincho el cuadrúpedo se le escapó.

Nosotros seguimos por la Calle Sin Puertas, por calles y calles llenas de lluvia en las que el nombre no importaba más. Con pies torpes surcamos los charcos, remamos en el aire espeso y topamos con árboles distorsionados por la oscuridad.

De pronto, Pero Meñique, con oscura certeza, se agachó a recoger del suelo un gorrión aterido, que seguramente había caído de una rama. Lo llevó en sus manos largo rato, acunándolo, olvidado él mismo del frío y de la lluvia.

Él, que parecía siempre polvoriento, dio la impresión de haberse vuelto agua: gotas plateadas le corrieron por los cabellos, la frente, la nariz, las barbas, las orejas. Pisaba ramas y piedras resbalosas, fluía sobre ellas. Hasta que metió el pie en un charco profundo, lleno de lodo.

En frente, un hombre con ropas raídas orinaba contra un paredón, curvándose todo para protegerse de las ráfagas de viento. Otro hombre, no lejos, parecía recargado en la oscuridad, como si fuera parte de ella o una extensión corporal de la lluvia.

Las campanas tocaron maitines, su sonido atravesó innumerables muros, rostros desconocidos, millones de gotas de agua, mantos de noche y duda. A nuestro lado, por una ventana abierta salió una voz de mujer, preguntando a través de la lluvia:

—¿Dónde estabas, que llegas tan mal y tan mojado?

—Vengo de la aldea, ¿de dónde he de venir? —dijo la voz de un hombre.

—¿Por qué vienes tan tarde?

—Porque se cayeron los puentes y se cegaron los pasos.

—Por supuesto, no lejos de la posada de Juana Gómez —dijo la mujer.

—Es cierto, no lejos de la posada de Juana Gómez —dijo el hombre.

—Si te veo otra vez con ella te cortaré la lengua, si andas en amores con ella degollaré tu vergüenza.

—Escaparé de ti, antes que puedas hacerme eso.

—No tan rápido que no te alcance.

—Escaparé de ti —repitió el hombre.

—No de la muerte —dijo la mujer.

Dejamos atrás las voces y su pelea sin fin. En otra ventana, amarilla, vislumbré el rostro de una moza, amarillo por la luz de una antorcha. Pasos ligeros de mujer se oyeron en otra calle, se acercaron invisibles y luego se ahogaron tras de alguna puerta.

Alguien vino corriendo detrás de nosotros..., un vagabundo lleno de remiendos, con una risa muda, sin labios, que no podía dejar de estarse riendo. Pequeño de cuerpo, de cabeza y pies muy grandes para su tamaño, tenía el rostro fatigado, deslavado, las cejas espesas, las orejas muy largas. Le faltaba un ojo, arrastraba una bolsa negra detrás de él, como una prolongación de sus pies. Sin dejar de andar estiraba la mano.

—¿Quién nos sigue? —preguntó Pero Meñique, inquieto.

—No es nadie, es un vagamundo —dije.

—Los vagamundos son perjudiciales, en muchos reinos los obligan a trabajar, los azotan o los echan a galeras —dijo él.

—No tengo nada para dar —le dije—, perdéis el tiempo.

—Una blanca —dijo él—, dadme sólo una blanca.

—Buscad a un caballero o a un rico —masculló Pero Meñique—; no nos sigáis más.

El vagabundo no se dio por entendido, vino tras de nosotros hasta que llegamos a la casa. Mientras sacaba la llave vieja, Pero Meñique me dijo:

—Entra presto.

El vagabundo se quedó afuera, junto a un árbol, como perro sin dueño, tapándose la cabeza con las manos para protegerse de la lluvia y moviendo de un lado a otro su ojo bueno, igual que si quisiese divertirme.

Pero Meñique se fue después de un rato, con el entendimiento de que volvería más tarde con los hermanos de la Vega; para que, encubiertos por la soledad de la madrugada, nadie los viese venir a mi casa.

Volvió con el mismo sigilo que partió, dando golpecillos en la puerta para hacerme saber que estaba allí; pero yo estaba sobre aviso y lo aguardaba desde el momento que se había ido.

De manera que, al abrir la puerta, entraron tres bultos embozados sin decir palabra alguna; los que llevé a una pieza interior de la casa, donde la luz de la candela no podía ser vista desde la calle.

Allá, Pero Meñique me presentó a los hermanos de la Vega, ambos vestidos como hombres. A Isabel, moza de mediana estatura, bien compuesta en su persona y en la proporción de sus miembros, muy blanca de tez y de ojos grandes, almendrados, rientes, el pelo largo y las pestañas largas, la cara hermosa y alegre; comprendía con sólo mirar y respondía con la expresión de su rostro; tendría unos veinte años. Gonzalo era mancebo de buena estatura, de miembros bien compuestos y vigorosos, de rostro blanco y ojos negros, barba y pelo rizados; de movimientos sosegados y de presencia honesta, daba la impresión de que razonaba más que decía. Criado en el estudio desde su niñez, según explicó Pero Meñique, quería ser físico como su padre para curar a los leprosos que morían sin cuidado y sin amor fuera de los caminos reales del reino de Castilla; y aunque cabalgaba bien a la usanza castellana y a la manera de los moros, placíale jugar al ajedrez, y en este juego pasaba más tiempo que debía. Amaba sobre todas las cosas a su hermana Isabel, y eran como dos ramas en un mismo árbol, que no se podía herir a uno sin hacer daño al otro, ni provocar risa en ella sin alegrarlo a él; llegando al extremo de que a veces el brillo en la mirada en uno y otro era muy semejante, como si fuese por completo indistinto que fuesen hombre y mujer.

Cuando Pero Meñique acabó de hablar, ellos guardaron silencio, los ojos fijos en la puerta del cuarto, como si en ese pedazo de madera pudiese entrar el peligro o estar la salida. Ella, sin poder contestar a sus elogios más que con miradas y sonrisas; él, oprimiendo con el dedo índice su labio inferior contra los dientes. La luz amarillenta de la candela daba a sus rostros una calma distante, como si allí presentes estuviesen suspendidos en el tiempo, sin corresponder a un año específico, ni a una tierra en particular.

—¿Qué os pasa? —preguntó Pero Meñique a Gonzalo, extrañado por su mutismo.

—Me duelen las muelas —contestó él, poniéndose colorado.

—Si el dolor procede del frío es menester aplicar entre las encías un poquito de ají; si es de otra calidad, es preciso echar cuatro o cinco gotas de berros en el oído vecino de la muela. Si no cesa el dolor, habrá que poner gotas de aceite caliente en el oído —dijo Pero Meñique, él mismo con un trapo alrededor de la cabeza, muy mojado de los pies a las barbas, y con los botones y calzas de diferente color.

—¿Os duele algo? —le pregunté.

—Tengo el cuerpo empapado y sufro de un dolor de cabeza del tamaño de Madrid —dijo.

Rápidos haces de luz pasaron por la ventana que daba al corral, como si alguien hubiese venido corriendo con antorchas en las manos. Se oyó batir de lluvia en los tejados, en los paredones, en el pozo. Gonzalo quería decir algo, pero no decía nada, como si su largo silencio procediera de otro silencio. Se veía cansado y soñoliento; detrás de él el verde de la candela casi tocaba el asiento del candelero, indicando que un día, o una vida, estaba a punto de extinguirse. Isabel me miraba desde el escaño de madera, sentada con las piernas cruzadas; en su rostro había una constante sonrisa fatigada.

—Ésta es la pieza donde dormiréis: tiene dos camas de madera, duras y estrechas, con almohadas que son piedras; las paredes están peladas y el techo transpira el agua de los cielos, como podéis ver; sin embargo, es todo lo que tengo, y aquí estaréis a salvo, en lo que de mí depende. En la pieza durmió hace tiempo mi madre, que fue asesinada por un panadero celoso, pero no os sobresaltéis si oís murmullos y ayes, pasos en el tejado y golpes en la pared, que fue mujer buena y no os hará daño. Ahora, dormid tranquilos… Otra cosa, la habitación no es tan oscura y fría como parece de noche, en la mañana entra una luz muy clara y por la ventana se ve un árbol muy grande y hojoso —dije.

En el mismo momento, Pero Meñique salió del cuarto y de la casa, que tenía prisa por dejarlos dormir y por entregarse al sueño. Cubierto por la oscuridad y la llovizna, sin tornar la cabeza, con el bastón en ristre, se perdió en la calle solitaria, que a esas horas parecía un túnel acuoso.

Fui a mi cuarto, me senté en la orilla de la cama oí la lluvia, oí el silencio de mis visitantes; en especial el de Isabel, de quien sin saber por qué ya me sentía prendido. Exhausto pero insomne, con los ojos cerrados, pasó delante de mí varias veces un hombre vestido de negro con una linterna en la mano, que no era real del todo ni era sueño. Hasta que, sin escuchar nada más que la lluvia, me quedé dormido.

La luz me despertó, radiante en mis párpados. Pero sin importarme si era hora prima o sexta, me quedé en el lecho, demorando el momento de levantarme, como si entre más tiempo me quedara tendido más cerca tuviera a Isabel de mí. Su voz, sin embargo, hizo que diera un salto y fuera presto a buscarla;

que no necesitaba vestirme, me había acostado con las ropas puestas.

La mañana era clara y soleada, en el cielo escampado ni siquiera había nubes. Bien había dicho alguna vez mi padre, que toda mañana es el primer día y en el día están presentes todas las edades del mundo; pues aquél, en particular, parecía uno del paraíso.

Isabel estaba en la cocina, acodada en la mesa, con la cabeza entre las manos. El sueño la había rejuvenecido, la había transformado en una moza más garrida y confiada. Al entrar me clavó sus grandes ojos almendrados, aunque su mente estaba en otra parte, lejos de Madrid y de mi casa.

—Mi hermano Gonzalo se fue —dijo—. Tenía que irse. Desde que los dominicos arrestaron a varios parientes nuestros no puede dormir, no puede quedarse quieto en un lugar, siente sobre su espalda la amenaza que pesa sobre todos nosotros, porque en cualquier momento los reinos de Castilla y Aragón se convertirán en un gigantesco auto de fe.

—Hasta el más imbécil, más ruin y asesino morador en estos reinos se cree con derecho a atacar, despreciar y matar a los judíos —dije.

—Nadie, aun en palabra, debe calumniar y condenar a otro, del reino, de la religión o de la raza que sea, pues en un abrir y cerrar de ojos podemos vernos de frente con la Divinidad y debemos mostrarle en completa desnudez qué somos, qué pensamos y qué hacemos —dijo ella.

—Más vale morir como criatura inocente que vivir como verdugo culpable —dije.

—Más vale —dijo, y ya no dijo más; que, como si fuera toda ojos la luz de la mañana entró en su mirada con todo su fulgor, dando a su rostro una especie de reposo infantil.

De allí puse pie en la calle para ir en busca de vituallas. Bajo el calor bochornoso del mediodía las gentes iban y venían a pie, a caballo, en mulos cargados y carretas llenas de materiales; y sin más llegué a la plaza de San Salvador.

Frente al pregonero Francisco de Valladolid estaba mucha gente reunida. A su derecha, una mujer gorda, de pesado rostro moreno y grandes piernas espesas, largos pechos blancuzcos y anchos brazos aguados, resollaba sonoramente como si trajera fuelles en lugar de pulmones. A su izquierda, un hombrecillo de cara deslavada y barba color paja, sienes hundidas y orejas pegadas al pelo, con manos tan mugrosas como si la tierra se le hubiese pegado a la piel, vestía un jubón descolorido y calzas verdes. Detrás de los tres, una moza, oculta por sus ropas, dejaba ver sólo la punta de su nariz y los nudillos de los dedos empuñando un largo rosario de madera. Y lejos de todos, como apestado o como gafo, un muchacho viejo o un viejo aniñado, contemplaba con la boca abierta al pregonero; semejante a una de esas aves que permanecen inmóviles acechando a su presa, de manera que parecen dormidas, disecadas o muertas, hasta que de repente dan el picotazo.

El pregonero pregonó:

—En Madrid, el primero día de noviembre de 1483. Este día, estando ayuntados los señores del concejo de la Villa dentro de la iglesia de San Salvador segund que lo han de uso e de costunbre con el honrrado cavallero Rodrigo de Mercado, corregidor en la dicha Villa de Madrid e su tierra por el Rey e la Reyna, acordaron que para evitar la despoblación de la Villa de Madrid, después que por mandado del rey don Fernando se ha fecho apartamiento de los judíos e moros, por ser este apartamiento muy lexano de las plazas donde es el trato de esta Villa, el mismo rey ha pedido por provisión que les dexedes e consintades tener sus tiendas e mercadurías e oficios en las dichas plazas, con tanto que las dichas tiendas sean pequennas e non sean casas de su morada, salvo en el apartamiento que les fizieron de su judería... Otrosy, se pide que sea obedecida y mandada cumplir la provisión de los Reyes, que participando la toma que ciertos cavalleros nuestros fizieron de la cibdad de Alhama la qual es una de las principales que son en el reyno de Granada e asentada en tal lugar que nuestras gentes que en ella están fazen tantos dannos, ordenaron que la Villa de Madrid acudiese con mil fanegas de trigo, dos mil de cebada y gente necesaria para su transporte. Asimesmo, que cada judío casado o biudo o biuda de las aljamas de Madrid e de sus villas e lugares de su arcedianato contribuyan con un castellano de oro o su equivalente en cuatrocientos ochenta maravedís, necesarios para la continuación de la guerra de Granada. Pregonó el pregonero Francisco de Valladolid, en la tarde, en la plaza de Sant Salvador, a altas bozes, estando ay mucha gente reunida.

En la multitud que se disolvió alcancé a ver al físico Rabí Jaco, sobre el cual los señores concejales otorgaron petición para los Reyes para que pudiera estar en la Villa, donde antes vivía, fuera de la cerca de la judería, porque los moradores de Madrid pudiesen aprovechar mejor de él de noche, ya que estando cerrada la aljama y estándole vedado salir de ella de noche, se seguía el inconveniente de los enfermos de ir a llamarle en el apartamiento donde se hallaba, que era muy lejos de la villa y sus arrabales. A él, que tenía un salario de 6000 maravedís y se había quebrado la pierna en una caída, se le había eximido de andar señalado, cuando los señores del concejo habían mandado que todos los judíos de Madrid y su tierra no osaren andar sin señales por la Villa y sus lugares. Con él estaba su hijo Ozé, también físico de hospitales y de pobres.

A unos pasos de ellos, como un solo animal múltiple que se desata en varios miembros y cabezas y se aleja por lados distintos a la vez, vi al alguacil Gonzalo de las Risas, al pechero Juan de las Risas, a Pedro de las Risas y al fantasma del doctor de las Risas, que fue alcalde de alzadas, encargado de inspeccionar y tasar los abastecimientos, de resolver el salario del corregidor, y regidor con poder para dejar el cargo a su hijo o a otra persona; vi a Juan Rebeco y Juan Redondo, Juan Ricote y Juan de la Porqueriza, Juan Pingarrón y Juan Perales, Juan Lagarto, guarda de la caza, y a Isabel Palomeque, heredera de los molinos de Mohed; encontré al barbero Antonio y al carnicero Juan de Asensio, al relojero Juan Arias y a Pedro de las Comadres, al pechero Juan de las Hijas, a Gonzalo de las Monjas y a Juan Honguero. Casi al irme, me topé con don Rodrigo Rodríguez, que pasó junto a mí como si nunca en la vida me hubiese visto, vestido como fraile dominico, con algo de muñeco en su figura.

—Don Rodrigo —exclamé, al ver que pasaba a mi lado ignorándome.

—En estos días no se llama a nadie por su nombre en la calle, en la plaza ni en la iglesia —dijo, disgustado, mirándome con ojos tan hostiles que parecía querer herirme, humillarme o matarme. Traía la cara afeitada de blanco, como si lo hubiesen bañado de harina.

—Disculpadme, pero no tengo noticias del peligro que corre vuestra persona —dije.

—En estos días las noticias viajan bastante aprisa por los lugares más distantes de estos reinos: a pie, a caballo, en mulo, por boca de labradores, mercaderes, viajeros o correos que están situados en diferentes lugares para que las cartas vengan sin descanso, relevadas en sitios estratégicos. Los Jihan Garrido, los Gonzalo de Salamanca, los Salvador Daguas, los Johan de Valencia, los andarines como Juan Aragonés, que recorren largas jornadas a pie, o auxiliados de caballos, van y vienen en cinco, diez, veinte días de un punto a otro de este reino —dijo—. Lo que ha pasado en Sevilla y en Ciudad Real ha venido a mí por muchas lenguas, me ha sido contado con gran detalle, y no se puede alegar ignorancia cuando los venerables padres os llaman a atestiguar contra los acusados de la herética pravedad.

—Soy Juan Cabezón, amigo de Pero Meñique —dije, sin darme por entendido en su larga explicación.

—Ah —dijo.

—Nos hemos visto en la Plazuela de la Paja —dije.

—Ah.

—Estuvimos juntos en la casa de doña Francisca Hernández.

—Ah.

—Pasamos la noche con ella, Pero Meñique y yo juntos en su lecho, hasta que amaneció.

—Ah —dijo, yéndose.

—Don Rodrigo, ¿sabéis quién soy?

—Asaz bien —contestó.

—¿Habéis visto a vuestro amigo Pero Meñique? —le pregunté.

—Aquel fuego es bueno que abrasa y quema los herejes, escribió don Raimundo Lulio —dijo.

—¿Quién es hereje? —pregunté.

—El hijo de conversos Pero Meñique, que practica la pravedad mosaica —dijo.

—Según sé, su madre fue santísima mujer que murió entre los gafos por su gran misericordia —dije.

—Aquel fuego es bueno que abrasa y quema los herejes —repitió.

—No os olvidéis que el mismo Raimundo Lulio estuvo a punto de ser quemado por aquel diablo bendito de Nicolás Eymerich, que escribió el *Manual de inquisidores* —dije.

—Conozco bien el libro y el fuego en el que arden los herejes —dijo.

—Don Rodrigo, ¿por qué andáis vestido como fraile dominico? —le pregunté, deteniéndolo entre paso y paso.

Mis palabras lo molestaron profundamente, su rostro adquirió debajo de los afeites blancos un tinte azuloso, levantó la joroba un poco, y semejante a un muñeco chillón, me dijo:

—Un cristiano viejo como yo debe de andar vestido de fraile para mostrar su limpieza de sangre, para que en las calles y las plazas no lo aceche la pravedad judaica; debe con toda la fuerza de su ánima echar fuera de sí a los conversos que ha conocido, hablado o convivido por debilidad de su fe; tiene que extirpar de su cuerpo al abuelo judío que dio vida a su padre, sacando gota a gota de su sangre, hasta que el reino de Castilla quede purificado de ellos.

—¿Eso quiere decir que estáis dispuesto a quemar a Pero Meñique?

—Sin lugar a dudas —respondió, dándome la espalda, como si cerrara una puerta en mis narices.

—¿Tenéis mucha prisa? —lo detuve de nuevo.

—Tengo asuntos urgentes con el inquisidor general don fray Tomás de Torquemada, hijo del hidalgo Pedro Fernández de Torquemada, que desde muy niño vistió los hábitos de la orden dominicana. Este hombre santo, de gran celo en la fe, necesita de mis buenas razones y debo partir enseguida para verlo en Segovia... Cualquier cosa, Juanito Cabezón, cualquier cosa traemos entre manos, que muy pronto te deslumbrará la mucha lumbre —dijo, sonriéndose con tal sequedad, que luego apretó los dientes, como si nunca en su vida hubiese sonreído.

Al irse dejó caer una piedra que empuñaba en la mano y no había notado que la había tenido todo el tiempo mientras hablaba conmigo. Pasó entre dos moros con tabardos señalados con lunas; los que, con gestos de estólidos seguían escuchando al pregonero, aunque éste ya había acabado su pregón y había partido. Sus ojos nos miraron de soslayo, sin volver la cara.

Tras de don Rodrigo Rodríguez vino un villano de cuerpo diminuto, pelo rubio sucio, barbas sin mondar, rostro maltratado y manos grandes, como de gigantón. Vestía un jubón verde, que había pertenecido probablemente a un hombre cuatro veces su tamaño. Al pasar junto a mí me miró con rencor, igual que si tuviese algo en contra de mí por haber estado oyendo mi conversación con don Rodrigo Rodríguez. Pues, semejante a un remedo perverso de este último, al alejarse de prisa con sus piernas cortas de ganso, se fue abultando el pecho de manera agresiva, desafiante. Quizás no tenían nada que ver el uno con el otro, pero me dio la impresión de ser su guardador, siguiéndolo de cerca adondequiera que fuese.

Murió el sol, quedó en el horizonte el azul mezclado con noche y la oscuridad vestida de luz; lubricán donde el nacido de hombre no distingue si es ángel o demonio la figura nebulosa que vislumbra en el crepúsculo, tiempo que esplendorea en el rostro vespertino manchado de arreboles y herido de luces.

Momento tras momento la calle pareció llenarse de espíritus invisibles atravesados por las manos, pisoteados por los pies y exhalados por las gentes en el día de Todos Santos. Camino de la iglesia los ricos vinieron con sus fanegas de trigo, sus arrobas de vino, sus panes cocidos y sus mieles, en honra y memoria de sus difuntos. Algunos trajeron antorchas de cera, cirios y blandones para arder en el oficio por las ánimas de los finados, que pusieron en candeleros de madera y plata en las capillas donde tenían parientes enterrados; mientras en las iglesias se decían responsos por las ánimas de los muertos y de los vivos, los cuales contemplaban su porvenir de huesos, como si el futuro hubiese pasado ya y el presente fuese memoria.

De pronto, el gran lago del cielo estuvo lleno de nubes, sobre los paredones y los tejados se posó el crepúsculo, anunciando una noche colorada. Una niña en llamas de luz corrió detrás de su madre encendida; un moro, con su cofín lleno de pasas para vender dio la vuelta en la esquina como si se metiera en una oscuridad ancestral. Con velas en las manos pasaron dos doncellas talludas; una vieja lentísima cruzó la plaza con su colgajo de llaves y una gran talega, en la que parecía cargar los días.

Al volver a casa, con carne, pan y vino, por el silencio y la noche que había en el cuarto, tuve el temor de que Isabel se hubiese ido, intranquila por mi ausencia. Pero no. La hallé junto a la ventana de la calle, sentada quietamente como un mueble o una piedra.

—Aquí estoy —dije,

—Allí estás —dijo.

Momentos de mutismo, de incertidumbre.

—Parece que todos los espíritus de Castilla están aquí esta noche, llorando en el viento la injusticia cumplida —dijo.

—Me has quitado esa razón de los labios —dije—, toda la noche por la calle he venido percibiendo los fantasmas.

—Entiendo lo que dicen, hablan con mi ausencia, con mis sueños negros, y en su silencio escucho el gruñido de mi propio miedo —dijo.

—Quiero encender la lumbre y calentar el caldero para cocer la carne que he traído, tengo hambre —dije.

—Me da igual comer o dejarme morir de hambre —dijo, yendo a la cocina para hacer la lumbre y poner el caldero en las cadenas colgadas del hogar.

—Sacaré agua del pozo —dije—, llevaré el caldero, la soga y el garabato.

—No echéis la soga y el garfio tras el caldero —dijo; con un humor sin sonrisa.

—Tampoco me echaré a mí mismo —dije, también sin sonreír.

Fui, eché el caldero en el pozo, saqué agua, encendí las candelas en la otra pieza y volví tan presto como pude, de manera que Isabel se quedó sorprendida de verme volver con tanta rapidez.

Me sentía bien en su compañía, hallando en ella una familiaridad que no había experimentado antes con mujer alguna. Por lo que, para divertirla, anduve con el caldero lleno de agua como si trajera rotos los carcañales, no como las troteras sino como los accidentados; anduve con pasos graves, concertados, como hombre prudente y sagaz; di pasos atrabancados, a lo rústico y tonto; hollé la tierra con fuerza a lo fanfarrón; di pasos largos y cortos a lo loco; enviones con el pecho quebrando las rodillas y echando la cabeza para delante y para atrás, a lo ninfo; avancé como zambo, hacia afuera, pisándome un carcañal con otro; y me paré aquí y allá para oírme, como si alguien distinto a mí en mi sombra me siguiera.

Más tarde, sorbimos caldo caliente en las escudillas, comimos carne y puchero, pan y vino. La luna asomó por la ventana de la cocina semejante a un broquel encendido entre las nubes blancas que como naves se perdían en la inmensidad de la noche. En alguna casa un perro aulló, las campanas de la torre de la Puerta de Guadalajara tocaron completas y en la calle unos hombres pasaron corriendo como si persiguiesen a alguien.

—Van tras de mi hermano —dijo ella, sobresaltada.

—Es el silencio nocturno el que hace que nos figuremos ruidos, que oigamos imaginaciones —dije, asomado a la ventana para ver si los inquisidores no iban en efecto tras de él.

—Todo este día lo he pasado figurándome mil maneras de morir, he visto a mi hermano preso, cautivo de rescate, con grillos y cadenas, en mazmorras húmedas, en pozos oscuros, en potros de tormento... Lo he visto huir, ser prendido de nuevo, procesado, torturado infinitas veces... y quemado en una hoguera.

—Allí estás —dije—, como vela apagada en la oscuridad.

—Los pisos de las piezas en esta casa no han sido barridos en años, he encontrado en las paredes arañas, en los agujeros ratones, en los rincones hormigas y en la cocina muchísimas moscas muertas —dijo, acercándose a mí, de manera que percibí su aliento y me vi en el fulgor de sus ojos.

—Desde que murió mi madre las cosas quedaron como estaban, un poco por melancolía y otro poco por desaliño, pereza, mugre —dije.

—En aquel cuarto barrí un fantasma —dijo.

—Seguramente el de mi padre o el de mi madre —dije—, que ambos murieron con violencia.

—Barrido fue, sin saber quién era —dijo.

Me quedé en pie, junto a la ventana, bajo la luz de la luna. Hasta que la vi en la otra pieza, semidesnuda, con el brazo curvado debajo de sus pechos astrales, los pezones visibles, el vientre descubierto, los muslos como peces blancos, con sólo la toca puesta y los arillos en las orejas.

Su cuerpo, a la luz de la candela, *languidus ignus*, fue una fuente carnal, áurea, melada, sobre el que bailaron los temblores amarillos de la vela; mientras sus ropas sobre el escaño, camisa y saya, delataron su desnudez de manera indirecta, como prendas exteriores de sus formas íntimas.

Por largo rato la observé con atención desvergonzada, con el temblor de alguien que descubre en sí mismo un deseo que ignoraba fuese tan ardiente en su cuerpo.

Seguí cada movimiento, escuché cada latido suyo como si fuese mío. Mi mano imaginaria acuencó sus pechos y los contuvo en sus bordes para que no se derramaran hacia la oscuridad. Los pliegues, las arrugas, las manchas que había dejado su ropa apenas se notaban, apenas interrumpían el fluir continuo de su carne, el columpio de su cadera, la línea comba de su muslo.

Al acercarme a la pared, para acortar la distancia que me separaba de ella, contuve mi respiración, retuve mis miradas que parecían hacer ruido, la vi de nuevo, igual que si todo su cuerpo, dirigido frontalmente a mí, estuviese entregado a mis ojos. La rosa oscura de su sexo, reseca y húmeda, como una boca blanda, se abrió en labios paralelos, semejante a una pirámide invertida.

Me dio la espalda, mostró sus nalgas gruesas, en su peso sensual, en su caer redondo. Se sentó en el escaño, me llamó.

—Te mostraré un fuego más hermoso que tu primer amor —dijo.

Salí de mi penumbra, con su cuerpo delante de mí agitándose aún en mi fantasía, mientras fuera de mí, en su esplendor visible, se mostraba real y accesible. La imaginación no se ve, dijo Raimundo Lulio, pero yo en ese momento hubiera podido decir que era deslumbrante y palpable.

Ella, sentada en el escaño, fresca como una fruta humana, se quitó los arillos de las orejas, las murénulas áureas, desasiendo la colilla de la boca hueca. Luego aventó la toca, con ternura me acarició el pelo, pasó su mano por mi pecho, mi estómago y el capullo que cubre la bellota de la natura del hombre.

La seguí a la pieza, siguiendo mis ojos cada ondulación, cada cambio de luz de la candela sobre su cuerpo, como si mi agradecimiento a la vida se derramase en cada centímetro de su piel y en la abundancia abierta de su vientre.

Con cruda franqueza me tendió en la cama, la cabeza inclinada sobre sus pechos como Leda que va a recibir el cisne entre sus piernas; los brazos extendidos a lo largo de su caderas, la panza hundida en su centro.

Me absorbió, no sólo por su natura, en donde se concentraba la acción, sino por sus miradas, que registraban hasta el más mínimo gesto.

Nuestros cuerpos fueron así reconciliados, no por la iglesia de los inquisidores, pero por el amor; si no en una sola carne, en un mismo deseo. El lenguaje mudo de los miembros habló sin más lapsos que sus propios sudores, fatigas y dudas. Y doncella que no había conocido varón, bajo mis brazos se hizo dueña. Dueña, no diosa de pechos breves, tobillos y muñecas finas, no virgen pintada en una iglesia o soñada en una celda, dueña verdadera.

—Mil clérigos han muerto sin haber conocido la carne, y miles más morirán sin haberla siquiera imaginado; excitados solamente cuando un cuerpo se ha vuelto cenizas, está bañado en sangre o yace bajo una piedra —dije.

—Daos prisa, pero venid despacio —dijo, hundiéndome en su abertura oval, mientras con tímido deseo yo miraba la expansión blanda de sus lunas derramadas.

Me arrastró en su remolino, me mordió besándome, se pegó a mí como un cuerpo que se dobla y se estira; gimió junto a mi oreja, igual que si la vida se le fuese en ello.

Al cuarto del alba cantó el viento.

Mientras los inquisidores quemaban a Isabel en estatua en Ciudad Real y sus alguaciles y familiares la buscaban en carne y hueso por todas las aldeas y villas de estos reinos para abrasar algo más que su efigie, en mi pasión no dudaba en acompañarla a la cárcel y a la hoguera, en la suprema alegría de morir con ella.

Casi no nos separábamos ni de día ni de noche, habiéndose vuelto los días de nuestro amor semanas, las semanas meses y los meses años. Desde el momento en que apagábamos la vela su cuerpo se hacía palpable en la oscuridad, su rostro irradiaba bañado de luz negra y su boca se abría húmeda y antigua para recibirme.

Tan vulnerable, tan desnudo me hallaba sobre ella, que un grito entonces, un llamado a la puerta, un rostro congestionado hubiesen podido matarme.

Unidos nuestros cuerpos llegaban a tener el mismo silencio, el mismo reposo de las cosas, la misma quietud del amor gratificado.

—El rostro que vemos en la noche es el más nuestro, por ser el de nuestra mirada al borde de la muerte —me dijo una vez, cerca de la ventana.

—Quizás, pero también es real el cuerpo nuestro pisando el umbral de la luz en la mañana —le dije.

—En la oscuridad las distancias de las cosas quedan abolidas por gracia de los cuerpos que se aman —dijo otra vez, con el pelo suelto, los pechos descubiertos, los pies desnudos.

—O la separación entre ellos es más profunda —dije.

De todas maneras, el silencio, la separación, el olvido del mundo se habían instalado en la casa, durante días enteros sólo oíamos nuestros pasos, nuestro resollar y nuestras voces, como los de una tercera persona que hubiésemos formado con nuestras existencias juntas.

La ciudad llegaba a nosotros por las campanas, por los gallos invisibles que anunciaban la aurora y por las lluvias y vientos que recorrían libres las calles.

A veces, no teníamos más noticias de la Navidad que a maitines las campanas de las iglesias llamando a primera misa; ni del Año Nuevo, ni del día de la Circuncisión, que las antorchas y las luminarias a lo lejos en la noche, bajo el sonar de las trompetas, los atabales y las campanas.

Siempre las campanas llamaban a misa. Lo mismo durante las fiestas de Reyes y de la Candelaria, en las que nos entreteníamos mirando las estrellas desde el corral a oscuras o la larga procesión de candelas camino de la iglesia, hacia la misa.

Del Miércoles de Ceniza nos dábamos cuenta sólo por las cabezas cenicientas que pasaban delante de la ventana de la calle como rumbo a una tumba. En clausura estricta pasábamos los días públicos, más callados cuanto más ruido había en la calle, más solitarios cuantos más fuegos se encendían en las plazas, cuantos más gritos de algarabía traspasaban nuestras paredes. A menudo, el único esplendor que compartíamos con la demás gente de la villa era el de los relámpagos y la única fiesta la de la lluvia, que caía sobre nuestro tejado con la misma furia que caía sobre los tejados de los otros.

Encerrados o no encerrados lo mismo nos daba, nos amábamos como si en nuestros abrazos convergieran todos los espíritus desamparados de Castilla, todos los finados incorpóreos que flotaban en el aire sin lugar fijo en el espacio, todas las ánimas que andaban desde hace siglos buscando su nacimiento, sin poder conformarse en ningún cuerpo.

Cada noche allí estaba Isabel, desnuda, abierta, urgente; sin más ansias que las de su propio deseo ni más triunfo que el del amor cumplido; mientras nuestros cuerpos, tal vez, en la mente de los inquisidores polvoreaban en la ceniza, en la memoria de la muerte.

—Éste es mi reino, éste es mi tiempo, no tengo otros —me dijo una mañana, con los ojos fulgurantes, señalando su vientre y sus pechos blanquísimos.

—Déjame besar tu reino, déjame chapuzar en tu tiempo, no tengo otros —le dije.

—Llévame caballera, aunque sea a la hoguera —dijo ella, al ver que la alzaba en mis brazos.

Sin embargo, después de algunos años de vivir cautiva, una tarde quiso dar un paseo a la vera del río, y con calzas deshiladas, jubón roto, cara sucia, bigote hirsuto y cabellos cortos, a la manera de un hombre, se aventuró a salir a la calle.

En verdad, tan bueno resultó el disfraz que nadie que la conociera se hubiese atrevido a decir al toparse con ella que era Isabel de la Vega, la conversa buscada ansiosamente por los alguaciles y los familiares de la Inquisición para cumplir la sentencia de un tribunal más parecido a la cárcava hedionda llena de bestias muertas que a la justicia de Dios.

Por ese tiempo, el Sol había entrado en el signo de Capricornio, el aire se había encogido por la humedad y el frío, los días eran más cortos y nublosos, junto a la muralla de pedernal de la villa el gavilán pasaba cosido al suelo para buscar su presa. Días venían y días iban con su color de invierno, pero aún, como tesoros ocultos de la naturaleza, aquí y allá brillaban pétalos como rubíes y hojas secas caídas en la tierra, con sus pequeñas sombras crujiendo bajo nuestros pies.

Junto a un sauce nos detuvimos, tocamos sus ramas péndulas, sus hojas flexibles y lanceoladas semejantes a una cabellera verde; nos paramos al pie de un álamo y subimos nuestras miradas a su copa alta y frondosa, como a un templo de hojas triangulares. Después fuimos pegados a los barrancos, observando las casas, los chopos, los paredones y sus sombras largas. El sol ya se ponía en el horizonte, arrojaba en el cielo arreboles y grises. De un corral, perseguida por un perro, salió una gallina medio desplumada, como si a punto de ser hervida se hubiese escapado de la olla. En el camino apareció un labrador enjuto y sañudo. Entrado en días, su cara, sus manos y su ropa se parecían al polvo; con la frente cubierta por un trapo terroso, daba la impresión de herido o crismado. Al pasar cerca de nosotros, masculló palabras incomprensibles, igual que si una máscara de lodo hubiese movido los labios. Presto se alejó, color de paisaje y de camino.

En dirección opuesta a la del labrador, vino un peón montado en un asno, con un gato maullando en un costal. Como si viniese muy retrasado para entrar en una escaramuza contra los moros, y sus compañeros de armas se hallasen en terribles aprietos a causa de su ausencia, pasó con mucha prisa.

Al borde de un barranco, tal sombras coloreadas de la tarde, unos niños saltaban encima de una vejiga de puerco con la intención de reventarla con un estallido. Cuando uno saltaba los otros se tapaban los oídos; teniendo sus figuras algo de fantástico y pasado, no tanto por la mancha visible de sus cuerpos sino por sus sombras largas, que arrastrándose rápidamente por el suelo daban la impresión de ser ilusiones del crepúsculo.

No lejos, otros niños jugaban a ser clérigos y penitenciados, en breve procesión daban vueltas en círculo, con hábitos y espaldas desnudas, clavados los ojos en el suelo y cantando canciones religiosas. Con varas y correas se azotaban, a la manera de adultos pecadores. A unos pasos de ellos, cuatro mozalbetes habían colgado en la rama de un árbol un columpio, con una cuerda más larga que otra, en el que bamboleaban a un muñeco vestido de hombre.

Entre unas matas, cerca y distante de los niños, una vieja acuclillada expurgaba su vientre, como sentada en una piedra oculta. Tenía a su lado una bolsa de cuero con hebilla, de romero, para guardar las limosnas. Con manos llenas de sabañones nos hizo un saludo, igual que si estuviese sola en la letrina o en ropas callejeras en una plaza.

Pisamos la hojarasca, las piedras, la tiniebla naciente. En la distancia, las luces finales del día se esfumaron en las cimas del Guadarrama. Bajo nuestros pies, las sombras comenzaron a borrarse.

—Cuando pienso en la sentencia que pesa sobre mi vida y me veo ir por estos caminos polvorientos, me digo que es mejor comer hogaza que terrones, vestir pellejos que ser aire, dormir en el suelo que reinar entre nubes, sufrir por todo que sufrir por nada —dijo Isabel.

De regreso, en la puerta de la casa vislumbramos a Pero Meñique. Venía a decirnos que unos conversos que habían venido de Ciudad Real le habían dicho que en aquella villa, en el mes de febrero, en varios autos de fe los inquisidores habían quemado vivas a más de treinta personas, entre las que se encontraban María González la Pánpana, Alonso Alegre y su mujer Elvira, Alonso de Belmonte, el sastre Juan de Chinchilla alias Juan Soga, Rodrigo el Alcaide y Rodrigo Álvarez, Juan de Fez y su mujer Catalina Gómez, Juan González Pintado y Juan González Deza, Juan Galán y su mujer Elvira González, Rodrigo Marín y su mujer Catalina López, una mujer llamada la Perana y Gómez de Chinchilla, hijo de Juan de Chinchilla. En otro auto de fe habían sido quemados en efigie Isabel y Gonzalo de la Vega, Juan de Ciudad y su mujer Isabel de Teva, Constanza González y Constanza Alonso, el zapatero García de Alcalá, el curtidor Juan Calvillo, el especiero Juan Falcón, Sancho de Ciudad y su mujer María Díaz, entre otros. Marina González había sido quemada viva por haber lavado y endechado los cuerpos de los muertos; los huesos de su marido, que había sido procesado póstumamente, serían exhumados y quemados. La vieja enferma Juana González, arrestada por la Inquisición por haber guardado el sábado, antes de ser juzgada por el Santo Oficio se había arrojado en el pozo de la casa particular donde estaba detenida; pero, procesada muerta, se le había sentenciado a la hoguera, ya que al suicidarse se había declarado a sí misma culpable de herejía.

—Si un día tengo que huir de Madrid, búscame en Zaragoza, con mi tía Luna de la Vega. Si no estoy allá, me hallaré en Calatayud, en Teruel o en Toledo. En un lugar o en otro tendrás nuevas de mí, encontrarás parientes míos que te dirán qué ha sido de mi persona. Cualquier día, lo veo, los perros del Señor descubrirán mi escondite y vendrán a cazarme, con el propósito de arrojarme de por vida en un calabozo o para ponerme en el potro del tormento, desnuda ante los inquisidores, que pudorosos me cubrirán con los paños de la vergüenza para que no pequen sus ojos virginales. Sus informadores escuchan detrás de las paredes, acechan por los agujeros de las puertas, observan desde las torres de las iglesias y desde debajo de las piedras. He visto sus espías en las cárcavas, entre los cadáveres de los animales muertos, esperando descubrir algo sospechoso en los vestidos de los que pasan al borde de los barrancos... Pronto tendrás que ir a misa los domingos y los días de fiesta, confesarás lo que conviene y comulgarás cuando es debido, que como descendiente de conversos hay muchos ojos invisibles que vigilan si cumples con los deberes de la fe católica; de lo contrario, una mañana te prenderán, te llevarán a una cárcel secreta, en la que te enterarás de tus pecados —dijo Isabel, impresionada por lo que ocurría en Ciudad Real.

—¿Besaré la mano de un padre dominico? —preguntó Pero Meñique.

—Manos besa omne que querría ver cortadas —dijo ella.

—Cuando vayas a comprar sardinas a la plaza de San Salvador, o te halles frente al carnicero cristiano, pon mucho cuidado al responder las preguntas inocentes que te hacen; pide carne de puerco, di que te place asaz el tocino; que en esta villa la gente menos pensada puede denunciarte por judaizante. Sobre todo, guárdate de los vecinos que te conocen desde niño, y sintiendo odio por tus padres querrán vengarse contigo —me advirtió Pero Meñique.

—La otra vez —revelé yo—, cuando fui con el cambiador con un castellano de oro, me hizo la observación de que estaba cambiando demasiadas monedas: "Guárdalas para tu vejez, Juan Cabezón, porque hay más días que longaniza", me dijo. "Si no lo saco a orear, don Lope, el oro se me volverá carbón", le dije.

—Ahora, decidme una cosa, por cruel que sea —dijo Isabel a Pero, interrogando su rostro—. ¿Dónde se halla mi hermano? ¿Lo han prendido los inquisidores?

—No tengo nuevas de él —respondió el ciego—; a todo converso, mercader o viajero que encuentro en el camino le pregunto por Gonzalo. Por fortuna, nadie sabe cosa de él.

—A menudo los inquisidores sepultan a los acusados en cárceles secretas y no se sabe nada de ellos hasta que los sacan muertos del calabozo o los llevan camino de la hoguera en un auto de fe —dijo ella.

—Lo sé —dijo Pero Meñique.

—Tengo la esperanza de que haya salido salvo de estos reinos y se encuentre lejos del terror de los inquisidores —dijo Isabel.

Luego nos sentamos a comer morcilla y criadillas de carnero, que Pero Meñique en su ceguera creyó eran turmas de tierra, preguntando si ya estábamos en primavera, palpándolas para ver si estaban crudas o cocidas, igual que si fuesen las raíces redondas, sin hojas y sin tallo, que se estaba llevando a la boca.

—Busco un denario oculto en las turmas, como aquel con que se topó Plinio en Cartagena —dijo él. Mas al enterarse por el sabor que lo que masticaba con fruición eran los compañones del carnero, los llamó vergüenzas y escritillas, por decir que sus venas parecen estar escritas.

—Estos tufos rojos que nacen del vapor torpe del suelo son grandes alcahuetes entre el hombre y la tierra, dicen los sabios —agregó engulléndolos con grandes bocados.

Cuando se fue, a los primeros gallos, Isabel me llevó de la mano a la pieza y con grandes ansias comenzó a abrazarme y besarme, como si esa noche fuese a ser la última de nuestras noches y en esos besos exhalara el ánima.

Sin dejar de besarla le quité la camisa, le libré las esferas carnosas de sus pechos y su vientre blanco; hasta que, por completo desnuda, con el amor puesto en los ojos, se abandonó a mis caricias.

Entonces, le abrí los muslos, sorprendida ella por mi determinación de amarla, por la manera como la asía y la apretaba; temeroso yo de que se fuera a desvanecer entre mis brazos, a irse de lo palpable y lo visible hacia el mundo de lo espectral y lo perdido.

Después, al verme detenido al borde de su cuerpo mirando la luz de la candela sobre su rostro y sus cabellos esparcidos en la almohada, sin decidirme aún a entrar en el remolino tibio de su carnalidad entregada, me atrajo hacia sí misma y me arrastró en su abrazo.

—Despacio llegarás más lejos, no seas presuroso —me susurró al oído.

—No soy presuroso —le dije; y la amé hasta que nos quedamos quietos, casi adormecidos, y ella, creyéndome dormido, sopló la llama de la candela y se fue a la cocina, desnuda en la oscuridad.

La sombra se hizo pétrea a mi alrededor, y como si estuviese emparedado en una tumba salí rápido del lecho para seguirla a la cocina, adonde la encontré con un pedazo de pan en la mano. Ensimismada me miró, me dijo:

—A veces en la noche oigo que están derribando la puerta y me acerco al zaguán para ver qué sucede, y no hay nadie del otro lado. En ocasiones, descubro a un hombre que me mira por la ventana y con cautela me aproximo a él, y no veo a nadie. Quizás, es el silencio, es el miedo el que hace que figure ruidos, que oiga imaginaciones.

—Yo también en la noche, acostado en el lecho, camino fuera de mí mismo, peino con la mirada las puertas y las paredes, las sombras del corral y los intersticios de las tejas, los muros que dan a la calle y las piedras y los árboles para ver si no hay familiares de la Inquisición buscándonos. Luego de un rato de estar inmóvil en la cama salgo de la pieza, los ojos y los oídos vigilantes, la respiración contenida, y recorro cuarto por cuarto, registro el vacío y escruto las sombras en busca de señales; hasta que, hallando todo en orden, vuelvo junto a ti, y, sin hacer el menor ruido, duermo de nuevo —dije.

—A menudo, en sueños, me veo caminando por una calle olvidada, perseguida por todos y por todo, pero decido enfrentarme a mis enemigos y éstos se desvanecen, para volver a surgir momentos después, siempre indestructibles —dijo.

Sin embargo, no lejos de los sueños de Isabel, los inquisidores seguían arrestando, procesando, torturando y quemando gentes. Ella seguía tan amenazada por los honrados clérigos del Santo Oficio de Ciudad Real, como desde el día en que la habían condenado a morir en la hoguera por hereje y habían quemado su efigie en una tea simbólica. No obstante que sus días, sus semanas y sus meses pasaban en apariencia sin mayores inquietudes que las nuevas que yo traía de la calle, en mis andanzas por las plazas, los mercados, las iglesias y los arrabales de la villa con Pero Meñique, el Rey Bamba, la Trotera, o simplemente solo. El Moro y el Tuerto habían partido a Málaga a pelear al lado de Alí Muley Abenhazan, mientras que el linajudo enano don Rodrigo Rodríguez, la Babilonia y Agustín Delfín se dedicaban con los inquisidores a descubrir conversos judaizantes, a arrestarlos o a atestiguar contra ellos.

Con frecuencia, contaba a Isabel de los pregones de Joan de Orgaz en la plaza de San Salvador, de las provisiones y ordenanzas para que ninguna persona de Madrid osare dejar sueltos sus puercos desde las diez de la mañana hasta la puesta del sol, so pena de pagar diez maravedís por cada uno que tomare el alguacil andando por la villa; para que ninguno caballero ni escudero fuere osado de traer espada, a riesgo de perderla; sobre el candelero Alonso que era obligado por el concejo a dar la libra de candelas a ocho maravedís y dos blancas nuevas hasta el día de año nuevo primero de 1485...

Días venían y días iban, marcados sólo por el color del cielo, el frío de la noche y la lluvia en la tarde; diferenciados únicamente por su fecha o por las pequeñas cosas que habíamos hecho en él, íntimas y sencillas. Lunes 19 de enero, miércoles 4 de febrero, martes 31 de marzo, viernes 9 de abril, miércoles 12 de mayo, lunes 24 de mayo, viernes 4 de junio, casi lo mismo daba un día que otro, no alteraba el encierro obligado de Isabel, ni disminuía su miedo. Yo veía por la ventana, le narraba lo mejor que podía la procesión de sangre del viernes santo, como si la multitud llevara a Jesús el judío a un auto de fe; le decía el número de pasos, de ceras, de penitentes de sangre y de luz que pasaban por la calle como sierpe penosa. Le hablaba de la fiesta del Corpus Christi, de los oficios de la villa que habían sacado sus juegos y sus representaciones, so pena de pagar perpetuamente tres mil maravedís cada año para la costa de la dicha fiesta; le describía la riqueza de las cruces, las calles animadas, los muchos estandartes, los niños de la doctrina, las diversas cofradías, los locos vestidos con sus libreas haciendo disparates y tocando instrumentos, los santos sacados de las iglesias y los monasterios en procesión, los clérigos solemnes que llevaban sobre los hombros el Santo Sacramento, acompañados de los caballeros y damas de la villa, para depositarlo entre danzas, voces y música en un altar. Le contaba que al final venían los moros y judíos que habían sacado sus danzas, so pena de pagar tres mil maravedís perpetuamente; los judíos precedidos por un rabino con una tora, simbolizando la sinagoga y la ley antigua, vencidas por la iglesia y Cristo.

—Se dice que siendo todos nuestros miembros de Cristo, quien comete fornicación hace que sus miembros se conviertan en los de una ramera —dijo ella.

Una de esas noches de oscuridad profunda en las que estábamos en casa, vino Pero Meñique, sigiloso y cubierto de sombras, para decirnos que un converso le había dicho que el pasado 10 de mayo, en Zaragoza, donde se acababa de establecer la Inquisición, lo mismo que en Valencia y Cataluña, habían sido penitenciado por herejes, se les habían confiscado sus haciendas y habían sido sacados en un auto de fe en la Seo de la ciudad los siguientes conversos: Leonora Eli, porque cuando oía nombrar el Santísimo nombre de Jesús respondía: "Callad, no le nombréys que es nombre de enforcado", Felipe Salvador, alias Santicos, con su mujer Leonor Catorce Valenciana, por comer carne en viernes y en cuaresma, y por haber guardado el sábado y el ayuno del Quipur, Isabel Muñoz Castellana, por los mismos delitos y porque cuando decía el credo, al llegar a aquellas palabras *et in Jesús Christum*, decía: "Aquí cayó el asno." Otro día, en el patio de la casa del arzobispo, predicando Pedro de Arbués, habían sido condenados a muerte dos hombres por judaizantes, y Aldonza de Perpiñán por ceremonias judaicas y por haber vestido a doce judíos pobres en honor de las doce tribus de Israel, había sido quemada en estatua por ser difunta.

A lo lejos, en la noche espesa, los tres oímos los ruidos callejeros con sospecha, como si alguien hubiese venido siguiendo a Pero Meñique, lo hubiese visto entrar en la casa y hubiese dado aviso a los inquisidores; mas, después de un rato de silencio sólo escuchamos los martillos en la tienda del calderero, hombre que gustaba levantarse a maitines para trabajar. Los tres vimos, por la ventana que daba al corral, a un fraile gordo correr a la letrina, en la parte escondida y arredrada de su casa, para expurgar el vientre. En la calle, vislumbramos a una figura vestida de negro, recorriendo la noche como un espectro forzudo, seguido por un vagabundo estropajoso, con la ropa sucia y rota llena de colgajos e hilachas; hasta que la figura, corpulenta e impune, se volvió contra él y lo estrelló en la pared, haciendo sonar su cabeza como nuez vana y dejándolo doblado de dolor semejante a un pelele, con la lengua medio trabada escupiendo saliva y frases incoherentes.

—A fuego y sangre, a fuego y sangre acabaremos con la herética pravedad, acabaremos con la herética pravedad —dijo la figura corpulenta, que no era más que un familiar del Santo Oficio recorriendo armado la calle.

Cuando partió Pero Meñique, con el mismo sigilo con que había venido, Isabel y yo, como Píramo y Tisbe, nos hablamos a través de la puerta y por las hendiduras de la pared, nos concertamos para vernos junto a un árbol en el corral, fingiendo que teníamos que acudir de remotos arrabales de Madrid al lugar de nuestra cita; pero a diferencia de ellos, a mi amada Belilla no la atacaba una leona, haciéndola huir a una cueva, donde dejaba su manto; ni yo, por el equívoco de creerla muerta me quitaba la vida con una espada, sino la llevaba al lecho para amarla, dispuesto a enfrentarme por ella con los inquisidores de Castilla y Aragón, Valencia y Cataluña.

Pronto entró el Sol en Cancro, los árboles se cubrieron de hojas y los prados de flores amarillas, moradas, blancas y rojas; las golondrinas salieron volando de los tejados de las casas y de las iglesias; los deseos de Isabel por salir de su encierro se volvieron imperiosos, como si la vida urgente anduviera en la calle entregándose a los viandantes de manera libre y generosa. Al hacerse los días más largos y bochornosos, el aire más cálido y sutil, sintió que no sólo se le privaba de la estación que había llegado sino de la vida misma; ya que pronto, igualmente, llegaría el otoño, el Sol entraría en Capricornio y los árboles y los campos volverían a desnudarse de su color y sus frutos; tormentas frías se abatirían sobre la villa como descendidas de las cimas heladas de la sierra de Guadarrama para sacudir a sus moradores y el tiempo se sentiría en los huesos y los miembros ateridos con el mismo rigor que la soledad y la clausura se sentía en nuestros ojos y corazones. Así, con la dudosa ilusión con que habíamos visto pasar el año entero de 1484, veríamos la entrada del Sol en el signo de Aries, con idéntica esperanza de ver desplegarse delante de nosotros días largos de bondad y de amor intenso.

Fue a mediados de marzo, lo recuerdo; Pero Meñique había venido a vernos, la villa de Madrid había adquirido de repente una tonalidad rojiza, como si una luz sanguinolenta procedente del cielo hubiese llenado las calles de sombras y de miedos cósmicos. Privados parcialmente de los rayos solares, por la interposición de la Luna, las gentes se habían atemorizado, los astrólogos habían predicho desgracias, los perros habían aullado y las aves se habían agitado en las jaulas y en los gallineros. Nosotros habíamos salido para ver el eclipse en el corral, sin decir a Pero Meñique qué pasaba, ya que no podía verlo; mas, pronto, como si hubiese sabido que algo raro sucedía, en forma categórica preguntó:

—¿Qué ocurre, que perturba tanto a los animales y a las gentes?

—Es un eclipse de Sol —contestó Isabel, detrás de un árbol.

—Tal vez morirá algún príncipe, de cuya vida no depende nuestro remedio y sí gran parte de nuestro mal —comentó él, dirigiendo el rostro hacia el lugar equivocado del cielo, donde no se registraba el fenómeno celeste—. He oído decir por estos días que en Roma se han dejado ver cometas espantosos que presagian grandes desastres, pero creo que las humaredas de las hogueras que encienden casi a diario los santos dominicos, ya han llegado al cielo de la ciudad pontificia manchándolo con sangre inocente, auguran más horribles daños. Ayer domingo, precisamente, en Ciudad Real, los inquisidores Pero Díaz de la Costana y Francisco Sánchez de la Fuente celebraron auto de fe en la plaza pública quemando a Ruy González de Llerena y su mujer Elvira, Fernando de Adaliz, Inés Belmonte, Pedro González Fixinix, Gonzalo Díaz de Villarrubia y otros más... También ayer domingo, Pero Díaz de la Costana, teniendo a Dios ante sus ojos, declaró y pronunció a Juan Martínez de los Olivos, al sastre Diego Pinto, al bachiller Juan García de la Plaza, al tartamudo Alfonso Martínez, al platero Juan González y su mujer Beatriz, a Antón Ruiz de las Dos Puertas, a Antón Falcón el Viejo y su mujer Beatriz, a Ferrand García de la Yguera, a Marina Gentil, a Juan González Escogido, a Ruy López y a otros más, como herejes y apóstatas, culpables de haber incurrido en sentencia de excomunión mayor papal y en otras formas espirituales y temporales, condenándolos a perder sus bienes; y porque ningún hereje ni apóstata ni excomulgado de excomunión mayor no puede ni debe ser enterrado en lugar sagrado, mandó que los huesos de las dichas personas fuesen sacados de sus huesas y terrenos sacros donde estaban y quemados públicamente, porque pereciesen ellos y su memoria con ellos.

—No forma parte de la piedad de los frailes predicadores perdonar a los muertos sino perseguirlos más allá de la tumba, exhumar sus huesos y quemarlos como herejes —dije.

—Entre las instrucciones que dio fray Tomás de Torquemada el 29 de octubre de 1484, en las que anunció el establecimiento de la Inquisición en cada pueblo y pidió que a un hereje preso en una cárcel secreta al reconciliarse con la Iglesia se le cambiase la pena por prisión perpetua, estaba la de que si por libro o proceso se descubriese algún hereje finado treinta o cuarenta años antes, se le formase causa hasta condenarlo, exhumando sus huesos para quemarlos y confiscando los bienes a sus herederos; ordenando que el día del auto de fe una efigie representando al difunto fuese colocada en el patíbulo con una mitra de condenación y un sambenito llevando por un lado la insignia de los condenados y por el otro su nombre; efigie que después de ser pronunciada la sentencia fuese entregada al brazo de la justicia seglar y sus huesos desenterrados para ser públicamente quemados; y si hubiese una inscripción sobre su tumba y sus armas fuesen en algún lado desplegadas, las borrasen, para que no quede memoria de él sobre la tierra, excepto la de la sentencia y la ejecución de los inquisidores —dijo Pero Meñique.

—Quizás no es el momento más propicio para hablar del porvenir, pero creo que he concebido y tengo una criatura viva en el vientre —dijo Isabel.

—Sabía yo que ya dabas señal de querer hacerme alguna novedad —dije, con alegría y pesadumbre a la vez.

—Andaré los meses con premura, no me cansaré aunque esté preñada —dijo ella—. La esperanza de ver a mi hijo presto me hará pasar los días ligeros, me hará saltar los meses.

—Llegamos al mundo fatigados, comenzamos a morir en el vientre materno, en el umbral de la vida empezamos a marchitarnos; sólo los viejos toman mucho tiempo en envejecer y en morir —dijo Pero Meñique.

—Dice un sabio que la mujer que trae criatura en el vientre es muy privilegiada y repútase por dos personas —dijo Isabel—, pero yo más parezco pared preñada, desplomada y con barriga.

—El tiempo tuyo me será de gran preñez espiritual, estaré lleno de cuidados y de ansias hasta que llegue el parto —dije.

—Yo soy el único hombre que se rió al nacer —dijo Pero Meñique—, pero tú como padre pareces muy turbado.

—Espero haber sido yo mi Espíritu Santo —repliqué.

—Que no te oiga fray Tomás de Torquemada —dijo él, con la cara vuelta hacia la pared, como si allá estuviera el inquisidor general estampado.

—Que no nos oiga fray Tomás de Torquemada, enemigo de toda vida —dijimos Isabel y yo, borrándolo de la pared con un movimiento ritual.

—Este hombre no es visible, aun presente es un ausente, aun en carne y hueso es un cadáver, aun resollando el aire bochornoso del verano está helado, helado —dijo Pero.

Mas, como a si mayor espanto correspondiese mayor deseo, al irse nuestro amigo ciego de la casa, a los gallos primeros, Isabel se tendió desnuda en el lecho, en posición frontal, con la naturalidad de alguien que se gratifica a sí mismo por la miseria del mundo y lo efímero de los bienes humanos con un momento de satisfacción corpórea.

—Los ojos veían cierta mujer hermosa que tenía puestos ricos vestidos, y la imaginación imaginó su camisa —dije yo, citando al autor de los *Proverbios del tronco vegetal*.

—La imaginación imagina aquello que no halla de día ni de noche —dijo ella.

—De acuerdo al mismo autor —dije—, cuando el nombre cortaba la carne con el cuchillo sentía la blandura, y cuando cortaba los huesos, sentía la dureza; pero yo digo que cuando el hombre entra en la carne de su amada siente su dureza y cuando la ha penetrado siente su blandura..., y cuando más suya es siente su vacío.

—De acuerdo a este filósofo ninguna imaginación se ve —dijo ella.

—Pero la imaginación del amor se toca y se sufre —dije yo.

—Hilada por estos pulgares —dijo Isabel.

—Esta noche nos casamos —dije.

—Me pondré el velo como nube delante del rostro para nuestras bodas —dijo ella, tapándose la cara con la mano.

—Llevaré las hachas delante de ti, que el corazón del pino sustente el fuego de nuestro amor —dije, colocando frente a ella las candelas.

—No hay boda sin doña Toda —dijo.

—No se hace la boda con hongos —dije, arrojando por el suelo dos castellanos de oro.

—Nos elegimos uno a otro para siempre —dijo.

—En la vida y en la muerte —dije.

—En el nombre de Nuestro Señor Dios, matrimonio ha sido tratado, e mediante la divina gracia concluido entre Juan Cabezón, habitante en Madrid, de una parte, e Isabel de la Vega, donzella hija de Rodrigo de la Vega, difunto, habitante en el lugar de Ciudad Real, de la otra —dijo ella, parodiando el idioma de la boda—; intervinientes por parte de la donzella el dicho espíritu de su padre e por parte de entramos los espíritus amables del mundo pasado e porvenir. En el qual matrimonio el dicho Juan trae sus bienes corporales e espirituales havidos e por haver en todo lugar. E la dicha donzella trae trescientos ayuntamientos de amor, los quales prometió dar ciento cinquenta ahora e ciento cinquenta el resto de su vida. E prometieron los dichos Juan Cabezón e Isabel de la Vega no tomar otra muger sino la dicha donzella e no tomar otro hombre que el dicho Juan. E plazió a las dichas partes que el presente matrimonio fuese reglado entre ellos e se reglase segunt se acostumbra entre jodíos et christianos, et prendieron quiniam en poder de Rabí Abraham de Funes, testimonio infrascrito, de tener de sobredicho e no venir contra él. Testigos: Pero Meñique e el Rey Bamba, ausentes, habitantes en Madrid.

—Yo serviré y honraré y gobernaré y regiré a ti, según la ley de los varones cristianos que sirven y honran y gobiernan y rigen a sus mujeres —dije yo—. Con justa cosa daré a ti y en dote a tus virginidades prometo no tomar otra mujer sobre ti, de no sacarte de esta villa si no fuese por mandado e por voluntad de ti, o por extrema necesidad. En el nombre del Padre, del Hijo y del Espíritu Santo. Amén.

—Agora, pase la novia y goce el novio —dijo.

Otro día, abrumada por los calores del verano, que la hacían sentir de manera continua un manto de sudor sobre la piel, Isabel dijo que deseaba dar un paseo por la villa. Si bien hasta ese momento la prudencia la había hecho guardarse de salir a la calle (salvo una vez), teniendo siempre presente la sentencia que pesaba sobre ella y el peligro que corría de ser arrestada por los inquisidores, quienes nunca olvidaban una víctima así pasaran muchos años, siendo el orgullo de su oficio que ningún hereje escapara a su castigo. En su caso, mucho tiempo había transcurrido, sin que hasta ese día Pero Meñique ni yo hubiésemos traicionado inadvertidamente el secreto de su estancia en la casa, ni ella se hubiese delatado a sí misma por una acción imprudente. Por eso, cuando pidió dar el paseo por Madrid, sus palabras no me hicieron mucha gracia y hubiese preferido seguir estrictamente su clausura del mundo, sin tomar riesgo alguno. Pero Isabel comenzaba a sentirse muy melancólica contemplando día a día la luz en la pared, las vetas en las vigas del techo y los agujeros del piso en la cocina. En fin, gritaba que quería ser ella misma aun si se exponía a que la prendiesen.

—¿Qué delito he cometido contra el reino de Castilla, sino el de ausentarme de una ciudad donde los frailes predicadores cometen las peores atrocidades en nombre de la religión católica? —se preguntó, preguntándome.

—Ninguno —le respondí, respondiéndome.

Pusimos otra vez pie en la calle. Delante de nosotros pasó un ave, volando bajo entre los paredones de las casas viejas, igual que si anduviese perdida en el calor de la tarde. Una mujer ventanera nos observó desde un balcón y se perdió en el interior de una pieza. La villa parecía desierta, como a esa hora del amanecer cuando es revelada por la luz pero todavía no se puebla.

—¿Te das cuenta que nunca más caminaremos por las calles que andamos en 1485? —dijo Isabel, de pronto.

—Escudriñamos en los oleajes de la historia, sin saber que cabalgamos en una ola —dije.

—Si no olvidáramos el momento pasado no podríamos vivir el presente —dijo ella.

—Así es —dije, mirando a una gabasa fuera de los muros de la ciudad, a la orilla del río, en busca de fornicación.

Al verme, ignorando a Isabel, me hizo una seña para que fuese a su lado.

—Allá va un escudero gordo montado en un caballo ruin, batiendo los ijares de la bestia, sin importarle un bledo el sufrimiento que le causa —dijo ella, distrayéndome de la gabasa.

—¿Adónde va? —pregunté.

—Allá, entre los chopos —dijo, señalando una nube de polvo.

—No lo veo —dije, buscando en el camino al jinete y su cabalgadura.

—Se ha ido y no lo viste —dijo.

—¿No es aquella mujer que viene hacia nosotros la Babilonia? —pregunté a Isabel, como si no estuviese seguro de lo que veía y ella la reconociese por aquello que le había dicho de su persona.

—Sólo veo una estantigua vestida de negro, de los pies a la cabeza, ¿ésa es la Babilonia?

—Ésa es, la de la cara despellejada... Su cambio de piel ha sido para peor.

—No quiero encontrarme con ella, hay algo que me dice que no debe verme; volvamos sobre nuestros pasos, demos vuelta en la esquina —dijo.

—Presto, que no es de fiar —dije.

En nuestra fuga alcanzó a vernos, entreabrió sus almástigos dientes igual que si fuese a acometer el aire a dentelladas; con un movimiento brusco hizo a un lado su toca sucia, y dejó ver su cabello rojizo.

Nosotros nos fuimos con tanta prisa huyendo de su vista, que no reparamos en la presencia en la calle de un hombre corpulento, feo de rostro, vestido de sayón a la manera de los verdugos, con el que nos topamos.

—¿De qué huís? —nos preguntó, cerrándonos el paso.

Era un familiar del Santo Oficio, uno de esos hombres que manifestando su celo religioso voluntariamente a cambio de privilegios materiales servía a los inquisidores de espía, andaba con ellos para protegerlos y ejecutaba sus órdenes, listo para entrar en acción en cualquier parte y en cualquier momento. Tenía licencia para ir armado y para arrestar herejes, como los otros familiares, con los que formaba un pequeño ejército impune, temible, turbulento.

Sin contestarle, Isabel comenzó a andar con premura, seguida de mí, instándome a desaparecer de la calle. Mientras el hombre, en apariencia inocente, caminó detrás de nosotros, con lentitud fingida, pero sin quitarnos los ojos de encima.

Fue un error haber escapado de él de esa manera —le dije, calles adelante—. Con lo precipitado de nuestra fuga lo hemos hecho sospechar de nosotros y ahora nos buscará hasta encontrarnos.

—En el brillo de sus ojos vi la muerte —dijo ella.

—¿Cómo viste sus ojos, si apenas nos topamos con él y ya estabas corriendo? —le pregunté.

—Por un instante nuestras miradas se cruzaron, eso bastó para que viera todo en él —dijo—. Luego, al voltear y verlo otra vez, por su manera de andar y de moverse, por la expresión maléfica de su cara, vi la muerte de nuevo... Me estremecí entera, como cuando sientes que vas a perder la vida.

—Yo no vi ojos en él, vi manchas oscuras, pelos terrosos, facciones lodosas, ropas estrujadas —dije.

—Yo vi hasta su sombra arrastrándose por el suelo vil —dijo ella.

Mas, para añadir inquietud al miedo, allí estaba en la puerta de la casa Pero Meñique para contarnos que los inquisidores habían trasladado los tribunales del Santo Oficio de Ciudad Real a Toledo, donde, como les era habitual, habían proclamado un período de gracia de cuarenta días para que los conversos vinieran a confesar sus faltas, sin que se presentara nadie durante las dos primeras semanas. Por otra parte, durante la procesión del Corpus Christi, el 2 de junio, algunos conversos habían tratado de matar a los inquisidores, pero descubierto el plan por el regidor de Toledo, Gómez Manrique, varios de ellos habían sido encarcelados y seis ahorcados. En esa misma villa, en un auto de fe, el 25 de julio, habían sido quemados en efigie más de cuatrocientos muertos, acusados de haber judaizado en vida. Mientras tanto, el inquisidor general fray Tomás de Torquemada había ordenado a los inquisidores que reunieran a los rabinos para que, bajo pena de muerte y confiscación de bienes, proclamaran en las sinagogas un anatema contra los judíos que no les informaran sobre los conversos que después de bautizados hubiesen vuelto a la herética pravedad; ya que, según los inquisidores, los rabinos mismos eran los que mayor información podían proporcionarles. En Segovia, había aparecido un fraile dominico bastante furibundo, Antonio de la Peña, del convento de Santa Cruz, que amenazaba a los judíos con poner un púlpito en las aljamas para hacer con sus palabras "un escándalo tal que toda la cibdad no lo pueda remediar", pues la plebe, movida por sus predicaciones, estaba pronta para tocar las campanas a rebato y atacar a los judíos.

—¿Nada más por hoy? —pregunté a Pero Meñique después de sus malas nuevas.

—Quiero saber todo lo que ocurre a los perseguidos y sacrificados en estos reinos dejados de la mano de Dios —dijo ella.

Pero esa noche, entre maitines y laudes, despertó gritando en medio de la oscuridad, y con frases entrecortadas me contó su pesadilla.

—Salí a pasear por los álamos del río para ver las estrellas. Mientras las veía, la Luna se hizo más grande y brillante, igual que si se acercara muy rápido a la Tierra, y me dije a mí misma: "La Luna tiene un rostro." En ese momento, sentí que había tres mujeres en mi cuerpo que se desprendían de mí, quedándome sólo con una muy débil y pequeña, yo. Yo, que andaba por una calle estrecha y tortuosa con las ropas judías señaladas que llevaba mi abuela en Zaragoza. Y sin saber si era ella en mí o yo en ella, la miraba como a alguien infinitamente tierna, buena y generosa. "¿Por qué tienes que llevar esas ropas señaladas si tu espíritu no tiene forma ni tamaño? ¿Qué criatura de extrema maldad te hace andar así afrentada, si eres tan bella y justa?", le pregunté. "Porque el diablo así nos lo ha pedido", contestó una voz mansa detrás de mí, "un diablo al que le gustan mucho las cenizas de los muertos y ha pedido a sus discípulos dominicos más cuerpos de judíos para el fuego". "Ah, ya entiendo, con que ése era el secreto... Ahora mismo lo revelaré a todos los hombres justos de la tierra", dije yo. Mas surgió en la calle un alguacil del Santo Oficio con barbas de chivo; el que, sujetándome del brazo, hizo que me desnudara delante de muchas gentes, porque había sorprendido mis ropas sin las señales judías, que habían desaparecido como por arte de magia. Con violencia, me quitó pedazos de piel, la camisa estaba pegada a mi cuerpo, era mi carne, y me clavó en el pecho los rayos sangrientos de sus ojos como si con cruces en forma de puñal me traspasara el corazón. "Si no eres tan malo conmigo, me voy a volver buena cristiana", le dije, "pero si me persigues tanto, ¿cómo quieres que crea en tu misericordia?" "Yo no quiero que creas, yo sólo quiero tu sangre, a la que me he aficionado mucho", me respondió. Y sentí su tasajeo en el vientre donde llevo a mi hijo, temerosa de que supiese que lo llevaba dentro y le fuera a hacer daño. Así que corrí presto hacia mí misma, que me esperaba en la puerta de la casa, perseguida por las miradas burlescas de mucha gente menuda que se había reunido alrededor para verme sufrir; y despierta, no dejo de correr.

Sin ver su cara, la abracé en la oscuridad hasta que se quedó de nuevo dormida.

Unos toquidos en la puerta me sobresaltaron. Era el familiar de la Inquisición que habíamos encontrado en la calle un día antes. Con voz mansa me dijo que pasaba en frente de la casa y recordó que allí vivía un amigo suyo de Torre Quemada que solía levantarse en la madrugada y había osado llamar. Cuando le contesté que no, que allí no vivía nadie de Torre Quemada, me miró de arriba abajo, lleno de sospechas y razones dobles, tratando de meter sus miradas dentro de la casa.

—¿Sois cristiano? —me preguntó.

—Sí.

—¿Vuestros padres lo fueron?

—Vivieron y murieron como buenos cristianos —respondí.

Dudó de mis palabras y me miró con extrema frialdad.

—Cuidado con mentir a la Santa Madre Iglesia, que un día nuestros padres predicadores pueden daros tanta leña que os quemarán los pies —dijo.

—Gracias por el aviso, pero no tengo nada que temer de Nuestra Santa Madre Iglesia —dije.

—Más os valga —dijo, con la vista clavada en el suelo.

Cerré la puerta. Corrí hacia Isabel para cerciorarme de que no lo había oído, de que aún dormía.

Volvieron a tocar.

Otra vez era él.

—¿Me habéis dicho que sois huérfano? —me preguntó.

—Sí, señor, mi padres murieron hace muchos años.

—¿Sabéis el Credo y el Padre Nuestro?

—De principio a fin, y otras oraciones también.

—¿Vive alguien más en la casa?

—Nadie más, señor.

—Creí haber oído hace unos momentos otros pasos que los vuestros.

—Vivo solo, señor, pero como la casa es muy grande a menudo andando por las piezas vacías hablo con Dios, con la Santísima Virgen y conmigo mismo. De esa manera alejo los malos pensamientos, que como mozo pueden turbarme, señor.

—¿No ocultáis a ningún hereje fugitivo?

—Dios me libre, señor.

—Tened presente que por hablar a solas puedo quemaros un día con la figura con la que os entretenéis pecadoramente —dijo.

—Así sea, señor, si Dios lo quiere, pero mi madre antes de morir me enseñó a ser buen cristiano.

—Muchos herejes lo fueron y están convertidos en cenizas.

—*Memento homo quia cinis es, et in cinerem reverteris* —le repliqué.

—En mi fantasía os veo ya sacado en un auto de fe —agregó, sin oírme.

—Dios me libre, señor, de la hoguera que me desean vuestras buenas intenciones.

—Adiós, y rezad, porque soy peor de lo que parezco —dijo, sin volver el rostro para verme.

—Lo veo, señor, que sois más malvado de lo que decís e infinitas veces más nada de lo que os imagináis —dije en voz baja, para mí, mientras se alejaba por la calle con lentitud fingida, azotando las piedras con los pies.

Por esos días, corrió el rumor de que en Zaragoza varios conversos habían matado a Pedro de Arbués, que hacía oficio de inquisidor por mil sueldos en la ciudad junto al río Ebro. Juan de Esperandeu, cuyo padre viejo había sido arrestado por el Santo Oficio por comer carne en cuaresma, pan cotazo y amin, y por guardar el sábado, trabajar en domingo y ayunar el Quipur, era uno de los asesinos.

La noche del jueves 15 de septiembre se habían reunido en su casa Vidau Durango, Juan de la Badía, Mateo Ram, Tristanico Leonís y tres enmascarados, cuya identidad quedó secreta, y juntos se dirigieron a la Seo, entraron unos por la puerta mayor de la iglesia y otros por la de la pabostría, que estaba abierta para los maitines. El inquisidor Pedro de Arbués estaba arrodillado, orando "Benedicta tu in mulieribus", entre el altar mayor y el coro, donde los canónigos cantaban. Traía oculta bajo la sotana una cota de mallas y bajo el gorro una cerbillera de hierro; en un pilar había recargado su lanza corta para tenerla a su alcance en caso de necesidad y no lejos había puesto la lanternilla con que había llegado a la Seo. Al verlo, Juan de la Badía y Vidau Durango rodearon por detrás del coro. "Dale, traidor, que ése es", dijo Juan de la Badía. Durango se paró detrás de él y con la espada dio tal golpe en el cuello que le abrió desde la cerviz hasta la barba, echándose luego a correr. Pedro de Arbués se levantó y buscó refugio en el coro entre los canónigos, pero Juan de Esperandeu con la espada le atravesó el brazo izquierdo, y Mateo Ram le dio una estocada que le pasó el cuerpo a través de la malla. El inquisidor cayó mortalmente herido, los asesinos huyeron con tanta prisa que no acertaban a hallar las puertas para salir, los canónigos vinieron del coro para llevarlo a una cámara próxima y luego a su casa, donde estuvo 24 horas entre la vida y la muerte, ocupado en alabar a Dios. Se le salió el ánima entre la una y las dos de la madrugada del día 17. Juan de Anchías, el notario del Santo Oficio, atestiguó su fin: "Die XVII Septembris anno a Nativitate Domine MCCCCLXXXVI Cesarauguste. Eadam die. En el capítol de la Seo de la dita ciudat, do estaba un escanyo, muerto, el reverendísimo Pedro de Arbués, alias Épila, canónigo de la dita Seu e Inquisidor de la herètica pravedad en el Reyno de Aragón, en presencia de mí, notario." "Maestre Prisco Laurencio e Maestre Johan de Valmaseda, cirúrgicos, fizieron fe e relación que el dicho Inquisidor era muerto de las dichas heridas, e senyaladamente de una cuchillada que le havían dado por el pesqüezo desde las cervices fasta la barba, de la qual le havían cortado las venas orgánicas y la varilla."

El sábado a horas de vísperas fue sepultado en el lugar donde fue herido, corriendo la voz de que en el momento en que ponían el cadáver en la tumba la sangre derramada comenzó a hervir. Pues enseguida se difundieron los milagros, que proclamaban su santidad: la noche del crimen las campanas tañeron solas a rebato, la sangre, que había salpicado el coro y el altar mayor, se mantuvo fresca, hirvió, se secó y licuó, de manera que los fieles pudieron venir a mojar en ella sus ropas y escapularios; cuando los asesinos fueron prendidos sus bocas estaban negras y sus lenguas abrasadas, y tan gruesas, que para que pudieran hablar en el interrogatorio tuvieron que mojárselas con agua; se llegó a decir también que antes de que fuesen capturados se habían quedado mudos por la mano de Dios. Hizo un milagro más: a causa de su muerte, muchísimos conversos fueron descubiertos herejes, procesados y quemados vivos.

La noticia del crimen cundió como aceite la madrugada del 16 de septiembre y antes de que saliese el Sol infinitas gentes recorrieron las calles de Zaragoza, gritando: "¡Al fuego los conversos, que han muerto al Inquisidor!", con la intención de arrasar la judería y la morería. El arzobispo Alonso de Aragón recorrió las calles a caballo calmando a los más exaltados y prometiendo justicia pronta y terrible. Los tres jueces de la ciudad pidieron ayuda a otras poblaciones para detener a los asesinos en su fuga, hicieron cridas y ofrecieron una recompensa de quinientos florines por sus cabezas. La cólera real fue inmensa, ordenando de inmediato trabajar en la canonización del mártir de la fe. El inquisidor general fray Tomás de Torquemada despachó a fray Pedro de Monterrubio y al canónigo Alfonso de Alarcón para ejecutar los castigos; dando poder a fray Juan Colivera, de la Orden de Predicadores, a fray Juan de Colmenares, abad de Aguilar, y al susodicho Alfonso de Alarcón para que, por provisión del rey don Femando, fuese cambiado el Santo Oficio de las casas de la Diputación, a la orilla del Ebro, donde había instalado sus tribunales y cárceles, al alcázar de la Aljafería.

La muerte del inquisidor impresionó mucho a Isabel, quien vio que iba a ser pretexto para nuevas y feroces persecuciones contra los judíos y los conversos; la búsqueda de los ausentes sentenciados por la Suprema iba a ser más intensa, intentando los Reyes Católicos obtener del papa Inocencio VIII que todos los fugitivos en otras partes de la Cristiandad fuesen arrestados y devueltos a ellos.

Casi a la vez, Isabel dejó de comer y perdió el gusto por la vida, se vio acosada por pesadillas nocturnas y horrores diurnos; gritó en sueños, o durante largas horas de insomnio creyó oír ruidos en la calle y se figuró alguaciles y familiares de la Inquisición entrando por sorpresa en la casa para llevársela. Cuando me veía salir pensaba que alguien podía seguirme o me iba a traicionar a mí mismo durante un encuentro fortuito con un delator, por decir algo que debía callar o por mi mucha turbación.

Así vi crecer a mi hijo en su vientre, lo vi acercarse a su nacimiento; de manera que, en ocasiones, creí verla con las ansias de parir antes de tiempo y estuve a punto de llamar a la partera conversa, que nos había dicho Pero Meñique era de fiar. Mas no, eran sólo los calosfríos del otoño, sus miedos repentinos, que en su preñez le daban fuertes dolores y la hacían llorar sin control alguno.

Aún hacíamos el amor, tratábamos de olvidarnos del mundo de afuera, borrando hasta donde nos era posible la ubicua amenaza de los frailes predicadores y sus odios sagrados; pero la inminencia del nacimiento de nuestro hijo nos hacía más temerosos del peligro que corríamos y nos impedía hacer planes e ilusionarnos con el porvenir. Había veces que nos hallábamos tan desanimados que no queríamos ni pensar en un nombre para el niño hasta no verlo alumbrado y vivo; ya que la sola mención de un nombre para él o para ella daba a Isabel ansias y desesperación, creyendo que podía ponérsele a cualquier criatura que Dios arrojase sobre la Tierra, menos a la nuestra. Por lo cual, decía que si tuviese que dar a luz durante los últimos días del mundo cuando todos los hombres estuviesen muriendo a su alrededor, no se sentiría tan desdichada, que era destino general y no condena contra un solo niño.

—En el parto no acabarán mis angustias, porque una mujer en su vida pare muchas veces al hombre —dijo una noche.

—Lo único que espero es que en él no haya defecto, que sea bien nacido para que pueda defenderse con buenas armas en la guerra de los vivos, pues en este mundo a las criaturas no les es dada la perfección.

—Bajo la luz común todos nos defendemos de la muerte, pero aun a punto de fenecer muchos hombres se ocupan en matar a otros —dijo ella.

Ésa fue la última vez que la vi en Madrid, porque un día de noviembre cuando volví a casa al anochecer había desaparecido sin dejar huella. "Espero que haya huido a tiempo", me dije, con la certidumbre de que habían venido a arrestarla.

La busqué, sin embargo, en cada pieza, en las casas vecinas. En la cocina, en una escudilla había caldo frío, en una olla un puchero sin comer.

Nuestra habitación estaba limpia, la llave de la puerta de la calle estaba tirada en el suelo y en el escaño había sido aventada una toca blanca suya. Traté de imaginar qué le había sucedido, me tendí en el lecho y cerré los ojos, pero no pude figurarme nada, pareciéndome todo desolador.

Sentí que no había nadie en la casa, ni yo mismo, que mi cuerpo era parte de la ausencia general y no algo animado, a imagen y semejanza de Dios. "Si en este momento me quemaran, las llamas no me dolerían", me dije.

Toda la noche esperé su regreso, aceché los ruidos, las voces, los pasos callejeros, como si cualquiera de ellos anunciara su retorno, la fuese a traer de nuevo.

Sin encender candelas ni hacer fuegos, me quedé quieto, mudo, pendiente de los ladridos de los perros, de lo que sucedía afuera, de la oscuridad que me envolvía como a un bulto más.

Con total desapego, escuché las campanas que tocaron completas, maitines, laudes, igual que si tañeran en mí, lejos de mí. A hora de prima me levanté, comprobando que había desaparecido con sus ropas, que había cegado las ventanas y que la puerta del corral estaba abierta.

Salí a buscarla a las calles y plazas de la villa, con muchos vuelcos de corazón, ya que cada mujer que vislumbraba me parecía que era ella.

La vista de mendigos, tullidos y vagabundos me dio esperanzas de encontrarla: tenía asaz ingenio para engañar con ropas, afeites y tiznes, para fingir piernas baldosas, portar jibas e hilachas, andar como ciega y menesterosa.

Con fatiga y anhelo vi mujeres gruesas, coloradas, rubias, de buen gesto, nariz alta, expresión cuerda; vi mozas de nariz roma, labios lineales, mentón saliente, cuello corto, cuerpo grande, piernas largas, vientre hundido, hombros altos, manos fuertes; mozas garridas de buen gesto, buena forma, mirar sereno, muy alegres y muy arrebatadas.

Fui por la Calle del Viento, por la de los Tintes, la del Espejo, la de la Ventanilla, la de Ramón, la de Segovia; pasé frente a la Puerta de la Vega, por las cepas de piedra y los cimien-

tos que estaban en el camino cerca de los molinos de San Jerónimo; anduve por las huertas del Pozacho, por el escampado de
las Vistillas, junto a paredones viejos, portales, fuentes, barbaca-
nas, a lo largo de la muralla y el río. Subí la Cuesta de los Caños
Viejos, bajé por la de los Ciegos; miré en el arroyo, entre las
piedras, detrás de los árboles, me topé con un caballo estrellado,
con una recua de mulos, con gallinas y puercos sueltos, con Joan
Malpensado y Joan Rebeco, con el boticario y confitero Joan de
Guadalajara, con Alonso de la Porra el Cojo, con doña Fátima
y el alarife Abrahén de Sant Salvador, y con una vieja con un
vestido lleno de ojos, bocas, narices y orejas, con tantos pedazos
de lodo pegados a su cuerpo que para enterrarla no era menester
más que acostarla y hacerla una sola pieza con la tierra. Al llegar
a la Calle sin Puertas, me dirigí a la iglesia de San Andrés y de
allí a la Plazuela de la Paja, donde no hallé a nadie; donde había
mucha gente, pero no estaba Isabel, no había nadie.

Caminé más. Subí y bajé, fui y vine. Mis pasos me llevaron a la plaza de San Salvador, en la que el pregonero Joan de
Orgaz pregonaba a altas voces, ante muchas gentes. Seguí adelante. Detrás de mí vino un tartamudo de dientes pelados, como
si llevara fija la risa en la cara. Se hablaba a sí mismo, o me
hablaba a mí, pero de manera tan ininteligible que, después de
detenerme para oírlo, acabé no haciéndole caso. Recuerdo sólo
que traía en su mano derecha un farol con el que alumbraba sus
pasos por Madrid.

Luego de perderlo de vista, me asomé en las carnicerías
de Pedro de Heredia, en las pescaderías, candelerías, iglesias,
humilladeros, pañerías y mercados que encontré en el camino.
Observé a los toledanos que moraban en la villa como si llevasen alguna noticia de ella reflejada en el rostro, las miradas del
pregonero Joan de Portillo y Pedro el Barbero, que venían de la
plaza del arrabal, como si supiesen algo y sus ojos lo revelasen.

Cuando estaba decidido a lanzarme contra el primer
fraile predicador, alguacil o familiar de la Inquisición que hallase en Madrid, encontré a Pero Meñique, asoleándose en un
banco de piedra. Absorto, se tocaba con las manos las orejas,
las mejillas, las cejas y los labios, el pecho y las piernas, para

probarse a sí mismo que era real y que estaba allí, que existía el conjunto invisible de su cuerpo.

—Pero Meñique, ¿qué haces? —le dije.

—Se ha fatigado mi olfato y tiento mis facciones y miembros para ver si están en su lugar y enteros —respondió.

—Están allí y son de mucha fealdad —le dije.

—El paso de las yemas de los dedos por mis rasgos faciales me da tal conocimiento de ellos que casi puedo ver mi cara —dijo.

—He buscado a Isabel por todo Madrid sin encontrarla —dije.

—La otra vez supe que el zumo de rábanos en ayunas es singular remedio contra la tiricia y que el zumo del culantro quita el habla y hace desvanecer a las gentes —añadió, sin oírme, volviendo la cara a la pared en busca de sombra.

He buscado a Isabel por toda la villa sin hallarla —repetí.

—¿Isabel? Moza aguda y discreta, que ha leído bien al marqués de Santillana y a don Juan de Mena, a Salomón ibn Gabirol y a Yehuda ha Leví… ¿Qué es ese ruido?

—Mujeres sacando agua de un pozo —contesté—. No me has oído, Isabel ha desaparecido.

—¿Qué? ¿Isabel ha desaparecido?

—Ayer en la noche cuando volví a casa se había ido o se la habían llevado los inquisidores.

—¿La han prendido los inquisidores?

—Quizás, mas creo que ha escapado a tiempo.

—Ssssshhhhh, alguien viene —dijo.

—No veo a nadie.

—Digo que alguien viene, ssssshhhhh.

En efecto, hizo su aparición un hombre viejo de andar tan lento que daba la impresión de que no se movía, que no avanzaba por la calle.

—Es un viejo —dije.

—Lo sé, ojalá que se esfume presto —dijo.

Pero como si el hombre hubiese adivinado nuestros deseos y para llevarnos la contra anduviese con mayor lentitud, pareció que levantaba del suelo pies de plomo. Hacía mucho silencio y semejante a un sueño no ocasionaba ruido, no se oía su existencia.

—¿Es mierda lo que llevas o asas torreznos? —le preguntó Pero Meñique, cuando por la nariz supo que estaba delante de él.

—Llevo caldo de uñas, del que todos han comido y metido las manos. Conozco unos vagamundos que lo beberán como si fuese agua bendita —contestó el viejo.

—Creí que era calostro, la flor de la leche de tu mujer parida —dijo Pero.

—¡Huy, mi mujer falleció desde los tiempos de don Juan II de Castilla, así es que de su primera leche ni me acuerdo!

—¿Tan antiguo eres?

—Cuando nací Ruy Sánchez de Horozco teniendo las llaves de la Puerta Valnadú dejó entrar a Vasco Mexía, agora preso, a Lope Ferrández de Vargas, a Ruy García e otros onbres e mugeres del pueblo menudo para el destruimiento e robo e muerte e maleficios que fizieron en la aljama de Madrid.

El anciano siguió andando como pudo, parándose entre paso y paso, el bastón clavado en el polvo.

—¿Eres ciego de veras o finges serlo por mendigo? —le preguntó a Pero Meñique con un chillido.

—Desgraciadamente lo soy de verdad.

—Pobre de ti, buen onbre.

—Pobre de ti, buen viejo.

—Beso vuestros pies y vuestras manos —dijo, parado frente a nosotros.

—Que Dios os lleve con bien —le dije yo.

—Que Dios os lleve con bien, buen ciego —me dijo él, sin moverse.

—¿Se ha ido? —me preguntó Pero, después de unos momentos de silencio.

—Allí está parado —respondí.

—¿Por qué no se marcha? —preguntó con impaciencia.

—He perdido las fuerzas y el ánimo para andar —dijo el viejo.

—Ayúdalo —me dijo Pero.

—Ayudadme —suplicó él.

Lo ayudé, cogiéndolo del brazo delgadísimo.

Casi no tenía consistencia ni peso y era más frágil y pequeño de lo que había pensado. Su cara era un puño arrugado con ojos vivaces. Presto echó a andar, parado sobre sus talones, muy derecho de cuerpo, ligero y rápido, como si en cualquier momento fuese a emprender el vuelo.

Partió sin tornar el rostro para vernos, diminuto y seco, semejante a un siglo de historia comprimida en un cuerpo humano, sin asombro ni queja.

—Tengo la certidumbre de que Isabel ha escapado —dijo Pero Meñique.

—Debo encontrarla —dije.

—Encontrarlos —corrigió Pero—. Mas, ahora tendrás que cuidarte mucho de los inquisidores, que tratarán de prenderte para saber dónde está ella.

—No tienen por qué arrestarme a mí.

—Bajo tormento te obligarán a revelar que has tenido amores con Isabel y a denunciar a todos los conversos que has conocido en tu vida, entre los cuales se halla un tal Pero Meñique.

—No delataré a nadie, así me den el tormento del agua y el del potro, quemen mis pies con aceite y tuerzan mis miembros con cuerda —dije.

Pero Meñique alzó la cara, sorprendido por el coraje de mis palabras, igual que si estuviese hablando con ligereza de tormentos desconocidos para mí, que habían quebrado y trastornado a hombres más fieros que yo.

Comenzó a llover, como si toda la lluvia del mundo cayese sobre nuestras cabezas, y nos separamos de prisa.

Volví a la casa para ver si ella había vuelto. Pero no. Jamás volvería a Madrid. Seis semanas duró esta fortuna de aguas, la tierra quedó tan inundada que fue difícil para los viajeros andar por los caminos y para los labradores arar los campos, teniendo que hacerlo por encima del lodo.

Día tras día llovió, murieron ahogados infinitos hombres y mujeres, asnos, vacas, acémilas, ciervos, gallinas, yeguas y puercos monteses. Infinitas haciendas se perdieron, innumerables casas se cayeron y las avenidas de aguas se llevaron puentes, árboles, viñas y molinos al borde de los arroyos, convertidos en ríos, al borde de los ríos, vueltos brazos de mar.

En muchas partes, se dijo, se dañaron los silos y se echó a perder el pan; una fanega de trigo llegó a valer tres reales y una de harina veinte reales; las gentes comieron por necesidad trigo cocido, pasas y castañas.

Un día, próximo a la Navidad, escampó y el Sol brilló sobre la tierra parda. En los meses siguientes hubo grande pestilencia y fenecieron muchos niños a causa de las calenturas que comenzaron a andar por todo el reino. El rey viejo Alí Muley Abenhazan, se supo, murió desterrado en Salobreña y su cuerpo fue llevado a Granada en una mula.

Por caminos secos y pedregosos vine a Zaragoza, asentada en la vega fértil del anchuroso Ebro y defendida por muros torreados de gran espesor.

Entré en ella por la puerta del Ángel, frente al puente de Piedra, con sus siete arcos elevados.

En el mesón del Ebro dejé la acémila, y sin pérdida de tiempo me metí en la Seo, la catedral de ladrillo en cuyo piso había sido asesinado meses antes Pedro de Arbués.

La campana mayor tañía anunciando la consagración de la hostia para que los moradores de la villa hiciesen una demostración de fe dondequiera que se hallasen. El vicario general y prior de la iglesia daba en ese momento la comunión a los fieles arrodillados ante el altar, con su gran retablo de alabastro policromado que había concluido el maestro Ans d'Ansó, mostrando de bulto las historias de los Reyes Magos, la Transfiguración y la Ascensión.

Al término de la misa, los fieles comenzaron a salir por las cinco naves, perdiéndose algunos entre las columnas con sus capiteles esculpidos, y otros deteniéndose para persignarse en el sitio donde el primer inquisidor en Aragón había sido atacado por los conversos.

En la plaza, clérigos y oficiales del Santo Oficio montaban dos cadalsos para un auto de fe que se iba a celebrar al día siguiente. Un cadalso para los reos y sus asistentes, y otro para los inquisidores, los familiares y las autoridades eclesiásticas y seglares; unidos ambos por un pasadizo para los movimientos del alguacil.

Los clérigos y los oficiales, en uno de los cadalsos, decoraban un altar con alfombras, tapices, antorcheros y candeleros. Allí donde más tarde iba a ser plantada la cruz verde.

Las ventanas de las casas vecinas, con vista a la plaza, ya habían sido repartidas para el espectáculo del auto de fe a los notables de la villa y sus familias. Dos padres de la orden de los predicadores distribuían candelas a los participantes en la procesión de la cruz verde, que tendría lugar la víspera, ese anochecer. Barreras para contener a la multitud exaltada habían sido erigidas y el paso de mulos y carretas había sido prohibido. La ciudad entera estaba oficialmente en manos de los inquisidores.

El viento ardiente del este había traído a Zaragoza el bochorno: casas, calles y gentes parecían blanqueadas por el calor y solamente frailes oscuros, encerrados en sus ropas, con la cara oculta, transitaban más allá de la plaza.

No lejos estaba el templo de Nuestra Señora del Pilar, donde, según la leyenda, el apóstol Santiago había pasado una noche, y la Virgen, obradora de milagros, se le había aparecido. Unas gentes decían que Ella, acompañada de muchos ángeles, le había dado una columna de jaspe con una imagen suya para que la pusiese en la iglesia que le mandó construir; otras que, edificada la capilla, él había hecho la imagen. El caso es que su cripta era alumbrada día y noche por infinitas lámparas de plata y en las cercanías del templo no se podían arrojar basuras, porque los reyes algunas veces se hospedaban en las casas de los canónigos. En las calles próximas, se labraban agujas finas, cuchillos, rejas de hierro, cordobanes de colores, espadas de buen temple y paños de todas suertes.

Hacia la plaza de la iglesia de Nuestra Señora del Portillo vinieron en procesión los familiares y los notarios del Santo Oficio, con atabales, trompetas y el estandarte en alto, para pregonar por segunda vez el auto de fe que se iba a celebrar al otro día. El primer pregón lo habían dado a la puerta de la Aljafería, el antiguo castillo fuerte de los moros que servía de cárcel a los inquisidores extramuros de la villa, cuidando que los reos condenados no lo oyeran desde sus celdas. Allá, conversos de ambos sexos y distintas edades temían ser sacados en el próximo auto de fe camino del mercado; aunque a veces, según era fama, las quemas se realizaban en el segundo patio del castillo. Sobre el cual, en ese momento, pasaban nubes blancas.

En la plaza de Nuestra Señora del Portillo, a veinticuatro días de febrero de ese año, en un auto de fe los frailes dominicos habían quemado al viejo zurrador Salvador Esperandeu, padre de Joan, por haber guardado el sábado, ayunado en el Quipur, comido pan cotazo y carne en la cuaresma; a Gumien Berguero, por ceremonias judaicas; a Ysavel de Embon, por haber dado aceite a la sinagoga; y a tres ausentes, en efigie. Al son de cuatro trompetas, y con una campana, el pregonero pregonó: "Sepan los moradores de esta Villa que el tribunal de la Santa Inquisición, por la gloria y el honor de Dios y Nuestra Santa Fe Católica, celebrará auto de fe público mañana viernes, a veintiocho días de julio del año del Señor de mil cuatrocientos ochenta y seis, en la plaza de la Seo."

Para alejarme de los pregoneros y familiares del Santo Oficio fui por calles tortuosas de ladrillo, hasta llegar a la carrera de San Gil, incomunicada por el corral de los pelliceros, y a la judería, cercada por los antiguos muros romanos de la calle mayor del Coso.

Defendido el acceso a la judería por varios postigos, entre los que estaban el de la puerta del Rabinad, en el callizo de la Hiedra, el de don Mayr y el de San Andrés, donde se hallaba la sinagoga de Bienpiés, con su trenque en el muro, traspuse el portal sombrío, con su arco sin luz, cerca del Castillo de los Judíos.

El llamado castillo tenía siete torres de piedra, paredes de piedras tajadas y una torre un poco derruida sobre la puerta; servía de cárcel para moros y de refugio en caso de ataque a la aljama. Próxima estaba una carnicería con seis tiendas, dos corrales, uno mayor de los bueyes, y uno menor de las inmundicias. En esas tiendas se mostraban cinco tablas para vender carnes y una tabla para la sisa. La carne era de reses muertas a mano de judío, degolladas por el carnicero Ya'acob Franco con cuchillo sin mella. Había carneros castrados, sin cabeza y sin patas, limpios de sebo; carne de oveja, de cabra y de cabrón deshuesados; vendían corazones, riñones, paperas, lenguas, tripas, brazos, zancos, ubres, patas, cabezas y pulmones.

Ante mí surgieron los callizos estrechos de la Acequia, el llamado Medio, el del Toro, el Sin Salida y el de la carrera de la Argentería; aparecieron la sinagoga, el hospital de Rotfecede, las plazas, los muros, las torres, los patios, los colgadicios y los ámbitos privados de la judería.

Busqué la sinagoga mayor, de Becorolim, de los hombres o de los enfermos (para distinguirla de la de Bicorlim, o de los torneros, en el callizo Medio, dedicada a ayudar a los pobres y a los enfermos, a los huérfanos y a las doncellas, como la Malvise Arhumin, alias de vestir pobres). Toqué en una puerta pequeña.

—¿Quién es? —preguntó una voz de hombre desde adentro.

—Juan Cabezón —susurré.

—¿Informador o familiar de la Inquisición? —preguntó la voz del otro lado.

—Ni lo uno ni lo otro, soy amigo de Isabel de la Vega —contesté.

—No conocemos a ninguna mujer de ese nombre —dijo la voz.

—Abridme y os explicaré —dije.

La puerta se abrió y dejó ver a un hombre de unos cincuenta años, barba y pelo largos, con tabardo con aletas y la rodeja bermeja de los judíos señalados; una tela blanca le cubría la cabeza y el cuerpo. Me inspeccionó de prisa, como si leyese de un vistazo en mis facciones los secretos de mi alma, y pasé.

Detrás de la puerta estaba un escaño de madera fincado en la pared, debajo de un candelero con siete crisoletas para encender con aceite. Sobre una mesa había un libro en hebreo, abierto. Con las manos sobre una tora de plata sobredorada, con su chapitel con armas reales, forrada de hoja de estaño, con todo su pertrey, cinco hombres hacían un juramento: "Juras, tú, judío Natán, por aquel Dio que hizo a Adán, primo home, e púsolo en el parayso e mandóle non comiese de aquella fruta que él le vedó, e porque comió de ella echóle del parayso. E por aquel Dio que es poderoso sobre todo, e que crió el cielo e la tierra e todas las otras cosas, e dijo non juraras por el mío nombre en vano. Et por aquel Dio que recibió el sacrificio de Abel e desechó el de Caín, e salvó a Noé en el archa del tiempo del diluvio, e a su mujer e a sus hijos con sus mujeres, e a todas las otras cosas vivas y metió para que se poblase la tierra. Et por aquel Dio que salvó a Loth e a sus fijas de la destrucción de Sodoma e Gomorra..."

Al parar mientes en mi presencia, uno de ellos exclamó:

—¡Agora estamos perdidos, este onbre va a delatarnos!

—No soy de los que delatan a nadie —dije al punto.

El hombre que me había abierto la puerta le dijo algo al oído para tranquilizarlo y después de mirarme bien a la cara como hacen los sastres con los paños, volvió con los otros: "Et por aquel Dio que dijo a Abraham que en su linage serían bendichas todas las gentes, e escogió a él, a Isaac, a su hijo Jacob por patriarcas..."

De allá fuimos a una navada lateral pequeña con pilares, algo baja de techo; y a otra en medio, con techumbre alta y labrada, con morteretes dorados. Hacia mediodía estaba un altar en la pared, con mosaicos; al septentrión un candelabro pintado, con siete candeleros, y encima un púlpito no muy grande para lecciones y ceremonias. A los lados había seis puertas pequeñas, por una de las cuales había entrado en la sinagoga. Alrededor de las paredes había escaños pertenecientes a diferentes miembros de la comunidad por escrituras. Por todo el interior había letras grandes y rojas en hebreo.

En un cuarto contiguo, una mujer de rostro grave y mirada rápida, que acomodaba sobre una mesa un cinto de seda viejo y una correa de cuero con platones y cabos de plata, se acercó al vernos.

—Blanca, fazetme hun plazer: que vayáis a casa de doña Luna de la Vega, e le digáis que con vos se halla Juan Cabezón, marido de su sobrina Isabel —le dijo el hombre.

—Seguidme presto —dijo ella.

La seguí por un pasadizo y varias puertas hasta encontrarnos en el vientre de una botica muy grande, llena de útiles, drogas, vasijas de barro, balanzas, escalas, coladores, buriles, cajas bermejas y verdes, romanas, confiteros, espatuleros, bonetes de cáñamo, jarras de tener miel, cajetas de pino, ampolletas, barriletes de olio, libros de medicina, pimenteras de cuatro cántaros, potes de vidrio, cucharones, moldes de pasta y azufre, salsas molidas, perfumes castellanos, jarabes de rosas, teutónica molida, extracto de lirio, ungüentos egipcios para la gangrena, el hipnótico *confectio requies, confectio naquardina* para la memoria, limadura de acero para las mujeres anémicas, *sigillum beate Marie, radicis mandragore, semen berberis, corni cerbi combusti*, como aquellas astas de ciervo que se le aplicaron con víboras tiernas a Fernando VI en su última dolencia, sabón de Chipre, pimienta, mostacia, piñones y almendras, un cántaro de tinta, mercurio, píldoras áureas de Nicolás Mesué, piedra judaica, jarabes de sucre y confites de miel.

Al salir a la calle y toparnos con dos hombres, me dijo:

—Ése es Joan d'Embrun, consejero del Rey y comisario de las aljamas de judíos y moros; el que lo acompaña es Samuel Baru, su voz y crida... Las mujeres señaladas que vienen atrás son las hermanas Sol, Reina y Orovida Lunbroso... Aquellos que se dirigen a la alcaicería, el mercado donde se venden las mejores sedas de Aragón, son Jucé Ardit, zapatero, su hijo Mossé, bolsero, y Jucé Abembitas, calzatero en el callizo de Santa Catalina... Los otros que caminan solos, un poco apartados de los demás, sumidos en gran conversación, son Jucé Chamorro y Mossé Hardit... El que salió de aquella puerta es Juan de Zaragoza, converso, que tiene un hermano que habita cabo el castillo de los judíos... El cojo aquel, con la soga de esparto ceñida encima de la carne, es Antón, a quien el fraile Nofre le ha dado por penitencia andar de esa manera por haber asistido a una ceremonia judaica.

De pronto, doña Blanca se distrajo con unos niños semidesnudos que frente a una casucha en un callizo hacían desatinar a un sordo, diciéndole cosas que él malentendía; distracción que aproveché para preguntarle si conocía a don Luis de Santángel.

—Luis de Santángel está preso en el alcázar de la Aljafería, donde los inquisidores tienen sus tribunales y cárceles, acusado de haber conspirado en el asesinato de Pedro de Arbués; la suerte que les espera es atroz —dijo ella, un tanto consternada—. Con él están los conversos Francisco de Santa Fe, Joan de la Badía, Mateo Ram, Sancho de Paternoy y Jaime de Montesa, a quienes, se dice, se les ha aplicado el tormento de la cuerda con la piedra a los pies para hacerlos confesar su culpa en la muerte del llamado mártir de la fe. Este Jaime de Montesa, que cuando fue jurado mandó cerrar las ventanas de las casas de los judíos que daban al Coso e hizo que anduviesen señalados con la rodeja bermeja para cumplir con la ordenación de la afrenta, no ha podido salvarse de la tortura ni de la mala fortuna que le aguarda, a pesar de que siempre trató de granjearse a los cristianos.

—He sabido que algunos de los inculpados en la muerte del inquisidor han tenido una muerte terrible —dije.

—En el auto de fe del viernes 30 de junio en la Seo, en el que predicó fray Juan de Colmenares, abad de Aguilar, Joan de Esperandeu fue arrastrado vivo por la ciudad y delante de la puerta mayor de la catedral le cortaron las manos; lo arrastraron después hasta el mercado, lo decapitaron en la horca, lo hicieron cuartos, clavaron sus manos en las puertas de la Diputación y arrojaron sus pedazos en los caminos —dijo con voz entrecortada, como si sintiese en su propia carne la suerte del ajusticiado—. Vidau Durango, o Duranso, o de Uranso, su criado gascón, fue arrastrado por las calles, en la plaza de la Seo lo ahogaron y le cortaron las manos, como gracia especial por haber confesado lo que sabía; luego de muerto, lo arrastraron hasta el mercado y lo hicieron cuartos, que echaron por los caminos, clavando también sus manos en las puertas de la Diputación. A Joan de Pero Sánchez, que tuvo la buena fortuna de huir, lo arrastraron en estatua con una bolsa en el cuello y lo quemaron en el mercado.

—Me han dicho que la familia Santángel es grande —dije.

—Más grande es el odio de los inquisidores hacia ella —dijo doña Blanca—, muchos descendientes de la familia Chinillo, una de las más antiguas de Aragón, que a comienzos de este siglo cambió su nombre por el de Santángel, han sido penitenciados. Las hermanas Brianda y Leonor Martínez de Santángel fueron procesadas porque venían a la judería, entraban en casas de judíos, recibían de ellos frutas y colaciones de confites, no comían tocino ni lo ponían en la olla al cocinar, y porque a veces, cuando los judíos pobres iban a su casa, ellas les daban limosnas.

Entonces, igual que si evocara con los ojos una ciudad desvanecida, pero que aún estaba allí, y a criaturas fantasmales que desde hacía tiempo habían muerto, pero aún deambulaban por las calles como gentes de carne y hueso, dijo:

—Por estos callizos sobrecogidos de miedo y de muerte, no se descubre la ausencia de los que han partido hacia otros reinos, no se oyen los gritos de los que sucumbieron en el tormento y en la hoguera, pero la presencia de los Turi, los Lunbroso, los Alazar, los Baco, los Benvenist, los Rabat, los Amado, los Ponz, los Trigo, los Bivaz, los Sánchez, los Eli, los Franco, los Abella, los Silton, los Zaporta y los Caballería, que han vivido en Zaragoza y en el Reino de Aragón desde tiempo inmemorial, se siente en el vacío de las plazas, en el silencio de las puertas, en la oscuridad de las cambras y en la sordera de las paredes. De esta aljama que ves, quizás no quedará ni piedra; sastres, reboleros, tejedores, pergamineros, zapateros, pelliceros, físicos y quirúrgicos, todos estos judíos señalados, peleando siempre por un espacio ruin en la ciudad para vivir, se habrán ido, no quedará ninguno de ellos.

En ese momento, cuatro hombres con largos sayos negros vinieron hacia nosotros. Doña Blanca explicó:

—Son los maestres Pedro Monterde y Francisco Ely, médicos, y los maestres Pero Puch y Juan, cirúrgicos, que por orden de los inquisidores inspeccionan los miembros de los judíos, mozos y viejos, en busca de circuncisiones. Cuando hallan a un circunciso, invariablemente declaran que por el defecto del cuero en los miembros y pixas se demuestra la faba descubierta en alguna parte, pero como no pueden saber si el defecto viene por natura o por efecto de arte, dejan la respuesta en manos de los inquisidores; los que, invariablemente, se inclinan por el efecto de arte.

Llegamos a una casa, cuyas ventanas que daban a la calle cristiana estaban tapiadas, y cuya puerta estrecha, que daba al callizo de la Acequia, estaba fuera de quicio.

En frente, un hombre centenario trataba de levantarse del suelo, sin poder hacerlo, haciendo de su caída una posición del cuerpo y una manera de ver el mundo. Vestido con ropas color de tierra estaba tumbado en el umbral, olvidado de todos, con el gesto de alguien que ya no tiene prisa y está más allá del aburrimiento. Desdentado, con los ojos azules semejantes a linternas vivaces, parecía más un niño viejo que un hombre que ha recorrido el siglo, desde las matanzas del arcediano de Écija, las predicaciones de fray Vicente Ferrer y la pragmática de la reina Catalina, hasta el advenimiento de los Reyes Católicos y fray Tomás de Torquemada como inquisidor general.

—En una de las predicaciones de fray Vicente Ferrer en Zaragoza —dijo doña Blanca—, don Jucé Santamaría fue bautizado, pero ahora, con cien años sobre la espalda se sienta en el umbral de su casa y canturrea canciones en hebreo.

El viejo volteó al vernos, y se puso sobre sus rodillas y manos para ser ayudado.

—¿Cómo está doña Orovida? —le preguntó doña Blanca, mientras lo alzábamos para ponerlo vertical.

—Se halla con su madre en Calatayud —respondió él, cogiendo aire antes de hablar.

—¿Cómo están vuestros padres, don Isaque y doña Jamila?

—Fueron a Barbestro a dar albricias a don Mossé, que ha recibido muchos reales por tener un hijo circuncidado —dijo el viejo, con voz hueca y profunda.

—¿Cómo está vuestra hija doña Brianda? —preguntó una vez más ella.

Pero él ya no contestó, lejos de todos y de todo se metió en la oscuridad silenciosa de la casa como en una tumba mental donde eran contemporáneos los vivos y los muertos.

A unos pasos se detuvo un hombre de mirar maligno, cuya mirada salía con torpeza de la maraña peluda de sus cejas, sus cabellos, sus bigotes y sus barbas. Era un tal Acach Funes, malsín y testigo falso sirviendo a los inquisidores, aunque ya había sido azotado por ellos por revolvedor de oficio.

Entramos en la casa de doña Luna de la Vega, tía de Isabel, madre de Clara, que había escapado a Francia, y de Joan, converso que la visitaba los sábados para traerle comida y pasar el día con ella.

La casa, distribuida en dos pisos, tenía un porche, un palacio, una retreta, dos cambras, una cocina, y estaba llena de cofres historiados, lechos de pies, tablas para comer, literas blancas, barriles, hierros para el hogar, ollas, perolas, sartenes y escudillas. Sin embargo, como si no hubiese nadie, la casa entera se abrió ante nosotros como un vasto mueble que olía a rancio y a deshabitado.

—Luna, ¿estáis allí? —preguntó doña Blanca, su voz tanteando el silencio.

Nadie respondió.

—Luna, ¿dónde estáis? —avanzó doña Blanca por la pieza mayor, hurgó en el lecho de pino encajado en la pared; traspuso una puerta estrecha y baja; la cual, para pasar por ella, había que agacharse mucho, como si hubiese sido construida para enanos o para niños, o para obligar al cuerpo humano a humillarse.

Un rostro pálido se precisó junto a la pared, se desprendió de ella con un movimiento huraño de cabeza; pero como si atrás, en un sueño, quedara su razón prisionera, dijo a alguien invisible en el cuarto, quizás a un inquisidor:

—Confieso que una judía, cuya abuela aprendió su arte de Na Ceti, médica de Valencia, me dio medicinas para empreñar; confieso que cuando iba a parir a Clara vino el rabí de la sinagoga de mujeres y rezó al lado de mi cama, Donna la comadrona me entregó la niña diciendo: "Dio el bueno, toma tres claveles las buenas y abre tres puertas y saca vivo de vivo y saca dos ánimas de peligro." Confieso que mi madre me dio una gallina de albricias y untó con mirra las palmas de las manos y las plantas de los pies de la niña; que al dejar el lecho cambié las sábanas, vestí ropas limpias y guardé cuarenta días sin entrar en el templo; que no la bauticé y que a las siete noches de su nacimiento mi marido y yo le hicimos la ceremonia de las hadas, pusimos a la criatura en un bacín con agua y echamos en él oro, plata, aljófar, trigo, cebada y dijimos las palabras santas. Confieso que, después de ponerle ropas blancas, convidamos a nuestros parientes y amigos a comer confites de sucres, melados, turrones, toronjats, frutas preparadas y vino judiego. Mozas y mujeres tañeron y cantaron: "Hadas, hadas, hadas buenas que te vengan", pidiendo que yo barriese la casa para que no tropezasen ni se lastimasen al entrar porque venían descalzas. Confieso que cuando se me acabó la leche una nodriza judía llamada Oro la amamantó en mi pieza, guisó en la cocina carne purgada y desebada, me hizo pan cotazo y guardó conmigo el ayuno del Quipur. Confieso que soy judía en carne y ánima y no me importa que los señores inquisidores maten a las madres judías como yo, que ay quedarán los hijos.

Rodeada por los rayos blancos de su pelo, doña Luna emergió de la penumbra y mostró su cara; el resto de su cuerpo cubierto por un tabardo con aletas, señalado con la rodeja bermeja. No tenía edad fija, en su mundo de locura la cuenta de los años se le había perdido.

—Despértate, despértate, fija Clara, que ya amaneció, los páxaros están giungiuleando. ¡Despértate, despértate! Los enemigos van diciendo que esta noche voy a murir por ti —dijo, delante de doña Blanca.

—Cree que su hija está allí dormida, es de mañana y no quiere levantarse —dijo ésta.

—Dale lunbre, dale lunbre a este onbre, que mi padre era generoso —dijo doña Luna al descubrirme.

Doña Blanca la cogió del brazo, le dijo:

—Este hombre es mosén Juan Cabezón, marido de Isabel tu sobrina.

La mujer me clavó los ojos, igual que si buscara a Isabel en mi cara.

—Partió un lunes de aquí para ver a mi hermano Noé en Calatayud... No sé más... Agora voy a encontrar a Jucé en el hospital de la judería —dijo, preparándose para salir.

—Su marido Jucé fue médico conocido en Zaragoza como el maestro de las llagas, del sangrar, hender, sacar huesos, tajar, melecinar y curar postemas, nascencias, perlesías y podagras. Un día se fue a Teruel, donde hacía estragos el inquisidor fray Juan de Colivera, y nunca regresó. Nadie volvió a saber de él, preso quizás en una cárcel del Santo Oficio. Cada día ella va a buscarlo al hospital, al mercado, al castillo de los judíos, a la carnicería, a las sinagogas, a los callizos y a las plazas, y cada día torna con él, invisible; aunque lo más probable es que un amanecer sea sacado en un auto de fe.

—*El río pasa,*
l'arena queda,
el amor quema,
ah, en el corasón —cantó doña Luna, con la euforia de una moza que acude a una cita de amor.

—Se va de la casa ahora y andará en la calle hasta que su sirvienta Oro la traiga de regreso en la noche, en compañía de su marido invisible —dijo doña Blanca.

—Si veis a Oro decidle que los candiles del sábbat están colocados tras la puerta, que no se muden de lugar y estén limpios con las mechas nuevas, que los encienda mañana antes de puesto el sol; que no se olvide de encender todas las mechas, ya que cada una, dice Jucé, corresponde a un libro y son oraciones en hebreo. Decidle que no debe añadirles aceite, ni atizarlas ni matarlas —dio instrucciones antes de marcharse.

En el callizo, niños mal vestidos y hambrientos esperaban a doña Blanca, para que les diera rebanadas de pan, colación de melados y otras cosas que traía en una bolsa.

—Son los hijos de gentes prendidas por la Inquisición, cuyos dineros y haciendas han sido confiscados por el rey Fernando; viven en el desamparo, sin morada ni sustento, y sin oficio ni beneficio posibles. Sólo tienen delante de ellos un porvenir de miedo y persecución, vigilados de cerca por los inquisidores que en cualquier momento pueden llamarlos para que atestigüen contra sus padres y hermanos, o si ya tienen bastante edad, para que sean procesados ellos mismos.

Los infantes bebieron sus palabras, devoraron el pan y los melados. Doña Blanca los atrajo hacia su pecho, puso la mano derecha sobre la cabeza de una púber, añadió:

—Esta pequeña es como la judía de Zaragoza que cegó llorando duelos ajenos, se preocupa por todos los demás y los guía por los callizos de la aljama para conseguirles ropa y alimentos.

Me despedí de ella para volver a la ciudad cristiana, donde la procesión de la cruz verde, que se llevaba a cabo la víspera, estaba teniendo lugar.

Con paso grave venían a lo largo del río Ebro las órdenes mendicantes y parroquiales, los familiares, los escribanos, los consultores y los calificadores del Santo Oficio, y todos aquellos que habían sido invitados a tomar parte en la ceremonia.

Los familiares portaban el estandarte de la cruz verde, seguidos por unos religiosos con una cruz blanca y por otros que llevaban la cruz de la Seo. Luego venía el prior dominico con sus frailes y otra gran cruz verde. Todos, rodeados de antorchas, cantaban el *Miserere*.

Atrás surgió el fiscal con un estandarte de damasco carmesí, bordado con las armas reales y una cruz verde levantándose de la corona; más una rama de olivo y una espada desnuda representando el perdón y la justicia.

De esa manera desembocaron en la plaza de la Seo, donde la cruz verde iba a ser plantada en el altar. La cruz blanca sería llevada al brasero para ser velada toda la noche por dominicos y soldados.

Adentro de la catedral, se decía, estaban ya los sambenitos, las insignias, las efigies de los ausentes y los huesos de los muertos para el auto de fe. Envuelto por la noche profunda, el inquisidor, con un escribano, notificaba a cada uno de los condenados que iban a ser relajados al brazo seglar que ésas eran sus últimas horas de vida. Acompañado del alguacil y de algunos familiares bajaba a las celdas de los reos con una pequeña cruz verde y se las ponía en las manos, diciéndoles que dispusieran de sus conciencias como hombres que habían de morir, y les dejaba dos frailes para que los asistieran en su noche final.

Yo no pude dormir, sentado en el lecho duro del mesón, con las candelas apagadas, esperé que el alcalde, dos horas antes del alba, metiera lumbre en cada celda de la Aljafería para que los condenados se levantaran y se vistieran para ser llevados a un patio secreto donde se les pondrían las insignias a cada uno, sentándolos en un banco según el orden en el que serían sacados en la procesión por las calles hacia la plaza de la Seo. Primero los de los delitos más leves y al último los que iban a ser quemados vivos en la hoguera.

Mi noche estuvo llena de sueños con siluetas humeantes que clamaban en el viento por la injusticia cumplida. Una niña aterrorizada por su camisa en llamas, por sus manos encendidas y sus pies de fuego, se me apareció para mostrarme sus dedos arrojando chispas, su piel blanquísima quemada y su pelo largo y hermoso convertido en cenizas.

—Los inquisidores se llevaron la llave de mi casa, se llevaron mi casa, se llevaron a mis padres y me han traído a esta hoguera donde el fuego que amo tanto es terrible —me dijo, en la oscuridad de la pieza, sus ojos vueltos soles.

Me levanté cuando los soldados que guardaban la cruz blanca y la plaza donde se celebraría el auto de fe batieron ruidosamente los tambores para despertar a los oficiales que iban a tomar parte en la parodia del juicio final.

A lo largo del Ebro, indiferentes a los árboles, a las aguas y al amanecer, centenas de labradores y de gente menuda anduvieron presurosos hacia la plaza de la Seo, precedidos por una mujer pequeña, con piernas y brazos flacos, que a cada momento se paraba a descansar igual que si los huesos se le hubieran dislocado.

—Quien presencia un auto de fe gana indulgencias para su ánima —dijo a un hombre terroso.

—Los conversos que van a quemar hoy son relapsos; no sé qué sea eso pero suena muy feo —dijo el hombre terroso.

—No quisiera yo serlo, dicen que quien lo es peca tanto como quien da refugio a un hereje —dijo otro, a su lado.

—Un relapso es el hereje que habiendo abjurado de sus faltas vuelve a incurrir en ellas, haciéndose merecedor una vez descubierto de que se le entregue al brazo seglar para que sea quemado —dijo la mujer flaca.

—El odio que se les tenía a esos miserables cuando eran judíos ahora se les tiene cuando son cristianos —dijo un viejo enjuto, del cual no vi la cara.

—Yo desde que nací purgo mis pecados —dijo un hombre gordo junto a él.

—La muerte anda suelta por los reinos de Castilla y Aragón, va de villa en villa encendiendo hogueras —dijo el viejo enjuto, aún sin mostrar el rostro.

—Anda vestida de dominico sediento de sangre —dijo un villano, con una oreja cortada.

—Catad, que la Suprema quema —dijo la mujer flaca, volviendo la cabeza sobre su espalda.

Al llegar a la plaza de la Seo el hombre de rostro terroso preguntó a un fraile de la orden de los predicadores que si los herejes iban a ser quemados allí, junto al río Guerba, o en las afueras de la villa, como aquel sevillano de nombre Jaco (Ángel para los cristianos) que fue quemado con su mujer Cinfa (Juana para los cristianos) por prácticas judaizantes.

El fraile, sin responder, se le quedó mirando con ojos tan llenos de malicia que el hombre recibió su mirada como la peor respuesta posible, alejándose de él hacia la multitud.

—Una vez que nuestros hermanos los venerables predicadores hayan celebrado la sagrada misa ante la cruz verde, símbolo altísimo de su orden, y hayan desayunado, los reos serán traídos del castillo de la Aljafería hacia esta plaza —me dijo un fraile de apariencia enfermiza, como si yo hubiese formulado la pregunta al otro.

—Los hermanos reos también toman su desayuno, pero en su celda —dijo otro fraile.

—Sólo así tendrán fuerzas para no desmayarse en la penitencia y en la hoguera —agregó el fraile de apariencia enfermiza.

Sobre la muralla, las golondrinas volaban bajo impecable azul.

—Es un día perfecto para otra cosa, para cualquier cosa, menos para un auto de fe —me dije.

La procesión entró en la plaza de la Seo: los alabarderos primero, luego la cruz de la catedral, cubierta con un velo negro; enseguida un acólito con una campana que hacía sonar aquí y allá lúgubremente, anunciando la ceremonia. Detrás vinieron los penitentes, con sus sambenitos, sus corozas y velas amarillas en las manos, custodiados por los alabarderos y los familiares del Santo Oficio. Siguieron los porteros con estacas en alto con efigies de medio cuerpo de los ausentes vestidos con sambenitos y mitras en llamas. Otros porteros trajeron cajas negras con los huesos de los muertos que iban a ser quemados en estatua. Otros más mostraron *statue duplicatae*, efigie doble de una pareja con una cara delante y una atrás, como un solo hereje difunto. Con paso sombrío, en compañía de sus frailes, vinieron los que serían relajados al brazo seglar, con sambenitos y corozas con llamas y sus nombres con la inscripción *Hereje condenado*, atadas las manos con cuerdas a través del pecho y con las velas apagadas. Estaban pálidos, temblorosos, a punto de desfallecer. Después de ellos entraron los oficiales seculares, a caballo; los familiares de dos en dos; el fiscal del Santo Oficio, Francisco Sánchez de Zuazo, con el estandarte de la fe, cruz verde sobre fondo negro, y dos caballeros de hábito asiendo cada uno una borla. Enseguida vinieron los dos inquisidores de la herética pravedad en el reino de Aragón, Alfonso Sánchez de Alarcón, maestro en Santa Teología, canónigo de la iglesia de Palencia, capellán del Rey y de la Reina, y fray Miguel de Monterrubio, licenciado en Santa Teología, prior de San Pedro de las Dueñas. Luego vinieron el maestre Martín García, vicario general del Santo Oficio, canónigo de la Seo de Zaragoza, fray Juan de Colmenares, abad de Aguilar, de la orden de Cístel, Diego López, alguacil, Joan de Anchías, notario, Martín Martínez de Teruel, asesor, y otros frailes, caballeros, ciudadanos particulares invitados al auto de fe, abriéndose paso entre la densa multitud.

Algunos herejes condenados anduvieron con gran dificultad, recién sacados de los calabozos del tormento, donde los habían sometido a la tortura de la cuerda y el agua. En sus rostros se veía el terror y en sus cuerpos las huellas del verdugo. Dos o tres hablaban solos, como si hubiesen perdido la razón, oraran o se contaran cosas para vencer el miedo. Otros, entre dientes, cantaban salmos. Los hombres primero, las mujeres atrás, por el orden de sus culpas.

Bajo el tañer de las campanas llegaron a la plaza, una gran muchedumbre esperaba su arribo y las ventanas con vista a los tablados estaban ocupadas por los notables de Zaragoza y sus familias. Uno por uno los reos fueron alineados en un cadalso. Los inquisidores ocuparon el del lado opuesto. El fiscal del Santo Oficio, con el estandarte en la mano, se sentó en la última grada, en el sitio donde caían los pies del inquisidor de más alta jerarquía, flanqueado por los dos caballeros cogiendo las borlas. En las otras gradas se sentaron los consultores, los calificadores, los prelados de otras órdenes religiosas, los caballeros y otros ciudadanos principales. El alguacil mayor se sentó, con su bastón en la mano, en una silla a la entrada del pasadizo que unía el tablado de los inquisidores con el de los condenados; lo acompañaban familiares y un portero con cordeles y mordazas para atar y silenciar a los sentenciados que causasen alboroto.

Una vez que todos estuvieron en su lugar comenzó el auto de fe: el alguacil mayor bajó de su silla e hizo una señal a fray Martín García, para que iniciara su sermón. Éste abrió los brazos como un crucificado y con el gesto de cargar en su ánima todos los pecados del mundo, menos los suyos, empezó a hablar.

Cuando terminó el largo y aburrido sermón, un secretario subió al púlpito y en alta voz pidió a los presentes el juramento acostumbrado al Santo Oficio y su participación activa para perseguir a los herejes y la herejía.

Todos contestaron con un amén.

Las sentencias fueron leídas alternadamente desde dos púlpitos. Al ser nombrado cada reo fue conducido por el alguacil mayor a una tarima con dos escalones para oír su sentencia. Con la cara vuelta a los inquisidores, en pie, escuchó la lista interminable de sus delitos contra la fe católica; terminada la cual, se hizo que se hincara para recibir la absolución.

Pronunciadas las sentencias contra los ausentes y los muertos, los porteros colocaron a un lado del cadalso las efigies en las estacas y las cajas negras con los huesos para más tarde ser conducidas al brasero. Los convictos vivos fueron puestos del otro lado.

Clérigos, mendigos, tullidos, beatas con rosario en las manos, ladrones, ciegos, enanos, labradores y gente menuda conformaban el cuerpo movedizo de la plebe fascinada por los pormenores del auto como si cada uno de ellos confirmara en su corazón la sentencia contra el hereje, indiferente a la humillación y a la agonía de las víctimas, que no tenían más testigos de su inocencia que ellas mismas. Porque las víctimas no eran santos ni dioses sino hombres y mujeres comunes horrorizados ante ese monstruo de mil caras y dos mil puños que se llamaba multitud, azuzando al sacrificio humano a los sacerdotes sanguinarios, que habían transformado las parábolas de amor en instrucciones de muerte y el paraíso prometido en infierno terrestre. Y como si yo mismo fuese un judío en la plaza de la Seo, por primera vez en mi vida vi los rostros hostiles vueltos hacia mí, fui consciente de mi cara, del peso de mi cuerpo, y, semejante a un animal acosado por carniceros y cazadores feroces, tuve miedo del hombre.

Castilla y Aragón habían encendido los fuegos y España se abrasaba a sí misma; en la mañana soleada de Zaragoza se escuchaban los gritos de los conversos; gritos que al paso de los días se volverían mudos, pero acusadores atravesarían los años y los siglos, sin que hubiese lluvia, viento, silencio ni noche que pudiese apagarlos.

Delante de mí, de pronto, se paró un hombre gigantesco, quizás un herrero, que me impidió ver el auto de fe. Ocupaba el espacio de tres hombres juntos y tenía el tamaño de tres enanos parados uno sobre otro. Al principio creí que era una aberración carnal enviada por los inquisidores para que no observara más la ceremonia. Todo en él era grande: la cabeza, el cuello, los brazos, las manos, las piernas, los pies; los demás hombres se veían en torno suyo insignificantes, apocados.

En ese momento, el inquisidor que presidía el auto de fe en uno de los tablados, con el fiscal a sus pies, clavó sus ojos en los míos como agujas visuales. Era un hombre de mentón saliente y barba negra, nariz rapaz y labios helados, con ojos hundidos y rojos. Con las manos enjoyadas y los muslos muy abiertos daba la impresión de una mujer sentada en la letrina. Ciego a la humildad doliente de un hombre que muere mártir por otra religión, en la exaltación sincera de su Dios, seguía con cruel satisfacción los más mínimos detalles de la muerte en ese hombre, en la soledad extrema del crimen que se envuelve de legalidad para cometerse y no conoce otro perseguidor que la propia conciencia.

El otro inquisidor era una cabezota en un cuerpo endeble, con el gesto de alguien que azota sus genitales a la luz de la luna para mortificar su cuerpo tentado por la lujuria. Con ojos desorbitados y ansiosos oía las sentencias contra los reos, entreabría la boca como si comiera y metía y sacaba la lengua igual que si paladeara triunfos. De semblante ávido, parecía alguien que no puede dejar de comer pero que olvida al momento lo que come, prisionero de un hambre que no es física sino espiritual. Al contrario del otro inquisidor, que por instantes buscaba en la distancia el recuerdo de una bondad infantil para siempre dañada. Como si en medio de todos y de todo, sobre la muchedumbre de verdugos y víctimas, sus ojos miraran más allá del presente, oyeran los sonidos pasados de una alegría infinita que en forma de luces cantaba libremente en la mañana. Alegría infinita de la cual se había excluido a sí mismo al juntarse con las fuerzas destructoras de la vida.

Entretanto, uno por uno, los reos fueron conducidos por el alguacil mayor a la tarima con dos escalones para oír la sentencia; recibiéndola algunos pálidos y temblorosos, a punto de desmayarse, y otros con el más completo silencio.

Leídas por un fraile de voz quebrada, las listas de los delitos que se les imputaban parecían baladíes, pero su gravedad ante los ojos de los inquisidores no dejaba lugar a dudas de la suerte que les aguardaba. Primero se escucharon las de los penitenciados, las de los quemados en estatua y finalmente las de los relajados al brazo secular. Se hizo a veces, entre las sentencias proferidas por los frailes desde los púlpitos, un profundo vacío, como si las palabras cayesen en un mundo sin sonido.

A medida que se pronunciaron las sentencias más terribles la multitud se volvió más agresiva, sus gestos se hicieron más distorsionados y hubo gritos de deleite feroz. El orden fue conservado por el alguacil mayor y los familiares de la Inquisición, responsables en todo momento de mantener el auto de fe con la solemnidad de un oficio religioso. Fue conservado hasta el instante en que Pedro de Exea, Violante Ruys, Bernard de Robas, Galcerán Belenguer, Gabriel de Aójales, Guillen de Bruysón, Gonzalo de Yta y María Labadía fueron relajados al brazo secular, entregados al alguacil mayor para ser llevados al quemadero; pues entonces la chusma se lanzó como una fiera mal domeñada sobre los cuerpos de los reos inermes.

—¡En Calatanzor Almanzor perdió el tambor! —gritó entre el gentío un hombre con cara de cabrón.

—Esta mujer no sabía el Credo sino hasta el Patrem Omnipotent y hacía que le degollasen las aves y le bendijesen los vestidos a la manera judaica —dijo un fraile a su lado, refiriéndose a una penitenciada.

—A ese converso le están dando su Mesías —dijo la mujer flaca, visible en la muchedumbre.

—Yo he aceptado mis tormentos en esta tierra desde el día que nací y los aceptaré hasta el fin del mundo —dijo un viejo, hereje condenado.

—Ese hombre es el único cristiano que sacan con los judíos, le atravesaron la lengua con una caña por blasfemo de Dios y de Nuestra Señora la Virgen —dijo una beata, rosario en mano, cuyo rostro cubría un capuchón, señalando a un hombre que le hacía muecas obscenas.

—A ese marrano lo penitenciaron los padres dominicos por no haberles dicho que estaba circuncidado —dijo un hombre de cabeza pequeña, casi chupada.

—Mirad a ese otro, le han dado tantas veces el tormento de la cuerda que parece que le han embarrado los brazos y las piernas con ciruelas zaragocís —dijo un labrador de cejas muy pobladas.

Un penitenciado exclamó:

—¿Dónde estás, ciudad de bendición, Yerusalaim de los almendros?

—Hoy estaremos en el reino de Dio —dijo uno de los conversos.

—Hoy seremos cenizas —replicó otro.

—Seas bendicho en el Edén —gritó una mujer desde la multitud a un reo.

—Aún no estoy muerto —contestó el aludido.

—Será la calavrina de Torquemada como estiércol sobre las fazes del campo en la heredad de la vida; Aquel que formó a Adán y dio al hombre forma de polvo de la tierra, soplando en su nariz arriflo de vida, se encargará de ello —proclamó un viejo con voz temblorosa.

Los soldados descargaron sus arcabuces en la plaza, rodearon a los herejes condenados y los montaron en burros para protegerlos de la chusma hostil; los frailes hicieron los últimos esfuerzos para salvarles el alma antes de que los condujeran al quemadero, fuera de la villa; los clérigos removieron el velo negro de la cruz de la Seo; los dominicos portando su cruz verde, escoltados por oficiales seculares y familiares armados, se alejaron cantando canciones religiosas.

Por su parte, los penitentes infamados con los sambenitos y las corozas fueron devueltos al castillo de la Aljafería: al otro día iban a oír de nuevo las sentencias que los condenaban a galeras o a cárcel perpetua, a ser sacados a las calles por el alguacil mayor, en compañía de familiares, escribanos, un pregonero y un verdugo de la Inquisición para recibir públicamente su castigo de azotes y vergüenza.

Yo me fui de Zaragoza, viendo todavía por las puertas de Madrid a dos hombres colgados por los pies, con los genitales atados al cuello por haber cometido delito de sodomía.

Por regiones montañosas fui a Calatayud para ver a Noé de la Vega. Su casa estaba en una calle montuosa y tenía casi las rocas encima del tejado, o tenía el muro casi subiéndose a la roca. Sobre el arrabal, frente a las casas labradas en la piedra volaban los vencejos. El castillo parecía una extensión edificada del paisaje pedregoso y la tarde misma tenía ese tinte pardo de las torres y casas de ladrillo.

Al tocar a la puerta de la casa de Noé de la Vega una mujer me dijo que mosén no podía recibirme porque se estaba muriendo. Como él se escapaba de la vida sentí que Isabel se escapaba de mis manos, y pedí verlo antes de que se fuera del mundo.

En el corral, un rocín de pelo morcillo, baldado de la pierna derecha, relinchaba; en el piso de la cocina había cuatro ollas de tierra, cinco calderos y tres escudillas de madera. En la cámara mayor y postrera, entre candeleros de fierro, tablas grandes de comer y cajones de pino, con la mitad del cuerpo en la penumbra y la otra mitad en la oscuridad, agonizaba el hombre desconocido que había venido a visitar.

En silencio, estaba rodeado por su mujer, de pelo café oscuro, ojos café oscuro, labios carnosos y pecho muy abultado; por su hija, todavía moza, de pelo café oscuro, ojos café oscuro, labios carnosos y pecho muy abultado; por dos hombres jóvenes pero robustos y ya hechos, muy parecidos el uno al otro como si fuesen gemelos, y por siete hombres, notarios y testigos, alineados en un escaño pegado a la pared.

Ignorado por el grupo, que en apariencia no percibió mi llegada, y casi acallando los latidos de mi corazón, me puse a ver lo que pasaba en la pieza: Noé de la Vega, echado en la cama, con las ansias de la muerte reflejadas en la palidez de su rostro y en el temblor de las manos, pidió a su mujer unos cojines para reclinarse, y, con gran duelo de todos los presentes, comenzó a hablar:

—Yo, Noé de la Vega, judío, habitant en Calatayud, mayor de días, en lecho de muerte pero en buen seso, firme en memoria e palabra manifiesta, fago mi testamento, e fecho valga como cosa fecha, ygual en este momento que en el siglo venidero; estemos nosotros presentes o absentes para verlo venir. La muerte ya vislumbro, no como quien habla de ella como cosa incierta o distante sino como quien la ve aquí de bulto. Ca viniendo un día martes por la calle del Barranco, entre las ocho e nueve de la noche, non supe quién, nin quién non, me dio una pedrada en la cabeza, e todo el mundo se me asolombró; e porque a sciencia cierta non lo supe nin lo sé de algo que so ve perdono a todos los que estaban en la calle donde fui herido e en la casa donde yazgo, assí christianos como judíos e moros, en todas las tres leyes; e porque Dio era ordenado que yo finasse de esta pedrada, quiero que nin el señor Rey, nin el alguazil de Calatayud, nin la justicia de Aragón, e qualesquier otros juezes e personas, non puedan de ninguna manera ajaquiar la dicha pedrada a ninguno. E quiero que de las dichas cosas me sía fecha carta pública.

"Yo doy gracias a mi Dio, que fizo todo el mundo e la generancio de los omnes, que puso mi ánima en carne e hueso corporal e agora pone mis días en la noche más incierta de todas. Doy gracias a Él que nos mantiene, que non me fizo bruto nin malvado e innoble sino omne bueno que muere aun hambriento de vida, porque mi tierra prometida fue siempre esta tierra e mi gloria fue siempre el amor de este mundo. Por eso mando que non sea llorado mi cadáver, nin se quebrante nadie por mí; nin vos, doña Reina, fagades duelo grande de mí, que más quiero que después de mi muerte fagades memoria de las vezes e los años que nos gozamos e nos fezimos uno solo; ca marido e mujer somos en la vida e en la muerte.

Primeramente quiero, ordeno e mando que mi cuerpo sea lavado con agua caliente, rapándome la barba, debaxo de los brazos e otras partes del cuerpo, que sea amortajado con lienzo nuevo, calzones e camisa limpia, e me pongan en la cabecera una almohada con tierra virgen; que sea sepultado en el fonsar de los judíos de la ciudad de Zaragoza, do yacen mis padres e los padres dellos, así como sus antepasados, que Adonay gloria dé. Pido que non me entierren en la tierra seca sino non tocada nin tañida, e que en la fuesa pongan una silleta dando al oriente, para que, donde me asienten, mis ojos e mi cara den al sol e su salida.

"A mi mujer Reyna dejo la casa de Calatayud en la calle del Barranco en do de presente habita, e la casa en Zaragoza en la carrera de San Gil; la baxilla de plata e la de fierro e la rastra de perlas, los anillos de plata, de turquesa e de zafir que yo le di, más el brial blanco de Sicilia, la manteta bermeja de Malinas, la saya verde de Camprodón, el velo grande de lino colorado y los cojines de telas viejas que eran de mi madre señora dejo; más los bienes muebles míos e su dote dejo, para dar, vender e fazer su voluntad.

"A mis hijos Jacob e Isaac dejo, a cada uno dellos, a saber, quarenta sueldos jaqueses e diez florines en oro. A Jacob dejo un anillo de oro con piedra de poca valía, un salero de plata, una viña sita en Carra la Mata y dos tabardos de Contray, guarnecidos de seda, con mangas. A mi hijo Isaac dejo una taza de plata, un anillo de oro sin piedra, una cama de pino, un sayo de aceituní negro, tres pares de borceguíes, un asador de fierro, una tabla grande de comer e una viña sita en el Ginesta de Calatayud.

"A mi otro hijo Joan, que está peleando con el señor rey don Fernando la guerra contra los moros en Granada, dejo, para que se lo guarde su madre doña Reyna fasta su regreso, una casa sita en la ciudad de Calatayud; e dejo, pues es gran jugador del juego del acedrex, un tablero de jugar con escaques de jaspe e de nácar, como aquellos que solía tener el rey don Martín de Aragón, con una bolsa de cuero blanco con treynta e dos trebeios, diceseys de una color e diceseys de otra; ocho menores o peones, que, según nuestro rey don Alfonso, fueron fechos a semejanza del pueblo menudo que va a la hueste. Todos los tres fijos, Jacob, Isaac e Joan pueden fazer sus voluntades con todo aquello que yo les dejo.

"A mi hija Orovida, de doce años andados, dejo, en gracia especial, una casa mía en la judería de Zaragoza, sita en el callizo Medio, e quarenta mil sueldos jaqueses; los quales quiero que le sían dados para colocación de su matrimonio, la qual haya de casar con voluntad de doña Reyna, madre suya que debe guardar que non case nin la encinte varón el qual haya quebradura de pie o de mano, sía corcovado, enano o loco, sía sarnoso, lamparoso, mojado de güevo o tenga nuve en su ojo; que la pequeña Orovida poco a poco se irá asebantando e llegará a ser moza fermosa como pocas doncellas han sido vistas en Calatayud o en Zaragoza.

"A mi hermano Salamón, habitant en la judería de Zaragoza, quien venido a grant pobreza non tiene en aqueste mundo sino la ropa que lleva a cuestas e el peso de sus muchos años, non es dueño de castellanos nin de plata, nin de sueldos jaqueses nin de cosa ninguna que lo valga Dio, e muy enfermo fue a pedir a don Mair Alazar que lo quisiera acollir en su espital, queriendo murir, e non murió; a él ques tan pobre que non pido cumpla el mandamiento en la ley judayca de casarse con la mujer viuda de su hermano difunto que será doña Reyna, nin que calce un zapato de cuero con doce correas e doce lazos en su pie derecho e venga a ella para desatar el vínculo e la obligación del dicho casamiento, siendo además mi mujer Reyna asaz vieja para tener un hijo de él que lleve mi nombre. A él, mi hermano Salamón, dejo un tabardo mío de paño negro, una ballesta, unas calzas de hombre bermejas, viejas, una piedra de toch, un candelero de astas de ciervo sin sus cadenas, un banco de lavatrapos, una bota y un odre, unas tenazas para derredor del fuego, una lanza y una litera, unos zapatos ya teñidos, un jubón aceituní verde servido, un capirot de paño negro, dos puertas viellas, un colchón viello lleno de lana, una colcha blanca para su lecho, dos platos de madera e un salero.

"A mi hermano Santiago, a quien non he vuelto a ver desde el día que se fizo christiano por melancolía, porque en una sinoga el rabino le dio una bofetada se quedó majado e baxo de espíritu, dejo cien sueldos jaqueses para ser cobrados por él si alguna vez torna a Calatayud, que non sé de su destino, un poco porque non he querido saberlo e otro poco porque lo ha ocultado de mí.

"Desta manera ayan todos mis bienes mi mujer Reyna, mis hijos Jacob, Isaac e Joan, mi pequeña Orovida, e mis hermanos Salamón e Santiago, asegurado de que los han de tomar sin pleito, reyertas nin engaños, que en este postrimero punto mi aviso es que no tengáis entre vosotros riñas ni mal dichos sobre mis bienes ya muerto, porque non ay pueblo de la tierra piadoso nin omne de lengua suelta bueno; ca mis hijos sedes, si non dígalo Adonay que lo sabe e vuestra madre que lo ha llevado en peso.

Así hizo don Noé de la Vega su testamento, testificado por el rabino Yocef Hazán, notario, Mossé Costantín, médico, Sentó Anayut, mayor de días, Salamón Alazán, rabino, Mossé Abuyut, Yucé Lupiel, cirujano, e Yaque Pazagón.

—Que Dio os lleve por buen camino hacia el Edén, amigo mío Noé, e vos dé en su gloria buena postrimería, que acá habéis vivido como omne sabio, noble e sin codicia —dijo el llamado Mossé Costantín.

—Tú, hijo mío —dijo él, dirigiéndose a Isaac—, tómate tu ladrillo, métenlo delante de ti y cavaca sobre él la ciudad de Yerusalaim. E tú —dijo a Jacob—, como el antiguo Jacob rasga tus vestidos, pon un saco sobre tus lumbos e alemúñate por tu padre muchos días...

—Padre mío —dijo Jacob—, non te desampararé en este mundo nin en el otro.

—Guarda bien que la persona que fiziere algo con mano alta contra doña Reyna e la pequeña Orovida será tajada de entre su pueblo e mal dicho del Señor por toda la eternidad —dijo don Noé de la Vega.

—Yo non os dexaré madre mía, hermana mía, primero sía yo muerto e apestado que permita que algo malo suceda a vuestros cuerpos o a vuestras ánimas —dijo Isaac.

—Agora dejo el mundo —dijo don Noé, volviendo la cara hacia la pared y exhalando sin ansias el último suspiro.

—Adonay lo haya en su gloria, que muerto es —dijo de inmediato Sento Anayut.

—Assí como el rey Eccequías volvió la cara a la pared para llorar su pecado don Noé ha partido desta vida —dijo el rabino Yocef Hazán.

—Murió después del diluvio general el día tres del mes de Marjeshvan en la era de la Creación del Mundo del año de cinco mil doscientos cuarenta y ocho en la villa de Calatayud —dijo el rabino Alazán.

Al fondo de la pieza donde acababa de morir don Noé de la Vega en un escaño de madera pegado a la pared habían sido amontonados varios libros en pergamino, entre los cuales se notaban una Biblia y varios volúmenes en hebreo; mientras que, en un rincón, como dispuestos para ser repartidos, habían apilado una gran cantidad de objetos brillantes y de ropas traídas en un cofre de pino del que salían piernas y brazos de paño.

—¿Fuisteis amigo de mi padre ? —me preguntó Isaac de la Vega.

—He venido a Calatayud para ver a vuestro padre, pero creo que he llegado tarde —respondí.

—¿Quién os ha enviado?

—Doña Luna de la Vega.

—¿Por qué razón?

—Busco a Isabel de la Vega, vuestra prima y mujer mía, huida de Ciudad Real a causa de la Inquisición.

Me miró con fijeza a la cara.

—¿Mi tía doña Luna os ha dicho que vinierais a ver a mi padre? ¿Ignoraba ella que él se hallaba herido de muerte?

—Me temo que vuestra tía no está muy informada de las malas fortunas de este mundo.

—¿Buscáis a mi prima Isabel?

—Sí.

—¿Es vuestra mujer o vuestra barragana?

—Mi esposa.

—Ella partió para Teruel después de quedarse con nosotros unos meses.

—¿Sabéis algo más?

—Nada más —dijo Isaac, volviendo al lado de su padre difunto, junto al cual se lamentaba el rabino Yocef Hazán, citando a Jeremías:

—Sobre los montes alzaré lloro y oyna y sobre moradas del desierto endechas.

—Señor, luengo de yras y grande de merced, daínda sía mi endecha oyna y mi canto fúnebre bien plañido por compás —dijo el otro rabino Salamón Alazán.

—Porque assí dice el Señor: en tornansa e reposo seréis salvos: en aquedamiento e en feguzía será vuestra fortaleza —dijo el cirujano Yucé Lupiel—, que espíritu de fuertes como ravdón derrocar muros.

—Dijo Daniel del árbol de la visión: assí como debaxo dél se asolombratavan las animallas del campo y en sus ramas moravan aves de los cielos, en tu corazón se amontonarán los recuerdos de tu vida en la tierra cumulo miseria sías en el reino del olvido y la ceniza —dijo Sento Anayut, mayor de días.

—Adiós —dije, sin que a nadie le importara que me fuera.

Mas, cuando ya trasponía el umbral de la cámara mayor me alcanzó Isaac, poniéndome la mano sobre el hombro:

—Isabel vino de Zaragoza con un niño de meses y vivió un tiempo con nosotros —dijo—. Traía el corazón desleído y el semblante lleno de tristura, pero mi padre la enalteció para que no fuese moradiza entre nosotros ni en nuestro pueblo y fue como una hija y hermana en nuestra casa, libre de hacer su voluntad, salvo las limitaciones propias de su condición de perseguida y de madre nueva. Oculta y silenciosa en aquella pieza pasaba los días y las noches, saliendo de ella sólo ocasionalmente para pasear en el huerto; pues, inquieta y melancólica, casi no hablaba con nosotros ni con los conversos que a menudo venían a visitarnos. Quiso, y así lo hizo, mantenerse apartada y sola, en compañía de su hijo, sin que risos ni fiestas la sacasen de su ensimismamiento. Creo que nunca llegó a asomarse por la ventana ni a la puerta y tampoco manifestó deseos de hacerlo; tampoco expresó lástima por su encierro. Las últimas semanas que pasó entre nosotros se mostró muy turbada, hablaba a solas y en sueños, y a veces salía de su cuarto diciendo razones extrañas que nunca habíamos oído antes. Noches enteras permanecía sentada en la oscuridad, indiferente a toda conversación y a todo movimiento de criaturas humanas, con los ojos fijos en su niño o en un rincón de la pieza. Al amanecer la encontrábamos en la misma posición como la habíamos dejado antes de dormirnos. Las campanas de las iglesias, que rigen el tiempo de la villa, tañendo maitines, laudes, prima, tercia, sexta, nona, vísperas y completas no la conmovían siquiera, ajena a todo ruido, a todo llamado del mundo exterior. Repetía con frecuencia una sola frase, para sí misma: "La muerte, forma vacía", como si tuviera delante figuras invisibles o contestara en voz alta a preguntas que alguien en su mente le había hecho no necesariamente ese día, sino durante cualquier momento de su vida pasada o en una situación imaginaria de su futuro. Hasta que una tarde, puesto el sol, dijo a mi padre que partiría al día siguiente. Mi madre, al saberlo, pidió guardar el niño; pero ella no aceptó, diciendo que tenía miedo de perderlo si lo dejaba atrás en el reino de Aragón, ya que tenía pensado después de ver en Teruel a Brianda Ruiz irse a Flandes, donde los judíos no eran tan perseguidos como aquí. Dijo que su hijo y ella, aunque no moraban en un mismo cuerpo, sí moraban en una misma ánima, y si él llegaba a faltarle ella sería como nada.

Después de unos momentos de silencio, midiendo en mi rostro el efecto de sus palabras, Isaac volvió al lado de su padre muerto.

Yo salí de la casa. En la calle del Barranco, varios judíos habían sacado la Tora de la sinagoga para pedir que lloviese. Tocaban los cuernos, cantaban y hacían plantos. Mientras, desde la ventana de su casa, un viejo judío sin dientes movía los labios como si rezara, diciendo a cada persona que pasaba:

—No hay más paraíso que el mercado de Calatayud, no hay más paraíso que el mercado de Calatayud.

Por el tiempo de las uvas vine a Teruel, ciudad amurallada sobre una loma al sur del reino de Aragón, en la orilla oriental del río Guadalaviar.

Entré en ella por la puerta de Zaragoza, fui por las calles que pasan debajo de las muy altas torres de las iglesias de San Salvador y San Martín, dejé mi acémila en el hostal del Caballo Blanco y me encaminé a la casa de Brianda Ruiz, a espaldas de la sinagoga.

Recargado en la pared de la casa, bajo el sol de mediodía, un hombre asaz andrajoso, descalzo, barba y pelo desaliñados, comía un conejo sacando los huesos de su boca como si fuesen espinas de pescado. Al verlo, un fraile que pasaba por la calle comenzó a amonestarlo por devorar criaturas de Dios de esa manera tan descomedida, ávida y pecaminosa.

—Sólo conozco mi hambre —contestó el hombre andrajoso.

—¿Judío o cristiano nuevo? —preguntole el fraile enseguida.

—Ni lo uno ni lo otro, sino desgraciadamente sólo un hombre.

—Eso suena a herejía —dijo el fraile.

—Suena, pero no es —dijo el hombre.

—¿De dónde sois?

—De Cedrillos, mi padre trabajaba con doña Catalina Bonet y a dos calles de su hostal nació.

—¿Os placen las liebres, las perdices y las otras volaterías de esta tierra?

—Mucho.

—¿Los vinos aloques de estos campos?

—Bastante.

—¿Dónde pasáis la noche?

—En las grandes huertas junto a los muros de esta villa, no lejos de las aguas de los ríos,

—Tened cuidado en no ahogaros como aquel Gil Ortiz que venía de Zaragoza y cayó en el río, y no pudiendo sacar los pies de los estribos de su caballo la corriente crecida por las nieves de la sierra se lo llevó —dijo el fraile.

—Tendré buen cuidado, que yo fui el primero que vio su caballo salir fuera del agua y en buscarlo con mucha diligencia —dijo el andrajoso—. Antón de Mesa, Martín de Huete y yo lo hallamos a la mitad del río muy vestido con su toca y espada y lo sacamos con ganchos días después.

—Dios le perdone sus pecados, ¿de qué están hechos vuestros vestidos?

—De los paños más discretos que se labran en Teruel.

—¿Cuando rezáis os volvéis a la pared?

—Ya os dije que duermo en las grandes huertas junto a los muros de la villa.

—¿Guardáis el sábado?

—Como los demás días del Señor, a la intemperie —dijo el hombre.

—¿Coméis carne en cuaresma?

—Si me cae del cielo.

—Entonces, sois judío —dijo el fraile.

—Cuando niño mi madre me decía que nuestros primeros padres fueron los judíos Adán y Eva, guardábamos los mandamientos del judío Moisés y creíamos en la religión del judío Jesús.

—¿Sabéis quién soy? Soy el nuncio del Santo Oficio don Francisco Bonfil, encargado de citar y prender a los herejes.

—¿Debo considerarme hereje condenado por lo que he dicho y por lo que no confieso? Cuando niño mi madre me decía que si me cortaban la lengua podría llegar a viejo y salvar mi ánima, de otra manera me la iban a traspasar con púas y a colgarme en la horca del arrabal, arrimado a una escalera con las manos atadas, como a aquel mancebo de Cella que recién trajo el asistente del Rey acusado de renegar de Dios y de la cruz.

—¿Cuando decís asistente del Rey os referís a don Juan Garcés de Marcilla?

—Al mismo que mandó hacer pregones, bandeó a las mujeres de vida alegre, prohibió los juegos y arrestó a los conversos que después quemaron —dijo el hombre.

—Por lo que habéis dicho vais a desear no haber nacido nunca —dijo el fraile.

—Ya lo he deseado muchas veces, señor nuncio don Francisco Bonfil, y no siento temor de la muerte —dijo el hombre, con una risa muda que fue más bien una mueca.

—Qué se me hace que tenéis cara de omiziano —dijo el fraile—. ¿No fuisteis acaso cómplice de aquel hostalero de burdel de nombre Juan Navarro que en el año de 1480 mató a golpes con el pomo de su espada a la dona de un tal Terol? ¿No estuvisteis cerca del cubero Juan de la Vega, que fuera de la puerta de Valencia mató a Francés Besant? ¿No ayudasteis a que se enforcara de un árbol aquel hombre que tenía fantasía de que ningún poder en el mundo podía absolverlo de un pecado terrible que cometió? ¿No participasteis en la gran brega del martes de Carnestolendas, junto a la puerta de Zaragoza, cuando

Fernand Dobón dio una cuchillada en la cabeza al juez Francisco Navarro?

—Párele de contar, señor nuncio, que no fui cómplice de crimen alguno y jamás ayudé a que ninguna criatura se privara de la vida; hambriento y desnudo he incurrido en muchas faltas en este mundo, pero nunca el cainismo ha sido uno de mis pecados —dijo el hombre.

—Si confesáis en buena hora los pecados que habéis cometido contra nuestra Santa Fe Católica, la madre iglesia estará con los brazos abiertos para recibiros —dijo el nuncio, yéndose tras de un labrador que acarreaba uvas a una casa—. ¿Quién mora en ella? —le preguntó.

—Cuatro Sánchez, señor, pero ninguno de ellos está en casa, que todos ayunan en otra parte el ayuno del Quipur y serán tornados hasta salida la estrella —dijo el labrador, sin levantar la cabeza.

—¿Sabéis adonde fueron?

—Creo que a la feria de Daroca.

—Poned atención que ninguna de las uvas se te pierda, que vuestros señores podrán reñiros por ello; yo volveré también salida la estrella —dijo.

Cuando el nuncio se perdió de vista, entré en la casa de Brianda Ruiz por una puerta lateral que me llevó por un pasadizo, que a su vez me condujo a un corral, a otra puerta y a otro pasadizo, como si hubiese entrado en dos moradas sin haber llegado a una sola. En una pieza barrida y limpia hallé a cuatro conversas vestidas de blanco, descalzas o con zapatos de paño observando el ayuno del Quipur hasta la noche. Por una ventana que daba a la sinagoga vi al rabino Rabí Simuel y a los judíos públicos haciendo oración. En la cámara mayor, al fondo, vestida de blanco y vuelta hacia la pared estaba una doncella de unos quince años, con largo pelo negro sobre la espalda blanca. Era la moza de Teruel, una de las veinticinco profetisas que, según decían sus seguidores, recorrían la tierra anunciando la llegada del Mesías; el cual, después de hambres, pestilencias, terremotos, grandes persecuciones y falsos mesías, que con signos y maravillas buscarían confundir a los elegidos, vendría al mundo.

Hija de don Juan Ruiz, físico de la villa, los zapateros, los sastres, los herreros, los tintoreros, los orfebres y otros discípulos la llenaban de dádivas, la escuchaban y creían lo que decía: que el Mesías la había subido al cielo, le había revelado el misterio del Juicio Final, el día exacto cuando iba a venir a salvar a los judíos de la hoguera de los inquisidores para llevárselos por encima de las nubes a la tierra de promisión.

En esa pieza blanca, donde niños, mujeres y viejos de las familias Gracián, Puigmija, Tristán, Pomar, Ram, Besante, Sánchez, Martínez de Rueda y otras que tenían un pariente vivo (detenido, atormentado, penitenciado en las casas del arzobispo) o difunto o ausente (exhumado, quemado en efigie en la plaza de Santa María) por los delitos de siempre de guardar el sábado, comer carne en cuaresma, leer la Biblia en hebreo, llevar aceite a la sinagoga, orar con la cara vuelta a la pared, comer perdices y palomas "no afogadas", dar limosna a los judíos pobres, no ponerse de rodillas al oír las campanas de la iglesia anunciando la elevación del Cuerpo, lavar los cuerpos de los muertos y endecharlos a la manera judía, celebrar la pascua del pan cenceño y la fiesta de los Tabernáculos...; que tenían parientes que habían sido citados por el pregonero Juan Martínez, prendidos por el nuncio Francisco Bonfil y los alguaciles Miguel de Chauz y Juan Navarro, denunciados por los testigos de confianza, los sirvientes Sevilla y Catalina Márquez, Angelina Tormón, María Valero, María Justa, Elisa Sánchez, Francisca Crespo, el cazador Juan Alcalá, el tejedor Juan de Albarracín y otra gente menuda; para un día en la plaza mayor de Teruel oír las sentencias del tribunal del Santo Oficio, en presencia de gran multitud de fieles y de clero, en las que por herejes contumaces y apóstatas verdaderos se les condenaba a cárcel perpetua, a ser quemados en la hoguera, a la confiscación de bienes, a que sus descendientes fueran inhabilitados para cargo público y beneficio eclesiástico hasta la segunda generación.

Rodeada por estas gentes, la moza de Teruel, Brianda Ruiz, comenzó a contar su aventura en los cielos:

—Una noche cuando me hallaba en el lecho sumida en profunda mortificación de mi cuerpo, mi madre muerta vino a mí para decirme que Dio la había enviado para mostrarme las maravillas del más allá y revelarme sus secretos. El Mexías, con alas semejantes al arcoíris, nos guió a ambas por el aire y en unos cuantos soplos dejamos atrás la esfera de las ánimas en pena y entramos en la de la gloria de Dio. Como oíamos un cántico asaz dulce, el Mexías me dijo: "Hija de Dio, el canto que tú oyes es el de aquellas criaturas que han muerto quemadas por su fe y se hallan aquí sentadas en el goce eterno del Edén; son los mártires cuyas cenizas fueron esparcidas en los ríos y en los campos, pero sus ánimas no fueron dispersadas: su polvo quedó en el polvo y sus espíritus se remontaron a Dio. Sus persecuciones fueron mis sufrimientos y sus camisas de fuego se convirtieron en estos paños de luz que ya no quema." "Por Ti", díjele, "nosotros sufriremos cada día la muerte." "Más vale morir que transgredir, con la muerte santificarás el Nombre", dijo, con palabras del sabio Maimónides. "Para quien ha profanado el Nombre el arrepentimiento es impotente, el día del Quipur no absuelve y las penas no aportan perdón, sólo la muerte expía —dijo el sabio cordobés", dije. "Ahora, como señal que has estado en los cielos conmigo llevarás a la tierra esta espiga de trigo y esta rama de laurel, símbolos de la natura celeste. Pero cuídate al volver a Teruel de la muerte vestida de dominico que azota los reinos de Castilla y Aragón, escandaliza la justicia divina y profana la paz de los cementerios", dijo. "Soy una moza ignorante, que vive en una época de persecución y de miseria, y paso mis noches en el miedo: hay otros maestros en España más sabios que yo, que tienen más fortaleza que yo", dije. "Yo secundaré tus actos, yo inspiraré las palabras que dirás a los otros", dijo. "Así sea", dije, "el Eterno vela por los inocentes." Después, al encontrarme en mi lecho descubrí con sorpresa que mi cuerpo no había cambiado de posición y la casa y la calle presentaban su aspecto habitual...

La moza de Teruel calló, su perfil finísimo se mostró apenas cubierto por su largo pelo negro. Volvió hacia mí el rostro ceroso, los ojos fulgurantes, entreabrió los labios para decir algo, pero se mantuvo muda, como si esperase que las palabras le vinieran del fondo de sí misma; dijo: —Hermanos míos, hombres y mujeres, pequeños y ancianos, ayunemos el ayuno del Quipur en honra de los cuarenta días que Moyssén estuvo en el monte Sinaí, sin nada de comer ni de beber, aguardando la luz y el perdón que Dio había de dar a Israel por el pecado de idolatría...

—*Adonay morada tu fuerte a nos:*

en generancio y generancio —exclamó un hombre.

—*Porque mil años en tus ojos como día de ayer que pasó* —exclamó otro.

—Leviatán ha muerto —dijo un viejo detrás de mí, como si viera el cadáver del monstruo delante de él.

—Senyal de que verná presto el Mexías —dijo otro viejo, de barba blanca sin cortar, con un tabardo señalado.

—Y de que Torquemada morirá, que la justicia del Señor ruirá sobre él como ruido de la mar —dijo un mancebo.

—Los impíos aún en vida son llamados muertos y los justos aún muertos son llamados vivos —dijo el primer viejo.

—Desde la juventud me han perseguido, pero jamás he profanado el Nombre —dijo el segundo viejo.

—¿Hasta cuándo sufriremos persecución y exilio? —preguntó el mancebo.

—Está dicho que los sufrimientos y el exilio cesarán a la llegada del Mexías —contestó la moza de Teruel.

—He visto en las estrellas de la madrugada la llegada del Mexías, por todos los confines de la tierra oigo ya cánticos —dijo un hombre de edad imprecisa, canoso de pelo y falto de dientes.

—Yo tengo puestos mis vestidos de fiesta debajo de este mantón infamante, partiré cuando la hija de Juan me diga —dijo una mujer, dispuesta a atravesar la tierra a su menor indicación.

—Catad, que ha sido dicho que si se eleva de en medio de ti un profeta o un visionario y os ofrece como demostración un milagro, no oirás las palabras de este profeta o visionario, porque el Eterno, nuestro Dio, nos pone a prueba —dijo el mancebo.

—Dicen los Proverbios que hablar antes de haber entendido es locura y causa de confusión.

—Somos sometidos a santos de madera y de piedra, obras de las manos del hombre, ¿debemos adorarlos? —preguntó el primer viejo.

—Dijo el sabio Maimónides: "En esta persecución en la que nos encontramos no simulemos que servimos a un ídolo, pero hagamos creer que creemos en lo que nos dicen" —dijo ella.

—Don Fernando de Madrid, converso de Torrelaguna, ha dicho que el anno de ochenta e siete ni avíe de aver justicia en el mundo e el anno de ocho avíe de ser el mundo corral de vacas y el anno de nueve avíe de ser toda ley una... E dixo que acabado que vengan sobre nos persecuciones e males, luego verná el Mexías que todos esperamos e bien aventurado será el que lo verá... E dixo que verná en la cibdad de Palos, que es Sevilla, pero antes en la dicha cibdad ha de venir el Ante Cristo que ha de traer una piedra filosofal, e que sy en una barra de fierro con ella tocare, se tornaría plata, e sy en una de acero, se tornaría oro, e en la mar se le mostrarían los tesoros, ¿debo creer en ello? —preguntó un viejo, que hasta ese momento no había hablado, en el otro extremo de la pieza.

—Creed en las calamidades que tenéis delante de vos, que el futuro se os revelará día por día y no necesitáis ir a buscarlo —respondió la moza de Teruel.

—A mi hija la violaron —reveló un hombre, avergonzado por tener que decirlo delante de la gente allí reunida—, ¿qué debo hacer?, ¿amarla, castigarla, matarla?

—Está escrito que a la joven violada tú no harás daño, porque no ha cometido crimen alguno que merezca la muerte —contestó ella.

—Busco a Isabel de la Vega —dije a mi vez—. Desapareció de la villa de Madrid y no sé dónde hallarla. Dime si vive o muere.

—Isabel de la Vega no se halla ni cerca ni lejos de ti —dijo Brianda Ruiz, con voz apenas audible, el rostro vuelto hacia la pared.

—¿Qué significa eso? —pregunté.

—Lo que has oído, ni más ni menos —dijo.

—¿Qué camino debo seguir para estar más cerca de ella?

—El camino de Toledo —indicó.

—¿La encontraré en Toledo?

—En una calle de esa villa escucharás a un hombre decirte adónde ir después.

—¿Cómo sabré quién es él?

—Cuando grite en la noche el nombre de otra ciudad.

—¿Cómo es su rostro?

—No podrás verlo a la cara.

—Llevad a este pobre hombre a la cocina, que coma y beba hasta saciarse: debe tener sed y hambre —dijo una vieja, creyéndome necio.

—Llevémoslo —dijo un hombre fortachón y violento.

En eso, un vigía que estaba parado en la puerta que comunicaba a la sinagoga, alertó:

—¡El alguacil y los familiares de la Inquisición vienen hacia acá para prendernos!

—¡Huya quien pueda! —gritó otro, en el interior de la cámara—. ¡Presto, por el corral!

Todos abandonaron la pieza. Todos, salvo Brianda Ruiz, que inmóvil y vestida de blanco se quedó para esperarlos, como si su muerte no le interesara. Inocente, tranquila, envuelta por la luz serena de su visión y protegida por la imagen del Mesías, que se le había revelado en el cielo; ignorante, quizás, de la violencia de los inquisidores que la iban a prender, acusar de escándalos contra la fe católica y de herejías de toda suerte para, después de procesarla, condenarla a la hoguera.

Indeciso entre quedarme con ella o huir también, acabé por huir, convencido de que a mí no me amparaba ninguna divinidad ni me reconfortaría morir por una creencia que no tenía. Además, la necesidad de encontrar a Isabel y a mi hijo era más fuerte que cualquier tentación de sacrificio y que cualquier persona que se topase conmigo. Por eso, sin remordimiento alguno, escapé por el corral de la casa y entré, después de saltar empalizadas, muros y tejados, en una casucha que hallé por fortuna al cabo de mi carrera, sin dejar de oír un solo momento detrás las amenazas y los insultos que proferían los inquisidores

contra los judíos y los conversos que no podían prender o que
tenían en sus manos. De manera que cerré la puerta desvencija-
da detrás de mí con un portazo que cimbró las paredes.

—Entrad, pero no tiréis la casa —dijo una voz de mujer desde otra pieza.

—Ayudadme por amor de Dios —dije, sin saber a qué
persona dirigirme.

—¿No son los conversos los que huyen por la calle?
—preguntó la voz.

—Son ellos con algunos judíos —dije, lo más bajo que
pude, temeroso de que pudieran oírme desde afuera.

—¿Sois converso?

—Soy un hombre perseguido —contesté—, si eso os
parece un converso.

En la otra pieza se hizo el silencio. La mujer trataba de
decidirse si darme refugio o entregarme a mis perseguidores. En
la calle oí pasos, ruidos, voces; tuve la certeza de que muchas
de las gentes que habían estado con Brianda Ruiz ya habían sido
arrestadas. Su captura me sobresaltó, como si hubiese sido la
mía y me hallase a merced del alguacil Miguel de Chauz para
ser conducido a las cárceles del Santo Oficio.

Traspuse una puerta angosta y baja que daba a un cuarto oscuro con piso de tierra y paredes desnudas. Tenía una sola
ventana, que daba a las ramas de un arbolillo. Allá estaba una
mujer todavía joven, de rostro pálido y ojos negros vivaces, pelo
negro y labios carnosos; vestida con ropas raídas y andrajosas
daba la impresión de sufrir hambres y privaciones. Me escrutó,
como si aún no se decidiese a albergarme o a pedir socorro para
que me prendiesen.

—¿Estáis herido? —preguntó.

—No, solamente estoy lleno de polvo —respondí.

—¿Quiénes os perseguían?

—El alguacil mayor y los familiares de la Inquisición.

—¿Por qué?

—Vinieron a prender a las gentes que estaban en la casa
de Brianda Ruiz, y yo me hallaba allí.

—¿Prendieron a Brianda?

—Con toda seguridad.

—La procesarán y la quemarán, sin duda alguna —dijo, bajando tanto la voz que ya no oí lo que dijo, no supe si oraba o maldecía.

—¿La quemarán?

—¿Qué pensáis hacer para salvarla? —me preguntó a su vez, midiéndome de arriba abajo.

—Nada —respondí.

—¿Nada? ¿No os enfrentaréis a ellos espada en mano para rescatarla?

—No soy hombre de armas, soy hombre de razones —dije.

—¿Con razones cubrís vuestra cobardía?

—Con ellas protejo mi vida.

—Es una lástima que seais hombre de tan pobre condición —comentó.

—Por serlo todavía estoy vivo —repliqué.

—De todas maneras, os esconderé hasta que estéis a salvo de vuestros perseguidores. En esta pieza al fondo nadie sabrá de vuestra existencia, podréis quedaros todo el tiempo que deseéis —dijo.

—Sólo espero quedarme el día de hoy y partir mañana al alba —dije.

—Haced lo que mejor sirva a vuestros propósitos, pero sabed que aquí nadie os encontrará. Esta casa es una tumba para los moradores de Teruel.

—¿Por qué?

—Soy Clara Santángel, mi padre fue un converso muy rico que arruinaron en dos años los inquisidores fray Juan de Colivera y Martín Navarro, con la ayuda del asistente del Rey, Juan Garcés de Marcilla, que se ensañó contra él y lo llevó a la hoguera en un auto de fe a comienzos de este año... Mi padre tenía tierras en la villa y una casa en la plaza mayor, pero todo le fue confiscado para engrosar las arcas del rey don Fernando y de los inquisidores. Desde su posición influyente en el concejo de Teruel se había opuesto con tenacidad al establecimiento del tribunal del Santo Oficio en la ciudad cuando los inquisidores vinieron a inquirir aquí, mandados por fray Tomás de Torquemada. Mas impuestos implacablemente por el rey contra la voluntad de los habitantes, fue arrestado por el alguacil a los primeros días de mayo del año de 1485. Se le acusó de no saber bien el Pater Noster, el Ave María ni el Credo, de decir los Salmos y leer libros en hebreo, de dar sueldos para casar huérfanas y limosnas a los judíos pobres, de encender los candiles los viernes y comer carne en cuaresma, de haber dicho un día: "Loado sea Dio que no me fizo perro, que no me fizo gato", de no comer tocino, conejo ni congrio ni perdices afogadas. Sin consideraciones por su vejez, durante el tiempo de su prisión se le tuvo en un calabozo frío, con grilletes en los pies y se le atormentó muchas veces. Nadie sabía dónde se encontraba, hasta que un domingo, por no haber confesado sus culpas, se le declaró hereje contumaz, sus bienes fueron confiscados y sus descendientes hasta la segunda generación inhabilitados para todo oficio secular y beneficio eclesiástico. Relajado al brazo seglar, se le entregó a Juan Garcés de Marcilla para que lo quemara vivo.

Su rostro se ensombreció, pareció faltarle el aliento, continuó:

—Mi madre, Alba Besante, la más joven de siete hermanas y la primera en morir, ya difunta fue acusada de guisar en viernes la comida del sábado, con la intención de guardar ese día. La sirvienta María Barragán, que trabajó con ella los últimos veinte años de su vida, interrogada por los inquisidores reveló que mi madre celebraba la pascua del pan cenceño, sofreía la carne picada con cebolla, que le traían la carne degollada de la carnicería baja de Armesina Vilespisa, que no oía devotamente las campanas que anunciaban la elevación de Cristo en la misa, que cuando alguno caía delante de ella no decía "Jesús" y si alguno estornudaba decía "Saday". Les informó que cuando mi hermano murió ella lavó su frente, sus manos y sus pies con un trapo mojado, comió huevos duros durante nueve días y ayunó el Quipur ese año por duelo. Denunció que cuando le sobrevino la muerte lavamos y amortajamos con lino su cuerpo y que mi padre hizo enterrar en el monasterio de La Merced una muñeca que había puesto en lugar de un cadáver en el ataúd que sepultaron de prisa en el carnero familiar, delante del altar mayor, bajándolo con unas cuerdas y yéndose de allá presto sin cerrar siquiera las puertas; porque cuando fue noche, otros hombres llevaron en secreto sus despojos verdaderos al fosar de los judíos, sin cruces y sin capellanes, mientras por la casa y por la villa nuestros parientes rompían cántaros y escudillas en señal de duelo. Llovió mucho ese día, cuatro de agosto. Cayeron piedras del tamaño de nueces y las casas, en lo alto y en lo bajo, se llenaron de agua. El río Guadalaviar salió de su curso natural y cubrió las vegas. Tapias, paredes, viñas, huertas, caminos fueron destruidos y azotados. Los inquisidores otorgaron a aquellos que mostraron la tumba de mi madre, a los que la exhumaron y trajeron la leña para la pira, tres años de perdón y de indulgencias.

Al terminar su relato, Clara Santángel me miró con fijeza, esperando de mí respuestas, pero no pude decirle nada.

—¡Si fuese hombre, ni los inquisidores ni el asistente del Rey ni el alguacil estarían vivos! ¡Ya los habría matado con una soga, con un cuchillo, con una lanza, con un arcabuz o con mis manos! —exclamó.

Para distraerla de su infortunio, le pregunté si era casada y si tenía algún pariente en Teruel o en alguna otra ciudad de Aragón o de Castilla. Me contestó que no sólo no era casada sino que nunca había conocido varón ni lo conocería por no traer más criaturas al mundo para ser encarceladas o quemadas vivas. Le pedí entonces un jarro de agua, pues la sed me abrasaba desde hacía horas. Respondió que el pozo estaba seco y no había más agua en torno de la casa que la de los charcos, pero ella me daría agua buena. Me preguntó la razón por la que había venido a Teruel. En breve, le conté mis amores con Isabel de la Vega y mi búsqueda de los últimos años. Como si nos uniera una mala suerte común cogió mi mano y me echó una mirada semejante al amor. De inmediato, le dije que puesto que nada me retenía en la villa, partiría al tercer gallo, después de pasar la noche bajo su protección y cuidado. No le agradaron mis palabras, por haberse hecho rápidamente la idea de tener un hombre en casa. Me miró con tal desamparo que me hizo apartar la vista.

—Isabel de la Vega todavía está viva y no hallaré la paz hasta encontrarla —dije, como una excusa.

—Será conveniente que os quedéis unos días más oculto en esta casa fuera del mundo —dijo, como una queja—. Esto es una tumba y nadie vendrá a buscaros en un cementerio.

—Me deslizaré fuera de Teruel; envuelto por las sombras de la madrugada creerán que soy una sombra más —dije.

—A estas alturas, el alguacil y los familiares de la Inquisición ya habrán cercado la judería y las puertas de la ciudad —dijo, con una mirada llena de incredulidad y ansias.

—No puedo quedarme para siempre escondido en Teruel, tengo que ir a Toledo y a otros lugares todavía —dije, impaciente por su insistencia—. Los informadores del Santo Oficio acabarán por descubrirme si me quedo aquí.

—Esta casucha está olvidada de todos, nadie viene por miedo a los inquisidores y ellos saben que ya no pueden hacerme más daño del que me han hecho: ¡Se han llevado hasta la llave de la puerta!

—Sería mejor que vinierais conmigo, los frailes dominicos nunca olvidan al familiar de un hereje condenado y sólo esperan la ocasión para prenderle y acusarle de los mismos delitos que los padres, los hermanos o los esposos cometieron —dije.

—¿Adónde ir? —preguntó con rostro espectral.

—A algún lado lejos de aquí.

—No hay vida para mí lejos de Teruel, moriré donde murieron mis padres —dijo.

—Os aconsejo dejar lo antes posible esta casa, estas gentes, este reino, no os abandonéis a vuestra ruina —dije.

—Conozco mi miseria —dijo, con obstinación.

—En Madrid podréis hospedaros con un amigo mío muy honrado y discreto llamado Pero Meñique; en casa de él podéis quedaros todo el tiempo del mundo —dije, sin convencerla.

No quiso partir. Antes de rayar el día, con buena fortuna burlé la vigilancia en la puerta de Teruel, y me fui rumbo a Madrid.

Llegué a Toledo, por la campiña de la Sagra y sus llanuras dilatadas, deteniéndome en Getafe y en Illescas para descansar.

Desde la distancia me fue visible la "ciudad de las generaciones", asentada sobre la colina de granito y cercada por tres muros de piedra y uno de agua, el del verde Tajo.

Parado en medio del viejo puente de Alcántara, que daba entrada a la villa, vi a la izquierda el alcázar, la muralla guarnecida de torres y la catedral gótica, con su torre clavada en las alturas como tiempo petrificado.

Por las laderas del río cristalino subían olivos y álamos, sauces y cipreses, mientras la corriente reflejaba los arreboles del crepúsculo igual que si el atardecer flotara en el agua.

El Tajo, era fama, estaba repleto de ninfas y de arenas de oro; pero en ese momento, el fluir tranquilo de sus aguas sólo rizaba los árboles y las piedras inmóviles.

Bajo el cielo anubarrado, la ciudad no sólo parecía extraña sino sobrenatural, no sólo daba la impresión de que estaba en pendiente hacia las aguas sino que sus muros se levantaban de las rocas.

Había luna llena. Semejante a un ojo ciego se asomaba en el horizonte quebrado, entre nubes grises y cárdenas, púrpuras y plateadas.

Por la puerta de Bisagra entré. Con sombra larga recorrí las calles estrechas y montuosas, las cuestas y las rocas desnudas, las plazas fuera de sitio.

Camino a la catedral anduve por callejones de freneros, armeros, chapineros y orfebres; pues había en Toledo gran tráfago de tratos, en particular de sedas, terciopelos y damascos, espadas y puñales de buen temple, bolsas de oro, azulejos y vidrios de colores.

Entre las altas casas, casi sin ventanas al exterior, me topé con frailes, mendigos, vagabundos, caballeros y doncellas pálidas de cabeza oval, pelo rizado, ojos negros, nariz respingada, boca carnosa y "cuello abultado de paloma".

En frente de la catedral, a la que servían 40 canónigos, 50 racioneros, 13 capellanes y dignidades, más un arcediano, los inquisidores se preparaban para celebrar un auto de fe al día siguiente y los tablados de los verdugos y las víctimas habían sido erigidos. La cruz verde había sido plantada en el altar y los soldados y familiares del Santo Oficio ya la custodiaban.

Me fui por el alcaná, la calle cerrada con sus puertas, que había por linderos por una parte la iglesia de Santa Justa con la escribanía, y por la otra el Cal de Francos, la Pellegería con la Espartería, con sus decenas de tiendas judías.

Me introduje en la aljama por la puerta mayor, junto a una bodega llamada Ojos de Vaca, el adarve de los tintoreros y la cámara de limosna de los judíos. Por la colación de Santo Tomé, llegué a los muros de la cerca de Montichel, tope de la judería.

Por una calle angosta desemboqué a la ermita de Santa María la Blanca, la sinagoga, hermosa y sencilla, que fray Vicente Ferrer había convertido en iglesia a comienzos de siglo, tomándola con gentes de armas de la iglesia de Santiago del Arrabal, adonde estaba predicando. Antorchas, candelas y linternas se encendieron en las ventanas de algunas casas; a lo lejos, el sol se hundía en el océano de la noche profunda como si no fuese a salir nunca más.

En la sinagoga, conversas descalzas, con camisas limpias y capuces negros, se lavaban las manos en un aguamanil, encendían los candiles y daban limosnas. Los cofrades, todos conversos, encabezados por un tal Fernando de San Pedro, se ocupaban de su cuidado ya que había menester reparo de continuo. Porque, según decían, era el segundo templo judío después del de Jerusalem y había sido edificado con tierra traída de allá. Desde hacía unos veinte años, se quejaban, los clérigos, administradores o capellanes la habían negligido tanto que vendían los ornamentos y los vestidos que contenía, buscando los judíos comprar los pedazos de pergamino escrito de las Toras. Su cuerpo tenía cinco naves, arcos bellos, cuatro filas de ocho arcadas con treinta y dos columnas ochavadas con fastuosos capiteles; tenía en muchos lugares letras hebraicas, albanegas precisas con lazos geométricos semejantes a celosías y una galería para mujeres. Su capilla, a mano derecha del altar, estaba cerrada "porque en el tiempo de los judíos que era sinoga era aquél el santo santorum e que era cosa muy santa", dijo Fernando de San Pedro. Sin embargo, en un abrir y cerrar de ojos, como si todos hubiesen desaparecido a la vez por haber sido alertados de un peligro mediante señales secretas y mudas que yo no percibí, no hubo nadie, hubo silencio en torno mío, sin que sucediera nada más que un gato entre las columnas blanco mate.

Bajo la oscuridad establecida de la noche, entre paredones ciegos de callejones vacíos, en los que el miedo parecía haber borrado toda vida, salí de la judería; llegué al Hostal del Tajo, donde la mesonera, Débora Dorado, me dio a escoger entre una cama principal de señor o de gente y una de mozo, que costaba la mitad, con cebada, paja y agua para mi acémila. Elegí la de señor, para no compartir mi pieza con borrachos ni rufianes.

Luego, sentado a una mesa con pies me harté de liebre, asadura de carnero y vino, sin más razones en mi cabeza que aquello que comía y bebía. Hasta que, desde otra mesa con pies, un hombre descolorido, con la tez enfermiza de alguien que acaba de padecer una enfermedad del ánima o pasa su vida en un cuarto sin luz, me preguntó si yo era un familiar de la Inquisición acompañando a los penitentes que iban a sacar mañana.

—¿Un familiar de la Inquisición? ¿Qué os ha hecho pensar tal cosa? —le pregunté riéndome, pues nunca había creído que alguien pudiese tomarme por uno de ellos.

—Vuestro gesto discreto y honrado y vuestro meneo de hombre gracioso y cortesano, me hicieron figurármelo —dijo, con ojos febriles en su rostro de enfermo—. Pero ¿qué os causa esa risa?

—Río de mí mismo —dije.

Su faz se turbó ligeramente y apartó la vista de mí, para clavarla de nuevo en mis ojos. Bajé la mirada.

—Vengo de Segovia, del convento de Santa Cruz, morada espiritual de nuestro padre inquisidor fray Tomás de Torquemada, de gran celo en la fe —dijo, apartando su mano fría de la escudilla para anudarla con la otra mano—. Soy un familiar de la Inquisición.

Guardé silencio. Él buscó de manera insistente la conversación interrogándome sobre mi procedencia, mi nombre, mis costumbres. Le contesté con razones firmes y buen seso, y a mi vez le pregunté si conocía a un señor Miguel Husillo, amigo de un amigo mío de Madrid. La sonrisa se le heló en los labios, levantó de la mesa un jarro colorado de vino como si fuera a beber, pero no bebió. Me dijo:

—Al señor Miguel Husillo lo quemaremos mañana en un auto de fe por hereje, ¿tenéis negocios con él?

—No —contesté de inmediato—, alguien me contó que fue buen orfebre.

—Podemos considerar al señor Miguel Husillo que fue buen orfebre, sin ninguna duda —dijo, con una voz mansa que contradecía el fanatismo de su rostro.

Había algo en su modo de hablar y de mirar que me era por completo repulsivo, intolerable. Para no verlo más volví los ojos hacia la huéspeda Débora Dorado, de blanco y hermoso gesto.

Él se tornó a un hombre de unos cuarenta años, cara larga y pecosa, ojos garzos y vivaces, barbas y cabellos blancos que un día fueron bermejos; comía solo a otra mesa.

—Vos, ¿de dónde venís? —le preguntó.

—De mí mismo —respondió el hombre.

—¿Sois converso?

—Por San Fernando que no.

—¿No sois acaso omiziano, ladrón o fugitivo de la justicia?

—No, señor, soy navegante, aprendí la cosmografía en Portugal con un hermano mío que hace cartas de marear.

—¿Qué buscáis en Toledo?

—A nuestra reina doña Isabel, para exponerle una empresa asaz grandiosa.

—¿Cómo ganar el reino de Granada?

—Llegar a las Indias por el Occidente, señor.

—Tened cuidado de no llegar al corazón de la herejía.

—Por San Fernando que no, navego por el mar de la fe.

—Ese mar es frío y oscuro.

—He andado por mares más fríos y oscuros que la muerte —dijo el hombre.

—Las generaciones de los hombres pasan como las olas del mar, también sus sueños —dijo el familiar del Santo Oficio.

—Lo que busco está a un tiro de piedra de mis sueños.

—Espero que no esté a un tiro de piedra de la hoguera.

—No hay peligro de ello, señor, antes de hacer algo invoco a la Santa Trinidad, encabezo mis cartas con *Iesum cum Maria sit nobis in via* y llevo conmigo a todas partes un libro de horas canónicas para decir mis plegarias en privado —dijo el hombre, levantándose de la mesa para irse a su pieza.

—¿Os marcháis tan presto?

—Muchas leguas tengo que andar antes del alba.

—No partáis sin decirme vuestro nombre.

—Cristóbal Colón.

—¿Colombo?

—Colón, señor.

El hombre se fue a su pieza. Enseguida, me levanté de la mesa con la intención de alejarme del familiar de la Inquisición.

—¿Adónde vais a estas horas de la noche? —me preguntó.

—Quiero andar por la villa.

—¿En la noche profunda?

—Sí.

—Llueve —dijo, como si quisiese estorbar con ello mi salida del mesón.

—Llueve —dije.

Salí a las calles húmedas y sombrías de Toledo. Más estrechas y montuosas bajo la oscuridad y la llovizna. Anduve por ellas, contento de que estuviesen desiertas. Las casas parecían fragmentos pétreos de otra ciudad, pasada, legendaria. El río se alejaba entre las sombras como una llama horizontal y verde; sus bordes se confundían con los de la noche.

Pronto dejó de llover, el cielo comenzó a abrirse, mostró de nuevo la luna llena. Desde el puente de San Martín vi los peñascos en el agua, los árboles rizados por el fluir imperceptible del tiempo en el río. Oí pasos tras de mí, tuve la certidumbre de que alguien me seguía.

—¿Me persigue ese cadáver del Santo Oficio? —me dije, volviéndome con un escalofrío hacia los pasos detrás de mí.

No había nadie en el callejón oscuro, sólo mi sombra se ahogó en un charco hondo. Y aunque anduve de prisa por las otras calles, deseoso de alejarme de la villa misma y de mi propio miedo, los pasos me siguieron.

Llovió otra vez. La noche adquirió un tinte verdoso, como de crepúsculo submarino. Los árboles subiendo por las laderas parecieron disolverse en lluvia, convertirse en fantasmagorías líquidas. Una voz de mujer gritó amortiguadamente, igual que si saliera del fondo del Tajo:

—En Ávila sabrás quién soy, en Ávila sabrás quién soy.

Lo que en un primer momento creí que era:

—En Ávila está tu corazón, en Ávila está tu corazón.

Apesadumbrado por una indefinible tristeza, mis ropas y mi pelo mojados, fríos mis pies, empecé el retorno al hostal, decidido a dormir en mi lecho de señor hasta bien entrada la mañana.

Al rayar el alba, Débora Dorado me despertó para decirme que el último desayuno había sido servido a los herejes condenados que ese día iban a sacar los inquisidores en el auto de fe; el familiar del Santo Oficio que se hospedaba allí había dejado ya el mesón y se estaba oficiando ante el altar de la cruz verde, en la plaza de la catedral, la misa del domingo. Misa que no debía perderme, pues la villa estaba llena de informadores de la Suprema.

—El auto de fe es una especialidad toledana, señor —dijo.

—También lo celebran en otras villas de estos reinos —dije.

—Pero no con el mismo celo en el fuego —replicó—. Andad presto, que no conviene al hostal ni a vos que parezcáis sospechoso de la fe.

Poco después, me encontré en la calle helada caminando entre la multitud que se dirigía a la plaza de la iglesia mayor para presenciar la ceremonia. La procesión de los reconciliados ya había salido de la iglesia de San Pedro Mártir, tomando el camino que se solía seguir en la procesión del Corpus Christi. Con un familiar a cada lado, los reconciliados de los arcedianazgos de Toledo, Talavera, Madrid y Guadalajara formaban una larga y sombría sierpe humana de más de mil cuerpos agobiados por la humillación y el frío.

Aparecieron los hombres, con candelas apagadas en las manos, en cuerpo, con la cabeza descubierta, sin cintos, sin calzas y descalzos, salvo una soleta debajo de los pies para protegerse del suelo gélido. Vinieron las mujeres, también en cuerpo, la cara descubierta, candelas en las manos y descalzas. Tanto unos como otras, se decía, eran personas principales de la comunidad conversa de los dichos arcedianazgos que, según los inquisidores, habían incurrido en faltas contra la fe católica. Tenían mucho público —el auto había sido pregonado ocho días antes en Toledo y su tierra— que los miraba con burla y los vejaba; aunque a muchos de ellos les dolía más verse expuestos públicamente de esa manera que las palabras soeces y los gestos ofensivos de la muchedumbre. Algunos se quejaban, se mesaban el pelo y lloraban. Al llegar a la puerta de la catedral, dos capellanes los santiguaban, pasándoles la mano sobre la frente, les decían: "Recibe la señal de la cruz, la qual negaste e mal engañado perdiste". Entraban en la iglesia, camino a un cadalso donde estaban los inquisidores, y oían misa.

Descalzos sobre las losas frías aguardaban ser llamados por el notario del Santo Oficio, que preguntaba: "¿Está ay fulano?" El aludido respondía, con la candela apagada: "Sí." Se le decía cómo había judaizado y él declaraba que en adelante deseaba vivir y morir como cristiano. A cada artículo de fe afirmaba en voz alta: "Sí, creo", jurando sobre la cruz nunca más judaizar y denunciar a los inquisidores si supiese de alguien que lo hacía. Recibía la sentencia de disciplinarse seis viernes en procesión "las espaldas de fuera con cordeles de cáñamo, fechos nudos, e sin calzas e sin bonetes, e que ayunasen los seis viernes"; de traer todos los días sambenitos de buriel, con una cruz colorada delante y otra atrás encima de la ropa; de no salir de casa sin él, so pena de ser relapso; de no tener oficio público, como el de alcalde, alguacil, regidor, jurado, escribano público o portero, con la aclaración de que si lo había tenido desde ese momento lo perdía. Se le informaba que no podía ser cambiador ni especiero, no podía traer seda ni grana, ni paño de color, ni oro ni plata, ni perlas ni aljófar, ni coral ni joya alguna; no podía montar a caballo, ni traer armas, ni ser testigo ni arrendar, so pena de ser relapso. También, se le daba de penitencia que diese una quinta parte de su hacienda para la guerra contra los moros.

Detrás de los reconciliados surgió la larga fila de los condenados a cárcel perpetua: hombres, mujeres, muchachos y muchachas con sambenitos y corozas, descalzos, tiritando de frío. Algunos de ellos traían la cabeza baja, miraban al suelo, incrédulos de la situación en la que se hallaban, asombrados de la trivialidad de sus faltas, que a los ojos de los dominicos eran atroces. Otros, callados, miraban hacia arriba como esperando del cielo el milagro improbable; por ejemplo, que de súbito viniera de las alturas un ángel flamígero para impedir el auto de fe. Otros, más pesimistas, avanzaban con pies de plomo, como si los peores temores de su vida se hubiesen vuelto realidad.

Entre los condenados a cárcel perpetua, vislumbré a un hombre que al moverse parecía necesitar más espacio que los demás por lo grande de su cuerpo. Bajo la coroza le salía el pelo largo, que le cubría la ancha espalda, y entre las manos atadas apretaba una vela amarilla.

A medida que se acercó sus rasgos se precisaron, sus heridas se volvieron visibles, las llagas de sus pies lastimados dejaron un hilillo de sangre; el tormento infligido a su cuerpo se hizo evidente. Sus ojos, mal acostumbrados a la luz del día, trataron de distinguirme como carbones encendidos en un rostro famélico. Casi al mismo tiempo me descubrió.

—Me aprehendieron en la Plazuela de la Paja, en los primeros días de septiembre del año transcurrido —dijo el Rey Bamba, con una voz ronca que parecía venirle del pasado, del recuerdo, partiéndole el pecho; sin dejar de andar y sin verme a la cara, como si hablase consigo mismo al paso de los otros, al ritmo de la procesión—. Me metieron en un calabozo oscuro con grillos en los pies y un día me llevaron a la sala de la iglesia donde los inquisidores daban audiencia a la hora de la tercia. Allá me rebelé, cogí a un notario del cuello y la cintura y lo dejé caer de lomo sobre la mesa en que escribía, y estaba a punto de hacer lo mismo con los venerables padres dominicos cuando a los gritos del promotor fiscal entraron en la sala más de cincuenta familiares armados de lanzas y espadas. Entre todos, me hirieron, golpearon y condujeron de nuevo a la cárcel. Pero ahora, el alguacil mayor mandó al portero que me sepultase en un calabozo más húmedo y oscuro, pleno de malos olores, me pusiese grillos en los pies y en las manos y una cadena de treinta arrobas. Lo cual ejecutó al pie de la letra el dicho portero. Por su peso, no pude sostener mucho tiempo la cadena en los hombros y por todo el cuerpo: me la echaron en el suelo. Desde entonces, no había sabido nada el mundo de mí, ni yo de él.

Con la cara vuelta hacia otra parte, la voz se le hizo inaudible. De pronto, clavó sus ojos en los míos y como si revelara un secreto por nadie conocido, dijo:

—No lo repitáis, pero quemarán a muchos de los que vienen atrás con la insignia de herejes condenados.

En ese momento, un familiar montado lo picoteó con la lanza para que guardara silencio. El Rey Bamba lo miró con un desafío mudo, se mordió los labios y siguió andando.

Algunos reos que iban adelante se quejaron del frío, otros manifestaron tener mucha sed, los familiares del Santo Oficio los empujaron y gritaron:

—¡Andad, herejes, que peor es el infierno!

A unos pasos del Rey Bamba, un hombre de unos treinta años, rostro fino y discreto, al recibir varios azotes en la espalda se sonrojó muchísimo, como si se los hubiesen dado en el alma. Pero sin proferir queja alguna, miró a su verdugo con el gesto desdeñoso del hombre que sabe que es superior a aquel que lo atormenta, no importa la situación en la que se hallen uno y otro. Como respuesta al desprecio de su víctima, el familiar lo azotó con mayor violencia.

Llegó el Rey Bamba a la puertas de la catedral, donde los capellanes hacían la señal de la cruz a los penitenciados, diciéndoles las mismas palabras que a los demás:

—Recibe la señal de la cruz, la qual negaste e mal engañado perdiste.

Pero él les dio la espalda, a uno le clavó el codo en el vientre. Dos familiares lo obligaron a tornar la cara e hincarse ante los capellanes, y como uno le metiera un puñal en el dorso, a través del sambenito amarillo, con un rápido cabeceo rechazó las manos santiguantes y se liberó de sus captores. Un fraile cayó de bruces sobre un reconciliado de rodillas. Ocho soldados rodearon y maniataron al Rey Bamba, con cuerdas a través del pecho y la espalda que le mordieron las manos, los brazos y el cuello. Y para que no fuera a decir una blasfemia, le metieron una mordaza en la boca. El alguacil mayor, el alcalde, los familiares y los porteros de la Inquisición lo asediaron con saña, obteniendo placer en zaherir a este hombre corpulento que con los golpes parecía crecer de tamaño. Un hombrecillo montado, en particular, se mostró muy activo en castigarlo, primero apretando con todas sus fuerzas las cuerdas en su duro cuello, picoteándolo luego con una espada, con la impunidad del que sabe que el hombre que tiene a su merced no puede defenderse. El Rey Bamba apretó los labios y los puños, hasta que en un salto imprevisto, con los brazos atados, logró coger el látigo del hombrecillo y lo derribó del caballo, echándose sobre él como un bulto vengador. En el mismo instante, acudieron docenas de familiares armados para hostigarlo con sus lanzas, de manera que quedó mi amigo en el suelo semejante a un mártir del primer cristianismo. Enseguida, bañado de sudor y de sangre, fue puesto de rodillas ante los capellanes.

—Maldito, te arrojaremos en un calabozo negro, en el que no te daremos de comer ni de beber y nunca saldrás vivo, pero todo el aire que hay en él será tuyo —le gritó el hombrecillo.

Luego, envuelto por una nube de soldados y plebe hostil, el Rey Bamba fue arrancado de la procesión para ser conducido a las cárceles del Santo Oficio.

El auto de fe retomó su ritmo solemne; cientos de porteros vinieron con las efigies de los ausentes que habían judaizado. En un tablado se descubrió un monumento cubierto de negro, frontero a otro tablado, en el que los inquisidores estaban reunidos. Un notario fue diciendo el nombre de los muertos y del monumento se sacó la estatua amortajada, a la manera judía, de aquellos que llamó. Leído en voz alta el proceso del difunto se le condenó a ser quemado en una hoguera que estaba en medio de la plaza, junto con los otros huesos y estatuas que habían exhumado de las iglesias y los monasterios. Sus bienes y haciendas pasaron a manos del Rey; a sus descendientes en línea masculina y femenina se les inhabilitó para tener oficio público, se les prohibió montar a caballo, portar armas y traer seda en los vestidos.

Con tristeza aparecieron los hombres y mujeres que iban a ser quemados: a pie, las manos atadas al cuello con una soga, con corozas y sambenitos amarillos con su nombre escrito junto a la frase *Hereje condenado*. Se les condujo a la plaza, con un pánico casi animal en sus rostros pálidos y desencajados, y se les alineó en un cadalso con gradas, frontero a otro donde estaban los inquisidores y sus notarios. Éstos, luego de leer en voz alta sus faltas, los sentenciaron y entregaron a la justicia seglar, encargada de llevarlos al Horno de la Vega, en el que un "güeso dellos no quedó por quemar e fazer ceniza".

Al final, fueron subidos a un tablado dos clérigos vestidos para oficiar la misa, con cálices y libros en las manos. Colocados ante un obispo, un abad y un prior, se les leyó públicamente su proceso, acusándoseles de haber guardado la ley de Moisés. Mientras el obispo les leía en voz alta de un libro, les fueron quitando las vestiduras sacerdotales hasta dejarlos en sayuelos; entonces, les pusieron el sambenito amarillo, la coroza en la cabeza y la soga en el cuello, y los entregaron a la justicia seglar. En asnos fueron llevados al Horno de la Vega, seguidos de gran muchedumbre, ávida de presenciar la quema. Eran las cuatro después de mediodía.

Tiempo pasó sin que tuviese noticia alguna de Pero Meñique. Un día, creyéndolo enfermo o muerto, fui a buscarlo a su casa. La puerta del corral estaba abierta, y en su pieza no había otra cosa que una cama de pies y un plato de aguamanos. En el suelo, la cera de una candela gigante llenaba en el espacio un lugar mayor que el que había ocupado entera, como si cientos de candelas se hubiesen derretido unas sobre otras formando en el piso el cuerpo sordo de una campana blanca. En la cocina, los calderos, las ollas y las perolas de alambre estaban repletas de tierra, de ceniza y olvido. Sobre el hogar, la mugre y el tizne se habían secado, se habían vuelto techo, piedra y silencio.

Tañidas vísperas, hallé a Pero Meñique en la plaza de San Salvador, entre gran muchedumbre, oyendo a un pregonero sin dientes que lanzaba a los cuatro vientos las palabras. La barba y el cabello le habían crecido tanto que casi le tapaban el rostro, como si hubiese deseado cubrirse las facciones con una máscara de pelos para disfrazarse de sí mismo. Con su jubón viejo, sus calzas raídas, una amarilla y otra grana, y su sombrero tan agujereado que pasaban a través los rayos del sol, parecía más un espantapájaros que el hombre discreto que yo conocía.

—Pero Meñique, soy yo —le dije, poniendo mi mano sobre su mano fría.

—¿Quién? —preguntó, retirando con desconfianza la mano.

—Juan Cabezón —dije, casi con un susurro, pues no quería que otras gentes se enteraran de mi nombre.

—A veces, siento que el sol calienta mi cara, me creo un dios que viene de la noche, pero aún no amanece; otras veces, con la cara fría, imagino que todavía es de noche, pero el sol ha salido desde hace muchas horas y sólo es una mañana oscura —dijo.

Sin contestarle, lo cogí del brazo, lo empujé a andar, con la intención de llevármelo lejos de la plaza.

—Juan Cabezón, desde el primer momento te adiviné, supe que eras tú; te percibí por el olor, por el resuello, por la aspereza de la mano, por el ruido de las palabras, pero entre la multitud creí más prudente desconocerte —dijo, pasos después.

—¿Teméis a algún informador? —le pregunté.

—El Tuerto y el Moro, habiéndose marchado a Málaga para pelear al lado de Hamete el Zegrí, fueron encañaverados por tornadizos por el rey don Fernando, que tomó esa ciudad —dijo, sin hacerme caso.

—Espero que don Gonzalo de la Vega no haya cometido la imprudencia de buscar refugio en esa villa.

—Gonzalo es hombre asaz discreto —replicó, con un tono de voz que disipó mis dudas.

—Hablando de gentes perdidas —dije—, ¿qué ha sido de nuestra amiga la Trotera?

—Casó con candelero muchacho del arrabal que se prendó locamente de ella; creyéndola moza nueva se sintió muy culpable por haber roto la azucena de su cuerpo y quiso reparar el daño con una boda precipitada, a la que yo asistí —respondió, llevándose las manos a la cabeza como si le doliese.

—¿Os duele mucho? —pregunté.

—De un tiempo acá no me siento bien, mis noches están llenas de sueños espantosos y mis días de trasgos, estantiguas y bultos de sombra y fantasía; una criatura odiosa se aparece ante mis ojos todo el tiempo, su nombre es Tomás de Torquemada —dijo.

—No entiendo qué tiene que ver Torquemada con vuestros sueños y visiones —dije.

—Hasta que no mate a Torquemada no voy a librarme de mis sueños y dolores de cabeza —dijo.

—Catad —le dije—, que no hay espectáculo más triste para el ojo ajeno que un ciego en el fuego.

—Haré con esta oscuridad un cadáver de muchas chispas —dijo.

—Matar a Torquemada es imposible —dije—, los Reyes Católicos lo protegen con cincuenta familiares armados a caballo y doscientos a pie... Es fama que cuando come tiene en su mesa un asta de unicornio y una lengua de escorpión que descubren e inutilizan el veneno.

—Yo sabré burlar la vigilancia y engañar el asta de unicornio y la lengua del escorpión, que ya lo he visto morir mil veces de la manera más atroz que puede fenecer criatura humana —dijo, poniendo su mano fría sobre mi mano fría—. Debemos matarlo juntos.

—Quiero morir lleno de días, de arrugas y de hambres —dije.

—No es la muerte la que nos mata, somos nosotros los que morimos —dijo.

—Quizás.

Hacia nosotros vino una mujer.

—Alguien se acerca —murmuré.

—*No me veas tan sitibundo,*
como echado deste mundo
veme sentado a tu vera
bebiéndote toda entera —dijo él a su paso.

—Viejo ciego, sucio y feo —dijo la mujer.

—Soy el ánima de Enrique IV tocando las paredes de la villa, en busca de mancebos para echarme entre las matas —añadió él.

—Viejo tonto —dijo la mujer.

—No soy tan viejo, pero la soledad me hace parecer antiguo —me dijo, una vez que ella desapareció—. ¿Vendréis conmigo?

—Sí, aunque no salgamos vivos de la empresa —dije.

Pegó su cara a la mía, como si quisiera traspasar el muro de su ceguera para confiarme un secreto que era mejor decirme sólo con los ojos.

—Escucha —dijo—, un amigo mío que mora en Ávila me ha dicho que Torquemada tiene presos en esa villa a varios judíos y conversos acusados de matar ritualmente a un niño cristiano y de profanar una hostia consagrada. Por su interés personal en el caso se dice que prepara un gran golpe contra los judíos, pues en lugar de procesarlos en Toledo, a cuyo arzobispado pertenece La Guardia, aldea adonde presuntamente se cometió el delito, primero tuvo a los arrestados en Segovia y luego los trasladó a Ávila.

—No comprendo qué hay de especial en ello —dije—, si suele prender a los conversos hasta porque respiran a la manera judaica.

—Oye más: a comienzos del mes de junio de 1490, Benito García, un converso natural de La Guardia, cardador de oficio, se encontraba en un lugar de Astorga, donde tuvo que compartir el cuarto con unos truhanes, que le abrieron el fardel que llevaba y le hallaron una hostia consagrada. "Éste, hereje es", dijeron; y lo prendieron y lo llevaron con una soga en el cuello al doctor Pedro de Villada, por mandado de quién el cardador recibió doscientos azotes y fue sometido al tormento del agua y el garrote. Benito García confesó más de lo que sabía, suficiente para que lo quemaran, diciendo que judaizaba alentado por Juan de Ocaña, converso natural de La Guardia, y por los judíos apellidados Franco, padre e hijo, vecinos de Tembleque. El hijo, Yucé, joven zapatero, fue prendido luego por los inquisidores, y, sintiéndose enfermo en la cárcel, pidió ver a un médico. Los inquisidores le enviaron a Antonio de Ávila, uno de los frailes que había compuesto en el convento de Santa Cruz la obra *Censura et confutatio libri Talmud*, como médico espía. A este hombre, Yucé Franco, engañado, pidió que "le enbiasen un judío que le dixiese las cosas que disen los judíos, quando se quieren morir". Le mandaron a fray Alonso de Enríquez, disfrazado de rabino, bajo el nombre de Rabí Abrahán. Preguntándole el falso rabino por qué lo tenían allí preso, Yucé contestó que por una *mita* (muerte) de un *nahar* (muchacho) que habían dado por *otohaya* (Aquel Hombre), rogándole que no lo dijese sino a don Abraham Senior.

Volvió Antonio de Ávila ocho días después, enviado por fray Fernando de Santo Domingo, el inquisidor nombrado por Torquemada para el proceso; pero con gran miedo de él, Yucé Franco no quiso hablar y se le confinó en una celda por tres meses; hasta que reveló que hacía unos tres años, yendo a La Guardia a comprar trigo para la pascua del pan cenceño, le dijeron que Alfonso Franco tenía buen trigo candeal, y que en el camino de la plaza a su casa, éste le contó cómo un viernes santo él y sus hermanos habían crucificado a un niño del mismo modo que los judíos crucificaron a Cristo. De inmediato, el promotor fiscal del Santo Oficio, Alonso de Guevara, acusó a Yucé Franco de, juntamente con otros, haber crucificado a un niño cristiano en un viernes santo, además de ultrajar y escarnecer una hostia consagrada en concierto con unos hechiceros, para en un día de pascua comulgar con la dicha hostia y el corazón del niño cristiano, con el fin de que todos los cristianos muriesen rabiando; pidió a los inquisidores que aplicaran sus bienes a la cámara y fisco de los reyes y se le relajase a la justicia seglar para que se le quemase vivo. Yucé Franco contestó que era la mayor falsedad del mundo y que negaba todo lo que la dicha demanda y denuncia contenían. Martín Vásquez, procurador del joven zapatero, se presentó a los inquisidores con un escrito del bachiller Sanç que decía que ellos no podían ser jueces en esa causa por ser notorio que lo eran solamente en el obispado de Ávila, habiendo inquisidores en Toledo, a cuya diócesis debía ser remitido el preso, que la denuncia del fiscal no debía ser recibida ya que era muy general, vaga y oscura, no aclaraba 'los lugares, años, ni meses, ni días, ni tiempos, ni personas, en que y con que el dicho Yucé Franco había realizado los delitos que se le imputaban'; tampoco se podía decir que había cometido crimen de herejía o apostasía siendo él judío, mozo ignorante de su misma ley, que trabajando en su oficio de zapatero tenía más cuidado de ganar su vida que de inducir y atraer cristianos al judaísmo; pedía que lo sacasen de la prisión, le restituyesen la buena fama que antes tenía y le devolviesen los bienes que le habían quitado. El promotor fiscal contestó un mes después que su demanda era clara, que sobre ella se podía fundar el juicio y no estaba obligado a declarar ni día ni tiempo ni año ni lugar, por ser la causa especial de herejía; entretanto, fray Tomás de Torquemada solicitó al cardenal Pedro de Mendoza, arzobispo de Toledo, que le permitiese llevar el proceso en Ávila.

"Pasaron meses, los inquisidores pusieron en celdas vecinas al converso Benito García y al judío Yucé Franco, para que tuvieran conversaciones por un agujero; un día los reverendos Pedro de Villada y Iohán López de Cigales descendieron a la cárcel del Santo Oficio y entraron en la celda de Yucé Franco. Éste les reveló, bajo cargo de juramento, que no se acordaba que ese Año Nuevo pasado haría unos tres años que maestre

Yuca Tazarte, físico judío, le había rogado a Benito García que le consiguiese una hostia consagrada para hacer una cuerda con ciertos nudos para hacer hechizerías, y que la llevase a Rabí Peres, físico de Toledo. El martes 18 de julio, los inquisidores lograron que Yucé Franco les pidiese perdón por no haberles dicho antes lo que sabía y solicitó seguridad para él y su padre anciano. Confesó que haría unos tres años, estando en una cueva de La Guardia su padre Ca y su hermano Mosé, maestre Yuca Tazarte, David de Perejón, Benito García, Johán de Ocaña y Alonso, Johán, García y Lope Franco, Alonso les mostró un corazón de niño cristiano y una hostia consagrada, haciendo Yuca Tazarte un conjuro en un rincón de la cueva para que los inquisidores no pudiesen hacer daño a ninguno de ellos y si llegasen a hacerlo rabiasen en el término de un año.

"Traído de nuevo a declarar esa tarde del 18 de julio, Yucé contó que estando los acusados reunidos en la cueva vio cómo trajeron un niño cristiano de unos tres o cuatro años, al cual crucificaron en unos palos cruzados, atándole los brazos con sogas de esparto torcidas y tapándole la boca con un badal; confesó que le habían hecho los siguientes vituperios: Alonso Franco le había abierto las venas de los brazos dejándolo desangrar más de media hora; Johán Franco le había fincado un cuchillo por el costado; Lope Franco lo había azotado; Johán de Ocaña le había puesto unas aulagas espinosas en la espalda y en las plantas de los pies; García Franco le había sacado el corazón por debajo de la tetilla, echándole sal; Benito García le había dado de bofetadas; él, Yucé Franco, le había dado un repelón; maestre Yuca Tazarte lo había escupido; Mosé, su hermano, también; su padre Ca, viejo de ochenta años, no recordaba haberle dicho o hecho cosa alguna, salvo que estaba allí presente; lo mismo David de Perejón. Luego, habían desatado al niño y lo habían sacado de la cueva, Johán Franco de una mano y García Franco de un pie; y aunque él no supo adónde lo enterraron, después había oído que lo habían sepultado en el valle de La Guardia, por el arroyo de Escorchón.

"Yucé Franco les confesó también que Alonso Franco se había quedado con el corazón del niño hasta que todos se juntaron de nuevo en la cueva, que Yuca Tazarte lo recibió para hacer el conjuro, que Lope Franco llevó el azadón para enterrar al niño, con una caldera llena de sangre. E interrogado si habían ocurridos los hechos de día o de noche, respondió que de noche, a la luz de 'candelas de cera blanca ascendidas' y tapada la puerta de la cueva con una capa. E interrogado sobre el tiempo que había sucedido todo eso, respondió que creía 'en quaresma e antes de pascua florida', pero que no se acordaba más, y si se acordaba lo diría. E interrogado sobre si en aquel tiempo se oyó que se hubiese perdido un niño en aquella tierra, dijo que sonó que en Lillo se había perdido uno y en La Guardia otro no apareció, pero que los dichos hermanos Franco iban y venían a Murcia con carretas y botas de sardinas, algunas de ellas vacías, y que pudo haber sido que de allá o del camino hubiesen traído uno.

—Debemos ir a Ávila —dije, con determinación.

—Partiremos en la madrugada —dijo Pero Meñique, aún conmovido por su propio relato.

—¿Cómo conseguiremos acémilas para el viaje? —pregunté.

—Las tengo en el corral de mi casa prestas desde hace días; también tengo provisiones para no detenernos en el camino para comer, que las tabernas suelen ser sucias y humosas —dijo.

—Nos veremos antes del segundo gallo —dije, despidiéndome de él.

A la verdad, si los hechos del proceso del niño de La Guardia me resultaban bastante atroces, la figura del inquisidor general me era bastante desconocida. Sabía que había nacido en Torquemada el año de 1420, que desde niño había tomado los hábitos de la orden de los predicadores, que nunca probaba carne y que vestía siempre una camisa del tejido más basto; a los 32 años había sido nombrado prior del convento de Santa Cruz en Segovia, y, confesor de los Reyes Católicos, había sido designado Inquisidor General del Santo Oficio para los reinos de Castilla y Aragón, en el otoño de 1483. La fama de su maldad excedía la de su persona física, pues era un hombre que se había dado a conocer en el mundo por sus *obras*. La imaginación popular le atribuía sin fin actos demoniacos, llegándose a decir que a cada arruga de su cara y a cada pelo de su cuerpo correspondía una criatura quemada. En apariencia, no vivía más que para prender, procesar, atormentar y quemar a los judíos, que por su mala fortuna moraban en los reinos donde había impuesto su tribunal de terror. Yo me lo figuraba en los cementerios, hurgando entre los huesos de los difuntos, en su intento soberbio de perseguir a los muertos más allá de la tumba, escandalizando a la justicia de Dios con la suya propia, al competir con ella en la tentación diabólica de juzgar a las criaturas que se hallaban ya en las cortes celestiales, condenando su fama y memoria no sólo en la tierra sino sentenciándola en el otro mundo. Lo veía presidiendo aquella junta general de inquisidores en Sevilla, en 1484, en la que se promulgaron las instrucciones para anunciar en cada pueblo el establecimiento de la Inquisición y la publicación en las iglesias de los edictos de gracia, para que a los herejes presos en las cárceles del Santo Oficio al reconciliarse con la iglesia se les cambiase la pena por la de cárcel perpetua, para que si se descubriese que la conversión del penitente había sido fingida se le cambiase la cárcel perpetua por la hoguera, para que asistiesen siempre dos inquisidores al tormento de un reo, para que si se citaba a un ausente al tribunal de la Inquisición al no comparecer al término de los edictos se le condenase como a hereje convicto, para que si por los libros o los procesos se descubría algún hereje finado, aunque hubiese fallecido veinte o treinta años antes, se le formase causa para condenarlo como hereje, exhumando sus huesos para quemarlos y confiscando los bienes a sus herederos; porque, según Instrucciones suplementarias de 1485, la persecución de los vivos no implicaba negligencia de los muertos.

Una y otra vez, yendo por las calles de Madrid, me perturbó la imagen de este hombre elusivo, que en mi fantasía pensaba inmune a las armas humanas y lo veía habitar cuerpos de animales y gentes, pareciéndome casi imposible herirlo, capturarlo o matarlo. En la empresa me movía, sobre todo, salvar de sus manos a Isabel y a mi hijo; los que en mis pesadillas diurnas y nocturnas observaba ya prendidos y quemados en una plaza en Córdoba, Toledo, Teruel, Zaragoza o Guadalupe.

Con estas cavilaciones, me encontré en una calle larga, fangosa y empinada. Protegidos por la naciente oscuridad, hombres y mujeres hacían al aire libre sus necesidades o arrojaban desde las ventanas el contenido de los orinales. Cuatro mujeres vestidas de negro, con la cara cubierta, los pechos apretados, las figuras veladas desde la coronilla hasta la punta de los pies, pasaron a mi lado, como si fuesen las acompañantes futuras de mi propio funeral. Arrastraban por el suelo un rosario de madera, que les colgaba de la cintura, desgranando en la intimidad de sus ropas la sarta de cuentas en conmemoración de los misterios de la Virgen, como si en su quehacer devoto no distinguiesen entre iglesia y calle, entre casa y cuerpo.

Otras mujeres pasaron junto a mí, con sayas sobre la faldilla con verdugos, mantilla con aletas, mangas acuchilladas, briales abiertos, cofias de red y camisas moriscas; con tabardos, chapines y tocas, tocados de cuerno, bonetes y rollos. Doncellas furtivas, la cabeza descubierta, llenas de afeites, sortijas y brazaletes se deslizaron entre otras con hábitos, pendientes e imágenes del Cordero de Dios sobre sus mangas y cuello. Todas se fueron por la calle, casi sin mover los pies bajo las ropas largas, mirándome a la cara con un gesto semejante al de un sueño.

En el arroyo, una joven se bañaba, sin más cosa en el cuerpo que la camisa y con sólo el pelo negro cubriéndole los grandes pechos. Con los pies en el agua, me vio mirarla, sin tapar su desnudez ni quitarme la vista de encima, igual que si me desafiara. Yo la contemplé entera, sin saber si era una virgen o la muerte, o simplemente el cuerpo ofrecido de la mujer efímera.

Detrás de mí surgió una enana, que en el primer momento tomé por don Rodrigo Rodríguez. Tenía la cabeza más grande que el cuerpo, el cabello esponjoso hasta las corvas, las facciones coléricas y feas. Anduvo a poca distancia de mí, de manera que pude oír su aliento, sus pasitos. De pronto, tuve temor de ella, como si fuese un trasgo que brotara de los caserones, la materialización de una pesadilla. Me pegué a un paredón, pasó a mi lado y se perdió a lo lejos.

Las calles se volvieron desoladas y frías, la ciudad pareció hundirse en un sueño pardo, antiguo y sin amor. Cuando traspuse el umbral de mi casa, sentí un enorme alivio. Mas, a la sola vista de las piezas silenciosas, empecé a pensar en Isabel y mi hijo a través de caminos solitarios infestados de asesinos y ladrones, entre barrancos y avenidas de agua, con hambre y sed, sin saber adónde ir ni a quién acudir en su fuga.

Por eso no fue nada extraño que esa noche soñara con ella, se me apareciese desnuda en el cuarto, abochornada por el mucho calor que hacía en una ciudad sin nombre emblanquecida por el sol de mediodía.

—Guárdate de los bochornos del verano, que es más dañoso un resfriado de estío que dos de invierno —me dijo, torciéndose su cara en una distorsión que alcanzó su cuerpo entero.

—Bien me cuido dellos, pero más debo cuidarme de los inquisidores y de otras gentes malas que pululan por el mundo —dije.

—Los poros de mi piel son tan menudos que no hay vista humana que los pueda divisar ni aire que los traspase, el calor y el frío no me penetran —dijo.

—Debes arroparte con ropas y más ropas hasta que nadie pueda distinguir quién eres —dije—. Los inquisidores te buscan por todo el reino de Castilla, dicen que eres responsable de las lluvias y los trigos, del nacimiento de los niños y el verdor de los árboles, de la salida del Sol y los cielos azules.

—No me pongas esos vestidos sin señales, recuerda las ordenanzas de la reina Catalina y de los Reyes Católicos, que mandan que los judíos traigan mantos grandes hasta los pies, sin cendal y sin toca, y la cabeza cubierta con los mantos doblados —dijo, de pronto muy asustada—. ¿Dónde está tu tabardo con aletas, tus señales bermejas dónde están?, ¿por qué te has cortado las barbas y los pelos, no ves que te van a matar?

—No tengo miedo dellos ni de sus ordenanzas, no temo a Torquemada ni a sus inquisidores, me hacen reír los alguaciles, los alcaldes, los familiares y los notarios del Santo Oficio; conozco un mundo futuro donde ya son polvo, donde no son una sombra siquiera, y si tienen un lugar para su ánima es entre los cainitas —dije.

—No me importa lo que digas de ese mundo futuro, aquí nos están matando cada día, ¿no has oído que el ayuntamiento de Vitoria mandó pregonar por plazas y calles, que por servicio de Dios y de los reyes y el aumento de la fe católica, nadie debe entrar a la judería a vender hortaliza ni vianda alguna, limitándose a expenderlas sólo del lado de afuera de la puerta? ¿No has oído que en Gerona se ha publicado una *Ordenació* obligando a los judíos a llevar las divisas y a tapar las ventanas y las puertas de sus casas que dan fuera del Call?

—He oído y visto esas cosas, y otras peores, pero no me importa —dije.

—Vete presto —dijo—, ¿no ves que ningún cristiano puede visitar a una judía ni ninguna judía puede entrar en casa de un cristiano?

En eso, las campanas tañeron anunciando un auto de fe. Un auto de fe que se celebraba en muchas ciudades a la vez. Procesiones de reos fueron sacadas en Sevilla, Zaragoza, Toledo y otras villas desconocidas para mí. Cientos de cruces verdes aparecieron clavadas en el pecho de cientos de esqueletos, miles de cajas negras fueron abiertas con los restos exhumados de herejes difuntos. Por todos los caminos vinieron los inquisidores presididos por la muerte. Alguien gritó:

—¡Escape quien pueda! ¡Pedro el Ceremonioso ha fundido las campanas de las iglesias para dar de beber el bronce a sus enemigos, y todo hombre es su enemigo!

Isabel y yo, más el niño, que no dejaba de cambiar de tamaño, rostro y sexo, nos escondimos en un tabardo vacío y nos pegamos a un paredón inmenso, con el propósito de desaparecer en él.

—Ven hacia mí desde la puerta para sentir que alguien viene a verme en este encierro —dijo Isabel, cuando el paredón se la había tragado con el niño.

De prisa, caminé hacia atrás y desde el paredón ella me abrazó de espaldas, jalándome hacia su lecho del otro lado de la pieza, pues quería hacer el amor conmigo con grandes ansias.

—Fui traída a ti porque el Dio me engració y porque tengo bastante deseo de tu cuerpo, el amor hará otra vez carne de mis cenizas —dijo.

—Apresura el abrazo —le rogué, a punto de expirar, de consumirse entre mis manos.

Pero no expiró, no se consumió, su rostro tuvo, en sucesión, las facciones de la Trotera, de mi madre y de Débora Dorado.

—Necesitamos más calor —dijo, trayendo candelas al lecho.

—Tenemos fuego en nuestros cuerpos —objeté yo—, no arrimes esas llamas a mis ojos.

—No te bambolees de esa manera, quien se menea así no tiene cimiento firme en la tierra ni lugar en el firmamento —dijo.

—Mi único bamboleo es el ruido que hago con los labios al hablarte, el resto de mi cuerpo no está aquí —dije.

Tocaron a la puerta.

—¿Quién es? —pregunté.

—Nadie, es el alba que anda entre las coles, es la mujer del hortelano simple que al reír de una cosa que se meneaba entre sus piernas dijo a su marido que era un pedazo de noche que se agitaba entre los berzos —exclamó una voz del otro lado de la puerta.

Presidida por la muerte, la procesión de inquisidores entró en la pieza para arrancar a Isabel de mis brazos y llevarla a un auto de fe, en el que sacaban esqueletos de zapateros, jubeteros, curtidores, orfebres, especieros, cirujanos y físicos de Toledo. Desde un balcón, en la calle mayor de una aljama, un fraile dominico gesticulaba mudo a los judíos, conversos y cristianos, arrebatado por un sermón cuyas palabras no tenían sonido.

Llegamos a Ávila, la bien cercada, al caer la tarde. En el mismo momento en que los rayos postreros de sol herían los montes pálidos de polvo, casi desvanecidos en el azul poniente, y daban a la villa un aspecto áureo. Las golondrinas volaban sobre los torreones de la muralla, de manera que trinos y sombras rápidas parecían subir y bajar del monte coronado.

Entramos por la puerta de San Vicente entre hombres que habían ido a apacentar sus ganados en las dehesas, sierras y pastos comunes de la ciudad; fuimos preguntados si conocíamos la ordenanza que mandaba que ninguna persona fuese osada de sacar ganados vacunos ni cabrunos para venderlos fuera de Ávila y su tierra, so pena de pagar de derecho al concejo diez maravedís por cada cabeza de ganado vacuno, un maravedí por cada una de carnero o cabrón, y una blanca vieja por las de oveja, borrego, cabra o cordero. Como respondimos que veníamos de Madrid para comprar lanas y paños a un mercader en el Mercado Chico, se nos dijo que por cada arroba de lana merina teníamos que pagar de derecho al concejo y a sus arrendadores cinco blancas de la moneda que por ese tiempo corría, o dos maravedís y medio. Se nos notificó también que el concejo había ordenado que no podían estar las acémilas en la plaza del Mercado Chico ni en la del Mercado Grande en los días de mercado ni de feria, y que no osásemos usar ballestas ni espingardas ni trabucos ni tirar con ellos tiros de pólvora, ya que siendo averiguado y probado por verdad moriríamos por ello.

Con este conocimiento de algunas de las ordenanzas de la villa, nos adentramos en ella, dejando atrás la iglesia de San Vicente, celebrada por los mártires Vicente, Cristeta y Sabina, víctimas de Daciano. Nos dirigimos al Mesón de la Muralla, no lejos de aquella puerta de la Malaventura, cerrada en señal de duelo, de la que salieron los caballeros que coció don Alfonso I en las hervencias.

En el corral del mesón la huéspeda correteaba una puerca y sus seis lechones, más dos ánsares, asistida por un mastín más lobo que perro. Al vernos dejó su carrera para preguntarnos si traíamos carne cruda para dársela a cocer o la mandaba comprar a la carnicería, aclarándonos que ella tenía truchas, gallinas, sardinas, perdices, panes, huevos y vino. Para dormir nos daría dos camas para señores en una pieza espaciosa y nueva, al fondo del caserón, con vista al río Adaja.

—Aquí está, señores, mi casa, sírvanse della y de mí; ésta es la mejor ciudad de nuestro reino de Castilla —dijo, invitándonos a entrar.

Luego, hartos Pero Meñique y yo de truchas, carnero cocido, perdices, queso, pan y vino de la tierra de Ávila, sentándose con nosotros a la tabla redonda, la huéspeda nos advirtió que no osásemos en público ni en secreto en la villa o en sus arrabales jugar dados, ni naipes, ni dineros, ni besugos, ni pescados frescos, ni perdices, ni palominos, ni cabritos, so pena de pagar trescientos maravedís por cada vez que lo hiciésemos. Nos reveló que había una ley que prohibía a los fieles de la ciudad y al alguacil della prender a los judíos en sus juderías al verlos labrar y hacer sus labores a puertas abiertas los días domingos, pascuas y fiestas de guardar, aunque adentro anduviesen sin señales, ya que aprovechándose de las disposiciones de las cortes de Madrigal prohibiendo a los judíos el uso del oro y de la plata y los vestidos de seda, muchos entraban en sus casas durante las bodas para robarlos, "porque la mayor parte de la población de Ávila es de judíos y puede haber por esto grandes abusos, crímenes y alborotos".

Preguntada por Pero Meñique sobre los judíos de Ávila, ella contestó que llegados a esa villa hacia el año de 1085, guiados por David Centén, ahora vivían en gran estrechura en dos barrios, uno en la puerta del Adaja y otro en el corral; que muchos no tenían casa donde morar, viviendo dos o tres familias en una sola; que la judería estaba cortada en dos por una puerta que nunca estaba abierta, que faltaba el sol para enjugar las lanas, siempre húmeda y maloliente por hallarse junto al río y por las tenerías y curtidurías que estaban en ella. Dijo que después del apartamiento de los judíos que había hecho don Rodrigo Álvarez Maldonado por la ley de las cortes de Toledo que mandaba poner a los judíos en barrios apartados, había algunos de ellos que moraban entre los cristianos en la Rúa de los Zapateros y en el Mercado Chico, donde se encontraba la iglesia de San Juan.

Después de cenar, por el gran cansancio y el mucho vino que habíamos bebido, nos fuimos arrastrando los pies a la pieza al fondo del mesón; dormimos hasta bien entrado el día, cuando la huéspeda nos despertó para darnos una leche, que, según ella, no estaba aguada ni tenía harina ni cuajo ni otra mistura en las natas.

—Si vais a la iglesia fortaleza de San Salvador, conjunta con la muralla de la ciudad, a ver su techo de granito y sus tumbas de caballeros yacentes, no os olvidéis de ir extramuros a la iglesia de San Pedro, con su plaza del Mercado Grande, donde Ávila celebra por este tiempo el día de San Gil con una feria a la que concurren gran número de mercaderes para vender, trocar y cambiar ganados, ropas y productos de la tierra, que es muy famosa por sus grandes tratos a muchas leguas a la redonda —dijo ella, al vernos con un pie en la puerta del mesón, cruzándose con nosotros los aguaderos que venían a venderle agua en cántaros de seis azumbres cada uno.

Pero Meñique, como si conociera la urdimbre de las calles de la villa, por las que nunca antes había caminado, sin titubear un momento se abrió paso con su bastón, con una alegría en el rostro que contradecía del todo la razón de nuestro viaje a Ávila.

Cada movimiento, cada gesto suyo correspondía al lugar por el que se aventuraba, igual que si sus sentidos aguzados supieran misteriosamente todo aquello que estaba delante de él. De manera que, siguiéndolo de cerca, me pregunté a menudo si en el centro de su ceguera no lo guiaba una oscura certeza, que lo hacía hallar la dirección correcta en el laberinto de calles de un Ávila desconocida; la cual, sólo para mis ojos se abría extensa y clara.

Cerca de San Vicente, por las calles del Lomo y del Yuradero, pasamos por una carnicería de carne trefe y una sinagoga convertida en iglesia bajo el nombre de Todos los Santos. Por la puerta de la judería, en Las Losillas, nos topamos con herreros, chapineras, colcheras, plateros y pañeras que entraban y salían por ella. Por San Juan, en el Mercado Chico, a la puerta de la casa de los peces, una mujer que alguien llamó Vellida desapareció en el interior de una casa de adobe y madera, de una sola planta, como si hubiese dejado su sombra vibrando en el umbral.

En la calle de la Pescadería, hombres y mujeres se asomaron a las ventanas para vernos pasar como si un ciego forastero en la calle fuese cosa inaudita para ellos. Besugos y pescados frescos eran vendidos los viernes y los días de cuaresma, excepto a los judíos y moros, que no podían comprarlos hasta tañidas vísperas los días de ayuno y en ningún día de cuaresma. En la plaza del Mercado Chico, las campanas de la iglesia mayor de San Salvador y las de la iglesia de San Juan comenzaron a repicar; el pregonero público de Ávila, Pero Gómez, rodeado de atabales y tamborines, empezó a pregonar a altas e inteligibles voces. Nosotros nos fuimos por la Rúa de los Zapateros.

Por ella venía el Inquisidor General, fray Tomás de Torquemada, con su orla de pelo alrededor de la cabeza tonsurada, y con estandartes de la cruz verde presidiéndolo. Cincuenta caballeros y doscientos hombres a pie, todos armados, lo custodiaban. Era un cuervo a mediodía. Sus ojos punzantes miraban a derecha e izquierda y delante de él al mismo tiempo, como si tuviese dos miradas. Entre sus labios lívidos se asomaba la punta de la lengua, tentando el aire. Quizás mi fantasía lo hizo caminar un palmo por encima del suelo y descubrió sus manos descarnadas de cadáver. Quizás vi que al menearse se le salían los cuadriles, los codos y las rodillas del cuerpo, que su ropa fúnebre le daba aspecto de criatura de la noche, de devorador de muertos.

—Dios me libre que un juez así hurgue en mi alma —me dije, sin saber si lanzarme contra él y asestarle una puñalada o quedarme inmóvil, mientras pasaba a mi lado, con el gesto superior del que se conoce inmune a los propósitos humanos y tiene la certidumbre de que todo movimiento hostil va a ser descubierto enseguida por sus guardas o esquivado por su cuerpo a la manera de los murciélagos, que evaden en el aire las piedras que se les avientan.

—¿Quién pasa junto a nosotros? —preguntó Pero Meñique, al oír los hombres que se alejaban por la calle con gran ruido de armas y de cascos.

—El señor inquisidor general guardado por doscientos cincuenta hombres armados —respondí.

—De habérmelo dicho, lo hubiera matado con este cuchillo de plata que llevo siempre conmigo —dijo.

—Vos seríais el difunto, sin ninguna duda —dije.

—No os perdono haberme callado su presencia, jurad-me que la próxima vez me avisaréis de su paso —dijo.

—Lo haré —dije, sin convicción.

Comenzamos a andar entre mucha gente que se dirigía a la feria de la villa; había gran profusión de tiendas de plateros, sastres, pescadores, queseras, fruteras, tundidores, sederos, pañeros, vidrieros, espaderos, latoneros, cordeleros, bolseros, sayaleros, caldereros, joyeros, manteros, vendedores de truchas, vino, escudillas, platos de barro y cántaros, semillas, yerbas, alfileres, cuchillos, papel, sartenes, cencerros, cebollas, carbón, sebo, ovejas, cabras, puercos, yeguas, acémilas, asnos y reses. En una tienda varios chocarreros, trepadores y jugadores de juegos de manos entretenían al pueblo con sus burlas, dos momarraches decían lástimas y gracias, acompañando al alguacil que hacía la ronda y guarda de la feria; servicios por los que se llevaba de los panaderos una carga de pan, de los meloneros un melón, de los avellaneros y nueceros un cuartillo de avellanas y nueces, de los puñaleros tres blancas, de los silleros cuatro maravedís, de los canastilleros un canastillo y de los oreganeros una manada de orégano. Un chocarrero, con el rostro y las manos de negro, señaló a un enano mayor de días, de gran cabeza y cuerpo diminuto, con jubón pardo, calzas pardas, zapatos de siete suelas pardas y un espadón de hierro más grande que él. Dijo:

—Don Luis Montaña el Abulense, que regresó a Ávila antes de salir de viaje y después de muerto volvió para llevarse el cuerpo. Es fama que ganó su vida de bufón vestido de dama, con un sombrero de infante la mitad de su cabeza y unos zapatos cuatro veces sus pies. Dicen que a los diez años cayó malo y se levantó a los treinta y seis del mismo tamaño. Mas, muy enamorado, casó con tres labriegas que lo aplanaron, las trillizas Ana, Juana y Susana. Gran remedador de personas es remedio contra melencolías y melecina para afliciones, si lo beben machacado.

Tras don Luis Montaña vinieron tres enanas muy parecidas entre sí con sendos muñecos en los brazos: Ana, con grandes rizos leonados, asomando la cara entre sábanas, camisas y lanas; Susana, con una capa bermeja llena de cascabeles y una faldilla sin cortar; y Juana, gorda y mal parada, torpe y borracha.

—Estas dueñas son la misma que aquélla, salvo que tiene otro bulto, otro nombre y otra voz; la pintó un pintor de los reyes desnuda y descarnada, como recién parida y recién morida, aunque pesaba cinco arrobas de noche, medía dos leguas de tos y cargaba dos azumbres de vino, cuatro litros de agua y tres costales de aire —dijo el enano, con el pecho abultado como un gallo, fingiendo no verlas junto a él. Interrogó a las gentes—: ¿Habéis visto a doña Ana, que se quedó en la cama porque en el pescuezo se le atoró una espina de pescado? ¿A doña Susana, casada con tres enanos, tres perros y tres caballos regalados por los reyes de Francia, Roma e Inglaterra? ¿A doña Juana que me engañaba con don Toribio el Tibio y el cojo del rastrojo? Todas tres están aquí presentes como si estuviesen en otro lado ausentes. Todas tres son madres de mis hijos San Vicente, San Clemente y San Prudente, que milagro me hagan de llevarme crecido al cielo.

Un momarrache con ropas coloradas mostró en un carro a un mancebo enorme, con jubón verde, calzas verdes y pelo verde, balanceando su peso con una roca en una mano y un leño en la otra.

—A este mozancón de doce años andados lo hallamos en el camino de Santiago, sin saber todavía hablar. Una enana barbuda lo alumbró una noche sin luna, preñada por un enano que pasó con premura en su espesura. Por la enorme pena que le costó cargarlo y las ansias que lloró al parirlo, lo dejó sediento en un prado. El pequeño, cuando nos vio mirarlo, quiso escapar de nuestro bulto topándose con un árbol, que intentó quitar de su camino; pero por el esfuerzo se quedó dormido, creyendo que salido el sol el árbol se habría ido.

De allá nos dirigimos más tarde al fonsario judío, junto al río Adaja, extramuros, para encontrarnos con un tal Martín Martínez, amigo de Pero Meñique de los tiempos cuando quería ser fraile dominico. Este hombre le había confiado los secretos, que le había confiado un escribano del Santo Oficio, del proceso del niño de La Guardia.

A medida que nos aproximamos al fonsario se precisaron los cipos funerarios, con su forma cilíndrica y sus dibujos incisos a buril, las sepulturas con la cabeza vuelta hacia el oriente y los pies hacia el poniente, las estelas de la gente menuda que había fallecido tiempo atrás de muerte natural o violenta: "Luna Cohen, sepas en presencia de quién estás", "Jaco Crespo, sea recogida su ánima en el manojo de los vivientes. Pasó a la morada de su eternidad, teniendo 86 años, en miércoles, día 4 de Tamuz, del año 575 de la era menor". "Estela sepulcral del joven Cristino Curiel, hijo de Simuel, que pasó a la morada de su eternidad en jueves, día 29 de Tisri del año 576 de la era menor". "Estela sepulcral de Yento Tamaño, hijo de Ximon, guárdelo su Roca y su Redentor. Falleció en el año 5066 de la Creación del Mundo". "Este es el sepulcro de don Licio, que apedreado murió en el mes de Tebet del año 5092 de la Creación del Mundo". "Aquí yace enterrado David Ahumada, que atesoró en su corazón el libro de las melecinas y el árbol de la sabiduría. Andaba en la perfección cuando fue acogido a su pueblo en sábado santo, día 2 de la cabeza del mes de Jeshván, año 576 de la era menor". Y otra, sin nombre, como una voz perdida en el espacio y el tiempo: "Mi Señor me halló en tu presencia, amado mío; protege mi casa, guárdame en ella."

Entre los cipos hincados en la tierra, en el centro mismo del fonsario, apoyado en una tumba, mirando hacia nosotros con fijeza, estaba un hombre estrecho y alto. Integrado por completo a la paz de los sepulcros, en un principio me asustó; pues pétreo como las lápidas, nada de él se movía, ni un hilo en sus ropas, ni un pelo en su cabeza. Su rostro pálido, más amarillo de cerca, tenía una condición cerosa que sólo necesitaba la llama para fundirse. Su barba negra, puntiaguda, se clavaba en el aire, igual que si señalara la dirección que miraban sus grandes ojos desorbitados, semejantes a monedas viejas sin brillo. Pero aún ya en frente de él, no pestañeaba siquiera, no alteraba su gesto ni cambiaba la posición de sus manos, perdido en la quietud ignota de las piedras y los terrones secos. Poco a poco, igual que si perturbásemos el silencio visual con nuestros cuerpos, trayendo el escándalo humano a su paisaje de árboles verde oscuro y sombras quietas, el rostro se le conmovió en una sonrisa torcida, y avanzó hacia nosotros, cogiendo las manos de Pero Meñique entre las suyas.

—¿Martín Martínez? —preguntó mi amigo ciego, casi con un susurro.

—Membrad, membrad, que soy el mismo —dijo éste, andando entre las tumbas hacia unos matorrales donde estaba una fosa abierta con un esqueleto con un anillo en la boca—. Estoy ahito de zinzaña, y no descansaré hasta que Torquemada quede reposado sobre sus feyeces, hasta que se espavorezcan en Castilla los inquisidores y la justicia de Dios haga de su carroña convite de alimañas y grosura de gusanos.

—Señor Martín Martínez, ¿por qué hemos tenido que darnos cita en el fonsario? —lo interrogó Pero Meñique, con la cara vuelta hacia arriba, como si la pregunta la dirigiera al cielo o escuchara el vuelo de las golondrinas.

—Porque es el sitio de Ávila y su tierra donde podemos estar más a salvo de sospechas —contestó el otro.

—Cada día se incoan nuevos procesos y se encienden nuevas hogueras en estos reinos desdichados —dijo Pero Meñique—. Tenemos que dar muerte a Torquemada.

—De Castilla y Aragón será tajado el inquisidor general —secundó Martín Martínez, con determinación.

—Si lo hallamos, y si después de hallarlo osamos; que tan desconfiado es el fraile dominico que desconfía de su propia sombra y de sus manos que le llevan alimento a la boca —dije yo.

—Aunque desfeyucie de su sombra su vida va a devedarse, sus pies atrompezarán un día y la mano del Criador lo volverá feyeces; que alimaña mala es y esvivlamiento del mundo —dijo Martín Martínez.

—Para encontrarlo esculcaremos las calles de Ávila —dijo Pero Meñique.

—Esculcaré la noche —dijo el hombre—. Durante años requerí a los encantadores y adivinos que chunchullan en las sombras que me revelaran el lugar de su escondite, pero imitando con sonidos trémulos el lenguaje de los manes evocados, me dijeron nada.

—Catad, que en esta empresa podéis perder la vida —dijo Pero.

—Soy hijo de mujer escarrada y padre quemado, ¿qué me puede a mí importar ser difunto? —dijo Martín Martínez.

—Enmentad, enmentad las cosas felices —dijo Pero.

—Cuando me acuerdo de mi padre bueno más me aflijo; cuando pienso en mi madre asentada sobre el polvo de la vera del camino más me lleno de melancolía —dijo el otro—. Quiera el Dio que en el ánima de Torquemada en lugar de trigo crezca espino, y en lugar de cebada zinzaña.

—Desde agora en adelante poned mucha atención, que no nos vaya a enmalecer el inquisidor general, porque es fama que se pasa la vida maleficiando —dijo Pero.

—Me pregunto si será más prudente fallecerlo con una lanza o con una espada, con una ballesta o con un piedrazo —dijo Martín Martínez.

—Debemos matarlo con el puñal de plata que llevo siempre conmigo; el cual me heredó mi padre, y a mi padre su padre —dijo Pero, mesándose la barba.

—¿Detrás de ti correremos? —preguntó Martín Martínez, asombrado.

—¿Qué queréis decir con eso? —preguntó Pero Meñique.

—¿Si pensáis que vos podréis matarlo y huir presto?

—¿Matarlo? Ya muchas veces lo he hecho en sueños.

—Se trata agora de atravesarle el corazón de a de veras, no en sueños.

—Ya me veréis, saldré de la casa donde moro con crescimiento de furor.

—No basta con eso, se trata de atinar y luego huir.

—Seré rápido como el rayo que fulmina y andaré a galope como el asno salvaje —dijo Pero.

Martín Martínez se agachó a recoger unas piedrecillas de una tumba, que puso supersticiosamente en la bolsa de pastor que llevaba.

—Vivo en la Rúa de los Zapateros, en una casa baja con puerta vieja y sin aldaba, si habéis menester de mí preguntad a cualquier vecino, que soy asaz conocido en esa calle. Decid solamente Martín Martínez, que mi apellido judío lo perdí cuando mi abuelo fue bautizado en Salamanca en el milagro de las cruces luminosas. Si nadie puede daros razón de mi persona, sabed que soy éste que ahora veis disfrazado —dijo, poniéndose en la cabeza una peluca parda que le cubrió la frente con una pelambre parecida a la de un perro.

—Sin ninguna duda sabré quién sois por el olor que despedís a distancia, por vuestra voz y por el ruido de vuestras pisadas —dijo Pero Meñique.

—Me confundiréis con otro —protestó Martín Martínez.

—No os preocupéis, que discierno con claridad el olor peculiar de cada uno, así estén reunidos en una plaza o en una iglesia labradores, frailes, alguaciles, escribanos, doncellas, dueñas y porqueros.

—Mi incertidumbre mayor —dijo Martín Martínez, muy afligido— es la de cómo va a saber Pero Meñique que se encuentra delante de Torquemada y no de otro fraile dominico; y si llega a saberlo, cómo va a saber dónde darle la puñalada, en qué parte de la descubiertura de su cuerpo; pues es fama que el inquisidor general tiene gran tonsura en la cabeza y un ciego puede fácilmente confundir ésta con su vientre.

—Cómo un ciego en este mundo distingue una pared de una roca o un árbol de una criatura humana es un misterio que sólo Dio conoce —exclamó Pero Meñique, contrariado, como si le quisiesen arrebatar de las manos la empresa que se veía a sí mismo acometer.

—¡Ese es el misterio que me quita en las noches el sueño y durante el día el pan de la boca! ¡Tanto que ya no gozo de los manjares exquisitos con que a diario me regala mi mujer Jumila! —profirió Martín Martínez.

—Sin duda que soy un hombre a oscuras por una calle oscura en una ciudad oscura —dijo Pero Meñique, ofendido—; mas mi camino tiene ojos y pies que se llaman Juan Cabezón, muchacho de fiar que en el momento preciso orientará mi puñal de plata para vengar la maldad infinita del fraile Torquemada.

—¿No tenéis miedo de morir si falla la puñalada en el corazón odiado? —preguntó Martín Martínez—. No olvidéis que en Zaragoza Pedro de Arbués llevaba bajo la sotana una cota de mallas y bajo el capuchón un yelmo, os será difícil hallar con presteza el lugar más descubierto de su cuerpo.

—Os he dicho que mi camino tiene ojos y pies que se llaman Juan Cabezón —replicó Pero.

—No olvidéis vos que es más digno morir atravesado por las doscientas cincuenta lanzas de los doscientos cincuenta familiares de la Inquisición que acompañan a Torquemada que arder en el fuego lento de la hoguera —me dijo Martín Martínez, escrutando mi rostro en busca de temor.

—No lo olvido un solo momento —respondí.

—No deseo que por la imprudencia de un ciego no sólo fracasemos en la empresa sino perdamos también la vida —dijo Martín Martínez, con mucha desazón.

—Mientras Pero Meñique acomete con su puñal a Torquemada, atacadlo vos también —dije.

—Tírame de la duda, tírame de la duda —dijo.

—-No hablemos más —dijo Pero Meñique, decidido a no ceder a nadie la hazaña de matar al inquisidor.

—He pasado mi vida asombrado, pero nada me asombra más que este hombre —dijo Martín Martínez, mirándolo de arriba abajo.

—¡Lo haré, lo haré! Este puñal de plata no me fallará por nada de este mundo —dijo Pero, con furibunda excitación.

—Sssssshhhhhh —lo calló Martín Martínez, como si el espacio estuviese lleno de espías y en el horizonte colorado mirase Torquemada.

—Ya me imagino delante del inquisidor general, haciendo que sus ojos crueles se tornen blancos, que sus labios se vuelvan exangües y su cabeza se vacíe de malas razones —dijo Pero, con ciega euforia, mostrando los dientes en la maraña hirsuta de su barba, sus grandes ojos apagados reflejando sin saberlo la luz amarillenta del crepúsculo amarillento; hasta que, dando un traspiés cayó en una fosa, con la cabeza en el lodo y los pies dirigidos al cielo.

—Si es así —dijo Martín Martínez resignado, ayudando a Pero a salir del agujero—, tendré a todas horas prestos los caballos fuera de los muros de la villa para huir, pues una persecución feroz se desencadenará contra nosotros no sólo en Ávila y su tierra sino en los reinos de Castilla y Aragón. Agora, debéis saber que una muy grande amiga mía cristiana vieja, de nombre Luz Pizarro, os amparará en su mesón en Trujillo; sólo tenéis que decirle que Martín Martínez os manda. Ella os dará refugio seguro por unos cuantos maravedís. De esta manera, si la fortuna nos separa, en su mesón nos encontraremos de nuevo. Si no, Dio bendiga al único que llegue sano y salvo a esa ciudad montuosa.

En ese momento, vislumbramos una nube negra de hombres que se acercaban al fonsario en procesión sombría. A ojo desnudo parecían ser un conjunto de sombras movedizas que, entre los pinos, los álamos y las encinas venían del poniente, más remotos que el crepúsculo, más inescrutables.

Al divisarlos, Martín Martínez se puso pálido, tembló, como si su sola vista le trajera terrores sobrenaturales.

Los hombres, escondida la cabeza en capuchones, el rostro cubierto con caretas, al estar cerca de nosotros resultaron más ordinarios, más insignificantes de lo que parecían en la distancia.

Pero Meñique, ignorante de lo que pasaba en frente de él, comenzó a preguntar por qué nos habíamos detenido allí y por qué no decíamos nada. En otro punto del paisaje, unos labradores buscaban liebres y perdices en las viñas o llevaban uvas y agraces en cestas y costales. Ajenas a todos y a todo, palomas y gavilanes volaban a diferentes alturas del cielo bermejo.

Los hombres se detuvieron delante de una tumba con azadones y palas; vigilando dos de ellos con las armas en la mano, temerosos de un ataque de fantasmas. Nosotros los espiamos desde detrás de un cipo funerario rodeado de matas y pedruscos. Nos sacudió su actividad macabra: desenterraban los huesos de los difuntos procesados por el Santo Oficio para quemarlos en un próximo auto de fe.

Bajo la luz más espiritualizada del día, con medio cuerpo metido en la tumba, mientras los vigilantes proyectaban largas sombras sobre las lápidas, los desenterradores de cadáveres parecían animalejos del infierno en busca de carroña para entregarse a un festín sacrilego durante la noche inminente. Todos, como uno solo, vestidos de negro y blanco, la cabeza oculta y las manos terrosas, se movían hacia una sola dirección, la de la muerte.

Sin que pasara mucho tiempo, los que cavaban sacaron su primer tesoro: una calavera, y más hallazgos: huesos y cenizas, los que metieron en costales y cajas negras. Pero los muertos, protegidos por el misterio impenetrable de la muerte, inmunes a la justicia de Torquemada y sus inquisidores, procesados y quemados en las piras seglares en una parodia infame del juicio final, no estaban en sus huesos ni en su tumba, no morían, inmortales en sus cenizas.

—Son los esculcas de los inquisidores, la carroña de los cementerios es su pasto y detrás de toda yerba y todo barro agarran con sus manos muerte —dijo Martín Martínez.

—¿Qué tal —dije— si estos pesquisadores de ánimas vieran en toda su realidad el tamaño de los muertos, no caerían ellos mismos muertos? ¿Qué tal si los llamados herejes en esta tierra fueran santos en el mundo de los espíritus, y si después de muertos los inquisidores llegasen a un reino celeste donde se hablase hebreo y se les quemase vivos por haber profanado la ley mosaica, de manera que los perseguidos en la tierra resultasen perseguidores en el otro mundo? Mas, qué puede importarle a un difunto que su osamenta sea entregada al fuego, sus cenizas esparcidas en los campos o arrojadas en la corriente de un río, si para siempre es insensible a las pasiones humanas. Los inquisidores tratan de atrapar neciamente a criaturas que se desaparecieron de una casa, a bocas que se esfumaron en el aire, a pies que se borraron en la calle; luchan contra lo desvanecido, quieren asir lo inasible, condenar lo olvidado. No podrán, por más que deseen, infligir a un espíritu el tormento que infligen a un vivo; que, como a murciélagos que la luz cierra el paso, el más allá es un escudo contra ellos.

Suspendido en sus movimientos, Pero Meñique me escuchó. El otro no sé, petrificado ante la vista de los hombres con su botín macabro. Los cipos funerarios, la muralla de Ávila, los desenterradores, nosotros mismos fuimos cubiertos por la noche, que, como el día, es la cosa mejor distribuida del mundo.

Al volver al mesón, la huéspeda nos esperaba en la puerta para decirnos que unas dos horas después de mediodía nuestras acémilas se habían soltado y habían sido prendadas por unas personas que las habían llevado al corral de Pedro Manzanas, cerca de la iglesia de San Nicolás en los arrabales de la villa; el dicho Pedro Manzanas las guardaría a nuestra costa hasta el otro día, dándoles lo necesario. Enseguida, nos sentó a una tabla grande de comer, nos regaló con carnes y pescados frescos del Mercado Chico y una gran cantidad de vino, y nos hizo compañía. Se llamaba Orocetí Lunbroso, era natural de Segovia, habíase casado diez años antes con Pero Dávila, natural de esa ciudad, del que había quedado viuda sin hijos a los seis meses de la boda. De rostro discreto y honesto, ojos vivaces y contentos, pelo negro y boca carnosa, bien compuesta en su persona y en la proporción de sus miembros, tenía una voz cuyo timbre suave fascinó desde un comienzo a Pero Meñique.

Sin más, a la luz de las candelas, ella comenzó a contarnos que su madre era descendiente de la familia de María Saltos, la judía santa de Segovia, que en el año del Señor de 1237, estando casada, por la acusación que le hiciese una mujer de que tenía amores adúlteros con su marido, fue condenada por un juez seglar a ser despeñada viva de las Peñas Grajeras, desde las que arrojaban en aquel tiempo a los judíos malhechores. El día del castigo, conducida por su esposo y justicias, judíos, cristianos y moros a las peñas más altas, luego de que la desnudaron hasta la cintura, con las manos atadas y puesta de rodillas, María Saltos fue arrojada peñas abajo. Mas, inocente, se encomendó a la Virgen, diciendo: "O virgen María, como vales a una christiana vale a una judía; e como sabes que io soi sin culpa, así me socorre e aiuda". Ella se le apareció en plena caída y la cogió en sus manos, la depositó sana y salva en lo más bajo del valle, al pie de una higuera. Las gentes, que habían visto cómo había sido despeñada desde arriba, al bajar a verla la hallaron de rodillas, sin herida alguna, dando gracias a Dios y a la Virgen gloriosa por haberla librado de la muerte. Pedía sólo que se le bautizase con el nombre de María Saltos, y moró hasta el día de su muerte en una iglesia en el servicio de Dios y de la Virgen, llena de espíritu profético.

—Mi padre Yucé Lunbroso —añadió Orocetí, después de una pausa en la que los tres bebimos sendos jarros de vino —está enterrado en las peñas del fonsario judío, cerca del río Clamor, con los brazos cruzados sobre el pecho, mirando hacia el oriente. Murió de melancolía cuando le taparon las puertas y ventanas de su casa que daba a la cristiandad y por saber que los inquisidores, el doctor de Mora y el licenciado de Cañas, instalados en la casa de don Francisco Cáceres, quemaron a un amigo suyo llamado Gonzalo Cuéllar, vecino y regidor que fue de Segovia, quien años antes había acompañado a doña Isabel desde el alcázar hasta la plaza mayor de la villa, cuando se proclamó reina de Castilla.

—¿Quién decís que cegó las ventanas y puertas de la casa de vuestro padre? —preguntó Pero Meñique.

—Don Rodrigo Álvarez Maldonado, que se encargó de hacer cumplir en Ávila y en Segovia una carta de los Reyes Católicos, del año de 1480, en la que mandaban que "los judíos e moros de las ciudades y villas y lugares de sus reinos fuesen apartados dentro de un término de dos años". Ordenaban también que en todos los corrales entre las casas de los judíos y cristianos se alzasen paredes o tapias sin agujeros ni portillos donde pudiesen hablarse ni comunicarse unos con otros.

—¿Este apartamiento le causó la muerte a don Yucé Lunbroso?

—Sí, porque no pudo soportar que le fuesen cerradas las puertas y ventanas por las que entraba la luz del día a su pieza, y porque en el fondo de su ánima sabía que este apartamiento que mandaban hacer los reyes, así como los procesos de la Inquisición contra los conversos, eran avisos de medidas más crueles que se iban a tomar contra los judíos —dijo Orocetí—; y como no hubo ni quién moviera ala, ni abriera pico ni chunchullara, después de un tiempo aconteció que mi padre cayó hacino y su hacinura fue tan fuerte que no quedó en él en pocos meses arriflo de vida.

Con fervor, Pero Meñique bebió sus palabras y los jarrillos de vino que estaban delante de él, y cuando ella guardó silencio, de inmediato le preguntó:

—Enmentad, enmentad, cómo es que os quedasteis viuda.

—Casada no estuve de parto, no parí ni engrandecí mancebos ni enlatecí escosas ni conocí varón; cuando mi marido finó los mozos de Ávila vinieron a buscar mis hendezes, pero no se las di... Quizás porque sabía que un día vendrías tú.

—¿Sois mujer escarrada? —interrogó él, imperturbable.

—Soy mujer mesonera —respondió ella.

—Pregunté si sois prostituta, ramera y si fornicasteis amigos muchos —dijo él.

—No entiendo —dijo ella.

—Pregunté si tornarseaste tus nalgas y mercadereaste tu vientre, si fue visto tu fornicamiento sobre las cuestas de los campos y las camas de la noche, si hiciste para ti lechos pintados y semen de fornicador penetró en ti —dijo él, acercando su cara a la suya.

—No entiendo —dijo Orocetí, rechazando su rostro con la mano.

—Una vez más te demando si derramaste tus fornicaciones sobre todo pasiante, si a él era tu deseo —dijo él, acercando de nuevo su cara a la suya.

—Lo dije con claridad, varones izquierderos qué me podían a mí importar —exclamó ella, molesta—. Soy mujer mesonera, o, si preferís, mujer escosa, hembra que ha dejado de dar leche o moza buena de vista mucho virgen.

—¿Tenéis miedo de pecar? El Dio bendijo diciendo: "Fruchiguad y muchiguad y henchid las aguas y los mares". Al hombre y a la mujer dijo: "Fruchiguad y muchiguad y henchid la tierra".

—Tuyo es el cuerpo de las generaciones de Adam, mío es el cuerpo de las generaciones de Eva —dijo ella.

—Para que nos fruchigüemos y nos muchigüemos —añadió él.

—¿Conoceré estremecimientos de hombre entre mis piernas? Tus rasguños no me dolerán —dijo ella.

—Sufriré dolores de fuesa, estrompiezos de muerte en medio de ti —dijo él.

—Tómame agora como un presente que fue traído a ti, que se apiadó el Dio y quiso que me diese toda a tu persona.

—Catad, que no vaya a encintarte y vayas a parir nuevo Caín, otro Torquemada vayas a traer al mundo.

—No lo quiera mi Dio, preferiría morir enconada como calavrina de animalla o de sierpe —dijo ella.

—Golí el güezmo en tus vestidos y dije: el güezmo de su cuerpo es como el güezmo de los campos recién llovidos; el olor de sus pechos es como el olor de las manzanas en el manzano —dijo él.

—Por ti seré como el ermollo que crece en la tierra por el resplandor después de la lluvia —dijo Orocetí.

—Así sea, agora escalléntame como escallenta la madre la carne del niño, que yo me acostaré a dormir a la vera de tu cuerpo como debajo de una encina espesa bajo el fuerte calor del mediodía —dijo Pero.

—Éste es el empececho de nuestro amor y agora nada de mi cuerpo te será vedado —dijo ella.

—Desciende, ven a mis brazos hija de Babel, allégate a mí hija de la agorera, que lleno de polvo mi corazón gorjeará; ayúntame agora a una de tus piernas para comer pedazos de ti —dijo él.

—Tómame agora, escribe sobre mí con péndola de varón.

Mas, cuando Pero Meñique la iba a coger entre sus brazos, Orocetí lo burló y se retiró a la cocina muy ligera. Tiempo que aprovechó él para beber tres jarrillos de vino y para decirme que estaba muy contento de acometer la gran empresa por la que habíamos venido a Ávila, y acercando su cara a la mía, como para clavar en mis ojos los suyos cavernosos, por un instante pareció distinguirme por una rendija diminuta.

—No debemos dejar pasar otra ocasión como la de hoy para fallecer a Torquemada, porque en el reino de Dio un momento de imprudencia puede causar grandes estragos durante todo un siglo o un milenio —dijo, apretando con las manos el jarrillo de vino.

—Sí —dije apenas, mi borrachera y sus amores incipientes llenándome de melancolía por la ausencia de Isabel y mi hijo.

—Debemos acordar unas señales nuestras para los momentos de peligro y decisión que sólo tú y yo entendamos —clamó desde su aislamiento Pero Meñique, con una voz de becerro huérfano—. Si me tocáis en el hombro derecho con la mano abierta quiere decir que debo quedarme quieto; si me picáis la espalda con el puño significa que debo avanzar presto; si me decís: ¡Luz, luz!, que debo acometer al inquisidor allí mismo.

Las voces de unos ebrios atravesaron los paredones del mesón, cantando:

Una hija tiene el rey,
una hija regalada,
la metió en altas torres,
por tenerla bien guardada.
Un día por los calores
aparose en la ventana,
vido venir un segador
segando trigo y cebada.

Al término de la canción, Pero Meñique, con pasos vacilantes, se dirigió a la cocina en busca de Orocetí, que limpiaba sartenes. Trató de abrazarla, la persiguió entre los calderos, las ollas de tierra, las tinajas para agua, las tablas de llevar pan al horno y las cestas para recoger frutas. Ella lo empujó con un asador de fierro, lo hizo caer en una bacía grande de salar puercos; de la que él salió para meter los pies en unas escudillas en el suelo.

Apiadada de su torpeza, Orocetí lo cogió de la mano y lo atrajo a su pecho, para luego llevarlo a su cámara, la mayor y postrera. Yo me fui a la pieza alta que salía a la calle, alumbrada por un candelero de latón mediano. Enseguida, Pero me llamó a gritos.

—Tórnate a la señora y suchéftate debajo de sus manos —me dijo, al entrar a la cámara, semiahogado debajo de sus pechos.

—Me vedaré de ella —dije.

—¿Con estas nalgas y tetas serás templado? —me interrogó, asomando sobre el hombro derecho de Orocetí su rostro barbudo y ciego.

—Sí.

—Entonces, no mires el vino cuando se envermece ni al hombre cuando hace el amor, tórnate hacia la salida o hacia la pared —dijo.

—Anda trasverrado, va de una parte a otra de mi cuerpo vacilando por la embriaguez —dijo la huéspeda.

—Estamos ya empiegados —dijo él.

—¿Qué quieres decir con eso? —pregunté, dirigiendo mis ojos a la puerta para no verlo desnudo sobre ella.

—Uncidos, untados, ¿no lo miras?

—No estoy viendo —dije.

—Si he hallado gracia en ti, deja de hablar y toma el presente de mi cuerpo, que desde que entraste en el mesón vide tu cara como si hubiese visto la cara de mi padre, y me envelentunaste —le dijo ella.

—Paresces casa ancha, me abres ventanas por aquí, me envigas con alarzes por allá, me pintas con bermellón por doquier —le dijo él.

—No más palabras —dijo ella.

—Haced memoria, recordad aquello que pasó en Segovia, las noches solitarias de tu viudez en Ávila, tu cuerpo en el lecho frío turbado por muchas fantasías de varón —le dijo él, hundido en la doble oscuridad de sí mismo y de su cuerpo, asiendo su carne como si la fuese a devorar, a nunca hartarse de ella; mientras yo, pesado de vino y de sueño, salí de la pieza, con la intención de dormir días enteros.

Pero a las pocas horas me despertó, sentado al borde de la cama con una candela prendida en medio de la luz del día.

—Amo a Orocetí, al término de nuestra empresa voy a casarme con ella, seré mesonero en Ávila de los Caballeros —me dijo.

Enseguida, entró ella, con sólo la camisa puesta, los muslos desnudos, los ojos avellanados radiantes.

—Amo a Pero Meñique, voy a casarme con él —dijo.

Lo cogió de la barba, lo condujo a una cámara que estaba encima del horno, a la cual no habíamos entrado todavía. Me llamó:

—Juan, Juan.

En la pieza vi a mi amigo junto al antorchero, esforzándose en una sonrisa que aventuraba al vacío. Ella sacaba de un cajón grande de pino la ropa de su esposo para dársela. Se la ponía en las manos y los brazos extendidos, igual que si deseara que la vistiese toda al mismo tiempo: un jubón de paño negro, un jubón de paño morado, un tabardo de paño de Londres bermejo, un sayo de jirones grises, un sayo de Contray ya tenido. Le dio sus armas: dos lanzas, tres dardos, un par de cervelleras, una ballesta de cuerno con su aljaba, cuatro puñales, dos sayos y un guante de malla, una piedra de toch y una perola chica.

Ella se puso unas faldillas de chamelote blanco y un capuz de grana. En cada dedo de la mano izquierda metió anillos: de oro con rubíes, con zafiros, con turquesas y con perlas. Se puso un collar dorado, una cofia negra con hilos de oro, calzas escarlatas, un par de chapines ya tenidos y una cinta de plata con ocho rodajas, cuatro coloradas y cuatro blancas, la hebilla y el dardillo dorados.

A mí me mudó de cuarto, me dio uno fresco y espacioso con una ventana grande que daba a un árbol espléndido. Una imagen de la Virgen pintada en un pedazo de lienzo y un espejo desportillado colgaban de la pared. Aquí y allá, visitantes sucesivos habían dejado una tinaja quebrada, un plato de latón de aguamanos, un alambique de tierra, dos guarniciones de mula y una jarrita de vidrio.

Era martes. Entre las nueve y las diez de la mañana, desde la iglesia de San Juan, la justicia y los regidores de la villa llamaban a campana repicada a los moradores para oír sus quejas, apelaciones y entender a otros negocios que conviniesen al bien público de Ávila y su tierra. Orocetí tenía que esperar la llegada de los regatones, que, después de mediodía, traerían a su mesón la fruta que no había sido vendida en las plazas y mercados.

Después de la hora nona, en busca de Torquemada, Pero Meñique y yo fuimos de la calle de Santo Tomé a San Salvador, a San Gil, por las calles públicas que llevaban al barrio de Cesteros y al de Papalúa, y de éste al muradal de San Vicente; de San Millán a la plaza de San Gil, al coso do mueven los caballos, de San Pedro al mercado de la tea; de San Miguel a San Millán y a la pescadería, al castillo de la puerta de San Vicente, a la calle del Lomo, la Rúa de los Zapateros y a la puerta de Grajal en el corral del castillo. Describí a Pero Meñique lo que mis ojos veían y los suyos ignoraban, las paredes bien adobadas, las escaleras de madera por do las gentes subían al sobrado o bajaban al soyado, los techos queriéndose caer, los corrales con sus pozos con brocal de piedra, los álamos de Santo Tomé, las casas colgadizas, los portales luengos como las casas, las casas sin puertas y sin umbrales, las entradas angostas y astrosas, las torres y las iglesias, las cercas y las tiendas y los mercados, las maderas podridas, las paredes acostadas, los suelos de tierra, las escaleras flacas, las puertas viejas y las tablas fallecidas.

—Fray Tomás de Torquemada debe andar en Ávila llevando en persona el proceso del niño de La Guardia, estoy seguro dello —dijo Pero Meñique, de vuelta al mesón, fatigado de ir y venir, apuntando con el báculo al río Adaja, escaso de aguas.

De regreso de los montes, tañidas vísperas, pasaban los leñadores con sus carretas de madera y tablas, leña y carrasco. Ávila, dorada por el Sol poniente, parecía una corona amurallada; sus fuentes, rubias de luz, brotaban en las calles, en las plazas y en las casas particulares en grande profusión. Sin embargo, había algo en Pero Meñique que me inquietaba desde que había entrado en amores con Orocetí Lunbroso: su andar parecía desatinado, sus movimientos exagerados y a menudo se hablaba a sí mismo en voz tan baja que no alcanzaba a oír lo que decía; aunque de pronto, me confiaba:

—Orocetí es esbelta de cuerpo, hermosa de rostro, blanca de tez y tiene el labio superior un poco alzado; sus ojos son claros y risueños, enmarcados en pestañas muy finas. Es diligente y discreta, de excelente ingenio en hablar y muy amiga de hacer justicia. Si muero en esta empresa, mi deseo postrero es que le sean entregados los bienes y dineros que guardo en Madrid.

—No debéis pensar en la muerte —protesté.

—Quedarán de mí rebuscos, como cuando sacuden un olivo quedan dos o tres granos en la punta del ramo alto, cuatro o cinco en sus ramas —dijo.

—Temo por ti —dije.

—Yo no temo por mí —dijo—. Volvamos al mesón, que tengo poco ánimo de andar las calles de Ávila cuando comienza a enfriar.

—Volvamos —dije—, si volver te place.

Una semana pasó. Los amores de Pero Meñique y Orocetí Lunbroso se hicieron más intensos, más urgentes y familiares, de una agitación casi doméstica. Siempre rondando el mesón, como la mariposa la candela, difícilmente había algo que hicieran ellos que yo no me enterara al punto, ya fuera por mis ojos y oídos o por las confidencias de Pero, que me tenía al tanto de las costumbres amorosas de Orocetí. De manera que, sin que ella lo supiera, sabía yo qué palabras y qué caricias le placían más en el tálamo nupcial, en qué parte del cuerpo tenía un lunar, una cicatriz, un moretón. Llegando él a la extrema excitación de querer contarme detalle por detalle sus lances amorosos, como si obtuviese con ello un goce doble, una memoria rediviva. Por mi parte, me sentía aprehensivo, temiendo que los moradores de Ávila comenzasen a sospechar de sus relaciones carnales; aunque éstas se llevaban a cabo de noche y en el más estricto secreto de una cámara.

Un mes se fue, y aún no sólo no sabía si alguna vez íbamos a matar a Torquemada sino a encontrarlo de nuevo en la calle, a verlo venir con su séquito de familiares armados o sentado a su mesa con su asta de unicornio y su lengua de escorpión que tenían la virtud de inutilizar y descubrir todos los venenos, menos el suyo. La razón misma de hallarnos en Ávila me parecía cada vez más vaga y me preguntaba sin cesar si no estábamos allá sólo por los amores de Pero y Orocetí. Ella se comportaba más como una esposa presente que como una novia futura, disponiendo de la persona de mi amigo igual que si fuese un mulo, un mueble o un bulto que le pertenecía. No obstante que había noches cuando sus influjos maternales no podían contener sus ansias, al recordar el propósito que lo había traído a Ávila, y quería lanzarse a la calle, ignorante de la hora que era, y arremeter contra la primera criatura que pasara en frente de él, como si cualquiera fuese Torquemada. Quien, tal vez, estaba tan lejos de nosotros lo mismo ahora que antes; o lo peor, iba por un pasadizo subterráneo del monasterio de Santo Tomás a una iglesia, exactamente bajo nuestros pies, sin que nos diéramos cuenta de ello.

Durante ese tiempo de espera, Pero Meñique se había vuelto supersticioso, dando gran importancia a sus sueños y a los signos casuales que él tomaba por augurios de la empresa. Bebía demasiado cada noche, pasando su rostro en pocos momentos de la serenidad a la ira, de la razón a la lascivia y del silencio al ruido. Y como no podía soportar la tristeza de su ceguera ni la soledad de su embriaguez, semejante a un bulto animado se arrojaba sobre ella para entregarse delante de mí a una cópula grotesca; pues, a menudo se caía, desnudo o semi-desnudo, del lecho amoroso. Si no, vagaba borracho por las muchas piezas del mesón buscando algo que sólo él sabía qué era; hasta que se llevaba las manos a la cabeza, sentado en un peldaño, porque la cabeza se le caía de dolor. De otra manera, durante horas iba y venía a las ventanas y a la puerta para oír los ruidos, esperando una señal que fuese aviso de que debíamos comenzar la empresa. O, despierto a medianoche, sentado al borde de mi cama, decía:

—De aceite de oliva un hin, de agua con vino dos.

O:

—"Estonce dixo el papa: Tú eres Ylario gallo. E sant Ylario dixo: Non soy gallo, mas moro en Galia."

Sin embargo, había días que pasaba hundido en una profunda melancolía, en un completo silencio; se volvía no sólo inaccesible sino impenetrable, como un animal fabuloso aislado en su condición de ciego. En esos momentos de soledad extrema enviaba a Orocetí para que yo fuera a su lado, pues quería oír mi voz o decirme una razón urgente. Había mantenido su promesa de no contarle nada de nuestro plan de matar a Torquemada, por discreción y por no comprometerla, ya que su ignorancia, en caso dado, sería su mejor defensa ante los inquisidores.

Fue un día de noviembre, recuerdo; Martín Martínez irrumpió en el mesón a grandes zancadas, y casi sin aliento comenzó a relatarnos los últimos sucesos del proceso del niño de La Guardia, revelando que los inquisidores habían puesto en el tormento a Benito García y lo habían hecho decir que Yucé Franco, con los judíos y cristianos nuevos inculpados, en una cueva en el ristro de una cuesta camino de Villapalomas habían crucificado a un niño cristiano en dos palos que habían atado con una soga de esparto a manera de cruz; que era de noche, tenían candelas de cera y habían tapado la boca de la cueva con una manta. Johán de Franco y Johán de Ocaña también habían sido atormentados, confesando que los judíos habían crucificado en unos "palos de olivo" al niño cristiano, que había traído el difunto Mosé Franco del Quintanar a Tembleque encima de un asno. Fray Fernando de Santo Domingo había ido a Salamanca para ver y determinar el proceso en el monasterio de San Esteban con Johán de Sanctispíritus, catedrático de hebreo, fray Diego de Bretonia, catedrático de Biblia, fray Antonio de la Peña y otros catedráticos versados en herejías, declarando los letrados salmantinos, en su dictamen final, que Yucé Franco, siendo fautor y participador del crimen de herejía, debía ser relajado a la curia y brazo seglar y sus bienes confiscados a la cámara y fisco de los reyes. Al enterarse del fallo, Yucé Franco se había defendido ante los inquisidores diciendo que los testigos que lo habían acusado eran inhábiles para testificar porque estaban inculpados en el delito. Sin considerar sus alegatos de defensa, fray Pedro de Villada y fray Fernando de Santo Domingo descendieron el miércoles 2 de noviembre de 1491 a la cárcel de la Inquisición, lo hicieron traer delante de ellos y le "requirieron e amonestaron con toda humanidad amorosamente dixiese la verdad por entero de las cosas que sabía, pertenecientes al Santo Oficio, assí como de otros; especialmente le requerían e requirieron dixiese de dónde era el dicho niño que crucificaron en la cueva de La Guardia, e cúyo fijo era, e quién lo avía traído, e quién fue el primero que despertó este negocio que crucificasen al dicho niño e le fisiesen las cosas e vituperios que le fesieron. E que si la verdad dixiese que se avrían con él, misericordiosamente, quanto con buena conciencia e de justicia deviesen". Pero como Yucé Franco no pudo decir más de lo que había dicho, mandaron a Diego Martín, oficial de los tormentos, lo llevase a la casa donde sus reverencias acostumbraban dar tormentos, y lo desnudase y pusiese de espaldas en una escalera, con las manos y las piernas atadas con cordeles de cáñamo; y otra vez Pedro de Villada y Fernando de Santo Domingo lo conminaron a que dijese la verdad por entero de lo que sabía, que aún tendrían con él misericordia; de otra manera, protestaron ante notario "que si daño, o efusión de sangre, o mutilación de miembro, o muerte se le siguiese en el dicho tormento que fuese en su culpa e cargo del dicho Yucé Franco judío, e non de sus Reverencias", siendo testigos de ello, los presentes: Francisco Bezerra carcelero y Diego Martín oficial de los tormentos.

Atormentado, Yucé Franco dijo que Johán Franco había traído el niño que crucificaron de Toledo en su carreta, habiéndole hallado antes que se pusiese el sol a una puerta; que había visto y oído cómo los hermanos Franco y Benito García decían que todos los cristianos veían luz por el culo del niño estando crucificado y que habían hecho los hechizos para que todos los inquisidores y otros justicias y personas que quisiesen hacerles daño muriesen rabiando. Reunidos los inculpados por los inquisidores "todos concertaron en uno e vinieron en conoscimiento de lo que todos juntos fasían e fesieron. E cada uno por sí conosció lo que cada uno particularmente fiso", según les habían sido arrancadas sus confesiones. Sabiéndose ese día que Benito García y Johán Franco se habían hallado en Toledo para buscar al niño para los hechizos y que Johán Franco lo había tomado de la puerta del perdón de la catedral.

Casi en el mismo momento en que Martín Martínez guardó silencio, en la calle comenzaron a correr las nuevas del crimen sacrílego; en las puertas de las iglesias, en los mercados y frente al monasterio de Santo Tomás, grupos de mujeres y hombres airados se reunieron para pedir el fuego y el descuartizamiento para los culpables. Gente menuda, de todos tamaños, condiciones y edades, se congregó en las plazas y recorrió las calles enardecida. La multitud, como un cuerpo anónimo de miles de cabezas y miles de puños coléricos, esperaba sólo la menor provocación, la más mínima señal, la más pequeña chispa, para lanzarse al ataque, en un furor a flor de piel que podía fácilmente equivocar sus víctimas. Para nosotros, salir a la calle y cruzarnos en todas partes con ella, fue peligroso, ya que podíamos despertar sus sospechas al hablar en voz muy alta o muy baja, al andar con lentitud o de prisa, al quedarnos parados o al huir del alboroto. Siendo extranjeros, por cualquier razón se nos podía involucrar en el crimen y ser descuartizados en el lugar mismo del asalto a nuestras personas.

—Un fraile de Ávila avisó que hubo una profecía del martirio del santo niño de La Guardia —dijo una vieja, detrás de nosotros.

—El pequeño Cristo tenía el corazón del lado derecho y cuando los crucificadores le abrieron el pecho para sacárselo no se lo hallaron —dijo un labrador.

—El señor inquisidor general dejó muchísimos asuntos para venir a Ávila y hacerse cargo él mismo de los pormenores del auto de fe, en el que sacarán a los asesinos del santo niño —dijo una mujer.

—He oído que en estos días los señores inquisidores mandarán hacer grandes pregones por Ávila y su tierra para que venga mucho mundo al auto de fe —dijo la vieja.

—Si es cierto que Torquemada se encuentra en Ávila, una vez que se celebre el auto de fe partirá en secreto hacia Segovia o hacia cualquier otra ciudad del reino de Castilla —dije—. El proceso ha llegado a su fin.

—Debemos actuar de inmediato y matarlo —dijo Pero Meñique, en medio de un grupo de mujeres exaltadas.

—Estoy seguro que el perro escapó —dije, picándole la espalda con el puño.

—Cada día que pasa, el mundo se me vuelve más sobrenatural y creo menos en lo que oigo y no veo —dijo él, andando presto.

—¿De dónde venís? —preguntó al vernos Orocetí, parada a la puerta del mesón con grandes ansias.

—De husmear las calles de Ávila —respondió Pero.

—¿Venís entero, vuestras ropas no han sido desgarradas, vuestras barbas maltratadas? —preguntó ella.

—Gracias sean dadas a Dio vengo bueno —contestó él—, mis barbas y mis ropas no han sufrido daño; sólo mi ánima ha recogido un poco del polvo del camino, eso es todo.

—Agora contadme, amigo mío, ¿qué me traes de vuestro paseo?, ¿qué olios, qué pescados, qué sortijas, qué collares, qué zapatos, qué tijeras, qué sartenes, qué vidrios, qué paños me traéis para regalarme?

—Nada de eso, querida Orocetí, sólo traigo cosas para tu fantasía.

—De todas maneras, amigo mío mucho amado, venid a descansar —dijo ella.

—Estoy cansado, mas no del cuerpo —dijo él, mostrándose de allí adelante silencioso y abatido.

Tocadas vísperas, empezó a preguntar a Orocetí sobre diversas cosas de Ávila y su tierra; sobre la natura, las palomas blancas, las cigüeñas, la iglesia de San Salvador, el Mercado Chico, las murallas y otras cosas que ella conocía asaz bien. De manera que sentados a la tabla redonda en la cámara mayor, entre jarros de vino y comida sabrosa, vimos ponerse el sol y venir la noche, sin que nuestro hablar decayese un momento.

Hacia maitines, un poco ebria o muy enamorada, Orocetí le preguntó a Pero Meñique si quería casarse con ella al otro día. A lo que él contestó con un no lacónico, volviendo su rostro hacia el de ella como si le clavara su mirada ciega, más impresionante por la fijeza sin brillo de sus ojos que por lo inesperado de su respuesta. Mirada que ella recibió con una llena de fulgores, pero con tristeza.

—Quedémonos como estamos, amantes alegres y libres —dijo Pero, después de una pausa en la que pareció meditar cada una de las palabras que iba a decir—. En nuestras vidas hay una gran diferencia de edad y de propósitos, y quizás pronto nos apartemos uno de otro para no volver a vernos nunca.

Ella no comprendió. Él explicó más.

—Presto nos iremos de aquí, tal vez mañana.

—He dicho a mis parientes que tendríamos una boda, ¿qué les voy a decir ahora? —gimió ella.

—Cuando ya no esté aquí para explicaros los sucesos sonados que acontecerán en Ávila, comprenderéis —dijo Pero Meñique, con voz enigmática.

—Comprenderé —dijo ella, sin comprender.

—De esta manera, la pérdida de mi cuerpo y de mi ánima será solamente mía, no vuestra —dijo él.

—¿Esto os hará feliz?

—Si no nos dará felicidad, al menos nos dará paz.

—¿A vos o a mí?

—A ambos, mas no hablemos más hoy que tendremos más pena. Demos las buenas noches a nuestro buen amigo Juan Cabezón y amémonos como amante y amada.

—Como marido y mujer —dijo ella.

—Que así sea en nuestro placer y en nuestros corazones, si os place —dijo Pero Meñique.

—Que así sea —dije yo, dejándolos solos para amarse en una de sus últimas noches sobre la tierra.

Porque dos días después, el 16 de noviembre de 1491, los ocho reos acusados del asesinato del niño que nunca existió, con sus sambenitos amarillos de herejes condenados, y las tres efigies de los herejes difuntos, llevadas en palos por porteros del Santo Oficio, fueron sacados del monasterio de Santo Tomás (que hacía construir por esos días Torquemada con los bienes y los dineros de los judíos condenados por la Inquisición, y que iba a acabar dos años más tarde con las piedras y lápidas de su fonsario de Ávila, cedido luego de la Expulsión por los Reyes Católicos para la obra del convento) en solemne procesión por las calles de la villa hasta el Mercado Grande, donde los inquisidores, con sus hábitos blanquinegros y su séquito de jueces ordinarios, familiares, escribanos y frailes, tomaron su lugar junto a la iglesia de San Pedro para celebrar el auto de fe.

Esa misma noche supimos por Martín Martínez, que había seguido con atención el sacrificio humano, que Yucé Franco, atado al palo de la hoguera en el Brasero de la Dehesa, fue sentenciado a ser relajado al brazo seglar y a la confiscación de sus bienes, requiriendo los inquisidores que el corregidor Álvaro de Santiestevan "oviese piadosamente con el dicho Yucé Franco judío, e que non procediese contra él a muerte, ni a mutilación de mienbro e efusión de sangre, protestando, como protestaron, que si lo contrario fesiese e muerte se le siguiese al dicho Yucé Franco judío, que sus Reverencias fuesen sin culpa". "E luego el dicho señor corregidor dixo que rescibía e rescibió en su poder al dicho Yucé Franco, como a persona maldita e descomulgada e mienbro cortado e aparejado de faser lo que de derecho deviese". Por lo que él y su padre fueron atenazados vivos y quemados a fuego lento, negando sus errores, "sin llamar a Dios ni a Santa María" y sin hacer el signo de la cruz. Benito García, que murió como católico cristiano, Johán de Ocaña y Johán Franco, "que murieron conociendo a Dios y diciendo sus culpas", antes de ser quemados en el palo fueron ahogados por el verdugo. Los demás, con las efigies de los muertos, fueron consumidos por el fuego.

Después del auto de fe, la historia del niño crucificado por los judíos fue mandada leer por Torquemada en todos los púlpitos de los reinos de los Reyes Católicos, un judío fue apedreado en las calles de Ávila por el pueblo escandalizado, que quería atacar la aljama. Isabel y Fernando tuvieron que mandar desde Córdoba una carta de seguridad a los justicias de la villa y de sus reinos para proteger a los judíos en sus vidas y haciendas. Luego, el niño imaginario tuvo un nombre: Cristóbal; una leyenda, semejante a la de la pasión de Cristo; e hizo muchos milagros, entre los cuales estuvo el de la expulsión de los judíos de España.

A raíz del auto de fe, me fue muy difícil contener la furia de Pero Meñique, quien, aislado en su ceguera como en una jaula sin barrotes pasaba el tiempo sumido en la ansiedad y la melancolía. Orocetí hacía todo lo posible para consolarlo, en vano.

Fue una mañana fría de diciembre, recuerdo, cuando a la hora de la tercia Pero Meñique, Martín Martínez y yo salimos del mesón para dirigirnos al monasterio de Santo Tomás con la esperanza de cumplir ese día la empresa, que Pero Meñique, habiendo oído erróneamente "Torquemada, Torquemada" en labios de un portero del Santo Oficio que conversaba con otro a las puertas del monasterio, con grande irreflexión entró detrás de un fraile dominico en la primera sala donde oyó voces y se dirigió a la primera persona que sintió próxima a él para preguntarle por el señor inquisidor general, sin que Martín Martínez ni yo, ni los frailes mismos acertásemos a saber cuáles eran las intenciones del ciego osado; ya que había burlado la vigilancia de los muchísimos familiares de la Inquisición que guardaban la entrada con gran celo y dureza, sin que le hubiesen preguntado siquiera adónde iba. Contestado por la persona que el señor inquisidor general no se encontraba allá, sino afuera, Pero Meñique salió enseguida del convento y topándose con un escribano del Santo Oficio, que tomó por Torquemada, deseoso de cumplir su hazaña justiciera, sacó su puñal de plata de entre sus ropas y con gran coraje y prisa le dio tal cuchillada en el brazo que casi se lo pegó a las costillas, gritando:

—¡Muere, muere, muere!

Acertó a pasar otro escribano por allí en ese momento, a quien también acometió a puñaladas en las barbas, provocándole la pérdida de varios pelos y de mucha sangre que le corría a chorros por el mentón y el pecho.

Los familiares de la Inquisición al punto acudieron en masa con las espadas desenvainadas y las lanzas en ristre para herirlo con gran saña. Y mientras Pero Meñique caía al suelo agonizante, la cara de Martín Martínez se estrellaba con la desesperación de saber que no sólo la empresa había fallado sino nuestras vidas estaban en peligro. Yo, con los ojos puestos en el primer escribano, que yacía en el polvo exagerando su herida, y en el segundo, que no dejaba de lamentar los estragos de su barba acuchillada, me pregunté si no hubiese podido hacer algo para avisar a mi amigo de su error y detenerlo a tiempo, pero sobró toda respuesta.

—¡Ahora o nunca! —masculló en el suelo Pero Meñique, como si se tratase de un juego entre los familiares, los escribanos y él mismo. Mas, sin poder enderezarse, volvió la cara ciega hacia sus verdugos e iba a decirles algo cuando cuatro familiares lo prendieron de las piernas y los brazos, mientras un quinto, un hijodalgo muy mozo, de ojos arranados y cara de manzana, que hacia carrera en el Santo Oficio, casi sin menear el cuerpo le clavó la espada en el pecho.

—¡Huid, huid! —gritó aún Pero Meñique, terriblemente pálido, dando la impresión de que la voz se le salía al mismo tiempo que el ánima.

Y tratando de erguirse, abrió mucho los ojos, como si antes de caer en la oscuridad eterna, Dios, en su infinita bondad, le hubiese concedido ver el mundo por un instante único.

Martín Martínez, con el terror en el rostro, sintiéndose aludido por el grito de Pero Meñique, en un momento de indecisión fatal, no supo si echarse a correr o desenvainar la espada y atacar a los familiares; el caso es que éstos, descubriendo su espanto le dieron tantas estocadas que en un abrir y cerrar de ojos pareció más una criba sangrienta que un cuerpo humano. Siendo el mismo hijodalgo, de ojos arranados y cara de manzana, el que le diera el espadazo final. Espadazo que fue imitado por otros diez familiares de la Santa Inquisición, quedándose en el suelo como perro moribundo. Aunque antes de expirar, Martín Martínez alcanzó a mirarme entre los pies de sus asesinos con el gesto pesimista de un hombre que a punto de morir todavía espera lo peor.

Muertos los dos, consideré toda asistencia y resistencia inútiles: eran más de doscientos cincuenta familiares, guardias y soldados los que allí estaban con las armas en las manos, aparte de los curiosos que habían acudido en grande número de nunca sabré dónde. Además, para mi propia vergüenza y a mi pesar, al verlos exánimes en el polvo sentí la alegría inmensa de encontrarme vivo bajo la luz del sol. En torno mío, por unos momentos decisivos, los familiares y el pueblo armado parecieron quedarse rígidos como estatuas en la contemplación de esos hombres extraños; momentos en los cuales el aire y el tiempo también parecieron quedarse quietos, suspendidos en la imaginación de Dios. En ese lapso, oí el grito póstumo y mudo de Martín Martínez, diciéndome: "A los caballos, a los caballos." "¿Los caballos?", pensé. "Sí, porque es preciso marcharse presto de aquí, antes de que comiencen los arrestos y los interrogatorios.

Mientras me lo decía, un hombre en la multitud me estaba viendo, el enano Rodrigo Rodríguez, vestido de familiar de la Inquisición; que, como buen hijodalgo, estaba haciendo carrera y fortuna con los cadáveres de los conversos y otras víctimas del Santo Tribunal.

Observado por él con implacable fijeza, me di cuenta que cuando yo miraba a Pero Meñique y a Martín Martínez yertos sobre la tierra, él no había dejado de mirarme. Mas, o no me reconoció o calló mi presencia, impresionado por la muerte de su amigo Pero Meñique, salvándome con su silencio de una muerte segura. El caso es que, sin perder un segundo, con las palabras urgentes de Martín Martínez en mi cabeza, me alejé del monasterio de Santo Tomás bordeando las murallas de Ávila, hasta llegar adonde estaban los caballos.

Cabalgué en el que me pareció el más veloz de los tres corceles. No sin dejar de pensar en Pero Meñique y en Orocetí, esperándolo en el mesón; protegida, quizás, de los inquisidores por su ignorancia de nuestra conspiración. Aunque, con seguridad, ellos sabrían arrancar de su boca crímenes que nunca había soñado.

La tarde cubría con sus rayos bermejos el gran muro de Ávila y la ciudad encerrada parecía una joya sangrienta. Pronto, las manchas rojizas de las casas y las torres se fueron haciendo más pequeñas y oscuras en la distancia, y yo, hambriento y triste, me perdí en la noche.

Amanecía el año de 1492 cuando se tomó Granada. El rey don Fernando con sus vestiduras reales se encaminó hacia el castillo y la ciudad seguido de sus caballeros armados, a reina y sus hijos y los grandes del reino. Cerca de la Alhambra, el rey Chico Muley Baobdil salió a su encuentro a caballo, acompañado de cincuenta jinetes moros y, queriéndose apear para besar la mano del rey vencedor, éste no se lo consintió, abrazándolo. Muley Baobdil le besó el brazo, y puestos los ojos en el suelo, con el cuerpo humillado y el semblante triste, le entregó las llaves del castillo, con estas palabras: "Señor, éstas son las llaves de vuestra Alhambra y ciudad. Id, señor, y recibidlas." El rey Fernando se las dio a la reina Isabel, diciendo: "Tome Vuestra Señoría las llaves de vuestra ciudad de Granada, y proveed de Alcaide." La reina, cabizbaja, dijo: "Todo es de Vuestra Señoría", y se las dio al príncipe, diciendo: "Tomad estas llaves de vuestra ciudad y Alhambra y poned en nombre de vuestro padre el Alcaide y capitán que ha de tener Granada." El príncipe se las dio a don Íñigo de Mendoza, conde de Tendilla, quien se apeó del caballo y se hincó en tierra, diciendo: "Conde, el Rey, e la Reyna, Señores que presentes están, quieren os hacer merced de la tenencia de Granada y su Alhambra." Luego, el conde de Tendilla, con el duque de Escalona marqués de Villena, y otros caballeros, con tres mil jinetes y dos mil espingarderos entraron en la Alhambra y se apoderaron de ella. Entró el rey don Fernando, seguido de los prelados de Toledo y Sevilla, el maestre de Santiago, don Rodrigo Ponce de León, duque de Cádiz, el mejor capitán de la guerra de Granada, fray Hernando de Talavera y otros señores y eclesiásticos. En la torre principal y en la del homenaje fueron colocados el estandarte real y el de Santiago. El rey se arrodilló ante la cruz para dar gracias a Dios por la victoria conseguida, los arzobispos y la clerecía cantaron *Te deum laudamus* y los de adentro mostraron los pendones del apóstol Santiago y el del Rey Fernando, gritando: "¡Castilla, Castilla!" Acabada la oración, acudieron los grandes y señores a darle el parabién del nuevo reino, e hincados, uno por uno le besaron la mano, haciendo lo mismo con la reina y el príncipe. Después de comer, se volvieron en orden a los reales junto a la puerta más cercana de la ciudad. Dieron a Boabdil, el rey Chico, el valle de Purchena, y quinientos cautivos cristianos fueron puestos en libertad.

Yo llegué a Trujillo una mañana fría de niebla densa, después de dar largos rodeos por los montes y pasar puentes de piedra, de marchar días y días, leguas y leguas, sin más compañía que la de las encinas y los alcornoques entre las piedras grises.

Llegué a Trujillo a pie, muerto mi caballo cerca de los acantilados del anchuroso Tajo, bajo el vuelo de las águilas reflejadas en la corriente como si nadaran en las ramas líquidas de las encinas. Anduve de noche y de día, hallando mi camino entre los lentos árboles, en los que el silencio parecía haber echado raíces y el verde oscuro hojas en el aire.

"Por doquiera que a Truxillo entrares, andarás una legua de berrocales", dice el refrán, y dice bien, porque antes de entrar en la villa se encuentran los berrocales incrustados en la tierra como tortugas quietas entre las yerbas ralas, peñascos cenicientos subiendo uno sobre otro semejantes a velos grises que se volvieron animales pétreos, cráneos rotos.

Envuelto por la niebla entré en la villa color tierra y color piedra, con su muralla, su castillo y sus torres, desde donde se dominaban todos los puntos de la lejanía: los montes azul pálido, los caminos borrosos, los arroyos vagos, el horizonte polvoriento.

La luna, pálida y rasgada, todavía estaba en el cielo cuando vine por calles angostas y torcidas a la plaza, en busca del mesón de doña Luz Pizarro, mujer gruesa y espaciosa, hija de labradores.

—A los que andan peregrinos, pasen en paz —dijo, desde la puerta de su casa.

—¿No sois una de esas posaderas que salen a los caminos para invitar a los viajeros a sus posadas y cuando están en ellas les son vendidas las velas a grandes precios? —le dije, para burlarla.

—Nuestro Señor ha dicho en su Evangelio: "Quien os reciba, me recibirá" —contestó.

—¿Sois acaso doña Luz Pizarro? —pregunté.

—Respondo a ese nombre desde que nací y nunca lo he mudado —dijo.

—Vengo de la parte de vuestro amigo don Martín Martínez.

—¿Cómo se halla ese hombre tan amado por mí, con el que años atrás estuve a punto de casarme?

—Vive en la más completa serenidad de su ánima —respondí.

—Estorbó la boda un cura apóstata, pero ya os contaré la historia cuando acabéis de descansar y comer —añadió—. Ahora, entrad en la posada, que habéis llegado a una villa admirable que no tiene igual en el mundo entero.

—No soy muy rico —advertí—, Martín Martínez me dijo que hallaría con vos una pieza a buen precio, por algunas semanas.

—Entrad y hablaremos luego, que todos los pobres que aquí llegan reciben su pitanza, cuanto más un amigo de mi amigo don Martín Martínez —dijo ella, dándome el cuarto más resguardado del viento en su mesón, y alimentándome enseguida con una carne tan llena de sebo que mi estómago flaco no la pudo digerir por grande rato.

Me acosté después de vísperas y no desperté hasta la hora de la tercia del otro día. Sólo había otro huésped en la casa, un mercader del que no se podía decir si era joven o viejo, pesado de cuerpo o ágil, de rostro hermoso o feo, justo el tipo de hombre que uno ve en la vida infinitas veces y uno lo olvida infinitas veces. Pero, no obstante la vaguedad de su persona, al hablar con las gentes iba siempre al grano, decía lo que quería y nada más; como si uno se enfrentara a dos personas a la vez, una que miraba con franqueza y otra que escondía alguna cosa, una que tenía una expresión pálida y malsana, igual que si acabase de salir de una larga enfermedad, y otra evasiva, emprendedora, cruda, rapaz. Andaba por el mesón día y noche, de prisa, haciendo preparativos para mercar, vender, trocar o partir; aunque en realidad no tenía prisa, no mercaba, no vendía, no trocaba, no partía, desde el umbral de la puerta observando la torre del palacio de los Chávez, el campanario de la iglesia de Santiago, la muralla, el castillo, la distancia. Doña Luz Pizarro invariablemente se confundía al toparse con él, creyendo que deseaba algo que no deseaba, que iba a decir algo que no decía, y que iba a marcharse, pero no se marchaba. Se dirigía a ella con premura, atropellándose, sin tiempo que perder, ocioso, enfrente de ella calmo, sin más ocupación que mirarla a los ojos. Lo que le fascinaba en él, decía doña Luz, era su manera clarísima de pronunciar cada palabra, el orden mesurado y casi perfecto de sus razones, su discreción y su falta completa de risa; que, desde el día que llegó, meses atrás, este hombre de dos caras nunca había reído.

—He recorrido las ferias destos reinos —me dijo una noche, que, para mi sorpresa, vino a sentarse conmigo a la tabla redonda para hacerme compañía—, la de Badajoz, la de Santiago, la de Talavera de la Reina, la de Sevilla, la de Cádiz y la de Ávila, pero ninguna he visto tan concurrida como la de Medina del Campo, en la que se dan cita los mercaderes de Flandes, Génova, Florencia, Milán, Alejandría, Burgos, Sevilla, Granada, Toledo, Segovia, Valencia, Inglaterra, Francia, Irlanda y Portugal, abundando en sedas, brocados, telas de oro y plata, paños, perlas, ganados, pescados, carnes, vinos, aceites, mieles, especierías, maderas, semillas, frutas verdes y secas, puertas, ventanas, cueros, ceras, vasijas de barro y vidrio. He andado salvo y seguro, entre cristianos, judíos y moros, pagando mi portazgo, mi diezmo y mi derecho de suelos cuando he sido obligado a ello.

Prolijo en su descripción de las ferias, se mostró conocedor de los pesos y medidas que estaban en uso por aquellos días, alargando su plática hasta la medianoche para hablarme de cántaras de ocho azumbres para el vino, fanegas de doce celemines para el pan y varas castellanas para el paño; durante su interminable trafagar había comprado y vendido cueros de caballo y asno para hacer escudos, sombreros de Segovia, jabones blancos y prietos de Sevilla, azafrán de Zaragoza, loza de Málaga y vidrios de Alhama; había ido con sus carretas, acémilas y muleteros por caminos y montes con gran peligro de su vida y hacienda, hasta que la Santa Hermandad llenó los campos de salteadores asaeteados.

Habló de innumerables cosas y al final se replegó en sí mismo, como si de pronto otra criatura en su persona se hubiese dado cuenta que se había descubierto demasiado ante un desconocido, informándolo no sólo de las ferias, sino de sus mercaderías y dineros. Se despidió de mí, con el aire de alguien que después de revelarse locuazmente ante un extraño lamenta haberse mostrado familiar y corre a esconderse. Al otro día se fue del mesón, sin dejar rastro de él, ni decir de dónde venía ni cómo se llamaba.

Ido el mercader, quedeme solo en la posada sin otra ocupación que la de dejarme cuidar por mi nada fea hostelera, y sin más trabajo que el de andar al castillo, con su muralla como una serpiente terrosa tendida al sol. Anduve también por Santa María la Mayor, la calle de las Palomas, la casa de los Escobar y la puerta de San Andrés. Allá en la plaza mayor, me dijeron, había vivido hasta hacía poco tiempo doña Vellida, judía rica, viuda y madre de tres hijos, que el corregidor de Trujillo, Diego Arias de Anaya, había hecho ahorcar en 1491. Años atrás, denunciada por la aljama de la villa a los reyes por sus amores carnales con el alcaide y corregidor Sancho de Águila, que muchas veces había sido hallado dormido con ella haciendo adulterio, Fernando e Isabel habían mandado a Alonso Contreras, vecino de Valladolid, para prender sus cuerpos y secuestrar sus bienes. Denunciada dos meses después por la misma aljama por tener amores con el alguacil Gonzalo de Herrera, los reyes ordenaron de nuevo al dicho Alonso Contreras prender los cuerpos de los culpables y secuestrar sus bienes. Seis años más tarde, el corregidor de Trujillo, Diego Arias de Anaya, la arrestó por amores adúlteros con el cristiano Juan Ruiz; pero esta vez la atormentó y la hizo cabalgar en un asno por la ciudad, confiscando la mitad de sus bienes para la cámara de los reyes y desterrándola perpetuamente de Trujillo. Doña Vellida presentó una petición a los monarcas explicando que Juan Ruiz con palabras y engaños la había requerido muchas veces de amores, hasta que la tuvo por fuerza; lo que calló para no ser deshonrada. Sin poder echarlo de su casa a ninguna hora, el corregidor los había prendido a ambos, atormentándola a ella. Los reyes mandaron a Diego Arias de Anaya que quitase el embargo de sus bienes y la dejase libremente volver a la ciudad y estar en su casa durante quince días, al cabo de los cuales cumpliese su destierro. Pero el corregidor, ensañado, la hizo prender y la ahorcó, tomándole sus bienes y maravedís.

En la plaza mayor, a menudo me topé con Abrahem Barchillón, pregonero de la aljama, el *semas* de los judíos que encendía las lámparas en la sinagoga. Tenía fama de loco, truhán y borracho, de tuerto y cumplidor de todo mal, de hombre menguado y vil que andaba arcado por las calles haciendo donaires y pullas, pidiendo dádivas y dando la vida por un vaso de vino. En la plaza corría de una parte a otra con un medio pavés, un capacete y una lanza en la mano, a vista de la mayor parte de los vecinos de la villa, que le tiraban cintos, se reían de él y con él, mientras echaba maldiciones de la Ley a un Gonzalo Pérez Jarada, un procesado que había sido regidor de Trujillo; quien, un día, lo había encerrado en la sinagoga junto con otros judíos, por lo que había tenido que salir por el tejado.

A veces, el domingo venían a comer al mesón conversos y cristianos. Los conversos se sentaban a la cabecera de la mesa con sus ritos y ceremonias, su propia comida y sin mezclar los platos, después de oír misa en la iglesia de San Martín como fieles católicos. Los cristianos comían conejos, perdices, cordero, gallinas, pescados, congrios, puercos y tocinos, que doña Luz tenía colgados en la casa en abundancia.

Por la tarde, paseaban por la plaza los cristianos principales de Trujillo: los Chávez, los Hinojosa, los Pizarro, los Vargas, y otros menos importantes, como el pintor Alonso González, el escudero Alfonso Rodríguez y el alarife Alí de Orellana. Se veían los judíos Delgado, Cohen, Follequinos, el físico Cetia, el mayordomo de la sinagoga Samuel Barzilay y los hijos de Ysaque Saboca, a quien había arruinado y metido en la cárcel el regidor Gonzalo Pérez Jarada. Isaac del Castillo, su mujer Jumila y su hija Azibuena, informantes de la Inquisición, y Álvaro y Francisco de Loaisa, "con sus ombres omiseros e de mala condición", daban también la vuelta. Vistos, quizás, por el espectro ubicuo del converso García Vázquez Miscal, que un día trató de acuchillar al dicho Gonzalo Pérez Jarada en las cuatro calles de la villa y fue quemado por el Santo Oficio.

El domingo de Quasimodo, 29 de abril de 1492, fue distinto. Entre las doce y la una del día se pregonó a altas voces, ante gran muchedumbre de hombres y mujeres, con tres trompetas, rey de armas, dos alcaides, dos alguaciles, en el Real de Santa Fe la provisión de los Reyes Católicos dada en la ciudad de Granada el 31 de marzo de ese mismo año, mandando "a todos los judíos e judías de qualquier hedad que sean que biben e moran e están en los dichos nuestros reynos e señoríos así los naturales como los non naturales que en qualquier manera e por qualquier cavsa ayan benido e estén en ellos que fasta en fin del mes de jullio primero que biene de este presente año, salgan de todos los dichos nuestros reinos e señoríos con sus hijos e hijas, criados e criadas e familiares judíos, así grandes como pequeños, de qualquier hedad que sean, e non sean osados de tornar a ellos ni estar en ellos ni en parte alguna dellos de bibienda ni en otra manera alguna so pena que si no lo fiziesen e cumpliesen así e fueren hallados estar en los dichos reynos e señoríos e benir a ellos en qualquier manera, yncurran en pena de muerte e confiscación de todos sus bienes para la nuestra Cámara e Fisco, en las quales penas yncurran por ese mismo fecho e derecho sin otro proceso, sentencia ni declaración. E mandamos e defendemos que ningunas nin algunas personas de los dichos nuestros reynos de qualquier estado, condición, dignidad que sean, non sean osados de rescebir nin acoger ni defender ni tener pública ni secretamente judío ni judía pasado el dicho término de fin de jullio en adelante para siempre jamás, en sus tierras ni en sus casas nin en otra parte alguna de los dichos nuestros reynos e señoríos, so pena de perdimiento de todos sus bienes, vasallos e fortalezas e otros heredamientos, e otrosí de perder qualesquier mercedes que de nos tengan para la nuestra Cámara e Fisco."

"E porque los dichos judíos e judías puedan durante el dicho tiempo fasta en fin del dicho mes de jullio mejor disponer de sí e de sus bienes e hazienda, por la presente los tomamos e recibimos so nuestro seguro e anparo e defendimiento real e los aseguramos a ellos e a sus bienes para que durante el dicho tiempo fasta el dicho fin del dicho mes de jullio puedan andar e estar seguros e puedan entrar e vender e trocar e enagenar todos sus bienes muebles e raízes e disponer dellos libremente e a su boluntad, e que durante el dicho tiempo no les sea fecho mal ni daño ni desaguisado alguno en sus personas ni en sus bienes contra justicia so las penas en que cayen e yncurren los que quebrantan nuestro seguro real. E asimismo damos licencia e facultad a los dichos judíos e judías que puedan sacar fuera de todos los dichos nuestros reynos e señoríos sus bienes e haziendas por mar e por tierra con tanto que no saquen oro ni plata ni moneda amonedada ni las otras cosas vedadas por las leyes de nuestros reynos, salvo en mercaderías que non sean cosas vedadas o en canbios."

Pregonado el edicto general de Expulsión en los lugares públicos y acostumbrados, y cabe en las cisternas, donde celebraban los moradores de Trujillo su concejo, en presencia de los justicias, el juez de Hermandad y los corredores públicos de cada población de los reinos y señoríos de Fernando e Isabel pusieron las armas reales en las puertas principales de las juderías, así como en las casas principales de todos los judíos, las que quedaron "aprendidas a manos de la corte de su Alteza". Después de esto, pasaron a inventariar, secuestrar y depositar todos sus bienes muebles como sedientes, mandando el comisario y notario del rey, so indignación de su Alteza y pena de excomunión de los inquisidores, que enviasen personas fieles a guardar a los judíos y juderías, a fin de que ellos no pudiesen vender, ni transportar, ni encomendar, alienar ni ocultar sus bienes hasta que fuera hecho el inventario y secuestro de los mismos. Fueron llevados uno por uno los moradores de las juderías a prestar juramento ante el comisario de la Santa Inquisición, en presencia de los justicias y el juez de la Hermandad con el fin de declarar "todos y qualesquier bienes, tributos, censales, nombres, derechos e acciones a vos pertenecientes e devientes en qualquier manera, e de qualquier especie, natura e condición", pues "si se fallara por vos o por otras personas... haber seydo transportados, escondidos, apartados o encomendados, o a vos deberse... et no havéys aquellos dicho, notificado y declarado al dicho comisario, segunt dicho es, desde agora en adelante os sometéys a la Sancta Ynquisición y queréys ser caydo en pena de relapso... como contrafacto y defensor de los herejes".

En el reino de Aragón, fray Pedro de Valladolid y maestre Martín García amonestaron y exhortaron a los fieles cristianos so pena de excomunión y pena arbitraria a los inquisidores que no fuesen osados "por sí o por interpolada persona o personas, directamente ni indirecta, ni por qualquier color, recebir ni tomar por vía de empréstamo ni encomienda, o encomendados, ni en otra qualquier manera, bienes algunos... que ayan seydo o sean, o por qualquier vía o manera pertenezcan o pertenecer puedan a los dichos judíos e judías". Tomando parte activa en el extrañamiento de los judíos y en la confiscación de sus bienes, fray Tomás de Torquemada ordenó a los cristianos que pasado el último día de julio y nueve días más de agosto "no platicar ni comunicar en público ni en oculto con los judíos, no recibirlos en sus hogares, no favorecerlos, no darles mantenimiento, ni viandas algunas para su sustentación ni contratar con ellos en trocar ni vender". Porque los bienes de las aljamas y de algunos judíos particulares de Aragón, Valencia y Cataluña "estavan obligados al Rey, y a monasterios e iglesias y a diversos pueblos, se mandó hazer secuestro general de todos los bienes de los jodíos, para que fuesse hecha satisfacción y enmienda a las partes que pretendan les eran devidos censos y otras deudas".

De regreso al mesón, viniendo por las calles de la villa, sintiéndome también expulsado, observé con desapego los contrafuertes, las piedras, los berrocales y el vuelo de las golondrinas gárrulas en los tejados. El castillo en lo alto del monte me pareció más inaccesible, más ajeno y distante que nunca, como si fuese el símbolo del poder soberano que echaba a los judíos de España y de alguna manera me arrojaba a mí mismo, al expulsar a Isabel y a mi hijo.

Una luna pálida estaba en el centro del cielo límpido, en la punta de una torre las cigüeñas castañeteaban y el sol se ponía en los montes lejanos. Las dos puertas de la judería de Trujillo se habían cerrado para siempre y a partir del postrero día de julio ya no sería menester que los judíos fuesen recluidos al tañer la ronda a las nueve de la noche ni que el

alcalde fuese investigado por haber hecho pregonar anterior-
mente que cualquier judío o judía que fuese tomado después
de anochecido perdería los vestidos y pagaría doscientos maravedís, para robarlos y cohecharlos. Ya no serían necesarias
muchas medidas ni ordenanzas: el edicto general de Expulsión
acababa con todo.

La puerta del mesón estaba cerrada pero no atrancada,
y busqué a doña Luz Pizarro para hablar con ella del pregón de
ese mediodía; pero como no estaba, me dirigí al cuarto. El
hostal no tenía más que tres piezas para alquilar y una cámara
con una tabla redonda para comer, charlar y tratar de dineros.
Ido el mercader, el silencio se había hecho casi completo, inte-
rrumpido sólo ocasionalmente por el ladrar de un perro o el
silbar del viento. Las vigas del techo de la cámara estaban negras
por el humo, el tiempo y la suciedad, el marco de la ventana
que daba a los peñascos parecía haber sido arrancado por Diego García de Paredes, el Sansón de Trujillo o Hércules de Ex-
tremadura, dejando en su lugar un triste agujero. Los cuartos
de arriba, que los había, estaban cerrados por razones misteriosas, diciendo las malas lenguas de la villa que en ellos dormían
el sueño perpetuo los hombres de la posadera que habían desaparecido de su vida sin dejar huella. Rumor que yo no ponía
en duda, dado el aspecto de tragahombres que tenía la mujer.
La cual, era fama, había echado hijos al mundo de un judío, un
moro y un cristiano, por lo que la apodaban *la España de las tres
religiones*. Su cuarto, junto a una escalera carcomida en un rincón, era tan pequeño y oscuro que se pasaba por él sin descubrirlo, igual que si ella hubiese querido esconder su desorden
con un ocultamiento deliberado.

A tres pasos de su pieza se abría la cocina, cuyo hogar
nunca estaba encendido, pues en las perolas no se guisaba, en
las bacías no se amasaba pan, en los calderos no se calentaba
agua, siempre guardados en un cajón de pino los reposteros, los
trapetes de boca y las jarras para vino.

En el corral no hacían ruido las gallinas, ni las cabras,
ni las vacas, llegando la noche en silencio a la encina y alejándose callados los amaneceres de sus hojas verde oscuro.

—¿Habéis oído al pregonero este mediodía pregonar públicamente que los Reyes Católicos han mandado que se vayan de sus reinos los judíos con sus personas y bienes desde este día hasta el postrero día de julio, so pena de muerte y confiscación de sus haciendas para el fisco y cámara de ellos? —me preguntó a través del sueño (había comenzado a dormirme), adivinándome en la oscuridad de la cama en la noche incipiente.

—Lo he oído —dije, con los ojos entrecerrados, sin saber bien a bien en qué parte de la pieza se encontraba ella—, mas creo que fueron de parecer otras personas de mucha ciencia y conciencia que el rey hacía yerro de querer echar de su tierra gente tan provechosa y granjera.

—Dícese que cuando se planteó el negocio de la Expulsión en la corte, don Abraham Sénior y don Isaac Abrabanel ofrecieron una grande suma de las aljamas para tentar la codicia del rey Fernando, pero la reina se opuso y Torquemada entró con un crucifijo en alto, diciendo: "He aquí al crucificado que Judas vendió por treinta monedas de plata, vosotros queréis venderle por una suma más grande" —dijo doña Luz, precisándose ahora en el umbral de la puerta con una candela en la mano.

—Escuché en las calles eso y cosas peores —dije, incorporándome.

—¿No estaréis defendiendo a la herética pravedad? —me increpó con ira.

—No defiendo a los judíos, pero tampoco me alegro en mi corazón de sus sufrimientos —dije.

Días pasaron, las malas nuevas corrieron más aprisa que el viento, en la misma plaza en la que se había pregonado el edicto general de Expulsión se pregonó a altas voces una carta de los Reyes Católicos donde, en la villa de Santa Fe, a catorce de mayo, mandaban pregonar por las plazas y mercados de todas las villas y lugares de sus reinos y señoríos, que daban licencia que los judíos pudiesen vender sus muebles, raíces y semovientes y donar, trocar, cambiar, enajenar y disponer de sus deudas que les eran debidas. También en Santa Fe, el mismo día, el rey había designado a Martín de Gurrea, de Argavieso, para que en su nombre sacase a los judíos, grandes y pequeños, con los bienes permitidos, dentro del término del edicto real, y los llevase por cualesquier camino, puerto y paso de sus reinos y señoríos, por mar o por tierra, a cualquier parte del mundo que ellos quisiesen ir fuera de los dichos reinos y señoríos, guardando y defendiendo que por persona alguna no les fuese hecho mal ni daño, so encovimiento de su ira e indignación y pena de diez mil florines de oro de los bienes de quien contrario hiciese.

Otro edicto siguió, dado en Córdoba y pregonado ante escribano público por las plazas y mercados de las villas y poblaciones de Isabel y Fernando; hacía saber que los cristianos y moros con quienes tenían deudas los judíos y los judíos con quienes tenían deudas los cristianos y moros se presentasen ante los justicias donde vivían los deudores para liquidar y averiguar las deudas que los unos tenían con los otros, procediendo a la liquidación simplemente y de plano sin estrépito y figura de juicio, solamente sabida la verdad, de manera que todas fuesen liquidadas, averiguadas y sentenciadas hasta mediados de julio, castigando y apremiando y constriñendo a los cristianos y moros para que tomasen y recibiesen en pago de sus deudas otras deudas liquidadas con las partes que debían a los judíos los cristianos y moros, o en bienes raíces apreciados por su justo precio y valor por los dichos justicias con dos personas que en ello entendieren. En cuanto a las deudas que los cristianos y moros debían a los judíos que no fueren llegadas a los plazos de liquidación dentro del término de la expulsión, los judíos dejarían procuradores cristianos o moros para cederles o traspasarles las deudas para que los cobrasen en los plazos y según la manera que los deudores estaban obligados a hacerlo.

Entretanto, corrió el rumor entre los judíos de Trujillo que el viejo rabino Isaac Aboab, en compañía de otros treinta rabinos, había sido comisionado para tratar con el rey don João II de Portugal que admitiese en su reino a los judíos expulsados de España; pidiendo el rey un cruzado por cada judío para dejarlo estar seis meses, al término de los cuales cada una de las seiscientas casas debería de pagar cien cruzados por cada persona que en ellas había. Los judíos de Trujillo comenzaron a irse hacia Portugal casi inmediatamente después de pregonado el edicto de Expulsión, dejando atrás algunos bienes, así casas como viñas y otras haciendas. La sinagoga sería entregada por los reyes, después del término del edicto, a las monjas del monasterio de Santa Isabel, las piedras y ladrillos del cementerio judío serían dados al monasterio de Santa María de la Encarnación, de la orden de Santo Domingo.

En el mesón, pasado otro mes, una medianoche doña Luz Pizarro entró en mi pieza, desceñida y descalza, con candelas y la cara muy colorada, y llevando mi mano muy calladamente a su vientre para ver si no estaba frío, me preguntó:

—¿Qué hacéis allí en la sombra?

—Pegado a la ventana veo una estrella muy clara —respondí.

—Ámame, que ninguno habrá sospechas de ti —dijo.

—Amo a una ausente que desde hace años busco de villa en villa —dije.

—Yo te sanaré de tu malencolía —dijo.

—Lo que sana al calcañar no sana al ojo —dije.

Ella se quitó la camisa.

—Dame entonces de tu melecina, ca sufro los aguijones destas animallas mal llamadas tetas, de estas asentaderas que me duelen por el ardor de la lujuria; por días y días busco a un amigo con quien hacer maldad.

—Por vuestro gran tamaño no cabríamos los dos en un solo sepulcro y por vuestro gran fuego no nos bastaría una sola cama.

—Mañana moriremos, debemos darnos prisa para amarnos hoy —dijo.

—Nunca dejamos de morir —repliqué.

—La muerte llenará de fealdad todo nuestro cuerpo.

—La muerte es forma vacía.

—Prefiero al rey Creso que era mudo —dijo.

—Ámalo a él —dije.

—Te quiero amar a ti con gran pasión.

—Me apremias mucho —dije, desasiéndome de ella, que me había cogido del brazo.

—¿No te plazco?

—Si me plazieses mucho serías mi mujer.

—Ruégote que me muestres cómo te debo amar —gimió.

—Ya lo dije, amo a una ausente.

—Ven conmigo, te aparejaré la mesa.

—No me apetece la carne de vaca cruda ni el amor de la mujer no querida —dije—, y no quiero ser causa de tu condenación.

—Me condeno a mí misma por arder tanto a solas —dijo—. Tú y tu imagen en el espejo tienen grande semejanza con Proveto y Jacinto, que eran castrados.

—Ahora soy dos, pero ambos amamos a una ausente, castrados o garañones, cristianos fieles o herejes —dije.

—Yo también amo a un ausente —dijo—; a un fraile que andaba apóstata y ahora es difunto. Era putañero mucho de mujeres, muy vicioso de doncellas y harto ávido de comer y beber.

—¿Cómo es eso? —pregunté.

—Digo que andaba por los caminos con un bastón de romero y una concha en la mano, querellándose con las abejas porque destruían las flores y haciendo milagros en los vientres de las mozas, pues era gran corrompedor de vírgenes y hacía profecía de niños en sus vientres. Llegó a echarse con madre e hija a la vez, y con dueñas en purgación, que habían apartado los maridos en otra pieza.

—¿Era él mozo y hermoso?

—Era un querubín ajado que para ocultar su calva se ponía los cabellos sobre la frente y cubría sus arrugas con afeites. Cada anochecer al tornar de sus pesquisas se limpiaba los zapatos en una capilla próxima a su casa, despedazaba sus vestiduras y se ponía cárdenas las espaldas por los azotes que se daba, y luego pedía un clavo para sacarse los ojos por haber caído en pecado de adulterio, y se estaba toda la noche en oración fincados los hinojos en la piedra fría e iba y venía descalzo sobre unos espinos que ponía en el suelo.

—¿A un hombre así entregasteis vuestro amor?

—Cuando me confesaba me hacía proposiciones deshonestas, exclamaba que quería echarse conmigo y una vegada que vino a este mesón me puso en tanta tentación de la carne que hube ayuntamiento con él y me encintó... En los meses que siguieron, día a día mi panza se enllenó de su fructo como si hubiese comido una oveja que por todas partes balaba; por lo que las gentes me demandaban por doquier que de quién era preñada, si de animal o de humano. Para sacarme de dudas, le pregunté a un astrólogo si mi hijo sería niño o cordero, contestándome él que pariría a un mulo orgulloso, que no iba a reconocer a su padre el asno ni a su madre la yegua..., o echaría al mundo a una criatura semejante a un hipopótamo, bestia fiera que tiene las uñas hendidas como el buey, la crin y el cuello como el caballo, los colmillos como el jabalí y cuando es mayor quiere echarse con su madre, y si su padre se lo veda puede hasta matarlo... Me dijo que de lo único que estaba cierto era de que nacería en un prado del camino como don Fernando el Santo.

—¿Qué pasó después?

—Perdí el hijo en una caída en la que me fui rodando por un peñasco grande que está a la entrada de Trujillo, y ya nadie me preguntó por quién era preñada.

—Él, ¿qué hizo?

—Acechaba a las mozas de la villa para holgarse con ellas en el sitio donde podía y muchas tuvieron sospechas y celos de él por haberlas conocido carnalmente y luego engañado y olvidado... Un día sucedió que al dejarme en el mesón para irse a confesar a una doncella que estaba en grande peligro de perder la vida por estar empreñada de él, los padres de la muchacha y sus cuatro tíos, parientes todos de don Diego García de Paredes, le pusieron una celada en los berrocales y lo asaetearon con sus ballestas, le saltaron los ojos del casco, le sacaron la lengua de fuera un palmo y le quebraron los pies, por lo que él en vano comenzó a vocear y a roznar, dando el ánima a Dios.

Con esta plática doña Luz se calmó, y tañidos laudes tornó a su cámara y me dejó dormir.

Otro día, no embargante, asentado a comer con ella tentóme de nuevo para que durmiese en su cama esa noche.

—No desalabes la rosa porque es nacida de espinas ni la hermosura de una mujer porque es hija de labradores —dijo.

—No me tentéis ya más, que soy esposado y sé que la cara de la mujer hermosa que cruza mi camino es como el viento —dije.

—Si me amáis, nadie os acusará de estupro —dijo.

—La hembra que refrena su apetito carnal se ahorra mucha pena y mucho peso —dije.

—Si cambiáis de parecer venid a mi lecho, adonde os enseñaré muchas cosas vedadas a los hombres que en este mundo andan sin mujer —dijo, yéndose a su cámara.

Pero luego me llamó a grandes voces, y presto fui a verla. La hallé en el suelo con el propósito de atraerme a su cuerpo con promesas de placer, con amenazas, denuestos y suciedades.

—¿Qué hacéis allí acostada? —le pregunté.

—Estoy tendida en éxtasi, que es manera de sueño —respondió.

—Más que éxtasi parece el hervor de la lujuria —dije.

—La verdad es que yaciendo en mi cama vinieron unas hormigas a comerme las carnes y tuve que tenderme en el piso —dijo.

—¿Qué tenéis allí? —pregunté, al verla ensangrentada entre las piernas.

—Firiéronme por en medio unos demonios que entraron puesto el sol a mi cámara, pero no me preguntéis ya más que pierdo la fabla.

—No hayáis más tristezas, y olvidad este amor que sólo desazón os deja.

Se levantó con lentitud, como si todo el cuerpo le pesara; murmuró algo incomprensible, quizás un sollozo o una maldición; se fue a la cocina, adonde a través de la pared la oí quebrantar con grande saña unos cántaros.

Pasado el veinte de julio, un viernes después de nona, sonó por la villa de Trujillo que afuera de los muros estaban infinitos judíos camino del exilio, entre los cuales había algunos que se dirigían al reino de Portugal y otros al mar. Con la esperanza de ver entre ellos a Isabel y a mi hijo, bajé de la iglesia de Santa María la Mayor, por la calle de las Palomas, la casa de los

Escobar y San Andrés, y salí por la puerta del Triunfo. Fuera de la muralla anduve todavía, seguido por el claqueo de las gallinas y el balido huérfano de un cordero.

Allá, abajo del Espolón, en multitud estaban los expulsos, como si los hubieran encerrado fuera del mundo, entre los berrocales y las majadas, las hormigas, las avispas y los cardos. Desde las torres del Espolón y el alcázar de los Bejarano, con sus dos torres, eran observados por los ballesteros. De más cerca, los vigilaban los guardas y los familiares de la Inquisición.

Eran tres horas después de mediodía, bajo el calor abrumador, con las sombras a la derecha de los cuerpos, se habían detenido allí para descansar, venían de diferentes partes del reino de Castilla y emprenderían la marcha luego.

Enseguida, recorrí los rostros de las mujeres abatidas por el hambre, la sed, el sol y la fatiga; pero sin hallar a Isabel entre ellas, escrutado a mi vez por sus ojos de desterradas, que buscaban en los míos la razón de su exilio, comencé la retirada.

De pronto, divisé a un hombre que en ese momento ponía su mano sobre el hombro de una doncella de unos doce o catorce años, de grandes ojos refulgentes; quizás su compañera.

—¿Gonzalo de la Vega? —le pregunté, acercándome a él.

Él me miró con fijeza, igual que si nunca en su vida me hubiera visto, con un rostro más huraño y pálido, con ademanes más bruscos y violentos que antes. Al fin, asintió.

Para mi sorpresa, al tenerlo delante de mí, me di cuenta que no lo había olvidado en lo mínimo; tal vez, por el enorme parecido físico con su hermana.

—¿Juan Cabezón? —preguntó, abrazándome sonriente, como si todo el pasado se le hubiese venido encima.

—El mismo, sólo unos cuantos años más viejo —respondí.

Con el temor manifiesto en la cara de que le fuera a dar malas nuevas, quiso saber qué había sido de Isabel. Lo aparté unos pasos de los demás y empecé a contarle lo que había pasado; bebiendo él de mis labios las palabras con gran ansiedad, como si en cualquier instante fuese a darle una noticia fatal.

Al terminar mi relato, se interrogó a sí mismo en voz alta, interrogándome, si no hubiese sido bueno haber ideado una manera de conocer los movimientos de uno y otro en Aragón y en Castilla, ahorrándose la angustia de ignorar qué había sucedido desde que se había él marchado de Madrid, pues se había imaginado a su hermana mil veces quemada en una hoguera.

—Si volvéis a verla algún día, decidle que he partido para Portugal, pero que no me busque en ese reino, pues espero irme de allá dentro del término que el rey don João II ha puesto a los judíos.

Mas pasado el momento de excitación por el encuentro paramos mientes en que numerosas gentes oían nuestra conversación; así que nos apartamos de ellos para seguir hablando, seguidos sólo por la doncella que parecía su amiga.

—¿Veis esta doncella a mi lado? Es Judith, tiene doce años andados. La he tomado por mujer, porque antes de partir al destierro todos los padres judíos decidieron que sus hijas de doce años para arriba "fuessen a sombra e compaña de maridos". A su hermana mayor la violaron los moros en un monte, yendo con sus padres, que presenciaron impotentes el estupro... Era medianoche, y confundidos con la oscuridad salieron de detrás de pinos negros, mientras a otros judíos, también desarmados, les abrieron el vientre en busca del oro que ellos creían habían escondido en el cuerpo —dijo Gonzalo, tratando de quitarse el calor de la cabeza y el resplandor de sus ojos con la mano.

La muchacha me miró; él se abrió paso entre la multitud de los expulsos con la cabeza erguida. Era un hombre de cuerpo grande y rostro alegre al que los años y el sufrimiento habían dado carácter. Llevaba sus andrajos con la misma naturalidad con que hubiese podido llevar una vestidura de rey.

—¿De dónde venís? —le pregunté.

—De la noche —dijo.

Lo miré sin comprender.

De inmediato, añadió: —He dicho esto porque la puerta de la ciudad está cerrada para nosotros y desde anoche no hemos ido más lejos del lugar donde ahora estamos parados.

—¿No os han dejado entrar en Trujillo?

—No, porque ya en todas las villas de estos reinos nos miran como de paso, nos consideran idos. En esas carretas y en esas bestias cargamos el trabajo de toda una vida, el recuerdo de siglos de morar en estas tierras; aunque lo mejor de nuestros bienes se queda atrás, no lo podemos transportar.

—Tengo sed —dijo una niña, con las mejillas secas y tostadas por el Sol.

—Yo tengo hambre —dijo un niño.

—Yo no tengo nada, ni sed, ni hambre, ni ganas de vivir, ni nada —dijo un viejo.

—En mi aldea ofrecí mi casa por una bagatela, pero como nadie la compró la dejé vacía para que la ocupe el primero que entre en ella —dijo un hombre de pelo negro muy rizado.

—Yo la quemé, junto con los recuerdos de la villa en que moraba —dijo otro hombre, dentón.

—No es cierto, lo sacaron a fuerzas della los comisarios de la Expulsión —dijo una mujer junto a él—. No quería poner pie fuera de la puerta, no quería irse de Ávila; a lo más que atinó fue a humear los muros.

—¿Me conocéis? Soy Abraham Costantín de Calatayud, hermano del físico Mossé, que fue forzado a dejar su biblioteca a los comisarios de la Expulsión con todas sus biblias y libros de medicina —dijo un viejo medio ciego, pegando su cara a la mía para distinguirme.

—Viejo necio, confundís lo propio con lo que os han dicho otras gentes —dijo una vieja.

—En la cabeza todo se hace una sola cosa y en la memoria todos los recuerdos se harán una sola historia —replicó él.

Las cigüeñas castañetearon con gran alboroto; varios judíos volvieron los ojos hacia ellas.

—Los hebreos llaman *chasidah*, piadosa, a las cigüeñas —dijo el viejo—, porque se dice que cuando sus padres están decrépitos los sacan a volar sobre sus alas y les traen de comer al nido.

—Son aves peregrinas y no sabemos de dónde vienen y adónde van —dijo el hombre de pelo negro rizado.

—Es fama que aunque no tienen lengua hacen mucho ruido con el pico —dijo el viejo.

La niña recogió del suelo una mariposa pisoteada, se la mostró al viejo. Arriba, se veía Santa María la Mayor con sus dos puertas y su interior fresco. Abajo, una figura solitaria vestida de negro parada inmóvil sobre los berrocales.

—Escuchad —dijo un hombre con la cara enrojecida por el sol—, yendo los judíos por el camino real que va desde la Bóveda a Zamora en un monte hicieron ciertas gentes una cabaña donde diz que les llevaban de cada carreta doce maravedís e de cada persona medio real e de las mujeres preñadas veintitrés maravedís, haciéndolo por fuerza sin tener derecho ni facultad para ello.

—Pasando los judíos por un lugar de la orden de San Juan que se llama Fresno de los Ajos, les demandaron de imposición y portazgo de cada casa que pasaban doce maravedís y por cada persona medio real —dijo un hombre pequeño.

—Allá en León, de donde vengo —dijo un hombre de pelo y barbas grises—, el corregidor don Iohán de Portugal contra derecho e contra provisión real ha hecho muchas sinrazones a los judíos en especial diz que bajo el pretexto de ampararlos y defenderlos les ha llevado treinta mil maravedís; además, por haber más hacienda y bienes de ellos, viendo que estaba tan cerca su partida con Juan del Corral su alcalde y su alguacil han hecho hacer ejecución de los bienes de los judíos sin sentencia ni instrumento galenticio salvo por las demandas que se ponen contra ellos; y antes de ser llegado el plazo de una deuda hacen las ejecuciones el mismo día que se pone la demanda sin saber más la verdad, buscando quién ponga demanda contra ellos a fin de hacer ejecuciones, lo uno por llevar derecho dellas, lo otro porque se le queden los bienes en que se hace ejecución; e cuando las ejecuciones se hacen a pedimento de los judíos él y sus oficiales reciben el dinero y se quedan con ello, dándoles solamente la parte que quieren.

—He oído que el rey don Fernando mandó secuestrar los bienes de los judíos aragoneses por parte y paga de los dineros de pecha que la aljama de Zaragoza le pagaba cada año y confiscó los créditos por 80 000 sueldos de Jucé Chamorro para indemnizarse de la renta de la aljama —dijo el dentón.

—En Zaragoza el rey se adjudicó todo el barrio judío entre las calles del Coso y San Miguel, con el propósito de vender, dar a censo o donar sus casas en remuneración de servicios —dijo una mujer, a su lado.

—En Huesca, el rey se apoderó de unas casas clamadas la sinagoga mayor —dijo un viejo de barba sin mondar.

—En Daroca, el comisario Domingo Agustín vendió unas casas que solían ser la sinoga y el espital —dijo un mancebo.

—Los de Ejea y los de Magallón forzaron a los judíos a entregar los 5 000 sueldos que la aljama pagaba anualmente al rey en enero —dijo el hombre con la cara enrojecida por el sol.

—En Zaragoza, pregonado el edicto de Expulsión a las doce gentes que fueron mandadas a guardar las puertas de la judería, a los dos pintores que pintaron las cuatrocientas sesenta armas reales que pusieron en las puertas de las casas de los judíos, a los notarios, comisarios, asesores, alguaciles, colaboradores y correos se les pagaron los sueldos a costa de los judíos —dijo la mujer junto al dentón.

—Yo vi en la sinagoga de Exea de los Caballeros cuando el oficial de la Inquisición Iohán de Peramán, con el bastón del Santo Oficio en la mano, irrumpió en ella para decir a los que allí estaban reunidos que por órdenes de los padres inquisidores eran obligados a entregar al comisario por ellos enviado dentro de un día todos los textos del Talmud, las glosas de la Biblia y todas las escrituras de la Ley. De allá, Iohán de Peramán y un notario fueron a la casa de maestre Jucé Almerecí, médico judío, en donde en un estudio hallaron sesenta libros, reconocidos por maestre Jayme, médico judío de Taust, los que el oficial de la Inquisición puso en un saco que ligó. De allá, fueron a casa de Rabí Jucén, en donde hallaron cuarenta libros, los cuales fueron reconocidos por maestre Jayme, puestos en un saco y ligados por el dicho oficial —dijo un hombre, que no dejó ver su rostro por un paño que se lo tapaba.

—Allá en Exea, nombrado por provisión real el señor de Argavieso para acompañar y guiar a los judíos de Aragón al exilio, asignándole dos mil sueldos para ello, éste designó a Johán de Fabara, ciudadano de Zaragoza, para acompañarlos hacia el mar, pero al llegar Johán de Fabara a Exea se encontró que nueve judíos habían sido presos por los comisarios hasta que no hubiesen pagado al rey don Fernando lo que debía la aljama. Entre los presos estaba Mossé Alcolumbre, que tenía que ir al mar y tenía el tiempo corto, por lo cual se obligaron los otros ocho en sus personas y haciendas para que pudiera irse —dijo otro hombre.

—En Huesca, cuando llegó el día de partir dejamos la aljama en la que habíamos morado, saliendo de la ciudad camino de Puendeluna, y pasados los carrascales, desembocamos en el llano de la Sotonera; dormimos en un lugar que se llama Ortilla, donde esa noche nos hurtaron una carga y media de ropa, la mejor que llevábamos —dijo el viejo de barba sin mondar.

—Pregonado el edicto de Expulsión en las sinagogas y en las aljamas, en las plazas y en las iglesias, en las calles y en los campos, muchos clérigos y letrados cristianos comenzaron a predicar a los judíos el Evangelio, la doctrina de la iglesia, la llegada del Mesías y la falsedad del Talmud —dijo el dentón, en voz alta, como si quisiese ser oído por todos los que nos rodeaban—. El mismo día que se dio a conocer el edicto, Rabí Jucé, de la aljama de Teruel, fue arrestado en su casa para que los frailes franciscanos pudiesen entregarse sin estorbo a su labor proselitista, llegando a bautizar a cien hombres, mujeres y niños en una sola mañana. Varios rabinos predicaron que el destierro venía de Dios, que deseaba sacar a los judíos del cautiverio llevándolos a la tierra prometida; que Él haría por ellos muchos milagros y los sacaría de España ricos y con mucha honra, y que Él sería su guía en el mar como lo fue con sus antepasados en Egipto —dijo la mujer a su lado.

—Los judíos ricos han hecho la costa de los judíos pobres, han usado los unos con los otros en esta partida de mucha caridad, así que de ninguna manera se han querido convertir, salvo muy pocos más necesitados —dijo una vieja.

—Este 31 de mayo, el físico Abraham se tornó cristiano en Córdoba, y el viernes 15 de junio por la tarde el anciano

Abraham Sénior, rabino de todos los judíos de Castilla, y su hijo, fueron bautizados en Guadalupe, siendo sus padrinos el rey, la reina y el cardenal de España; sus nombres son ahora Fernando y Juan Pérez Coronel —dijo el hombre pequeño—. Allá mismo el yerno de Abraham Sénior, Rabí Mayr, y sus dos hijos, se hicieron llamar Fernando, Pero y Francisco Núñez Coronel.

—Tornadas cristianas tres de las cuatro cabezas del judaismo español, don Isaac ben Yudah Abrabanel no se convirtió, perdonó a los Reyes Católicos el dinero que él y su hermano les habían prestado a cuenta del arrendamiento de rentas y les fue concedida una licencia para sacar cada uno mil ducados y joyas de oro y plata, partiendo del puerto de Valencia a comienzos de julio —dijo el viejo de la barba sin mondar.

—En la desesperación de disponer de sus haciendas y herencias en el término que les fue acordado para salir de estos reinos, muchos han trocado "una casa por un asno, e una viña por poco paño e lienzo", y otros tratan de sacar oro y plata, cruzados y ducados a escondidas, tragándolos, para pasarlos en el vientre en los pasos y puertos donde son buscados, en especial las mujeres —dijo el hombre con la cara enrojecida por el sol.

—En Segovia, después de dar los pregones en la plaza del álamo, junto a la puerta de San Andrés, como se acostumbraba hacer en las cosas que vendían los judíos, cumplido el término del edicto muchos judíos al dejar sus casas se irán a los campos del Osario en la Cuesta de los Hoyos, junto al arroyo Clamores, para morar en las sepulturas de sus muertos y en las cuevas de las peñas. Moradores de la ciudad, religiosos y seglares, celosos de su salvación, saldrán a predicarles, advirtiéndoles "su ciega incredulidad contra la luz de tantas evidencias en tan dilatados siglos y calamidades". Por aquellos que serán bautizados el lugar se llamará Prado Santo, el resto saldrá del reino —dijo una mujer, como si viera el porvenir.

—Membra, membra, que Medina Tarkuna sobre el mar es ciudad de judería y tiene muros de mármol, según dijo Echisi sobre Tarragona —dijo un viejo desdentado.

—Ya paréceme ver en sueños a un hombre de otro tiempo pararse frente a la judería de Sagunto, donde he nacido, y decir: "esta puerta daba paso a la judería y se llamaba Portal de la Juhería, y detrás de ella no está más la casa mía ni la huella de su paso" —dijo otro viejo, de barba temblorosa.

—Yo, como en una congregación de sombras veo decir en un tiempo futuro en la modesta judería de Valderas a un hombre desconocido: "Éstos son los judíos que estaban en esta villa el tiempo de la cerca: Belloci, tundidor, Lázaro Jucé, Buenavida Simuel, doña Sara, Jucé Rojo, doña Vida, Isaque, tejedor, Avelloci, zapatero, Jacó, refollador, Leví, zapatero, Salomón, tintor, Fadaza, Mosés de San Felices, pero ya no está ninguno de nosotros para oírlo, ya no está la dicha cerca... Sólo solar y ruinas donde estaba la sinagoga —dijo una mujer.

—He oído a todas estas gentes dar testimonio como una sola voz de lo que han visto, oído y padecido, pero no he escuchado vuestra historia desde la madrugada que dejasteis Madrid hasta el día de hoy. Estoy deseoso de conocer vuestras aventuras, si no tenéis nada terrible que ocultarme —dije a Gonzalo de la Vega.

—Oíd presto, que no tengo nada que ocultaros —dijo—. Aquel amanecer partí de Madrid rumbo a Guadalajara, donde había vivido Mosé Arragel, sabio en la ley de Moisés que puso la Biblia en romance a pedido de don Luis de Guzmán, entre los años de 1422 y 1430. En esa ciudad moraban por entonces el cabalista Selomoh Alhabés y el rabino Isaac Aboab, y bajo el nombre de Diego Díaz trabajé en una imprenta de libros hebreos, trasladé libros hebraicos en romance y escribí en unos pergaminos los *Salmos* de David, a costa de gentes que me lo pedían. Hice viajes riesgosos, como los de llevar en una acémila cargas de libros a esconder a Toledo y a otras villas de Castilla. Pero establecido el tribunal del Santo Oficio en las casas de don Pedro de Alarcón, caballero de la orden de Calatrava, muchos conversos fueron quemados vivos o huyeron de Guadalajara. Sospechoso de la fe, me hice pasar por el judío Moisés Zacuto, para no ser acusado de herejía, y me ocupé en enseñar cosas que sirven para la vida a los niños cuyos padres habían sido quemados o estaban presos en las cárceles de la Inquisición. Andando de noche y escondido de día, pasaba en secreto de la

sinagoga mayor a la sinagoga vieja de los Matute, de la sinagoga de los Toledanos a la casa de María Álvarez, y moré con
Guiomar Fernández, moza que siendo judía se llamaba Clara y
me daba sus frutas y guisados. Pasé también algunos días con
un Pedro García Torrillo, que hacía reír a los labradores de
Robledillo cuando le preguntaban 'cómo mostraban los judíos
a leer a los mochachos', porque él respondía: 'Hurosol que faga
camazón, orvejas, lentejas, tostón, cañamón'. Las gentes de la
villa me llamaban unas veces Zecut, Zecuth, Zecute, Zacudo,
Zacut, Zacuth, Sacut, Zakut, Zacuto y hasta Zancudo, preguntándome algunos enterados si tenía algún parentesco con el
astrólogo salmantino Abraham bar Samuel bar Abraham Zacut.
Pero haciéndose difícil mi sustento, fui alimentado unas veces
por el panadero Yucé Amarido y Elvira la Gorda y otras por el
cabritero Pedro García. Me calzó el zapatero Juan de Chinchón
y me vistió el sastre Pedro de Benavente, y en una pieza oscura
fui cuidado enfermo de cuartanas por Mencia Rodríguez de
Medina *la Simple*, que 'pensando que servía a Ihesu Christo fue
con una sobrina a una boda de una mora al almaguid... et que
teniendo un fijo mal, anduvo todas las yglesias descalza e hizo
dezir muchas misas y enbió a las lámparas de la zinoga una ves
una escudilla de azeyte'. Así viví en Guadalajara, hasta el día en
que me topé con una conversa llamada Juana García, que siendo doncella su padre la había encerrado por amores que tenía
con un escudero, y hacía todo tipo de intrigas y pillerías a los
judíos de la villa. Esta mujer, sospechando de mí, me denunció
a los inquisidores.

"Anduve a salto de mata, a pie, en acémila o caballero
en un asno, usando el estiércol de los animales para hacer fuego
en la noche y guisar mi comida ocasional, durmiendo poco y
llevando la ropa de un pastor o de un hombre muerto, bajo
calores y vientos, relámpagos y lluvias. Cogí a menudo el camino menos corto, menos fácil y más intrincado, sin dirigirme
siempre a la aldea más segura ni caer en la casa de más fiar,
diciendo en cada lugar que llegaba que iba a la aldea más cercana de allí, como hacen las personas fugitivas para que no las
prendan. Llegué a Huesca, ciudad amurallada, donde moré con

doña Toda, viuda de Pedro Sellán, que se prendó de mí sin medida y a duras penas me dejó partir al cabo de doce meses de ayuntarme con ella; pues, cada día que iba a decirle adiós me revelaba que estaba encinta y que pariría un hijo mío en cinco meses. Ella, que no había ido más lejos que a Valencia con su padre cuando moza y se acordaba vívidamente de la casa donde encerraban a los melancólicos, a los locos y a los estultos, y se había impresionado con las mujeres valencianas, que paseando por las calles de noche, pintadas de la cara y llenas de afeites, muy escotadas dejaban ver sus pezones, creía, no sé por qué, que yo venía del fin de la tierra. Mas, para no haceros este cuento largo, os diré que con este ardid demoró más de lo que yo hubiese querido mi partida de Huesca; hasta que un anochecer, yendo por la carrera pública del Cosso, cerca de la sinagoga mayor, sin tornar a verla a la cara, salí presto de la villa.

"Vagué por los caminos, rapado y vestido con un hábito, haciéndome pasar por peregrino o mendigo. Un día llegó a mi conocimiento por un monje jerónimo con el que me topé en un paso, que una amiga de mi madre de Ciudad Real llamada Beatriz Núñez, que me había cuidado de niño, acusada de herejía había sido prendida por los inquisidores en Guadalupe, junto al monasterio de la orden de San Jerónimo. Sin pensarlo dos veces, me fui para allá, con la esperanza de ayudarla a escapar de su prisión o serle útil de alguna manera. Y después de varias jornadas de camino por barrancos, precipicios y montes ásperos, vine a esa aldea, con su monasterio al pie del monte alto. Allá se adoraba la imagen de una virgen morena de madera con un niño en los brazos que, según la leyenda, había sido sacada en procesión en Roma durante una peste por el papa Gregorio Magno, el cual se la había dado luego a San Leandro, arzobispo de Sevilla, quien la colocó en la catedral de su ciudad; pero a causa de la dominación mora había sido trasladada a una montaña junto al río Guadalupe, *Río de lobos* en arábigo, y escondida en una cueva junto a los cuerpos de San Fulgencio y Santa Florencia cerca de 600 años. Hacia el año 1330, un vaquero de nombre Gil, al que se le había perdido una vaca, la descubrió oyendo una voz que le decía: 'Vete a tal lugar y hallarás muerta la vaca; pero cava la tierra en donde esté y hallarás una imagen mía: colócala sobre la vaca y ésta resucitará.' A pedido de la virgen se construyó una iglesia, y para celebrar sus milagros se edificó un monasterio, apareciéndose Ella a los trabajadores en forma de moza para darles las piedras. Desde entonces, en el centro del altar mayor de la iglesia, que no se cierra ni de día ni de noche, ya que los peregrinos en ella duermen sobre las piedras desnudas, se adora la imagen hallada por el vaquero Gil, alumbrada todo el tiempo por 16 lámparas de plata y plata sobredorada, donadas por los pastores de la comarca y de la Mesta, y por reyes y señores. En su interior hay muchísimos hierros que fueron llevados por los cristianos cautivos por los moros, que hicieron voto a la virgen que si un día se veían libres los traerían en peregrinación a Guadalupe. En la sacristía, los monjes guardan el tesoro en más de doce arcones. La imagen, dicen, tiene un guardarropa de más de 80 vestidos de brocado, tisú y seda, adornados de joyas, collares y coronas de oro; cuando la visten el día de su nacimiento en septiembre, dicen, el prior y el sacristán no la miran de frente sino oblicuamente, asentada sobre una rueda. Los Reyes Católicos tienen en el monasterio un palacio con cámaras y patios, pues son muy devotos de la imagen. En los dos claustros con fuentes, naranjos y cipreses hay infinitos monjes que visten sayal blanco, escapulario y capa parda; en las mesas donde comen, en los asientos de la iglesia y en los lechos donde duermen está escrito: 'Tú has de morir'. Sin embargo, cavada en el monte tienen enorme bodega con grandes tinajas de vino, en la cocina vasijas tan vastas que en ellas puede cocerse un buey y al pie del monte huertos con cidros, naranjos, limoneros y olivos; a su servicio laboran cada día varios panaderos, zapateros, sastres y remendones; guardando, no obstante, en el refectorio tal orden de silencio que al monje que habla mientras come se le ata en un cepo durante horas. No lejos del monasterio está el hospital con su gran número de camas para recibir a los heridos y a los enfermos de cuartanas y una sala donde se da pan a los pobres. Allá llegué yo, fatigado y hambriento, para pernoctar y comer la primera noche, haciéndome llamar Pedro Selaya; para otro día, temprano, internarme en la aldea y morar en una posada en la que vi a una mujer en la puerta con pan y vino en las manos.

"El tribunal del Santo Oficio que se había establecido en Guadalupe por orden de los Reyes Católicos tenía de inquisidores al anciano fray Nuño de Arévalo, prior del convento de los Jerónimos, al doctor Francisco de la Fuente, que había sido transferido de Ciudad Real para asistir al viejo en su inexperiencia, y al licenciado Pedro Sánchez de la Calancha, o Calle Ancha. Los tres tenían como misión purificar la aldea de la herejía judaica, cosa que hicieron con tanto celo que en un año celebraron siete autos de fe en el cementerio, quemando a cincuenta y dos hombres y mujeres, y a un monje, fray Diego de Marchena, que fue acompañado en su abjuración por sus cincuenta y dos discípulos; los que, se dijo, fueron relajados al brazo seglar y quemados en la hoguera. También los inquisidores habían desenterrado y vueltos cenizas los huesos de cuarenta y seis difuntos, quemado las efigies de veinticinco fugitivos, condenado a cárcel perpetua a dieciséis personas, y a destierro perpetuo, a galeras y confiscación de bienes a innumerables más. Mandaron pregonar públicamente que todos los porfiados seguidores de la superstición judaica saliesen de Guadalupe, incurriendo los violadores en gravísima pena; determinando además, en honra de Nuestra Señora, que no fuese morador de aquel pueblo ningún judío; por lo que, de inmediato, a los que allí vivían se les confiscaron los bienes para ser cedidos por los reyes a Nuño de Arévalo como limosna para que se levantase una hospedería para ellos cuando visitasen el santuario. Beatriz Núñez, que había llegado casada a Guadalupe y tenía varios hijos, había sido acusada el 13 de enero de 1485 por el bachiller Tristán de Medina, promotor fiscal de la Inquisición, de haberse bañado cuando le venía su regla a modo judaico, de haber lavado a un hijo muerto, de encender candiles el viernes en la noche y de otras ceremonias judaicas, pidiendo a los inquisidores que la mandasen relajar a la justicia seglar, o sea, que la quemasen viva. Un procurador de nombre Juan de Texeda la defendió, diciendo que Beatriz Núñez había sido y era fiel cristiana y que si había incurrido en algunos errores se había arrepentido y había tenido pesar por haberlo hecho, y demandó remisión y perdón a Jesucristo y penitencia saludable a los inquisidores. El promotor fiscal presentó testigos, el procurador pidió misericordia 'porque de los bivos que desean servir a nuestro Señor más se alaba que non de los muertos', pero otro promotor fiscal, Diego Fernández de Zamora, dijo que no debía dársele porque no había pedido la penitencia a tiempo, salvo después de la conclusión del proceso y causa, y porque muchas veces había sido requerida por los inquisidores a decir la verdad en la casa del tormento, negando siempre los cargos. De esta manera, el último día de julio de ese año, estando los inquisidores en su cadalso en el cementerio de la aldea, delante de las puertas del monasterio a las horas de misas mayores, ayuntado y presente casi todo el pueblo y mucha gente de otras partes, clérigos como legos y religiosos, los inquisidores mandaron al notario que publicase y leyese la sentencia en presencia de Beatriz Núñez y el promotor fiscal, en la que se le condenaba a la confiscación de bienes y a ser quemada viva.

"El mismo día que fue entregada a las llamas doña Beatriz Núñez fue quemado en la pira de la hoguera su hijastro Manuel González, posadero del Mesón Blanco, hostal en el que me albergaba. Había sido arrestado por el alguacil Antón del Castillo dos días después que su madrastra, y había sido obligado a testificar en su proceso, diciendo que la mujer de su padre, un escribano difunto, 'guardava los sábados e guisava de comer los viernes para el sábado e ayunaba ayunos de los judíos'. A él se le acusó de comer carne en días prohibidos, de trabajar en días de fiesta, de participar y comunicar con judíos haciéndoles mucha honra, administrándoles en su casa las cosas necesarias del comer, y de profanar el bautismo circuncidándose, etc. Sus virtudes de buen mesonero, al acoger bien a los cristianos, moros y judíos que venían a su casa, su caridad con una moza huérfana de nombre Teresa, y el hacer muchas limosnas a los pobres, a iglesias, ermitas y hospitales, fueron delito ante los ojos de los inquisidores, se volvieron muestras de herejía y apostasía condenables con el fuego.

"La mañana en que se celebró el auto de fe en el que sacaron a doña Beatriz Núñez y a su hijastro, mientras las gentes de la aldea presenciaban la quema en el cementerio, delante de las puertas del convento de los Jerónimos, dejé el mesón donde me hospedaba; no sin antes dar grandes muestras de misericordia a la familia de Manuel González; la que iba a ser despojada de un momento a otro de sus bienes por los inquisidores para darlos a la cámara y fisco de los reyes y para la obra del edificio de hospedería en el santuario de Guadalupe.

"El edicto de Expulsión me sorprendió en San Martín de Valdeiglesias, donde desde hacía tiempo moraba con una conversa llamada Aldonza Alvar, en la Calle Ancha de la judería. Ella, desde muy moza, guardaba el sábado y ayunaba el ayuno mayor de los judíos, celebraba las Cabañuelas con otras doncellas haciendo en el corral de su casa chozas de ramas verdes de árboles frondosos y sauces llorones y comiendo convites y frutas. Habíala conocido en la posada de Diego de San Martín, un día que queriendo yantar había entrado con un cuadernillo en la mano. Sentándola el posadero a una mesa próxima a la mía, le había preguntado si el cuadernillo era cosa de Bibria e de la ley de los judíos contra nuestra santa fe católica. Aldonza Alvar le contestó que se la había dado años atrás un mozo judío de nombre Yucé Funes, natural de los Pradejones, donde su padre tenía algunas viñas, pero días después un primo suyo fraile lo había querido arrojar al fuego, impidiéndolo ella al decirle que era una plegaria judía que solían rezar los conversos cuando los tenían en las cárceles de la Inquisición en la que rogaban a Dios los librara de la prisión y de la hoguera. Al preguntarle luego al posadero qué debía hacer ella para el salvamento de su ánima él le respondió que no penase por ello, que sus obras hablarían a Dios en el momento de su muerte. Satisfecha con la respuesta, me preguntó a mí que de dónde venía y cómo me llamaba, respondiéndole yo que venía de Tarazona, me llamaba Alfonso Nunca y era de oficio fustero, buscando casas para obrar en esa villa. Ella me dijo, muy preocupada, que cada noche solía decir rogarías por su padre, también converso, que habían prendido los inquisidores un día de octubre del año 1487 estando en

Cadalso, acusado por el promotor fiscal del Santo Oficio de haber hecho una sinagoga en su casa por haber tenido de huésped un alcalde mayor de Escalona y su tierra, que un jueves a medianoche se había puesto muy mal, pidiendo otro día que buscase en su villa a un físico judío llamado Rabí Jacob para curarlo; el cual vino el viernes bien tarde, mandando el alcalde a su padre que le trajese unas gallinas para que el físico comiese, y para que éste no se apartase de su lado rogó a su padre que dejase entrar en el huerto de su casa al dicho Rabí Jacob y a otros judíos que estaban en Cadalso para hacer oración. Eso bastó. Su padre, como negó los cargos de herejía que le hicieron los inquisidores fue atormentado dos veces, apretándolo mucho con cordeles y dándole a beber dos jarros de agua de dos azumbres cada uno, aunque dijo cosa ninguna. Su hermana María fue puesta a cuestión de tormento, pero lo más que pudo decir fue que su padre había entrado con el físico Rabí Jacob y los otros judíos al corral de su casa, saliéndose luego. Comprobada su inocencia, la absolución no llegó hasta el año de 1490, siendo condenado él a no usar de oficio durante un año y a que abjurase *de vehementi* el crimen de herejía.

”A causa de estas persecuciones —continuó Gonzalo de la Vega— no fue raro ver en las calles de San Martín de Valdeiglesias a mujeres, mozas y ancianas penitenciadas, llevando el sambenito con cruces atrás y adelante; sin oro, plata, grana, seda, aljófar, perlas, corales ni piedras preciosas sobre sus vestidos; teniendo su casa por cárcel, con la obligación de asistir a misa todos los domingos con el sambenito puesto, sin divertirse al ir por la calle hacia la iglesia. Un conocido de Aldonza Alvar, un tal Pedro Rodríguez, que después fue fraile, se enojaba mucho al ver en la iglesia los sambenitos colgados en los maderos, entre los que estaba el de su abuela Beatriz González alias la reina Serrano, a la que los inquisidores habían quemado viva; por lo que un día dijo: ‘¡Qué tema tienen de poner aquel sant benito allí!’ ‘No tengáis cuidado dello ni curéis de hablar en ello más, que en el infierno está’, replicó una persona que lo oyó. ‘¡En el infierno, en el infierno, plega a Dios que mi ánima vaya donde está la suya y no fuere donde está la que allí le mandó poner!’, contestó Pedro Rodríguez.

"Viví enamorado de Aldonza Alvar con la preocupación constante de que me fuesen a descubrir los oficiales del Santo Oficio y con la pena de saber las cosas atroces que en otros lados hacían los inquisidores a los conversos para quitarles sus haciendas; viendo con toda claridad que no sólo cualquier día me iban a apresar, sino que un cerco maligno se cerraba en torno de nosotros. De manera que al caer la noche, tendido en el lecho, a menudo me decía si la inmovilidad del sueño no era más bien aviso de la tumba y si no estaba postergando el momento de la muerte con astucias que al final nada valdrían; ya que ellos, el día menos esperado, me iban a atrapar en la calle o en la casa de Aldonza.

"Con estos cuidados llegó el domingo 29 de abril, día en que fue pregonado el edicto general de Expulsión del 31 de marzo, en el que los Reyes Católicos mandaban salir de sus reinos a todos los judíos que en ellos habitaban, haciendo a don Íñigo López de Mendoza, duque del Infantado, merced de todos los bienes, muebles, raíces y movientes de los judíos que vivían en sus tierras. Por lo que don Íñigo, sin pérdida de tiempo, hizo que se inventariaran las posesiones en las dos aljamas y en la villa cristiana: más de cien casas, una docena de solares, dos honsarios, una sinagoga, una carnicería, un hospital; además de viñas, huertas, majuelos, prados, linares, pastos, abrevaderos, molinos, bodegas, vasijas, colmenares y semovientes en el campo de San Martín de Valdeiglesias y en otros lugares. Así los bienes de los Ocaña, los Calvo, los Castro, los Funes, los Adaroque, los Navarro, los Rosillo, los Robledo, los Caro y los Pardo pasaron a manos de Diego Ruys de Sepúlveda, Gonzalo Xexas, Abrahén Gavisón, Diego de Alva y otros. Diego Ruys de Sepúlveda se hizo de más de treinta casas diciendo que eran suyas por una deuda de algunos maravedís, o porque le debían dineros, entrándose en las haciendas de los judíos al tiempo que se iban, o haciendo cartas de ventas simuladas sin que le debieran cosa alguna y sin haber pagado por ellas. Practicaba, simplemente, el despojo. Varios judíos, en su desesperación, dieron una viña o una huerta por un asno para transportar a los niños, a los enfermos o a los viejos; o como Abraham Agí o Ruy Sánchez compraron asnos por mil maravedís o regalaron sus casas por unos cuantos maravedís.

Sea como sea —concluyó Gonzalo de la Vega—, los judíos de San Martín de Valdeiglesias salieron dentro del término que les fue dado, dirigiéndose hacia San Pedro de las Arenas, con la intención de llegar a Plasencia y de allí a Portugal. Otros venimos por Talavera, Puente del Arzobispo, el valle de Ibor, el puerto de Rebatacapas, Guadalupe y Trujillo. Aldonza Alvar se quedó atrás, como conversa decidió morar en San Martín para ver si era alumbrada por la gracia del Espíritu Santo, dejados los ritos y ceremonias de la ley vieja, enseñada e indoctrinada por prelados especiales en todas aquellas cosas que había de saber y creer para que la santa agua del bautismo fuera en ella fructuosa, y, así, los venerables inquisidores no fueran a prenderla y sentenciarla a la hoguera.

—Los inquisidores siguen quemando gentes en Valladolid y en Córdoba —dijo un hombre con apariencia de notario, detrás de Gonzalo.

—Con hogueras o sin hogueras descreo de lo que cree Torquemada, descreo de lo que cree su orden de predicadores —dijo un viejo, enfrente de él.

—Aparte de la condena de destierro que pesa sobre vos, os habéis hecho merecedor de un mes de prisión en Castilla —dijo el hombre con apariencia de notario—, los Reyes Católicos acaban de dirigir desde Valladolid a las autoridades del reino una provisión para reprimir la blasfemia, mandando que nadie "sea osado de dezir descreo de Dios ny despecho de Dios ny malgrado aya Dios ny a poder en Dios ni pese a Dios ni lo digan de nuestra sennora la Virgen María su madre, ni otras tales ni semejantes palabras... so pena que por la primera vez sea preso un mes, por la segunda sea desterrado del lugar donde viviese por seys meses e pague mil maravedís... e por la tercera vez que le enclaven la lengua.

—Tenéis buena memoria para las penas, pero para mí es suficiente el fuego —dijo el viejo.

—Andad, andad, que debemos llegar a Cáceres este mismo día... Andad, andad, que si no os abandonaré a vuestra suerte para que os tomen presos los comisarios de la Expulsión y los alguaciles del Santo Oficio —dijo el guía que los encaminaba al destierro.

—Podéis quedaros, sois converso —dije a Gonzalo de la Vega, que comenzaba a andar al lado de los otros.

—¿Queréis que entregue mi cuerpo a la hoguera? —me preguntó con dureza, sorprendido de mis palabras.

—¿Deseáis que haga alguna cosa por vos? —le pregunté.

—Decid a mi hermana, si la halláis en este mundo, que mi cuerpo es fuerte y aguantará el hambre y el exilio. Decidle también, que la encontraré un día... —dijo, mientras la multitud se alzaba para marcharse como un solo cuerpo cansado y desolado.

Viejos y mujeres, hombres y niños empezaron a andar fuera de la muralla, abajo del Espolón, animados por los rabinos que los hacían cantar: "Iehová dixo a Moysén: Entra a Pharaón y dile: Iehová el Dios de los Hebreos dize ansí: Dexa yr mi pueblo, para que me siervan." "Porque Pharaón dirá de los hijos de Israel: Encerrados están en la tierra, el desierto los ha encerrado." "Clamaron los hijos de Israel a Iehová y dixeron a Moysén: ¿No avía sepulchros en Egypto, que nos has sacado para que muramos en el desierto?" "Y el ángel de Dios se quitó, y yva en pos de ellos."

Otras voces cantaron: "Cantad al Señor que maravillas fizo, anunciad esto en toda la tierra"... "Nuestro Dio abrirá caminos en el mar, hará senderos para nuestros pies perdidos en la tierra." "Él abrirá ríos en los montes, en medio de los campos romperá fuentes e confundirá la tierra sedienta sin agua"... "Confiad en Aquel cuyas manos obran maravillas y cuyos ojos llenan la tierra de luz"...

—¿Qué es eso? —preguntó un oficial a un viejo judío, que apenas podía andar cargando un saco sobre la espalda, rezagado de todos, como si llevase algo muy valioso y no lo quisiese perder.

—Como no tengo nada que dar a los guardas de la frontera lo he llenado de arena, así me dejarán salir —contestó el viejo.

—Adiós —dije a Gonzalo de la Vega.

Pero no me oyó, o no quiso voltear, confundida su sombra entre las sombras de los que se iban; una sombra más en el tropel de las sombras cabizbajas. Los judíos dejaban el reino de Castilla con la pesadumbre de aquellos que se dirigen más al otro mundo que a una nueva vida. Desarraigados de los lugares de su nacimiento, ningún sendero arbolado los protegía del sol, que caía a plomo y hacía vibrar la distancia; igual que si todo fuese una alucinación de la mirada, un delirio del día calenturiento y no una pesadilla infligida a los hombres por los hombres. El castillo en lo alto del monte, la muralla inaccesible, la tarde blancuzca parecían más crueldades humanas que detalles en el paisaje que se quedaba. Eran cuatro horas después de mediodía; entre los berrocales grises y los caminos vagos, como una larga serpiente de polvo o una herida lenta a lo largo de los campos secos, se iban los expulsos hacia el occidente, hacia el reino de Portugal. Hasta que se fueron achicando en la distancia, sólo se vieron los pequeños montes oscuros. En Trujillo, las cigüeñas castañetearon bajo el cielo blanco, planearon sobre las torres con sus alas blanquinegras y sus cuellos picudos, y, sin más, se fueron en bandadas cubriendo el aire con gran ruido.

—¿Cristiano o judío? —me preguntó una voz áspera detrás de mí.

—Cristiano —respondí.

—¿Qué hacéis fuera de la muralla? —preguntó la voz, que era la de un soldado a caballo.

—Vine a ver a los judíos partir del reino de Castilla —respondí.

—Hablabais a uno de ellos mucho tiempo.

—Trataba de convertirlo a nuestra santa fe católica, diciéndole que no se marchase al reino de Portugal obstinado en la herética pravedad.

—¿Qué hacéis aquí en Trujillo?

—Pernocto en un mesón de la villa por un mandado de una hermana mía muy devota de la santísima virgen que desea entrar en una de las casas religiosas de aquí; en particular en el monasterio de Santa Isabel de monjas dominicas; las cuales, desde el momento en que fue pregonado el edicto de Expulsión, por órdenes de su prior se han encerrado y estado en la sinagoga, para forzar con ello que se les conceda con todas las cosas y bienes, muebles y raíces a ella pertenecientes, y no he podido hablar con ninguna de ellas por más que lo he intentado —dije.

—Idos, pero no os mezcléis más con los judíos sin licencia de los comisarios de la Expulsión o de los padres inquisidores —dijo el soldado, alejándose a todo galope hacia el poniente, hacia la dirección de los desterrados.

Volví al mesón sin detenerme en ningún punto del camino. La puerta de mi pieza estaba abierta, como si alguien hubiese estado allí para ocuparla o para inspeccionarla. La huéspeda había salido y desde la otra pieza, también con la puerta abierta, una voz conocida me hizo un comentario sobre el calor que azotaba la ciudad ese día. Con distracción le contesté. El hombre salió de su cuarto para venir conmigo. De golpe supe quién era. Era Agustín Delfín, el hermano de la Babilonia, vestido de familiar del Santo Oficio.

—¿Qué hacéis aquí? —me preguntó.

—Voy hacia Sevilla —contesté con rapidez.

—Yo vengo de allá, de las alegrías que se han hecho por la toma de Granada. Estuve en la procesión a San Salvador que se hizo para dar gracias a Dios por el goce del vencimiento que ha dado a sus altezas la victoria. Con todas las cruces de las parroquias, y con atavíos en las cruces, sacamos a Nuestra Señora de los Reyes con mucha cera y pendones de todas las cofradías, saliendo por la puerta del Perdón, por el cal de Génova y el de la Sierpe, el de las Armas y el de San Vicente, hasta dar en Santiago —dijo con importancia, como si yo fuese poca cosa comparado con él—. Ahora voy a Cáceres con una carta de los Reyes Católicos para Sancho de Paredes, para que ponga buen recaudo y guarda por los términos de su comarca para que los judíos que van fuera destos reinos no pasen oro ni plata ni otras cosas vedadas al reino de Portugal.

—Yo voy en busca de fortuna —dije—, envejezco y no tengo hacienda ni asiento en este mundo. Éstos no han sido buenos tiempos para mí.

—¿Sabéis de la empresa que prepara en Palos don Cristóbal Colón por mandado de nuestra reina Isabel, con el propósito de llegar a las Indias por el Occidente y hallar los palacios fabulosos del Gran Can? —me preguntó Agustín Delfín.

—No —dije, sintiéndome un pobre hombre.

—Si buscáis de mi parte a don Cristóbal Colón podréis ir en su empresa en alguna de las tres naves que está armando —dijo.

—¿Cuándo saldrá de viaje? —pregunté.

—En los primeros días del mes de agosto con mucha gente de mar y bastimentos para todo un año, pero tiene tal necesidad de hombres que ha pedido perdones reales para sacar de la prisión a cuatro criminales reos de muerte y llevárselos con él —dijo—. Así que si sois omiziano, ladrón o fugitivo de la justicia para hacer suspender los procedimientos en vuestra contra hasta dos meses después del regreso del viaje, id a buscarlo.

—No soy omiziano, ni ladrón ni fugitivo de la justicia, pero si la fortuna me lleva a Palos con mucha honra iré con don Cristóbal Colón en su empresa —repliqué.

—Sabed que se ha dado una comisión al alcalde de sacas de Badajoz para que averigüe qué personas reciben de los judíos dineros y otras cosas para que les pasen fuera destos reinos maravedís, oro, plata, vellón, moneda, ganado, trigo, cebada, bestias, pólvora, armas y otras cosas vedadas contenidas en las cartas de los reyes —dijo, sin oírme, interesado sólo en su persona y en todo aquello que le concernía.

—Dicen que en el término de la ciudad de Plasencia fue hallado un zurrón lleno de oro y plata por dos pastores, el cual diz que era de judíos que mataron cuando lo sacaban destos reinos —dije.

—En el Puerto de Santa María, en las márgenes del Guadalete, en la isleta de los Conejos, se ha dicho que alguien vio a un judío rico enterrar en un cofrecillo doblas moriscas, doblillas sicilianas, monedas de Venecia, Pisa, Florencia, Ferrara, el papado y otras partes, creyendo engañado que un día va a volver a estos reinos católicos —dijo Agustín Delfín.

—¿Lo habéis desenterrado vos? —pregunté.

—Los oficiales de los Reyes Católicos excavarán en su momento todos los lugares sospechosos donde moraban judíos —dijo, volviéndome la espalda para irse.

—No me habéis dicho si el hombre que vais a ver a Cáceres es pariente del Sansón de Trujillo, don Diego García de Paredes, cuya fuerza y corpulencia es pública y notoria en esta villa y su tierra —dije.

—No me interesa la parentela de gentes que no conozco ni las historias de Sansones de aldea —dijo, trasponiendo el umbral de la pieza.

—De este Diego García de Paredes se dice que una noche estando en el campo junto a un árbol vino un caballero negro con el que combatió toda la noche, hasta que al rayar el Sol, sintiendo gran frío en el cuerpo, descubrió que era el diablo con el que peleaba —dije, para impresionarlo.

—El diablo os llevará a la hoguera si seguís frecuentando herejes fugitivos —dijo él, con sequedad.

—No frecuento herejes ausentes ni presentes —repliqué.

—¿Dónde habéis pasado todos estos años? —me interrogó, sin verme.

—He buscado fortuna por estos reinos de Dios, sin mucha suerte —respondí.

—Por lo flaco que estáis veo que no habéis tenido ninguna —dijo, riéndose.

—Bastante poca, en verdad —dije, sin mostrarme ofendido.

—Vuestra hacienda ha adelgazado de tal manera que parecéis pobre y desheredado —dijo.

—Soy rico en experiencias y memorias, aunque escaso en bienes materiales —dije.

—Si no podéis gratificar vuestros apetitos corporales sustentad vuestro ánimo y vuestras noches de hambre con avisos, contemplaciones, mortificaciones que os hagan, si no ganar el otro mundo, al menos conocer vuestras miserias —dijo, sujetándose la panza rebosante de risa.

—Habláis con voz clara pero con razón oscura —contesté.

—Decidme ahora vos —dijo, volviéndose hacia mí con gesto amenazante—, ¿habéis frecuentado la Rinconada, do dicen que moraban los judíos más caudalosos de Trujillo y donde posaban las personas honradas que visitaban la villa?

—La conocí de nombre, porque en mis paseos sólo andaba a hacer oración a la iglesia de Santa Catalina —respondí.

—¿Habéis oído de la cuestión y el ruido que hubo el año pasado en la sinagoga de la villa entre los judíos que estando dentro pelearon con piedras y espadas en presencia del alcalde? —me preguntó, mirándome de soslayo.

—No oí ruido alguno —contesté, con los ojos fijos en su cara.

—Tal vez habéis oído que antes de la Expulsión la mayor parte de tratos de Trujillo estaban en manos de los judíos, que en los meses de invierno cuando escasea la carne en la carnicería de los cristianos era menester comprarla en la de ellos —dijo, mirando a la calle.

—He venido recién a esta villa y partiré presto, pero en el poco tiempo que he estado aquí he aprendido que aun los eclesiásticos y los caballeros compraban en la carnicería de los judíos por hallar en ella mejor carne —repliqué.

—Sabéis asaz para tanto poco tiempo aquí, y quizás habéis aprendido con los judíos a cercenar las monedas de oro y plata que se usan y tratan en nuestros reinos; hallaré testigos dello —dijo.

—Catad de los testigos falsos y los murmuradores, que deponen de oídos y de vanas creencias y no dan causa ni razones de sus dichos —dije.

—Catad vuestras palabras, que a muchos ha llevado a la hoguera el decir muchas verdades —masculló, con la intención de irse.

—Buen viaje faga el señor familiar de la Inquisición —dije.

—Mal viaje faga vuestra merced en la empresa de don Cristóbal Colón —dijo, sin tornar a verme.

Cuando desapareció en el camino, hacia el sol que se ponía, volví a la pieza para poner en claro en mi mente lo que había sucedido ese día y estaba aún sucediendo.

En la penumbra de la noche todo pareció precisarse y confundirse al mismo tiempo. Un cuadro de pesadilla, en el que me veía incluido, se conformó ante mí, sin saber que las figuras que veía eran los otros o eran yo. Y no fue hasta que oí un fuerte portazo que desperté de un salto, como si la decisión en mí mismo hubiese sido tomada. Partiría en la madrugada al Puerto de Santa María, como un último esfuerzo para hallar entre los expulsos que iban a partir por mar a Isabel y a mi hijo. Después, quizás, Palos.

Entró en el cuarto doña Luz Pizarro; quien, viendo mis pertenencias prestas para el viaje, comenzó a llenarme de denuestos y me hizo las cuentas de todo lo que había comido y dormido para que no me fuese a ir sin pagar.

—Estos mozos y mozas no están a pan —me dijo—, al mancebo mayor debo pagarle 1500 maravedís y al mancebo para arar 1000 maravedís cada año; a la moza de soldada, una de las mejores tierras de Trujillo, debo dar 500 maravedís, más mis calzas viejas; con ello podrá comprarse una saya de paño, dos pares de zapatos de carnero y otras prendas de vestir. Vos debéis pagarme por el par de gallinas que os habéis comido 30 maravedís, por los cuatro capones 80 maravedís, por la docena de huevos 6 maravedís y por el ansarón pequeño 10 maravedís. No debéis olvidar que os he prestado para pagar al herrero que herró vuestra acémila 2 maravedís, para el zapatero por los zapatos de cordobán que le habéis comprado 30 maravedís y para el jubetero 50 maravedís. Agregad a esa suma la cuenta de la pieza en la que habéis dormido, holgado y soñado y...

—Os pagaré cada maravedí que os debo —dije, poniendo los dineros en su mano, y cerré la puerta tras de ella.

Pero no pude dormir esa noche. Pasé las horas sentado en la cama mirando las vigas del techo, los agujeros en la pared, las hendiduras en la puerta, mientras me acordaba de los 600 maravedís que costaban cuatro arrobas de vino blanco, los 42 que costaba la libra de candelas de cera blanca, los 100 reales de plata que le habían sido dados a Antonio de Ludueña, criado del conde de Cifuentes, en albricias por la carta que había traído a Sevilla haciendo saber cómo se había entregado la ciudad de Granada a los Reyes Católicos. En mi duermevela temí que Agustín Delfín irrumpiera en el cuarto armado con la cruz verde del Santo Oficio y un cuchillo para herirme en el pecho, tuve miedo de que doña Luz Pizarro se arrojara sobre mí buscando amores, y me vi zarpando en un rocín de madera mecido por las aguas bajo el océano inmenso de la noche que clareaba, semejante a la calma que precede a la aparición del sol o a la eclosión de un nuevo mundo. En mi insomnio, oí el mundo regulado por las campanas de las iglesias, como si el despertar, el comer, el trabajar y el dormir fuese ordenado por ellas y por el tiempo eclesiástico de la vida. A laudes me quedé dormido, despertando a la hora de prima para abandonar el mesón, cruzar las calles de la madrugada y toparme con las gentes tempraneras de la villa. En la puerta de la ciudad, me encontré con un hombre gordísimo en ricas vestiduras; el que, enfermo de podagra, por no poder cabalgar, era llevado en hombros por cuatro siervos suyos, seguidos por una hueste de sirvientes afanosos.

En los postreros días de julio, antes del amanecer, llegué al Puerto de Santa María. La mañana se anunciaba límpida y el aire olía a flores y a mar. En frente, la silueta de Cádiz surgía de las aguas oscuras refulgiendo sobre una roca como una exhalación de la noche estrellada. Fundada por los fenicios antes de Cartago, la antigua Gaddir, la Gades de Hércules de los romanos, la Kadis mora, rodeada por las olas como una isla, poco a poco desafió el esplendor del sol no nacido igual que un sueño apenas vinculado a la tierra firme por su istmo angosto. Fin de la tierra para los antiguos, de un tal Eliodoro se recordaba este epitafio:

"Yo, Eliodoro, loco, natural de Cartago, mandé en mi testamento me enterrasen en este sepulcro, aquí en el cabo del mundo, por ver si avía otro más loco que yo en venir a verme".

En este *non plus ultra* comenzó el verdadero exilio para los judíos; los que a la sola vista del mar empezaron a lamentarse y a dar grandes gritos de pena, pidiendo a Dios misericordia, aún con la esperanza de que les abriese caminos en el mar, obrase maravillas y los llevase sanos y salvos y seguros por las mil tribulaciones que les aguardaban todavía. Entre la multitud de los expulsos que esperaban los navíos para embarcarse, busqué a Isabel y a mi hijo, paseando mis miradas de mujer en mujer y de niño en niño. Hasta que, de pronto, reparé en una que escondía su rostro de mi vista, acompañada por un infante que la tenía asida del vestido. Al acercarme a ella, la cogí con suavidad de la cabeza e hice que se tornara a mí. Era Isabel de la Vega. Mi corazón latió con fuerza y la abracé con tal violencia que casi la hice caer.

—¿Cómo es que estáis aquí? —preguntó, arrojando sobre mí una mirada parecida al espanto.

—Te he buscado por todos los rincones de Aragón y de Castilla; cada día he creído hallarte en una calle, en una aldea, en un camino, en una villa. Ahora que los judíos son expulsados por los Reyes Católicos he venido al Puerto de Santa María con la esperanza de encontrarte viva —dije.

—No deberíais estar aquí, los inquisidores os prenderán como a hereje por tener comunicación con judíos —dijo con voz quebrada, estirando la mano en un ademán de protección y rechazo.

—Partiré contigo —dije.

—No os dejarán partir los guardas y pondrás en peligro mi vida; aun en la expulsión los oficiales de la Inquisición buscan fugitivos entre los desterrados —dijo.

—Entonces, quédate tú.

Me miró con fijeza, dudando, pero luego se metió entre las otras mujeres judías con un movimiento de cabeza. El niño la siguió, la pierna derecha un poco más corta que la otra. Yo fui tras ellos.

—Nos perderás a todos —me dijo Isabel.

—Os defenderé con mi vida, no permitiré que nadie os haga daño.

Su rostro, antes lozano y alegre, estaba ajado y marchito; sus grandes ojos almendrados, aunque sonreían con el mismo fulgor, parecían melancólicos.

—En estos reinos me sentenciaron a muerte pero no pudieron prenderme, no obstante sus esfuerzos. Ahora, con todos los judíos, me expulsan de la tierra donde nací y donde nacieron los padres de mis padres por generaciones y generaciones. Los culpables de este edicto quedarán en la historia de los hombres y serán honrados y festejados en memoriales, crónicas, anales y leyendas, pero la injusticia seguirá siendo injusticia y el crimen seguirá siendo crimen, así se escriban las palabras de gloria en el oro y el mármol —dijo.

Un guarda me empujó, haciéndome consciente que mis pies habían traspuesto la línea invisible que separaba los vivos de los muertos, los cristianos viejos de los conversos, los fieles católicos de los obstinados en la herética pravedad, los que se quedaban de los que se iban. Una línea banal para unos, fatal para otros, bien clara y demarcada por el fuego y la sangre.

Para no ser importunado más, deslicé en la mano del guarda una moneda de oro, y en un arranque de ternura besé a mi hijo; a quien mi pasión hizo reír.

En ese mismo momento, Isabel me abrazó con ímpetu, se pegó a mi cuerpo como si quisiese pasar al mío en unos instantes largos años de amor, de dolor y de miedo. Yo la besé, recorrí sus mejillas polvorientas, sus labios secos, su pelo sucio, desaliñado, limpié sus lágrimas terrosas. Hasta que, transformada la pena en orgullo y coraje, sonriendo vagamente, se alejó de mí.

—Es hora de embarcarnos, hay mucha gente aguardando los navíos que zarparán al amanecer, y si no subimos a tiempo nos dejarán en tierra.

—No te dejaré partir —dije, como si le hablara a una figura remota de la que me separaba el sueño.

—Debemos irnos —repitió, con la mirada fija en las maniobras de los barcos y en los movimientos ansiosos de los expulsos por abordarlos.

—Desde que huiste de Madrid te he buscado en Zaragoza, en Calatayud, en Teruel, en Toledo y en todos los sitios que mis pies han hollado, sin que por un solo momento haya dejado de esculcar los caminos y las horas —dije.

—Yo también te he buscado en los lugares por los que hemos ido, pero siempre con el temor de hallarte, de no saber qué iba a pasar conmigo al verte —dijo.

—En Toledo perdí todo rastro de ti y no supe más hacia dónde dirigir mis pasos, cuéntame qué sucedió después —dije.

—De Toledo fui a Burgos, deseando alejarme lo más posible de los inquisidores de Ciudad Real. En Burgos moraba el físico Rabí Samuel, amigo de mi padre; el que ya anciano recibía del concejo de la villa 3 000 maravedís al año por practicar con ciencia y conciencia la medicina, visitando en especial a los pobres de la ciudad, asistido por su hijo Abraham. Pero como en otras partes de estos reinos, aunque la villa necesitaba de sus médicos judíos eso no impedía que al mismo tiempo se hubiese dispuesto en el año de 1481 que los judíos "trajesen señales del grandor de una dobla, públicas e descubiertas, puestas en los onbros", y en el año de 1484, el mismo concejo ordenara el apartamiento de las juderías cerrando las puertas a horas fijas y manteniéndolas clausuradas sábados y domingos, a la vez que se limitaban drásticamente sus actividades, su comercio y comunicación con la ciudad cristiana.

"En Burgos, mi hijo y yo moramos en una casa vieja de la Cal Tenebrosa, calle oscura y estrecha habitada por mercaderes. Allá, cerca de la carnicería mayor, durante el invierno casi no dejamos nuestra habitación sombría, ya que fueron días en que el Sol siempre estuvo oculto por lluviosas nubes; sin dejar por ello de ver con asombro la adoración en el monasterio de San Agustín de un Cristo hallado en el mar en un cajón semejante a un ataúd, que tenía la estatura, corpulencia, nervios, cabellos, barbas, uñas y carnes flexibles como las de un hombre muerto. Al Cristo, al que cuando le tocaban la cabeza, las manos, los pies y las coyunturas del cuerpo los monjes cantaban y hacían tañer las campanas, se le adjudicaron grandes milagros, entre los que estaban los de resucitar niños y sanar enfermos.

"Pero antes que los judíos burgaleses fuesen arrojados de la ciudad por el puerto de Laredo en cumplimiento del edicto de Expulsión, nosotros partimos hacia Hita, ciudad en la falda de un otero, cuyos muros van subiendo desde lo más bajo hasta la fortaleza en su cima.

"En esta villa moramos con la Madre Vieja, una judía provecta dueña de una viña, sin que mi vida allá tuviera más pena que mis propios temores y mayor infortunio que la incertidumbre de mi propio mañana; transcurriendo mi día entre el barrio de San Pedro y el de la puerta de Sancha Martínez, la puerta del Mercado y la torre de Jorge, las calles amas de la plaza y las calles de Huda de los Puntos, la panadería de la conversa Francisca López y la carnicería. Los judíos de Hita vivían no sólo en la aljama sino en la plaza mayor, en la calle Real y en las puertas de la ciudad, tenían nueve rabinos, dos físicos, varios cirujanos y un carnicero; eran propietarios de casas, corrales, solares, bodegas, viñas, majuelos, tinajas y cántaras. Pero la demasiada quietud me resultó monótona y como nadie nos empujaba a irnos sino mis propios pasos y nadie atormentaba mis noches sino mis propios sueños, un día, con mi hijo, me puse en camino hacia Buitrago, villa con castillo y muralla, de tierras rocosas y encinas oscuras, abrazada por el río Lozoya.

"Camino a Burgos desde antiguo, Buitrago se divisa desde la llanura como un sueño materializado en la falda del Somosierra. Traspuesta la puerta del Arco de la Guarda, revelado el interior árido de la villa, la torre de la iglesia de Nuestra Señora del Castillo y el corral de la sinagoga con su carnicería, mi hijo y yo llegamos el día de San Lucas, cuando comienza la feria anual de Buitrago, con cristianos, judíos y moros comprando y vendiendo sus mercaderías durante dos semanas. Pero apenas adentrados en ella, me acordé luego del señor de Buitrago y su tierra, don Íñigo López de Mendoza, a quien hizo marqués de Santillana el rey don Juan II; al ruego de quien ordenó los refranes que dicen las viejas tras el fuego. Gran poeta que amó a las serranas y cantó a sus tres hijas, fue también caballero esforzado que solía decir: 'Si deseamos bienes al que bien nos da devémoslos dar al que bien nos desea.'

"Por la calle de la Escalera, preguntando llegamos a las casas de los Alfandari, con los que moramos muy poco tiempo, ya que el domingo 29 de abril el edicto de Expulsión se pregonó en Buitrago y todos los judíos tuvieron que dejar sus casas, tierras, prados, huertas y sus sinagogas, su hospital y honsario. La vida de siglos se derrumbó en un día, mas, nosotros, sin casas que vender y sin esperar que transcurriese el término concedido para dejar el reino de Castilla, una madrugada, aún bajo los luceros, nos pusimos en camino mi hijo y yo, deseosos de alcanzar el mar antes del postrero día de julio, creyendo que algún día podríamos llegar a Flandes, aunque el largo rodeo nos alejaba de nuestro destino.

Llevábamos con nosotros un zurrón de ovejeros con vituallas para unos cuantos días, un asno que montó el niño, y, yo, un puñal bajo la saya apretada. Anduvimos todo aquel día por montañas y valles señeros, a lo largo de un arroyuelo entre los pinares, sin hallar en nuestro camino más que a campesinos haciendo gavillas y sus vacas gañanas. Al caer la tarde, nos topamos con una pastora cenizosa entre los matorrales, de gran cabeza y pelo corto, ojos hundidos y bermejos, orejas largas y pescuezo velloso, semejante a aquella que describiera don Juan Ruiz. Puesto el sol, junto a una cabaña, vimos a dos hombres con sus cayados y sus perros; y más adelante, a un vaquero sin argayo, con la ropa remendada, andando a pie entre los peñascos. Entrada la noche, dormimos en despoblado, sin que el miedo a la intemperie nos despertara una sola vez. Pero al mediodía, un hombre a caballo que estaba oculto detrás de un árbol nos salió al paso.

”—¿Adónde vais a deshoras? Holgad conmigo, que la vida es corta —dijo.

”—Caballero, catad que voy con mi hijo —dije.

”—No vadeéis sola este río, que está lleno de bandidos —dijo.

”—Bandido sois vos, si no me dejáis pasar salva y segura en compañía de mi niño —dije.

”—Se me ha hecho gana la fructa temprana —dijo él.

”—No soy moza ni serrana sino judía casada —dije yo.

”—Para el fin es lo mismo, que, como dice el refrán: so mal tabardo se oculta buen amor y bajo mala capa yaze buen bevedor —dijo, arrojándose sobre mí cerca de unos matorrales, para meterme en la espesura y arrancarme la saya.

"Mi hijo, mientras me hurgaba, le dio un piedrazo en la cabeza y lo dejó tendido sobre unas hierbas. Y nos fuimos de prisa, sin tornar la vista atrás, hasta que al volver al camino nos hallamos con un grande número de judíos que iba hacia el mar guiado por unos justicias que a su costa los sacaban de los reinos de Isabel y Femando, con poder y facultad para ampararlos y defenderlos, porque se temían y recelaban, no embargante el seguro real, que yendo por algunas villas o lugares y yermos de sus reinos y señoríos algunas personas y caballeros les hirieran, robaran, cohecharan, prendieran o mataran, viéndolos con sus bienes y haciendas; les quisiesen cobrar portazgos, viajes, caste-llerías, diezmos y pontajes; o si no, al llegar a algunos lugares vedarles la entrada o paso por ellos, no dándoles posada ni viandas, no vendiéndoles bestias ni carretas que hubiesen me-nester para llevar a sus mujeres y criaturas, condenándolos a sufrir hambres y a pasar la noche en los campos, a merced de ladrones y asesinos.

"El caso es que nos juntamos a los hombres y a las mu-jeres que, habiendo malbaratado sus bienes, llevaban hacia el destierro lo que habían trocado por ellos, a pie, en asno o en carretas. Querían creer, para consolarse y animarse, que Dios los conduciría a la tierra prometida a través de montes, ríos, calores y hambres; porque había viejos y niños que enfermaban, mujeres preñadas o paridas, gentes que morían o quedaban atrás para devolverse al lugar de su nacimiento y convertirse, pues por todas partes salían cristianos que nos conminaban al bau-tismo, doliéndose de nosotros. Los rabinos nos esforzaban y hacían cantar a los mancebos y a las doncellas, tañer panderos y adufes para aliviarnos de las fatigas y la pena de la larga mar-cha hacia el exilio. Unos a otros se decían: '¡De Dio somos, nuestra fuerza es el Altísimo!' 'Si hemos de vivir vivamos, si hemos de morir muramos; mas no violemos nuestra alianza, no volvamos atrás nuestro corazón y andemos en el nombre del Sénior, nuestro Dio.' 'Iehová dixo a Moysén: Estiende tu mano hazia el cielo, para que sean tinieblas sobre la tierra de Egypto, tales que qualquiera las palpe.' 'Y Moysén dixo al pueblo: Tened memoria de aqueste día, en el que aveyo salido de Egypto, de la casa de servidumbre.'

"Desta manera anduvimos varios días, hasta que un anochecer, antes de dejar la sierra de Gredos, los guías quisieron separarnos en dos grupos, llevándose por un lado a los que creían más ricos y a las doncellas más hermosas, diciendo que habían oído rumores de que algunos moros armados de aquellos que habían derrotado los reyes en Granada andaban sueltos con sus alfanjes haciendo presa de los judíos que se dirigían a Portugal y a Cádiz, pues era fama que algunos llevaban mucho dinero oculto en el cuerpo y en las ropas. Mas, alguien, habiendo sabido que unos hermanos López de Illescas, con otros parientes y compañeros suyos, se habían concertado con algunos judíos de algunas aljamas para pasarlos a ellos y a sus mujeres, hijos y haciendas, salvos y seguros a los reinos de Fez y Tremecén, por precio de cuatrocientos maravedís cada uno mayor de ocho años y un florín de ocho años abajo, dándoles entre todos unas seis mil doblas castellanas, no habían cumplido con los judíos, causándoles mucho agravio y daños, menguas e injurias en sus personas y bienes, robando además a los hombres ricos que les habían dado muchos maravedís en oro y plata y otras cosas vedadas por cierta cantidad para que los sacasen y llevasen fuera de estos reinos a los navíos, alertó a todos y nos negamos a ser separados.

"Bajo el duro sol de julio seguimos nuestra marcha hacia el mar, unos para embarcarnos en Cádiz y el Puerto de Santa María y otros para seguir a Málaga. Criaturas y ancianos, mujeres encintas, madres nuevas y doncellas, a pie y en burro, arrastrando en carretas o llevando sobre la espalda todas sus pertenencias, juntos dejamos atrás Toledo, Orgaz, Consuegra, el río Guadiana, tierras incultas, senderos escarpados, ventas malaventuradas con lechos más duros que la tierra, Calatrava, Almagro y la Sierra Morena, que separa Castilla de Andalucía; haciéndose cada día, cada hora, el calor más insoportable y penoso. Unos se fueron hacia Jaén, otros seguimos a Córdoba, villa que sólo vimos desde la distancia, entre sus palmeras y olivos. Bajo el sol abrasador pasamos por Écija, la sartaneja, y por Carmona la Blanca. Otro día estuvimos en Sevilla, fuera de su muralla, y, pasando por Jerez de la Frontera, llegamos al Puerto de Santa María.

—Quedaos —dije—, estaréis muy fatigados.

—La expulsión de los judíos es mi expulsión, su muerte es mi muerte —replicó—. Debo partir con ellos.

—Podéis quedaros, sois conversa —dije.

—Llevo en mi rostro el rostro de mis padres y en mi cuerpo su sombra, no puedo desprenderme de su carne y sus huesos, su destierro es el mío.

—Podríamos vivir los tres juntos, comenzar una nueva vida bajo otro nombre en una aldea olvidada de estos reinos.

—Los inquisidores, a falta de mi cuerpo, han quemado mi imagen; he muerto en estos reinos —respondió.

—El ánima de una criatura humana no se puede quemar de esa manera, para siempre estarás viva —dije.

—A vivir en una aldea comiendo infamia, prefiero ser como la judía de Calahorra, que cuando los franceses andaban robando la ciudad al meterse cinco de ellos en su casa, ella, moza y hermosa, con su hija de ocho años se escondió hasta el anochecer, para salir cuchillo en mano y degollar a los cinco, que se habían quedado dormidos bebiendo el buen vino que estaba en la bodega —dijo, con orgullo.

—¿Nos volveremos a ver? —pregunté.

—No lo puedo profetar —dijo.

El niño nos miró, pálido y cansado; dirigió sus ojos al mar, próximo y desconocido, completo en el presente pero lejano e inasible. De pronto, me di cuenta del sol sobre nuestras cabezas, de las sombras a la derecha de los cuerpos, del polvo pedregoso ya alumbrado. A lo lejos, se precisaron la curva verde de la bahía, la silueta de Cádiz; aquí cerca, la desembocadura del río Guadalete, los reflejos dorados en el agua verde.

—¿Que sabéis de mi hermano? Decidme en una palabra si vive o ha muerto —inquirió, mirándome con fijeza a los ojos.

—Vive —respondí.

—¿Libre, encarcelado, torturado?

—Vive libre y va camino a Portugal, me he topado con él hace unos días y me ha dicho que os diga que su cuerpo es fuerte y aguantará el hambre y el exilio y os encontrará alguna vez.

—Andad, que debemos abordar los barcos mientras todavía hay lugar —dijo al niño, de pronto ansiosa.

—¿Adónde iréis? —le pregunté, viendo su determinación de partir.

—A Flandes —respondió—, buscadme un día en Flandes.

—Lo haré, sin ninguna duda —dije.

Empezaron a andar, con lentitud, entre los otros, como si llevaran, al igual que los otros, no el peso de unas cuantas pertenencias rescatadas de toda una vida en un lugar sino la pena de generaciones y generaciones de judíos camino del exilio.

—Un momento —dije a mi hijo—, ¿cómo te llamas?, ¿a qué nombre respondes?

—Juan, me llamo Juan como mi padre —dijo.

—Yo soy tu padre, te buscaré en Flandes en un cierto tiempo, pero antes debo hallar fortuna en otra parte —le dije.

Los hombres y las mujeres subieron a los navíos cantando: "Entonces Iehová dixo á Moysén: ¿Por qué me das bozes? Di a los hijos de Israel que marchen." "Y tú alza tu vara, y estiende tu mano sobre la mar, y ábrela, y entren los hijos de Israel por medio de la mar en secco." "Entonces los hijos de Israel entraron por medio de la mar en secco teniendo las aguas como un muro a su diestra y a su siniestra." "Y Iehová dixo a Moysén: Es tiende tu mano sobre la mar, para que las aguas se buelvan sobre los egypcios, sobre sus carros y sobre su cavallería." "Iehová, Varón de guerra, Iehová es su Nombre."

Los barcos comenzaron a irse, surcando el agua verdosa, en procesión inexorable, como si hicieran el viaje de la muerte.

Temprano en la mañana salieron uno por uno, hacia la izquierda de la bahía, mecidos por el mar; mirando sus pasajeros no el horizonte marino, sino a la playa, a la tierra que quedaba atrás.

Pronto desaparecieron en el horizonte, en la línea verde donde se juntaban las aguas y el cielo blancuzco; mientras Cádiz y la lejanía se hacían menos oscuras, más cercanas.

Yo me fui a Palos, en busca de fortuna. Me hice a la mar con don Cristóbal Colón. En la nao *Santa María* vine de gaviero. Dejamos el puerto por el río Saltes, media hora antes de la salida del sol, el viernes 3 de agosto del año del Señor de 1492. *Deo gratias.*

APÉNDICE

PROCESO CONTRA ISABEL DE LA VEGA
E CONTRA GONZALO DE LA VEGA SU HERMANO
VESINOS DE CIBDAD REAL
AUSENTES
ESCRITO POR LOS ESCRIVANOS E NOTARIOS
PÚBLICOS
DE LA SANTA INQUISICIÓN

En la noble Cibdad Real, catorse días del mes de noviembre, año del Nascimiento del Nuestro Salvador Iesu Christo de mill e quatrocientos e ochenta e tres años, estando los reverendos señores inquisidores Pero Dias de la Costana, licenciado en santa theología, canónigo en la yglesia de Burgos, et Francisco Sanches de la Fuente, doctor en decretos canónigos en la yglesia de Zamora, dentro en las casas de su morada que son en la dicha cibdad, en la sala baxa donde acostunbran faser la abdiencia a la ora de la tercia, en presencia de los notarios e testigos infraescriptos, comparesció ante los dichos señores inquisidores el honrrado Ferrand Rodrigues del Barco, clérigo, capellán del Rey nuestro señor, promutor fiscal en el dicho Oficio, traído por los dichos señores estando e teniendo en abdiencia a la dicha ora de la tercia, les denunció e dixo que muchos vezinos desta dicha cibdad, así onbres como mugeres, que eran sospechosos e infamados de la heregía, se avían absentado e huydo desta dicha cibdad por themor de la dicha Inquisición, entre los quales era notorio que se avían absentado Isabel de la Vega e Gonzalo de la Vega su hermano, e non sabía dónde estaban, de los quales él entendía denunciar el dicho crimen de heregía e de aver judaysado; por ende, que pedía e pidió a los dichos señores inquisidores que rescebida su información de la notoriedad de la absencia dellos desta cibdad, mandasen dar carta citatoria por hedicto contra los dichos Isabel de la Vega e

Gonzalo su hermano, con cierto término, en el qual les mandasen que paresciesen personalmente a responder por las querellas e denunciaciones que sobre la dicha heregía e aver judaysado e seguido la ley de Muysén contra ellos e cada uno dellos entendía presentar e poner e perseguir sus procesos sobre el dicho caso de heregía, implorando cerca de todo ello su oficio. E oydo el pedimento del promutor fiscal por los inquisidores, mandaron que les diese e presentase ante ellos los testigos para ver su información de cómo eran absentes los dichos Isabel de la Vega e Gonzalo su hermano desta cibdad. E luego, el dicho promutor fiscal presentó ante los dichos inquisidores por testigos a Juan Gomes, ollero, a Juan Peres, calero, a Juan de Soria, trapero, e a Ferrand Falcón, converso, de los quales e cada uno dellos los inquisidores rescibieron juramento en forma de derecho, fasiéndoles poner su mano derecha en la cruz e mandándoles que so cargo del dicho juramento dixiesen verdad en el caso presente. E cada uno de los dichos testigos respondió que sí jurava, e a la confusión del dicho juramento respondieron: Amén. E preguntados por los dichos señores inquisidores si sabían que era notorio que los dichos Isabel de la Vega e Gonzalo su hermano eran absentes desta dicha villa, e que se avían absentado por causa de la Inquisición, e qué tanto tienpo avía que se avían absentado, los dichos testigos e cada uno dellos por sí respondieron e dixieron que era público e notorio que los dichos Isabel de la Vega e Gonzalo su hermano eran absentes de la dicha cibdad, e que pudía aver quinse días antes que los señores inquisidores veniesen a la dicha cibdad, poco más o menos, que se avían absentado della e que non sabían donde estavan e residían. E luego los dichos señores dicieron que pues les constava e constó de la dicha absencia de los dichos Isabel de la Vega e Gonzalo su hermano de la dicha cibdad e de sus casas donde avían morado e eran vesynos e non se sabía de cierto dónde estavan, que mandavan e mandaron dar su carta citatoria en forma de hedicto contra ellos e cada uno dellos con término de treynta días por tres términos e el último perentorio, por lo qual les mandavan que paresciesen a responder en los dichos términos las acusaciones e denunciaciones que el dicho fiscal sobre el dicho crimen de la heregía e judaysar les avía dicho que les entendía poner. La qual dicha carta mandaron notificar en las casas de sus moradas en la dicha cibdad, e públicamente pregonar en la plaza e notificar en la yglesia de San Pedro, do eran parochianos, en día de fiesta, estando ayuntado el pueblo a la Misa e Oficios Divinos, e después mandaron que fuese puesta e afixa en una de las puertas de la dicha yglesia e estuviese en ella por todo el dicho término de los treynta días. Testigos de todo lo susodicho fueron presentes: Juan de Coca, Juan Zarco, Juan Lopes e Ferrand Falcón e los notarios Juan Sanches e Juan de Segovia.

Después desto, domingo, diez e seys días del dicho mes de noviembre, año susodicho, la dicha carta fue leyda e publicada en la yglesia de San Pedro por Juan de Segovia, notario de la dicha abdiencia e Oficio de la Inquisición, estando grand parte del pueblo de la dicha cibdad junto en la dicha yglesia a la Misa Mayor e al acto de reconciliación que fasían aquel día los penitentes, estando presentes los virtuosos cavalleros Juan Peres, corregidor de la cibdad, e mosén Lope de la Tudia, comendador de Malagón, e muchos de los cavalleros e regidores de la dicha cibdad, e testigos, que fueron presentes, el licenciado Juan Bastante e Teresa la calera, e otros muchos.

Después desto, lunes siguiente, diez e siete días del dicho mes de noviembre, año susodicho, estando en la plaza pública de la dicha cibdad, se pregonó la dicha carta en la plaza públicamente, a alta boz, leyendo el dicho notario e pregonando Juan de Lorca, pregonero e oficial de la dicha cibdad, deputado para las semejantes cosas. Testigos que fueron presentes: Juan de la Gallina, escrivano, Christóbal, sastre, Pero Peres de las Peras, tartamudo, e Gonzalo Grillo.

Después desto, este dicho día, estando ante las puertas de las casas de los dichos Isabel de la Vega e Gonzalo su hermano, que son en dicha cibdad en la collación de San Pedro e Barrionuevo, en la calle que se dise de la Torre, fue notificada e intimada esta dicha carta en persona del honrado cavallero Juan Peres, corregidor. Testigos que fueron presentes: Pero Zebrón e Christino de León, moradores en la dicha cibdad.

E después desto, este dicho día e año susodichos, esta dicha carta fue puesta e afixa por el dicho promutor fiscal en una de las puertas de la dicha yglesia de Sant Pedro con ciertos clavos por el dicho notario, e testigos que fueron presentes a la dicha afixación: Pedro Gomes, Ferrand Alonso, Pedro Ferrandes, clérigos de la dicha yglesia de Sant Pedro.

E después desto, en veynte e cinco días del dicho mes de noviembre, año susodicho, estando los dichos señores inquisidores en las dichas sus casas en la sala baxa fasiendo su abdiencia públicamente a la ora de la tercia, paresció ante ellos el promutor fiscal e dixo que por quanto dicho día se cumplían los diez días del primero término de los treynta días que en la dicha carta se avían dado a los dichos Isabel de la Vega e Gonzalo su hermano para parescer e se presentar ante sus reverencias, e non parescían, que les acusava e acusó de primera rebeldía. E los señores inquisidores dixieron e respondieron que la rescebían. Testigos que fueron presentes: Miguel Morales, Antón Gomes, zapatero, e Gonzalo Martines.

E después desto, en cuatro días del mes de disiembre, año susodicho, estando los dichos señores inquisidores dentro en la dicha sala de sus casas fasiendo su abdiencia, en presencia de los notarios y testigos yusoescriptos, paresció el dicho promutor fiscal e dixo que por quanto era el segundo término de los dichos treynta días contenidos en la dicha carta citatoria e de hedicto que se dio contra los dichos Isabel de la Vega e Gonzalo su hermano, e non parescían, que les acusava e acusó de segunda rebeldía. E los señores inquisidores respondieron que lo oyan. Testigos que fueron presentes: Pero Peres de las Peras, tartamudo, e Juan Sanches, capellán del dicho señor licenciado de Costana, inquisidor.

E después desto, lunes, quinse días del dicho mes de disiembre del dicho año, estando los dichos señores inquisidores fasiendo abdiencia a la ora de la tercia dentro de la sala baxa de sus casas, segund que lo tenían de uso e de costunbre, paresció ante ellos el dicho promutor fiscal e dixo que por quanto ese día se cumplía el último término e perentorio de la carta citatoria e de hedicto que contra Isabel de la Vega e Gonzalo su hermano, por ellos dado en que avían de parescer e non parescían, que les acusava la última e tercera rebeldía, e que pedía a sus reverencias que los uviesen por contumaces e rebeldes e por tales les pronunciasen. E los dichos señores inquisidores respondieron que oyan lo que desía e que estavan prestos de faser aquello que con derecho deviesen. Testigos que fueron presentes: Mencio Mendes, cantero, Urraca Núñez e Pedro de Yepes.

Después desto, cinco días del mes de henero, año del Nascimiento del Nuestro Salvador Iesu Christo de mill e quatrocientos e ochenta e quatro años, estando el señor doctor Francisco Sanches de la Fuente, inquisidor, dentro en la dicha sala oyendo a las personas que ante ellos parescían, paresció el dicho promutor fiscal e dixo que presentava e presentó este libelo de denunciación contra los dichos Isabel de la Vega e Gonzalo su hermano, el thenor del qual es éste que se sigue:

Muy Reverendos e Virtuosos Señores Jueses Inquisidores de la herética pravedad: Yo, Ferrando Rodrigues del Barco, capellán del Rey nuestro señor, promutor fiscal de la Santa Inquisición, paresco ante Vuestras Reverencias e denuncio e querello de Isabel de la Vega e Gonzalo su hermano, vesinos desta Cibdad Real, absentes que agora della son, como rebeldes e contumases a los mandamientos apostólicos e a vuestros llamamientos e enplasamientos que en su absencia, que deve ser avida por presencia, digo que biviendo los dichos Isabel de la Vega e Gonzalo su hermano en nombre e posesión de christianos, en ofensa de Nuestro Señor e de nuestra Santa Fee Cathólica, sin themor de las penas e censuras que por judaysar e guardar la ley de Muysén e rictos judaycos esperar deviera, los dichos Isabel de la Vega e su hermano judaysaron e hereticaron guardando la ley de Muysén en lo que sigue: Uno, que encendieron e fisieron encender candiles linpios los viernes en la noche por honra e cerimonia del sábado, segund forma judayca. Iten, que guisaron e fisieron guisar viandas los biernes para los sábados a cabsa de non lo guisar en los sábados por fiesta, vistiéndose en ellos ropas linpias e de fiesta, más aquel día que en otros de la semana, de paño e de lino, como yéndose ellos a folgar en los tales días a casas de sus parientes. Iten, que los dichos Isabel de la Vega e su hermano ayunaron los ayunos que los judíos suelen ayunar non comiendo fasta la noche, la estrella salida, para luego cenar carne cerimonialmente, bendisiéndola como fasen los judíos e teniendo en la mano vaso de vino. Iten, que los dichos Isabel e Gonzalo de la Vega mandaron amasar e comieron pan cenceño en las pascuas que los judíos llaman del Cordero. Iten, que los dichos Isabel e Gonzalo de la Vega en toda la dicha Pascua non comieron salvo en escodillas e platos e ollas e jarros e otras vasijas todo nuevo, segund forma e costunbre de los judíos. Iten, que siguiendo e guardano la dicha ley de Muysén non comían carne si non fuese muerta e degollada con cerimonia judayca o por mano de judío, e quando non la pudían aver non comían otra, ny comían de los pescados vedados en la dicha ley de Muysén, salvo fruta o huevos o semejante, todo en forma judayca. Iten, que los dichos Isabel e Gonzalo de la Vega comieron carne en Quaresma e en otros días vedados por la Santa Madre Yglesia en quebrantamiento de nuestra Santa Fe Católica e con ánimo deliberado de la ofender vañaron a sus finados después de fallescidos a modo judayco, fasiendo coguerzos en las muertes de sus padres, comiendo siete o nueve días en el suelo pescado e huevos e otras cosas semejantes, enterrando aun a sus padres de la manera que se entierran los judíos, con aquellas mismas cerimonias. Iten, que los dichos hermanos de la Vega consintieron faser hadas al nascimiento de un fijo que le nasió al dicho Gonzalo, al sétimo día, e continuando en la ofensa e menosprecio de nuestra Santa Fe Cathólica el dicho Gonzalo se circuncidó cuando avía hedad de quinse años, poco más o menos. Iten, que los dichos Isabel e Gonzalo de la Vega denegaron el advenimiento de Nuestro Verdadero Redentor e Salvador Iesu Christo, Nuestro Mexías, juntándose en casa de otros conversos e conversas quando una estrella echava de sy unos ramos grandes, subidos en una torre, e desían a boses: ¡Nascido es el que nos ha de salvar! ¡Nascido es nuestro Mexías! Iten, que los dichos Isabel e Gonzalo de la Vega oyeron e fueron a oyr oraciones judaycas en casa de Alvaro lencero, que leya como rabí con un capirote puesto en la cabeza, asentados sobre unas siendas, así en los sábados como en otras pascuas de judíos, poniendo su fe e creencia entera en ello, e apartándose de nuestra Santa Fe Católica e volviendo su mal propósito contra Nuestro Redentor e Salvador Iesu Christo. Iten, que los dichos Isabel e Gonzalo de la Vega judaysaron e hereticaron en otras cosas e casos e maneras e tienpos que seyendo necesario protesto declarar en el presente negocio. Por que, Virtuosos Señores, digo que por ansí aver los dichos hermanos hereticado e apostado notoria e públicamente en las cosas susodichas, como por no aver parescido ante Vuestras Reverencias a se reduzir a la Santa Madre Yglesia, a quien tanto ofendieron, antes se aver fuydo e absentado desta cibdad por cabsa de la Inquisición, los dichos Isabel e Gonzalo de la Vega deven ser avidos por notorios herejes e apóstatas, incurriendo en las censuras eclesiásticas e en las otras penas ceviles e criminales en los derechos e santos cánones constituydas. Porque, Reverendos Señores, vos pido e requiero que por tales notorios herejes e apóstatas los declaréys e pronunciéys, declarando aver incurrido en las dichas penas, para lo qual todo imploro el santo e noble oficio de Vuestras Reverencias, e sobre todo pido conplimiento de justicia. Et juro por las órdenes que rescebí que si los dichos Isabel e Gonzalo de la Vega presentes fueren, esta misma denunciación les pusiera: porque vos, Señores, os pido e requiero que, aviándolos por presentes, procedáys contra ellos segun la calidad del negocio e contemto de los dichos Isabel e Gonzalo de la Vega, segund que en tal caso el derecho permite, fasta la sentencia definitiva inclusive; e yo estoy presto de justificar esta dicha mi denunciación e querella en quanto nescesario fuere, e pido segund dicho es.

Et presentado el escripto de denunciación contra Isabel e Gonzalo de la Vega, el inquisidor dixo que lo rescebía e mandó a los dichos Isabel e Gonzalo de la Vega que dentro de tercero día primero seguiente venieran a responder contra el dicho libelo. Para lo qual mandaron que los citase a abdiencia en las casas de su morada el dicho notario; el que, incontinenti, por virtud de la dicha comisión e mandamiento, los citó a alta bos en la dicha abdiencia en presencia de los que ende estavan. Testigos que fueron presentes: Juan de Hoces e Juan Ruys de

Córdova, maestro en santa theología, e otros muchos. E luego, incontinenti, fue a las casas de los dichos Isabel e Gonzalo de la Vega, para pedir ante sus puertas que parescieran a tercero día a responder de la dicha denunciación e querella que sobre el dicho crimen de la heregía que contra ellos era puesta. Testigos que fueron presentes: Pero Peres de las Peras, Martín el Ciego e Juan de las Higueras, moradores de la dicha cibdad.

Después desto, en siete días del dicho mes de henero del dicho año, el señor inquisidor, estando en la dicha abdiencia, paresció el dicho promutor fiscal e dixo que por quanto los dichos Isabel e Gonzalo de la Vega, a petición suya e por mandamiento de su reverencia, avían seydo citados para que personalmente paresciesen en esa abdiencia a responder a una denunciación e querella por él puesta contra ellos, non parescían, e que ese día se cumplía el término, que les acusava e acusó de rebeldía. E el señor inquisidor dixo que la rescebía. Testigos que fueron presentes: Martín de Cepeda e Christóval de Burgos, familiares del dicho señor inquisidor.

Después desto, en siete días del mes de henero, año susodicho, estando los dichos inquisidores, Pero Dias de la Costana e Francisco Sanches de la Fuente, fasiendo abdiencia a la ora de la tercia, paresció el fiscal Ferrand Rodrigues del Barco, e presentó por testigos a Juan de las Mozas, Marina Lopes, Juana Ruys, Alvaro de las Parras, Antonia Mexía, Diego de los Olivos, Antón de Murcia, Rodrigo Núñez, carpintero, Juana Torres, Ferrand Falcón, Juan Barva de Santo, María Bastante, Elvira de Jaén, Pero Peres de las Peras e Gonzalo Grillo, todos vesinos de la dicha Cibdad Real, de los quales e cada uno dellos el dicho inquisidor rescebió juramento en forma de derecho, fasiéndoles poner su mano derecha sobre una Crus e un libro de los Santos Evangelios e sobre el Evangelio de in principum erat berbum, e les preguntó e dixo si juravan a aquella Crus e palabras de los Santos Evangelios, que corporalmente cada uno dellos tenía con su mano derecha de desir verdad en esta cabsa en que eran por testigos presentados e que no lo dexarían de desir por prescio e interese o amor o parentesco o cualquier otra cabsa. Et cada uno de los dichos testigos presentados respondió, e todos respondieron e dixieron: Sí, juro. Et por el dicho señor les fue dicho que si bien que la verdad dixiesen que Dios les ayudase, en otra manera el gelo les demandase en este mundo e en el otro como a malos christianos que perjuran su Santo Nombre. Et cada uno de los dichos testigos respondió Amén. Testigos que fueron presentes: Martín de Cepeda e Pedro de Villacis, familiares del dicho señor inquisidor.

E lo que los dichos testigos dixeron, seyendo examinados e preguntados cada uno dellos particularmente por los dichos maestros Juan Ruys de Córdova e Juan de Hoces, clérigos, es lo siguiente:

Primeramente, Juan de las Mozas, jurado en forma e preguntado por los dichos receptores, dixo que, so cargo del dicho juramento, lo que sabía de ese fecho era que podía aver cinco años, poco más o menos, que conoció a Gonzalo de la Vega, e que un día yendo en camino con él, le yva favlando e disiendo cosas contra nuestra Fe, a fin de le bolber judío e a la ley de Muysén. E dixo este testigo que algunas veses subió en la torre de su casa donde él estaba resando a le demandar algunas cosas para yr a su heredad e a otras partes, e que le fasía estar allí asentado fasta que el dicho Gonzalo acavava de fablar con su Dios, buelto a la pared como judío, e lo que fablaba no lo pudo entender. Et dixo también que yendo con Gonzalo de la Vega para Jahén, llegaron un viernes en la tarde a Linares, e que otro día sábado non quiso partir de allí, porque guardava el sábado. E dixo que sabía que Isabel de la Vega, su hermana, también guardava el sábado e comía carne en Quaresma, que ambos guardavan las pascuas de los judíos, e que les vido ayunar muchas veses, cada semana un día, fasta la noche, e en la noche comían carne. A misa nunca yvan, e que nunca los vido santiguarse, e que non comían carne de la carnecería de los christianos, e que cuando non la tenían comían en su lugar uvas e huevos. El pan cenceño lo amasavan e cosían en su casa e lo comían en su tienpo. Esto fue lo que dixo para el juramento que fiso.

Marina Lopes, muger de Pero la Pelegrina, molinero, vesino en la collación de Santa María a la puerta de la dicha yglesia, testigo jurado en forma, preguntada, dixo que pasando un domingo por la puerta de Isabel de la Vega e de su hermano Gonzalo, vido como salían a la calle xabonaduras de lavanderas de trapos por un alvañar de su casa, e que creía que lavavan ropas aquel día del Señor en casa de los dichos hermanos de la Vega por no honrar el domingo. E vido en aquel tienpo que guardavan el sábado e se vestían ropas linpias e de fiesta e folgaban aquel día e se yvan a ver unos parientes e otros venían a ver a ellos. Del guisar del comer dixo que apenas se acuerda que Isabel de la Vega comía carne la Quaresma, e que su hermano Gonzalo también. Esto es lo que vido, e es verdad, por el juramento que fiso.

Juana Ruys, criada, testigo susodicho, dixo que avrá cinco o seis años, poco más o menos, que, morando con Isabel de la Vega, tenía por vesina en su calle a una prima de la dicha Isabel de nombre María, la qual estando parida entró esta testigo a ver el hijo alunbrado; e como este testigo entró quando avía poco lo avían traydo de baptisar vido una caldera de agua que quitava del fuego la dicha Isabel de la Vega, e mandó traer al niño, e ella tomolo e quitole aquellas envolturas e pidió que le traxiesen otras, e con agua caliente vañaron todo su cuerpo. Esto es lo que sabe e vido por el juramento que fiso.

Alvaro de las Parras, testigo susodicho, preguntado e examinado por los dichos receptores, dixo que avrá dies años que tiene la carnecería de la dicha cibdad, e que avía más de tres años que Isabel de la Vega non llevava carne della, por ser público e notorio que los dichos hermanos de la Vega vevían más en vida de judíos e non de christianos, e que él vendía carneros en pie a los conversos de la cibdad; e que oyó desir que los degollava Juan Panpán e otro que se desía Garsía Barvas, e que los repartían por los otros conversos. E que esto es lo que sabía por el juramento que fiso.

Antonia Mexía, presentada e jurada en forma por los dichos receptores, dixo que pudo aver dos años poco más o menos, que vino esta testigo a morar a Cibdad Real, e que se fue a morar en casa de Juana de la Torre, muger de Diego, el escrivano, e que estando allí vido entrar en aquella casa a Isabel de la Vega, e que ella serró la puerta, e que sintió como ellas resaban. E dixo que después las vido leer en un libro grande sobre la mesa, que le dicieron que era Biblia, e las vido comer pan cenceño. E esto es lo que sabía para el juramento que fiso.

Diego de los Olivos juró en forma, preguntado e examinado por los dichos receptores, dixo que avrá diez o honse años que salía este testigo a vender perdises, e que le dixo una ves Gonzalo de la Vega, e otras muchas veses, que le truxiese perdises bivas. E que el calderero Ramiro le dixo: Non ge las trayades, que las quiere para judería. E esto es lo que sabía por el juramento que fiso.

Antonio de Murcia, labrador, juró en forma, preguntado e examinado por los dichos receptores, dixo que abrá quatro años poco más o menos, que en una heredad de su padre vido a Gonzalo de la Vega en una carreta, que yva resando, cantando, e que este testigo no entendió lo que resaba e cantava, e le paresció mal que fuese resando solo como si tuviese a Dios delante. E esto es lo que sabía por el juramento que fiso.

Rodrigo Núñez, carpintero, juró en forma, preguntado e examinado por los dichos receptores, dixo que laborando este testigo un día en la casa de Isabel e Gonzalo de la Vega, falló unos libros pequeños de ceremonias judaycas, e que leyó algo dellos e halló que non estava en ninguno dellos nombre de Iesu, ni señal de Crus, salvo Adonay e Apiadador. E que los llevó consigo, e que después le dixo el dicho Gonzalo que si le bolbiese aquellos libros le daría paño para un sayo e vino que beviese. E dixo que un día hablando con este testigo el dicho Gonzalo de la Vega le dixo que este mundo avrá de ser perdurable para sienpre, amanesciendo e anocheciendo y saliendo el sol e la luna; por lo que este testigo le dixo que aquello contradesía a David, que desía en el Salmo los cielos eran obra de las manos de Dios, e que Él los mudaría e serían mudados asy como vestidura, y que Él y sus años nunca desfallecerían. E Gonzalo dixo bien, pero non avría de aver otra cosa salvo lo que desía. E esto es lo que supo por el juramento que fiso.

Juana Torres, rescebida e examinada por los dichos receptores, dixo que avrá seys años, poco más o menos, que moró esta testigo con Catalyna, muger de Rodrigo de la Vega, madre de los dichos Isabel e Gonzalo, que estava biuda a la sasón e tenía consigo sus dos fijos, vido en aquel tienpo que con ellos moró que guardavan el sábado madre e fijos e se vestían de fiesta aquel día e se afeitavan; e desde aquel viernes a mediodía se encerravan en una cámara e allí leyan todos en un libro, las cabezas cubiertas, sabadeando, entendiendo sólo la palabra Adonay. Vido también que guisaban de comer del viernes para el sábado, e encendían los candiles linpios, que guardavan las pascuas de los judíos, que comían las aves que matava Pero Gonzales, cerero, amasavan e comían en su casa pan cenceño; dijo que a sus fijos Isabel e Gonzalo su madre non les avía amostrado el Páter Nóster e el Credo e Salve Regina, e que vido que non llevava a sus fijos a la yglesia, e que un día domingo falló filando a la dicha Catalyna, como si el día domingo fuese como otro día qualquiera de entre semana. E esto es lo que sabe para el juramento que fiso.

Ferrand Falcón, vesino a San Pedro cerca de San Francisco, marido de Briolángel, converso, jurado e preguntado por los dichos receptores, dixo que un sábado entró este testigo en casa de Catalyna, muger de Rodrigo de la Vega, madre de los dichos Isabel e Gonzalo, estando ella biuda, e que llamó a la puerta e non le oyeron, e que oyó murmullo de gente en una cámara e subió por una escalera allá, e que hallara a la vieja Catalyna, e a sus dos fijos, resando en un libro judayco que se dise cidur, e que el dicho Gonzalo estava en una silleta asentado de cara mirando cómo resaban. E este testigo así lo creya porque su padre era muy judío e avía aprendido de él las cerimonias judaycas. E dixo que una vegada le dieron de comer una cosa que era guisada con muchas especias, e que desían que era adafina, e pan cenceño. E esto lo sabe e es verdad e en ello se afirma.

Juan Barva de Santo, vesino de Santa María en la cal cerrada de la Torre de la Merced, juró en forma, so cargo del qual dixo que avrá quinse años, poco más o menos, que fue cogido por peón en la casa que tejava Catalyna, muger de Rodrigo de la Vega, madre de Isabel e Gonzalo, e metiendo unas tejas al maestro tuvo que pasar por medio de su cozina, un viernes, e vido una olla al fuego, la qual destapó e vido que tenía carne. La madre destos Isabel e Gonzalo avía estado guardando la olla, salvo que en el tienpo que salió a fablar a unas conversas fue este testigo e la destapó. Esto es lo que sabe e vido e en ello se afirma.

María Bastante, muger de Juan Merlo, zapatero, juró en forma e dixo que avrá poco más o menos catorse años, que tuvo por vesina seys años de pared en medio a Catalyna, muger de Rodrigo de la Vega, e a sus fijos Isabel e Gonzalo, en la calle que se dise de la Torre, dixo que en el tienpo que fallesció el dicho Rodrigo de la Vega, físico de Cibdad Real, la muger e los fijos lo bañaron, lo raparon todo, lo amortajaron, lo endecharon e lo enterraron como judío en el honsario de San Francisco; e dixo más, que le hisieron coguerzo, e comieron nuebe días en el suelo pescado e huevos, e no sacaron en aquellos días agua del pozo, poniendo una escudilla con agua y un candil para bañar allí el alma del dicho Rodrigo. E vido otro día por entremedias de unas tablas que estavan puestas entre su huerto e la casa de los dichos Catalyna e sus fijos Isabel e Gonzalo, que leyeron de una Biblia en romance que su padre tenía desde antes del robo de esa cibdad e que avía escondido en un lugar en la pared para que no fuese descubierta; e vido cómo ayunaban los ayunos de los judíos, non comiendo fasta la noche salida la estrella brillante e luego senando carne, disiendo orasiones que non entendía porque eran en lengua ebrayca; e vido que non comían otra carne salvo la muerta como los judíos la degüellan e que tenían una olla aparte en que guisavan de comer e llevavan consigo una calderuela pequeña con que bevían quando yvan a una posada de colmenas, que se dise de la Gibada, que era de Juan Gonzales Panpán, erege, vesino de Cibdad Real, quemado en absencia. Esto fue lo que supo e vido, e en ello se ratificó.

Elvira de Jaén, conversa, dixo que oyó resar a Gonzalo de la Vega en un libro judayco un día que fue a su casa por unas ollas que le avía prestado la dicha Isabel, e que luego entrando en una cámara oyó desir a ésta que non creya que avía venido el Mexías Nuestro Salvador e Redenptor Iesu Christo e non creya en la virginidad de Nuestra Señora la Virgen Santa María e non sabía desir las oraciones christianas e la oyó desir en cambio:

Adonay morada tú fueste a nos:
en generancio e generancio.
En antes que montes nascidos y criasses tierra y mundo:
y de sienpre fasta sienpre tu Dio.
Fazes tornar varón fasta majamiento; y dizes tornad vos
hijos de hombre.
Porque mil años en tus ojos como día de ayer que passó:
y guardia en la noche.

E esto es lo que vido e oyó e en ello se afirmó.

Pero Peres de las Peras, tartamudo, e su hermano, Gonzalo Grillo, fijos de Martín el Ciego, testigos susodichos, juraron en forma, dixieron que un día trabajando en la casa de los dichos Isabel e Gonzalo de la Vega, el dicho Pero Peres de las Peras vido que el dicho Gonzalo encendió e consyntió encender candiles un viernes en la noche, Gonzalo el Grillo vido a la dicha Isabel guisar e mandar guisar del viernes para el sábado para comer comida fría en cerimonia dese dicho día; Pero Peres de las Peras vido que el dicho Gonzalo de la Vega guardava los sábados cesando en ellos todo trabajo e non rescebiendo dinero e dándose a plaseres como en día de fiesta; Gonzalo el Grillo vido que la dicha Isabel de la Vega e su hermano vistieron los dichos sábados e pascuas ropas linpias de paño e de lino; Pero Peres de las Peras vido que los dichos hermanos de la Vega comieron e fesieron comer en las dichas pascuas pan cenceño e carne muerta con cerimonia judía; Gonzalo el Grillo vido e oyó desir a los dichos hermanos de la Vega que nuestro Mexías non avía venido, en menosprecio de Nuestro Redentor e de nuestra santa Fe Católica; Pero Peres de las Peras oyó que dixieron que un viernes en la noche consyntieron encender candiles e comer guisados fríos el dicho día sábado para honrarlo. E esto es lo que vidieron e oyeron e en ello se afirmaron.

Después desto, tres días del dicho mes de henero, año susodicho, paresció el dicho promutor fiscal ante el dicho señor doctor inquisidor, estando en abdiencia a la hora de la tercia en la sala do la acostunbran faser, e dixo que por cuanto él non entendía de presentar más testigos de los que tenía presentados en este negocio, que pedía que mandasen faser publicación de los dichos testigos que por él eran presentados. E el dicho señor doctor inquisidor dixo que lo oya e que mandava citar a la parte para mañana a la abdiencia a ver faser publicación de los testigos. Testigos que fueron presentes: Juan el Cojo, Pedro el Mudo, Ramón el Ciego. E este dicho día el dicho notario citó a los dichos Isabel e Gonzalo de la Vega ante las puertas de su casa, para el día siguiente. Testigos: Yñigo Ruys e Juan de Ciudad.

Después desto, catorse días del dicho mes de henero del dicho año de 1484, paresció el dicho promutor ante el dicho señor inquisidor, estando fasiendo abdiencia a la hora de la tercia, e dixo que para esta abdiencia fueron citados los dichos Isabel e Gonzalo de la Vega para que parescieran ante sus reverencias a ver faser la publicación de los dichos de los testigos e non parescían, que les acusava e acusó de rebeldía, e pedía e pidió al dicho señor que mandase faser la publicación, segund avía pasado por el dicho notario, que le avía citado, de lo que él luego fiso fe. E el dicho señor inquisidor mandó que se diese traslado a copia de los dichos testigos a los dichos Isabel e Gonzalo de la Vega, callando sus nombres e dándoles sus dichos, e que a tercero día viniesen respondiendo e disiendo lo que quisiesen contra ellos. Testigos que fueron presentes: Santiago el Tullido, Ferrand Falcón e Diego Dias, carpintero.

Después desto, dies e seys días de henero, estando el dicho inquisidor fasiendo su abdiencia en la dicha sala a la ora de la tercia, paresció el dicho promutor fiscal que acusava e acusó de rebeldía a los dichos Isabel e Gonzalo de la Vega, por quanto para ese día les avían señalado término para venir e alegar contra los dichos de los testigos, que pedían que los uviesen por rebeldes. E el dicho señor inquisidor dixo que oya lo que se le desía e que mandava que fuese citada la parte para tercero día, con apercibimiento que sy non parescía avría el pleyto por concluso. Testigos: Pero Peres de las Peras e Ferrand Falcón.

Después desto, el notario, por mandado del señor inquisidor, citó a Isabel e Gonzalo de la Vega ante las puertas de su casa, para que a tercero día paresciesen ante sus reverencias a concluyr el pleyto e cabsa de que por el dicho fiscal eran acusados. Luego, en diez e nueve días del mes de henero, estando el dicho inquisidor fasiendo abdiencia en la sala baxa a la ora de la tercia, paresció el promutor fiscal e dixo que para ese día avían seydo citados Isabel e Gonzalo de la Vega, para que veniesen a concluyr el pleito e denunciación que contra ellos prossyguía, e non parescían, que les acusava e acusó de rebeldía, e pedía e pidió al dicho señor inquisidor que concluyese e ouviese ese pleyto por concluso e diese la sentencia. Testigos que fueron Toribio de Torres e Briolángel de Padilla.

Después desto, este dicho día en la tarde, el dicho señor inquisidor mandó llamar para examinar este proceso al guardián de San Francisco, al prior de Santo Domingo de la Orden de los predicadores, al licenciado Juan del Canpo, al licenciado Jufre de Loaysa, al bachiller Gonsalo Fernandes, al bachiller Gonzalo Muñoz e al bachiller de Camargo. E avido su consejo e deliberación, cada uno de ellos dio su voto, en que dixieron que tenían ser los dichos Isabel e Gonzalo de la Vega declarados por erejes, e relajados al brazo seglar. E todos fueron en este acuerdo e voto e consejo e hunánimes e concordes.

Luego, incontinenti, en la dicha abdiencia, en presencía de los que ende estaban en ella, el notario Juan Sanches citó e llamó a los dichos Isabel e Gonzalo de la Vega, a alta e inteligible bos, que parescieren a tercero día a oyr sentencia en el proceso e cabsa de la denunciación de heregía de que era dellos querellado. Testigos: Miguel Hidalgo, guantero, e Ysabel de Monteagudo.

Después desto, este dicho día, a la ora de las bísperas, el dicho notario, por mandado de los señores inquisidores, citó e llamó a los dichos Isabel e Gonzalo de la Vega, ante las puertas de sus casas donde solían morar, para que parescieren a oyr sentencia a tercero día a la tercia, ante los inquisidores, en el pleyto e cabsa de la denunciación o querella que el fiscal tenía puesta contra ellos sobre la eregía en que incurrieron. Testigos que estaban presentes: Antón, calero, Juan, albañil, Luys Tenbleque, carpintero.

Después desto, viernes, treynta días del dicho mes de henero del dicho año, estando los dichos inquisidores fasiendo abdiencia dentro en la sala baxa de sus casas, segund que lo acostunbraban faser a la ora de la tercia, paresció el dicho promutor fiscal e dixo a los inquisidores que ellos avían mandado citar e llamar a Isabel e Gonzalo de la Vega para ese día, a esa abdiencia de la tercia, para oyr sentencia en la cabsa de eregía de que eran e estavan denunciados, e que non parescían, syendo como avían sido citados, que acusava e acusó sus rebeldías e que pedía sentencia o sentencias. E luego los dichos señores inquisidores preguntaron al notario Juan Sanches sy avía citado e llamado a los dichos Isabel e Gonzalo de la Vega para esa abdiencia para oyr sentencia, segund se lo avían mandado. E les dixo e respondió que sy, e fiso fee de la dicha citación para oyr sentencia e dixo que les avía citado asy en esa abdiencía públicamente como después en su casa ante las puertas della. E los dichos señores dixeron que pues les constava de la citación e llamamiento para oyr la sentencia, que rescebian las rebeldías de los dichos Isabel e Gonzalo de la Vega e los avian por rebeldes, e en su absencia e rebeldía en presencia del dicho promutor fiscal estavan prestos de dar sentencia. Testigos a lo susodicho: Beatris Gomes e Pero Peres de las Peras, e los notarios Juan de Segovia e Juan Sanches.

Luego, incontinenti, los señores inquisidores dieron e pronunciaron sentencia, la qual leyó por su mandado en su presencia el notario Juan de Segovia. E ellos e cada uno dellos dixeron al fin dello: Así lo pronunciamos e declaramos. El thenor de la dicha sentencia, de berbo ad berbum, es ésta que se sigue; Vysto nos, Pero Dias de la Costana, licenciado en santa theologia, e Francisco Sanches de la Fuente, doctor en decretos, jueces inquisidores por la abtoridad apostólica, e yo, el dicho licenciado Pero Dias de la Costana, como vicario e oficial general por el reverendísimo señor don Pero González de Mendoza, cardenal de España, arzobispo de la Santa yglesia e arzobispado de Toledo, como sobre la fama pública e notoria que en Cibdad Real avia que muchos de los que estavan so nonbre de cristianos e en posesión de tales hereticavan e guardavan la ley de Muysén, ouvimos nuestra información de algunas personas, por do nos constó la dicha fama ser verdad e que muchos de los vezinos e moradores de la dicha cibdad seguían e solepnisavan e guardavan la ley de Muysén, haciendo sus cerimonias siguiendo sus antiguos ritos judaicos. E queriendo usar con ellos e cada uno dellos de clemencia e piedad, dimos e discernimos nuestra carta de gracia e hedicto para que todas las personas desta dicha cibdad e su tierra que en la dicha eregía de seguir la ley de Muysén uviesen caydo e incurrido, que dentro de treynta días primeros siguientes veniesen ante nos, confesando sus herrores e abjurando e renunciando e partiendo de sí la dicha eregía, e abrazándose con Nuestra Santa Madre Yglesia e unión e ayuntamiento de los fieles cristianos, e que los recibiríamos usando con ellos de toda piedad e misericordia que pudiésemos. E non solamente en el dicho término de los treynta días, mas por otros treynta después los esperamos, e rescebimos todos los que quisieron venir a confesar y desir sus pecados cerca de la dicha eregía. E pasado el dicho término de los dichos sesenta días e más tienpo, contra los que no vinieron nin parescieron, en especial contra los que huyeron por themor de la dicha nuestra Inquisición, de los quales teníamos información e eran atestiguados cerca de nos, seyendo requeridos por nuestro promutor fiscal, el honrado clérigo Fernando Rodrigues del Barco, capellán del Rey nuestro señor, mandamos dar nuestra carta de llamamiento e hedicto contra las personas sospechosas e infamadas e que así se absentaron. E porque entre ellas nos constó aver seydo Isabel e Gonzalo de la Vega notorios e públicos herejes e aver seguido e seguir públicamente la dicha ley de Muysén, mandamos dar la dicha nuestra carta citatoria e de hedicto contra ellos e cada uno dellos, por la qual les mandamos que personalmente paresciesen ante nos dentro de treynta días por tres términos, dándoles diez días por cada término e el último perentorio, a se defender e responder sobre esa cabsa de la heregía e judaysar de que eran notoria e públicamente infamados e atestiguados. E visto cómo la dicha nuestra carta fue publicada ante las puertas de sus casas e moradas de los dichos Isabel e Gonzalo de la Vega e en la yglesia parrochial donde eran feligreses, e pregonada en la plaza pública desta dicha cibdad et después puesta e afixa en una de las puertas de la dicha yglesia;

e cómo por el dicho promutor fiscal fueron ante nos acusadas las rebeldías a los términos e tienpos contenidos en la dicha carta e que acusar se devyan, porque estando los dichos Isabel e Gonzalo de la Vega en nonbre e posesión de christianos hereticaron e judaysaron, siguiendo la ley de Muysén, guardándola e solepnisándola, así en guardar los sábados, encender candiles los viernes en la noche, vestir ropas linpias en los días sábados, asy como comer en ellos el guisado del viernes, guardar las pascuas de los judíos, ayunando sus ayunos, comiendo el pan cenceño en el día e tienpo que ellos comen, resando oraciones de judíos segund e en la forma que ellos las resan, e rescebiendo en su casa otros muchos conversos e conversas los dichos sábados e fiestas a orar, resar e oyr libros judaycos. Por lo qual dixo e denunció que los dichos Isabel e Gonzalo de la Vega notoria e públicamente se apartaron de Nuestra Santa Fe Católica, en seguir la ley de Muysén en la forma susodicha, e que devían ser pronunciados e declarados por notorios e públicos erejes, e aver incurrido en las penas, censuras, en los derechos contenidas, e por tales ser pronunciados e declarados pidiendo serle fecho en todo conplimiento de justicia. Et vista la dicha denunciación e la provanza por el dicho promotor fiscal fecha por grand copia de testigos, por do paresce e consta e se prueva los dichos Isabel e Gonzalo de la Vega aver cometido e consentydo faser los excesos e delitos de heregía e apostasía contenidos en la dicha denunciación, e aver seguido e solepnisado e ceremoniado e honrado la ley de Muysén; et ansymesmo como se prueva que se absentaron e huyeron desta cibdad por themor de la Inquisición, por la puerta de Toledo, desanparando sus casas e bienes, e se acogieron e fueron a lugares e señoríos donde buenamente non pudiesen por nos ny por nuestro mandado ser avidos. Actento la notoriedad del delito e gravesa dél, avydo sobre todo nuestro consejo e deliberación con personas asy religiosas como seglares letrados con quien comunicamos e vimos el dicho proceso, siguiendo su parescer e común determinación de todos ellos, teniendo a Dios ante nuestros ojos, fallamos que devemos declarar e declaramos, condenar e condenamos a los dichos Isabel e Gonzalo de la Vega, e a cada uno dellos, por públicos erejes e apóstatas, por se aver apartado como se apartaron de nuestra Santa Fee Cathólica, e seguir como siguieron la ley de Muysén, incurriendo en sentencia de excomunión mayor e todas las otras penas espirituales e tenporales e pedimiento e confiscación de bienes que son establecidas en derecho contra tales herejes e apóstatas, e por consiguiente que los devemos relaxar e relaxamos al virtuoso cavallero Juan Peres Barradas, corregidor en esta Cibdad Real e su tierra por el Rey e la Reyna, nuestros señores, e a sus alcaldes e alguaciles e a las justicias de qualesquier cibdades e villas e lugares destos reynos e fuera dellos, para que en ellas sean quemados por herejes. E porque los dichos Isabel e Gonzalo de la Vega son absentes e non se pueden aver agora, mandamos relaxar e relaxamos sus estatuas, que están presentes, para que en ellas sean executadas las dichas penas y sean quemados en efigie. Asy lo pronunciamos e mandamos en estos escriptos e por ellos. Que fue dada e pronunciada esta dicha sentencia por los señores inquisidores en la dicha Cibdad Real, en lugar de abdiencia acostumbrada a la ora de la tercia, estando los dichos señores sentados por ante nos, Juan de Segovia, clérigo capelán de la Reyna nuestra señora, e Juan Sanches Tablada, escrivanos e notarios públicos de la dicha Santa Inquisición, en treynta días del mes de enero, año del Nascimiento del Nuestro Salvador Ihesu Christo de myl e quatrocientos ochenta e quatro años.